萧乾和文洁若

周而复

刘白羽

鲁彦周、高晓声、何为、陆文夫、曹玉模五作家合影（自左至右）

徐开垒、袁鹰、何为（自左至右）

# 文风雅渊

文坛名家其文其人漫记

沈扬 著

文汇出版社

# 序言

　　本人在数十年的新闻工作经历中，曾先后在三家报纸编过文艺副刊，其中尤以20世纪八九十年代在《解放日报》编《朝花》副刊的时间最长（曾主持笔政多年，退休之后还曾返聘留职）。大报名刊，在这样的"平台"上，有机会接触京沪和全国各地的作者和读者，因版面文章需要而与文坛名流直接或间接交往，自是情理中事。文稿信件往来，访问叙谈，会议交流……过程之中，对所见所闻心记笔录，便积累了较多的素材资料。十几年前曾经整理出版一本编辑手记，以阅读存留的作家信札的线索展开，记录了一批老中青优秀作家。而后的岁月，有感于前辈老作家逐渐"凋零"，便对自己熟悉并有各种形式交集的文艺名家，据以特点，择其精要，或片断，或相对的"大侧面"，陆续写成单篇文稿，汇集起来便有数十篇了。本书所录人物，是本人联系交往过并留有资料的，他们是《朝花》编辑团队联系作家群中的一部分，《朝花》诸编辑每人都联系交往名家和新人，也有的作家由两人先后交接联系，甚或诸位同人都熟悉同一名人，只是联系中有所侧重，若将诸君交往的前辈名家汇合起来，那就蔚为大观了。

　　20世纪八九十年代被称为"新的文艺复兴时代"，经历狂风暴雨的文艺家，尤其是年事已高的老作家，十分珍惜来之不易的"第二春"，我们在向作家顺畅约稿，以及作家主动来稿的热情中，强烈地感受到了"第二春"蓬勃的精神力量。另一方面，文学新人也在春风拂面的温暖环境中精神焕发，许多人在频频试笔投稿的过程中脱颖而出。20世纪八九十年代电脑写作刚刚兴起，老作家们有的顺潮"换笔"，有的固守笔墨"阵地"，不论是否"换笔"，写信大多还是用纸笔，所以存留的部分作家信札，便是世纪之交的"最后一道风景线"了。

不论是过去还是现在，本书记述的有些"信息"和故事，相信仍然能够引起阅读者的兴趣和关注，这里略举几则：徐开垒为写《巴金传》向巴老询问一些"敏感"话题，比如，为何巴金1949年前的创作如"井喷"，后来的年月里相对较"沉寂"，得到了巴金老人简单而明白的回答；周而复为某一"事件"遭受挫折，在获得平反恢复党籍之前的十几个寒暑中，一边申诉一边创作，"负重而行"，终于在垂暮之年完成了抗日长篇巨著《长城万里图》；贾植芳在《朝花》发文，对"鸳鸯蝴蝶派"作家和作品的优劣长短归结三点，做出较为客观的评估，认为"过去对这一派的评价是不公平的"，文章发表后受到了广泛关注；徐中玉在刊载于《朝花》的一篇文章中如是说，每次运动，总会有人把鲁迅推出来，"好像鲁迅就在斗争现场"，说穿了"不过是想利用鲁迅的崇高威望来达到'运动家'们整人的目的"；萧乾作为副刊老前辈，在《朝花》力倡扶持文学新人，提出编辑要甘当"文学保姆"；在另一篇文章中，萧先生披露了自己早年创作的长篇小说《梦之谷》，其实自己的一段情史，女主角就是自己的初恋情人，更具"戏剧性"的是小说出版六十年之后，萧夫人文洁若与夫君的初恋情人在"梦谷奇遇"，演绎了一段友好佳话；高晓声一生文路坎坷情路也坎坷，以至于文友林斤澜说他"冤案最冤，婚姻最苦，整个儿一条苦瓜"；蒋星煜不止一次说起"我与《解放日报》有不解之缘"，除了与报社长期的友好往来，自然也与他应约书写的《南包公——海瑞》等两篇文章在特殊年代成为"政治风波"有直接关系；刘白羽常常在作品里写太阳写大海，迟暮之年写了三篇海洋题材的散文，其中两篇刊登于《朝花》；才女作家赵清阁一生经历坎坷故事多多，晚年在《朝花》刊登怀念邓颖超大姐、怀念阳瀚笙先生等人的文章，情深意切；等等。从这些信息中，也可从一些侧面窥见文艺家对于文化真理、艺术思路、创作实验等方面的不懈探索和追求，以及一些少为人知的人生逸闻和故事。

本书第二部分多篇散文随笔也涉及文苑辞林、前人踪迹，人文意涵耐人寻味。

多年前，我在一篇拙文中曾有如此述说："我国报纸副刊自创办始，就有社会文化名流的积极参与，名家支撑，各类专业和业余写作者通力合作，是刊物品质和活力的有效保证。各代名流在副刊园地发表文化主张，议论社会人生，交流学术意见，抒发审美情感，当然也可以简而言之为传播新思想，倡导新文艺，——所以倘若要写一部中国近现代思想史和文学史，是少不了报纸副刊文字'这一块'的。"也是在这个意义上，我觉得本书所写一批文坛人物的某些文字风范和逸闻趣事，应当说也是有点意义的。

二〇二四年一月三十日

# 目录

## 第一辑

那座园子　那个客厅
——观瞻巴金故居想起……　003
（瞻故居，忆往事，——1986年《解放日报》《朝花》副刊创刊三千期，吴芝麟率包括鄙人在内的几位编辑拜望巴金老人。巴老是《朝花》创刊见证人，首期即刊登杂文《有啥吃啥》并开设"雨夜杂谈"专栏，在客厅里听老人讲述往事，倍感亲切。）

周而复：文字长路上的不倦旅人　008
（周而复著作等身，尤其是长篇小说《上海的早晨》脍炙人口。他写抗日长篇小说，自《燕宿崖》《白求恩大夫》起始，到晚境中完成三百多万字的多卷本《长城万里图》，耗尽了自己的智慧和心血……）

萧乾与《朝花》两题　013
（萧乾在为《朝花》写的文稿中力倡报纸副刊应当成为培育文学新人的摇篮，编辑要当好"文学保姆"。还在《朝花》著文披露早年自己写的长篇小说《梦之谷》，其实就是自己的初恋情史。）

《梦之谷》：梦里梦外的故事
——萧乾早期长篇小说引出的话题　017
（萧乾的长篇小说《梦之谷》，诗性的文字，田园牧歌式的浪漫爱情，引人入胜。小说中的男主角就是作者萧乾本人。事隔六十年之后的1987年，相关当事人在作品故事原发地广东汕头有一次奇遇,萧乾夫人文洁若和小说女主角——夫君的初恋情人萧曙雯有一段戏剧性谈话。)

## 文风雅渊
### ——前辈散文家柯灵忆记片断　　023

(柯灵"以真为骨,美为神"的文字情怀,使他的散文笔墨总是神驰情切,清光照人。晚年发表于《朝花》的《重建飞翼楼》随笔,依然字斟句酌,辞采纷呈。柯灵也是一位出色的电影艺术家和编辑家,我曾听多位师友谈论40年代向他投稿的故事。)

## "红楼"怀想
### ——"红霞公寓"访刘白羽　　026

(刘老说"写散文总是要有点激情的,其实就美而言,我们的笔还是写不过现实世界的实际存在的"。那些日子白羽老人用很大精力创作长篇小说,并利用间隙时间写短文。刘白羽晚年写了三篇海洋题材散文,其中两篇刊于《朝花》。)

## 郭风散文漫话　　031

(抒情散文的代表作家之一郭风,晚境中对在好多年里"抒情散文几乎一统天下"的现象进行反思,并在《朝花》开设"散文漫思录"专栏,……那段时期他发表在《朝花》和其他报刊的作品,题材格局和精神蕴含都有了变化。)

## 犹闻悠悠叶笛声
### ——郭风的散文"性格"　　035

(冰心对郭风"小弟"晚年散文的评价:"人的岁数大了,文章往往从绚烂到平淡,这是冶炼的结果,是一个进步。"郭风认为冰心晚年散文进入了"自在自如"的境界。两位散文名家各自达到的"境界",都是很值得关注的。)

## 记得那谦和的声音
### ——秦瘦鸥略忆　　039

(秦瘦鸥对过去曾经受到批判的作品写过"反思"文章,但与信得过的朋友交谈时,对于把他归入"鸳鸯蝴蝶派"作家之列并不认同,可见他的自我否定是违心的。秦先生早年就常结交文化新闻界的朋友,我与他在电话中交谈,他说得出《朝花》几乎所有编辑的名字,还说想找个时间同编辑们一道喝茶聊天。)

## 高晓声两题　　043

（高晓声在寄"今日江南"征文稿的附信中说："今日江南农村概括也难，光有经济上好未见得一定就好。"反映了他对当时农村现实状况的不安和担忧。这位乡土题材书写高手的情感生活多磨难，作家林斤澜曾对高晓声有具体评价……）

## 从《人之于味》说开去　　048

（陆文夫最喜欢吃"家里的菜"，因为"家里的爱人最懂得亲人喜欢吃什么"。在《人之于味》一文中，他把吃与生理学、心理学、美学、社会学联系起来，真的是食有味，文也有味。曾与文友在苏州陆文夫女儿开的饭店里用餐，听陆先生说苏州也说美食。）

## 小巷深处　　050

（叶圣陶把姑苏小巷深处的这座故居捐献给文化事业，由陆文夫主持的《苏州杂志》就开设在这座老宅里。他定期来编辑部，对杂志要刊登的稿子一一过目，"反映传统的苏州或曰苏州的传统"，是陆文夫倡导的《苏州杂志》宣传的一个侧重点。）

## 文苑旧拾　　053

（陆文夫爱酒，医生问他"要酒还是要命"，陆戏答酒和命都要，但可以"酒少喝一点，命少要一点"，陆七十五六岁辞世，便有人说是否果然酒换去了他几年寿。郭风爱猫，他说自己有时候会与家中的猫咪"说说话"，但现在年老眼花看不清了，而"看不清对方的眼神是无法对话的"。此语耐人寻味。）

## 留下的散文长廊
### ——何为印象　　056

（何为晚年整理出版的《何为散文长廊》，集结了包括《第二次考试》《临江楼记》等代表性作品及各时期重点作品，亮点纷呈。这位从"亭子间"起步的散文名家素以严谨为文著称，在很长一段时间里，他在书房里拉一条绳子，挂上写作时需要参考的素材资料，稿子完工后也挂在绳子上，细心地改上几遍。）

## 纸上烟云，贵乎精短
### ——何为的晚晴散文　　060

（何为认为中国古代散文精品和五四以来的散文名篇，绝大多数都是短篇章，所以他"在精短散文的写作中找到了自己的归宿，愿为此练笔到老"。我曾不止一次在陕西南路何府听何老谈散文写作的"表现力"。《纸上烟云》是他晚年精短散文的结集。）

## "樱榴居"文思
### ——鲁彦周随笔印象　　063
（寄来《叶集漫步》散文稿的那些日子，鲁彦周正在回顾和检视自己的创作道路和经验，曾言：作家的使命感太重，"文学的灵魂就负担不起，一旦超过了负荷，文学就会逃跑"。写作《叶集漫步》等随笔作品，正是他在新的历史时期用开放自由心态进行写作的实践。）

## 史文并举的文字气象
### ——写在八卷本《蒋星煜文集》出版时　　067
（这位戏曲史研究大家对明史、文化史、现代文学史等也有悉心研究，各个时期的散文写作也值得重视，六百万言《蒋星煜文集》是先生一生心血的结晶。蒋老曾多次说起"我同《解放日报》有不解之缘"。）

## 半个世纪的《西厢记》情结
### ——史学家、作家蒋星煜记略　　070
（作为《西厢记》研究的权威专家之一，蒋星煜一生写了七部专著（其中一部与人合作），涉及"西学"研究三个大类十项细目，尤其是对于品目繁多的明刊本《西厢记》版本的探索，付出最多收获也巨，以至于"改得近乎失真的本子我也很快就能识破"，终于找到了"真面目的近似值"。）

## 走近赵清阁　　074
（两次去吴兴路赵清阁寓所拜望老人，她谈话中的两点听后印象深刻，一是没有完成原先计划中的《红楼梦》系列话剧创作（仅完成数部），是一生最大的遗憾。二是曾经当面聆听鲁迅先生谈散文写作，自己文学创作的兴趣有点儿杂、散，虽然也出了几本散文集，但还是写得太少，愧对鲁迅先生。）

## 细节中的赵清阁　　077
（赵清阁曾经在落雪天采雪存储，然后拣个晴日，用雪水煮茶，于窗前品着雪茗展纸描绘梅雪图；写作怀念好友陆小曼文章的时候，特地从箱子里翻出当年小曼送给她的白背心，穿在身上；每年寒冬，邓颖超大姐总会托人送两支梅花来，老人清晨起床最先做的事情就是打开窗子，洗漱后在梅花前静坐。）

## 赵清阁的文墨人生　　080
（抗战时期，赵清阁先后在武汉和重庆编《弹花》杂志，办刊口号是"抗日高于一切"，还同老舍合作完成三部话剧剧本。清阁一生结交众多朋友，都是我国文坛艺苑的驰名人物，晚年潜心写作对这些师友的忆念文章，是她散文成果的重要方面。那段时间《朝花》刊登了她怀念邓颖超和阳翰笙等人的重要文稿。）

## 贾植芳：晚年笔墨中的精神慧光　　084
（贾植芳在《朝花》刊登《找回另一只翅膀》，对"鸳鸯蝴蝶派"作家的成因、特点和作品传播的社会效应，从社会、历史和文化的多重角度进行总体分析，认为过去对它的社会"宣判"是不公平的。他的这一论点引起学界、文界的广泛关注。刊登的另一些文章则展示了他对培育新人的热忱和苦心。）

## 徐中玉的侧面　　089
（徐中玉在《朝花》刊登《鲁迅研究的新天地》一文，批评一些人动不动就"把鲁迅推到斗争现场"，并指出这实际上是"利用鲁迅的崇高声望来达到运动家整人的目的"，认为只有解决了鲁迅是人不是神这个问题，才能把鲁迅身上最本质的东西学到手。徐老多次担任《朝花》散文征文评委，看稿评稿的认真细致，令人感动。）

## 袁鹰，心仪的前辈同道　　093
（袁鹰寄给陈诏的稿子中有一篇题为《汉口路309号》，内中一个细节记录了一件历史性的大事：1949年5月26日《解放日报》创刊前夕，在汉口路309号申报馆旧址，他目睹恽逸群从公文包里拿出一块带有木托的铜版报头……袁鹰称《解放日报》是自己的"娘家"，在《朝花》先后开辟专栏，经陈诏之手陆续发表文章。）

## 邵燕祥的文字境界　　097
（邵燕祥写诗写杂文，皆大家手笔。诗多形象思维想象力，杂文则直面社会人生，一"虚"一"实"，各呈泾渭，他却能游刃于虚实之间，左右出手……）

## 从最后的文稿说起
### ——怀念杂文家拾风　　100
（报人、杂文名家拾风是《朝花》的老作者、老朋友，他在《朝花》刊登的最后一篇杂文是《洪承畴骂娘》，我和陈诏把刊登此文的报纸送到医院并看望他，建议他安心养病暂不写作，拾风却笑着回答："只要精神好一点，我还是会在病床上拉拉（写写）的。"谁料没过几天，就传来了先生病逝的噩耗。）

## "双子"文章真性情
### ——杂文家冯英子、何满子文稿忆记　　104
（冯英子疾恶如仇，其杂文题材重点一是揭批日本侵华罪行，二是抨击封建主义残余思想。一次江南之行后计议写十篇文章，首篇寄给了《朝花》。何满子面对社会丑恶现象常说的一句话是"不能听过算数"。）

某公三忧　　　111

（这篇以杂文形式写的文稿，内中的"某公"是哪位著名学问家？读到文末即可知晓。）

"鸳鸯蝴蝶"的话题　　　114

（贾植芳将"鸳鸯蝴蝶派"作品作两点归结，并认为这一派作品"不乏市侩气的庸俗，但又谁能说其中没有几分难得的清醒"。一向对"鸳蝴派"持批评态度的何满子，认为好友贾植芳分析的两点"是有道理的"，但仍认为对于这类作品中迎合市民消费趣味的市侩气倾向，其对社会的消极影响应当有足够的清醒估计。）

时间，在晚晴的勤勉中流过
　　——文洁若印象记　　　117

（文洁若自称一生只做三件事：搞翻译，写散文，保护萧乾。夫君去世后，她仍笔耕不息，尤其在译作方面新品迭出。文先生说荒废的时间太多了必须用自己的努力补回来。复兴门外的寓所里，连续数小时伏案劳作仍是这位九旬老人的"日常态"。她对健康长寿有信心，说要写到一百岁，活到一百十几岁。）

那年在"鸽子窝"，王蒙与我们同侃　　　121

（说到作家创作艰苦性的话题时，王蒙提到周而复，"那三百多万字的抗日小说《长城万里图》，可是一位老人在人生最低谷的那些年完成的，十分令人钦佩"。接下来聊写作的"快手"和"慢手"，然后大家在海边重温《浪淘沙·北戴河》词篇。这次在北戴河，王蒙并未彻底休养，正值北京奥运会前夕，他在为"写奥运"做准备呢！）

刘心武《红楼梦》探佚前期文踪及其他　　　125

（在《刘心武续红楼梦》一书出版前，刘心武曾将曹著八十回后"十二钗"女子的命运归宿重新设计，其中"三钗"的"预演"草纲，由陈诏和笔者先后经手，陆续刊登于《朝花》。作为《红楼梦》研究者的陈诏先生不同意刘氏探佚文章的主要观点和"索隐派"思路，著文与之论争，有时言辞很激烈，但坚持对事不对人的学术争鸣原则，"论剑"之后仍是好朋友。）

云乡深处有佳思
　　——邓云乡略记　　　130

（邓云乡在北京居住过二十年，他写的京华怀旧文章，真的能把"事如春梦了无痕"的情境写得既如梦如幻又似乎触目可见触手可及。我编发的《皇城根寻梦》散文，是邓先生在《朝花》刊登的最后一篇文章。他与陈诏都是红学家，常来文艺部老陈办公室小坐，一道切磋交流红学研究心得。）

## "半拙斋"主唐振常谈"吃局"　　134

（既写席上佳肴，也写"饭局"，写吃客的相关故事。他写扬派名厨何德龙的手中绝活"八宝鸭"烹制，写得有声有色。作为川人，对川菜的"辣"也有内行的见解。）

## 写《巴金传》是平生之幸
### ——"荧荧楼"主徐开垒说文事　　137

（徐先生说写《巴金传》得到巴金老人首肯，是自己最感荣幸的事情。采写过程中，有些事涉及传主的内在精神。在与巴老面对面的交谈请教中——得到了满意回答。由于采集和研判的认真细致，徐老说写作时便感觉已经"握住"了传主的生命脉息，"握住"了传主文字世界的"灵魂"。徐开垒作为著名报人和散文家，自身的文字生涯也精彩。）

## 橘林晨话　　144

（在太湖之滨的苏州古村落——陆巷的偌大橘子林里，迎着朝阳，目睹满林红橘，笔者与前辈作家、编辑家徐开垒徐行徐谈（文化人生的话题占多数）。在电视剧《橘子红了》的诗意取景地与一位文坛老人的这次晨间闲谈，难以忘怀。）

## 森林夜话　　147

（一位是著名社会学家，一位是著名报人，两人又都是著述丰硕的作家。邓伟志崇尚"直言动天下"，并倡导"知民度"，因而在著述生活中总是"眼睛向下"，关注民间。丁锡满有"布衣老总"之称，从穷山沟里走出来的他，是又一位"知民"派。邓先生的随笔时评贴近社会，贴近民众，字里行间有社会和时代的脉息。才子型的丁先生文采风流，却总是憎爱分明，走笔天下，呼号民生。）

## 从《青的果》到《五洲风云纪》
### ——外交家王殊的文学情怀　　150

（外交家笔下的文字总是多彩而丰实，何况王殊还是早年在上海与沈寂、袁鹰、何为、徐开垒等人一道写稿出道的资深文人！王老离休后重拾旧爱，作品迭出，他在《朝花》刊登多篇域外题材散文，比如《重逢多瑙河》，河流和岸边风景，时空交叉中曲折的人事变幻记叙，简直就是一部电影的浓缩版。）

## 何府谊聚　　154

（《人民日报》《大地》、《文汇报》《笔会》、《解放日报》《朝花》——三家著名报纸的副刊老人袁鹰、徐开垒、陈诏与我，聚集在上海陕西南路老散文家何为先生家里，饮茶聊天，畅谈报纸副刊的昨天和今天。徐开垒说没有约到《新民晚报》的秦绿枝（吴承惠），如约成，就是四大副刊老人话当年了。）

目录　　007

## "煮字""裁衣"总关情
### ——陈诏的文化人生　157

（陈诏几次向钱锺书先生约稿遭婉拒，陈继续写信，钱先生终于寄来一首诗，于《朝花》刊登后，钱老坚辞稿酬，陈想方设法，买冻石一方，请篆刻名家钱君匋为钱氏刻成印章，赴京登门送印，钱老见印欣悦。自此，钱陈书信往来，成了朋友。陈诏先生人生"低谷"中，行囊里幸有一部《红楼梦》。）

## 枯荷听雨心亦静
### ——读陈丹晨随笔　164

（1933年巴金写过一篇《三等车中》随笔，记述乘坐津浦线客车的情景，巴金研究者陈丹晨在《朝花》刊登的一篇随笔，题目也是《三等车中》，描记20世纪90年代乘坐京沪线慢车的见闻。时隔一个甲子两篇同题文章，于车厢一角映现沧桑巨变中的时代和人物风貌，作家的选材立意真是别具心曲。）

## 俞天白：岁月中的打磨　167

（俞天白对好多事情喜欢"亲历一番"。为了熟悉股市，曾到证券报工作，并亲自操盘买卖股票；一次应约为《朝花》写城市风貌征文，来信说想联系直升机，从空中俯视一下上海新貌，还约我一道飞一次。"亲历"的习性，使他的写作素材"仓储"总是十分丰实。晚境中关注家乡义乌的经济奇迹，文字旅人再出发。）

## 吴欢章
### ——论者眼光　诗性情怀　171

（从阅读多部诗歌、散文评论专著走近主编者吴欢章，虽以写诗出道，吴教授对诗歌散文创作的研究和评判严谨缜密，认定"理论应该听实践的声音""实践需要理论的指导"。在教学和文学研究的间隙，吴先生也写诗写散文，我经手编发他多篇散文稿，深沉的沧桑意味中，有多少人间故事在里头。）

## 陈祖芬
### ——字里行间，有时代的脉息搏动　175

（刊登于《朝花》的散文《深圳不相信牢骚》，写20世纪90年代的深圳，作者用激情的笔触，记述被洪水淹没的街道上，"赶潮人"涉水而行的"十八般武艺"，一个个生动画面，折射的是大建设中这座南国新城的精气神。若干年后写《西湖重》，常有妙笔，既潇洒又有"内力"的杭州人，建设新的城市举重若轻，也就是袁枚先人所说的"人间始觉西湖重"了。）

## 26 楼咖啡厅，程乃珊来了　　178

（咖啡厅里的话题，"双城"是少不了的，程乃珊明白自己属于上海，但又念念不忘那座自己也十分喜欢的城市香港。她不是一个怀旧主义者，比如写上海的"老克勒"，不会一味追求城市西北角陈德业的那座宁静小楼，散发时代气息的大上海今日风景，毕竟具有更大的吸引力。此后的那些日子，她对纪实作品产生了很大的兴趣，为《朝花》写的稿子，写实和思考性的题材多了起来。）

## 陈丹燕
### ——从老街发屋到"地理阅读"……　　182

（真，细，自然，有情味，读着，读着，便走进了她的文字世界。都市生活各色人等写熟了，她的文学视野愈益开阔，"情人墙""和平饭店"，等等，都在她"文化外滩"观察和思考的范围之内。魔都"外滩"连接海内外的广阔空间，她的国际旅行便有了极为丰富的内涵，她的文学天空就更开阔了。）

## 竹林
### ——避开"聚光灯"，静心谋划"新风景"　　185

（物欲名利冲击了好多应该存在的东西，一些美好的东西"淡出"，竹林称这样的状态为"缩略时代"。即便如此，她仍认为"超然物欲的精神力量"依然存在，"清净无染的长情大爱"依然存在。她寻觅它们，发现它们，她要为此而书写，为此而表达。避开尘嚣，在安静的"一角"描画心中的"风景"，仍是她的日常态。）

## 秦文君
### ——写少年儿童，"孩子王"自有"心尺"　　188

（对少儿生活有着太多的了解，对孩子有着太多的爱，她是儿童世界的"局内人"，但毕竟是成年人看孩子，她又在"局外"，如此两者结合，体察和表现孩子的时候就有了一把客观的"心尺"。这样一位孩子们贴心的"精神导师"，又是那样的勤勉"耕耘"，"高产稳产"自在情理之中。）

## 殷慧芬
### ——写小说的女作家也有一颗"散文心"　　191

（散文的写作中适当引进小说"元素"，一是"习性"，一是尝试。比如写布鲁塞尔广场，对不在同一个历史时空里的两个孩童的描写，别样地烘托了一个庄严的主题。写《夜探王村》，突出地描记了那位有着一副怪面相的九旬老妪，喀斯特地貌的古村落，一位古村落中的异相老人，让人生发一点天地人生的联想就不是很荒诞。眼中有"人"，文章有"心"，女作家也有一颗"散文心"。）

## 王周生
### ——"地热",真情,写"活"普通人　　194
(王周生的母亲称自己的出生地为"血地",做女儿的记着这些,记着那些普通女性的土地情结、家乡情结、亲人情结。她带着"心"的温暖观察她们、了解她们。有"地热"的烘托,在书写她们的时候,便笔下有情人有情,常能引起阅读者的内心共鸣。人性中的"闪光点"是宝贵的,王周生善于敏锐地发现它们,并称之为"截住闪电"。)

## 王晓玉
### ——潮涨潮落,关注女性心灵的那个"海"　　198
(王晓玉喜欢研究历史,她的作品中的一些故事和人物,便常有家族史、个人史的"踪迹"在里头。她曾在《朝花》发表一篇散文《娘家情结》,说的是"娘家",其实关注的是"娘家"那条弄堂的历史,当然"史"的重点依然是自己一向关心的女性命运。不论是写小说,还是写散文,她关心笔下人物的"心灵",并从广泛意义上探究社会各色人等的"心史"。)

## 封藏七十八年的寂寞心歌
### ——《一个民国少女的日记》出版前后　　201
(一个陈旧的纸包里装着一大沓信函,文洁若发现这是一位少女写的情书,书写者正是自己的二姐文树新,收信者则是一位已故著名中文教授。往事不叙,文先生觉得单凭少女在信中展示的十分单纯清洁的情感,还有信中频见的阅读文学名著独到细腻的心得记述,都是有意义的,于是协助出版社编辑出版了一本书。)

## 带露朝花日日新
### ——经历一个甲子的《朝花》副刊　　204
(由著名报人赵超构起名的《解放日报》《朝花》副刊,一开始就得到巴金等人的热忱支持,其贴近时代贴近社会贴近民众的办刊路线和方针,是报纸副刊历史传统和现实社会生活结合的生动展示。六十多个寒暑走过来,"朝花大公园"依然花繁叶茂,如带露鲜花,显示不竭的生命力。)

## 《朝花》之缘　　209
(《朝花》编辑诸君本着"重视名家,不薄新人"的办刊精神,都有各自联系的作家群,既独当一面,又通力合作。值得一提的是团队诸君自身也分别是作家、诗人或评论家,这样极有益于与作者的沟通和交流。中国报纸副刊素有办刊者亦编亦写的传统,《朝花》团队文人辈出,正是这种传统精神传承的生动写照。)

## 第二辑

南国花影　*217*

圭峰闲话：聊苏轼说巴金　*225*

庐山轿

——匡庐随记之一　*229*

西子茶话　*234*

敦煌杂记　*237*

扬州话片　*241*

总是晴红烟绿

——蠡园三题　*246*

台中的"人文温度"　*252*

消失了的"情人墙"　*256*

天台隋梅今又见　*261*

管社山诗魂　*265*

寻访老榕树　*269*

厦门，飘落在老街的梦　*273*

寂寞寒山路　*277*

老正兴的前尘琐闻　*283*

溥仪妻子李淑贤自我辩白　*287*

## 附　录

老编辑眼中的作家风采——读《朝花怀叙录》　吴欢章　*295*

开卷有益：老报人的旧梦和晚餐　黄亚明　*300*

后记　*303*

第一辑

## 那座园子　那个客厅
### ——观瞻巴金故居想起……

园子不算很大，广玉兰，葡萄老藤，多种花树，都以各自的姿态焕发着生命的活力。引人注目的是园子周遭若干棵水杉树，主干高耸笔直，视线往上接触树梢的时候，蓝天白云同时映入眼帘，便感受到了与那些静宅小院不尽一样的园林气息。一尊设计独特的铜质人物雕像伫立于草地一侧，那是一个在生命中挣扎的受难者的形象，身子略略前倾，双手大幅度地伸展着，是在迎接什么，或者要拥抱什么吗？是的，已经故去的宅院主人的一生，以及主人笔下的文字，始终与这个世界的不幸者、受难者声息相通，热烈而真诚地给予他们抗争黑暗寻求光明的信心和力量。雕塑设计家在像架下留下的文字很温暖：新世纪没有忧伤。

这里是巴金先生的故居。每次经过武康路，只要有可能，我总要走进去，看一看那座园子，看一看那个客厅，还有临园的阳光屋。主人不在了，阳光屋中两张可以写作的简易小桌（其中一张是缝纫机的架面）仍在原处，让人想象当年老人在这里伏案劳作的情状。客厅里成排的书橱依旧，长的短的沙发依旧，伫立厅前，似乎又见到当年主人在这里接待各方来客的身影。十分幸运的是，作为媒体人，也作为巴金作品的忠实读者，20世纪八九十年代，我曾两次在这个客厅里近距离见到巴金先生，聆听一代文豪的亲切声音。

### 一次集体拜望和《我的祝贺》

1986年，《朝花》这座文艺花园"三十岁"了，春天的时候恰好已经出刊三千期。在这样的时刻，"园丁"们觉得是该做点什么的，编委、文艺部主任吴芝麟提议去拜望一下巴金先生，他说请这位《朝花》的老朋友向读者编者说点什么，不是很有意思吗！同人们对此自然都很赞同，芝麟先生熟识巴老及其女儿李小林,很快就联系好了。三月中旬的一天,他带着许锦根、陈鹏举和我,驱车前往武康路113号巴金寓所。黑色铁门徐徐开启,小林女士引领我们进屋,便一眼看到衣着朴素的巴金老人站在客厅门口迎接我们。主宾入座之后,有关问候、汇报、约稿等的话语大多是在老人和芝麟之间进行的,巴金先生说了一些什么,印象很深的是当老先生听到三千这个数字时,略略思索着说(大意):《朝花》1956年创刊时的情形他是记得的,三千期,三十年,这么长的时间,一个刊物坚持下来不容易……你们都还年轻,三千期之后,回顾总结一下,还要认真地办下去。对于"借此机会向读者说点什么"的请求,老人说写不动了,但还是回忆并述说了当年的一些情形,表示可以容他想一想。接下来,巴老和小林应问说了一些近来身体和写作的状况:八十三岁了,体力精力变化明显,很容易疲劳,笔自然是放不下的,觉得有好多事情要做,但往往每天只能写几百字。身体活动主要是到园子里走一走,看看绿色(不少花木是他亲手种植的),呼吸有花叶清芬的空气,这是他一天中最松舒的时光。1986年巴金先生的文字活动,应当主要是倾注心血写作《随想录》的后续部分,虽力不从心,但仍不放松。"好多事情要做"的当中也包括了难以避免的与外界的交流,那段时间吴芝麟和陈鹏举合作采写的纪实文稿《巴金与十个找理想的孩子》(出了集子),就是此类社会活动中的一个生动故事。

那天我们告辞的时候,主人坚持送到大门口,巴金老人在门堂里微笑着挥手送别的神情,定格在我的记忆中。

十天后,巴老的短文《我的祝贺》便在芝麟的案头了。文章开头是这样写的:"几天前,《朝花》的几位编辑来看望我,说《朝花》到今年四月满三千期了,还说《朝花》创刊时,我是它的顾问,希望我能说几句话。"接着巴金先生做如此回忆,"创刊初期,我曾以'余一'的笔名写过一些'雨夜杂谈'之类的小杂文,其中有一篇题为《有啥吃啥》,引起了麻烦。据说,张春桥曾对我一个朋友说,写杂文不要'片面',要'全面'。我想,我不是当领导的,免不了'片面','文化大革命'的时候,这些小杂谈也受到了批判。至今我还是认为写杂文总要锋利些,要有棱角,不痛不痒的,能起什么作用?过去如此,现在仍然如此。"(此

文刊于1986年4月3日《朝花》三千期纪念专版）

　　1956年是"双百方针"颁布的年份，学术和文化空气活跃，学人文人心情明朗，《有啥吃啥》批评了有些人脱离民生实际的某些主张和"号召"，提倡即便在生活领域也要坚持实事求是的作风，就是在这样的情形下写成的。——这里还要说一说的是《朝花》于1956年9月正式冠名出版，《有啥吃啥》发表于9月27日，而一周前的9月20日，巴金在《朝花》刊登了另一篇杂文《恰到好处》，可见他几乎是在《朝花》诞生的第一时间为它写稿，并有了一个《雨夜杂谈》的栏名。——到了1957年的某个时段，情况发生了变化，善于观风测雨的张春桥用笔名在报纸上发表了一篇题为《今天天气……》的文章，提出要对前些日子一些文章中的说法进行"澄清"，做出"阶级分析"，之后果然风暴来临，巴金等人的"麻烦"也就在所难免……在经风历雨中度过了三十个寒暑，1986年的老年巴金回首这些往事，真的是感慨万端啊！杂文到底是什么？1956年的巴金是明白的，1957年就只能在"心里明白"了。到了1986年，巴金先生重申杂文"要锋利一些，要有棱角"的时候，对"文章之道"在社会实验过程中的沉重经历有了切肤的感受和觉悟，是归入"讲真话"的思考系统之中了。

　　《我的祝贺》接下来说了他前些日子为《朝花》写了一篇《我的老家》，对继续办好《朝花》也给予了热情的勉励，最后在谈到自己近况时竟用了这样的话语："我想现在最好是隐姓埋名，有个安静的环境，顺利地做完要做的事。"

## 九十寿辰时客厅里的温馨话语

　　再一次进入这间客厅是七年之后的1993年，武康路上已有梧桐落叶，园子里的秋意也浓了。——11月25日是巴金的九十岁生日，报社总编室特地订制一只三层大蛋糕，于24日由我们文艺部的几位同人送来贺寿。

　　寿翁端坐在客厅的沙发里，满头银发，上身穿一件藏青色滑雪衫，襟中有两条垂直的红边，下身是青布裤子，蓝灰色旅游鞋。此时室内已有十几位贺客，市委领导人陈至立和宣传部的负责人也坐在寿星身旁。客厅内外摆了好多花篮，老人身前的一只花篮很醒目，——九十朵鲜红玫瑰组成一个大大的"寿"字，绸带上写着"祝贺巴金老弟九十大寿"，送篮人是寿翁的挚友冰心先生。案上的一只黑陶仿古花瓶，是曹禺先生的赠物。墙上显眼的所在挂着一幅装在镜框里的照片，画面中的屋子和道路风物呈西欧风韵。巴金老人用手指点着照片告诉大家，这是但丁住过的地方，冯牧先生访问意大利的时候拍了这张照片，特地放大了作为生日礼物送来。听着老人温暖的述说，我想到了他心中一直有着的"但丁情愫"，——意大利诗人、伦理思想家但丁在自己的创作活动中没有停止过对人生的探索，而他的这位中国"知音"即便在"文革"期间的"牛棚"里也还在潜心研读《神曲》，让人觉得西方东方两位探索者之间是有着一条或朦胧或清晰的"精神通道"的。

巴金先生平时话语不多，今天则多次与大家进行言语交流。他说自己从小不爱过生日，记得有一年祖父做寿，长辈要他跪在地上磕头，他不肯跪，结果挨了一顿打。巴金的弟弟李济生在一边轻声告诉我们，兄长内心里也不想做九十大寿的，但那么多人惦记他，要来祝寿，众意难违，便同意在家人的安排下接受一部分贺客。这时市委领导人在向巴老述说上海文化工作的近况，其中说到了在扶持、发展高雅文化方面采取了一些实际的措施，并取得了一定的成绩。巴老便说上海在30年代就是全国文化的中心，今日这座城市的文化仍应对全国产生好的影响，这方面要有自信。此时李小林等人已把那个大蛋糕切好，分送到每人手上，寿星也端着盆子，拿起银叉，和大家一道吃蛋糕。

那些年，巴金先生把自己十分有限的精力都放在了《随想录》和《巴金全集》的修订出版事宜上。九十寿辰的时候，《随想录》已经出版了九个印本，近日又出了第十个印本——线装精本。李济生先生为此在《朝花》上刊登文章，介绍这个印本的出版过程，其中说到了兄长拿到书的时候很高兴，捧在手里反复展读，也仔细地看了冰心在书上的题字，并在当天写信向她表示谢意。

似乎可以说1993年是后来影响深远的巴金暮年著作《随想录》圆满收官（书出齐）的年份，著作等身的文坛巨子在我们这个多难之邦进入一个新的历史时期的时候，高高地举起了"讲真话"的旗帜，其无与伦比的精神内蕴和力量远远超出了作家和文坛本身。在九十初度的那些日子，我们自然也都记得老人说过的这么一句话："我的一生是靠读者养活的。"——读者养活了我，而我则以奉献为天职。——从"忧伤"世界中走来的一代文学家，把阅世悟世醒世警世的深沉思考，以及对未来对新世纪的希冀和期盼，用最真诚的文字记录下来，而晚境中的他也在最广大的读者中找到了自己的归宿。

最后要记下一笔的是，三年后的1996年，已经握笔维艰的世纪老人还认真地为《朝花》写了几个字："贺《朝花》创刊四十周年"，刊登在9月19日的《朝花》纪念专版上。

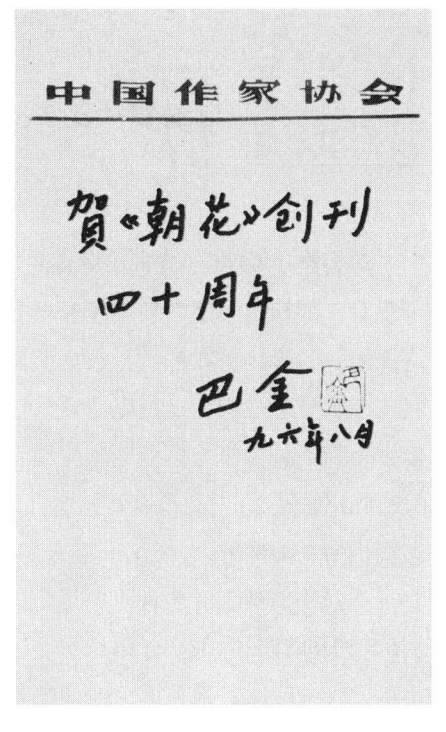

巴金为《朝花》创刊四十周年题字

（原载《解放日报》2018年5月24日）

# 周而复：文字长路上的不倦旅人

笔者是1993年经老同事陈诏先生引介认识周而复先生的。那个时候周公最后一部长篇小说六卷本《长城万里图》业已出版，四卷本长诗《伟人周恩来》的修订仍在进行，收集旧文出版多卷本散文集和撰写回忆录等事宜也渐次排上日程，这位以"驽马"自称的老作家，在晚境中的文字路上依然奋蹄不息。作为报纸副刊的编者，我不时地约请周先生写稿（之前一直由陈诏联系），只要没有特殊情况，他总是爽快应允，有时手头有适当的文稿也会主动寄来。《朝花》版的名人文章中，周而复是时常露面的一位。

那几年，周老对表现十四年全面抗战史诗故事的《长城万里图》出版后的相关事宜颇为关心，第一卷《南京的陷落》由翻译家译成日文在东京出版发行的时候，他在第一时间托秘书李文芳先生与我联系，希望在报纸上发点信息，把这件有意义的事情告诉读者，我立即据此写了新闻短讯，在夜编部的支持下迅速见报。1997年，美术家将《南京的陷落》绘成连环画出版，周先生来信告知这一信息，并附来他为画册写的序言，提出能否刊登一下，以纪念南京大屠杀六十周年（1997年11月18日信）。我们当即将序文编发见报。周而复先生与《解放日报》是有缘分的，——1949年10月，创刊不久的这张报纸开了一个庆祝开国大典的专栏，周先生就曾应约为专栏写了短文，而早在抗战时期的1944年，而复先生写的报告文学《诺尔曼·白求恩片断》，就是发表在延安出版的《解放日报》副刊上的。周老在给我的一封信中如此写道："我三十年代初即来上海，解放后又曾经在华东局与上海市委统战部、宣传部工作，对上海对《解放日报》情有独钟。故陈诏和你编辑《朝花》索稿，均设法报命。"（1997年11月9日信）。

除了信稿电话往来，笔者有两次与周先生见面叙谈的机会，前一次是1995年在北京万寿路翠微西里周公寓所，后一次是2001年在上海衡山宾馆。在文化部副部长等高位上退下来的周先生对人平和热忱，一旦走近，谈话便推心置腹，决不把你当外人。好多人说周而复是写作快手，老人对此不是很认同，他说他的写作状况是完成第一稿确实比较快，但之后的推敲修改，花的时间可能更多些。写长篇时完成一卷之后，必定要置放一段时间，可能是一年，也可能是两年。他说一部有点价值的作品，很大程度是改出来的。周老讲了这么一段经历：《长城万里图》初稿写完后（当时拟写三部），他把第一部稿子送给老朋友楼适夷（时任人民文学出版社负责人）过目征求意见，楼先生读完后提出的修改建议让他"吃了一惊"，其中涉及结构主线、重要战役、全局和局部、上层和下层、正面和幕后等关系设计，都要进行调整和充实。周先生说按这样的意见修改，好些地方必须推倒重来（那时第二、第三部也已有了初稿），但他明白老朋友的专业意见是对的，再说楼兄的提议同新中国成立初期陈毅将军勉励他"写一部透视抗日战争全局的大作品吧"的精神也完全一致，于是便决定"壮士断腕"，投入艰巨的改写"大工程"，作品规模也从三部扩展至六卷。周先生先后完成的两个"大部头"著作，一百七十万字的《上海的早晨》自构思到最后一卷出版，用了二十七个年头（当然其间有非常时期的社会因素，作者个人曾遭受不堪言的折磨），三百七十五万字的《长城万里图》自启动到完工用了十六年。周老说："有人称我是大作家，其实我只是一个业余作家，我一生担任各种职务很多，不可能有专门写作的时间，只能利用业余时间见缝插针地写。"后来，我在他的一篇创作体会中看到他的时间安排：每天清晨五时起床，除去洗漱吃早点，

长篇小说《上海的早晨》首卷书影

长篇小说《长城万里图》首卷《南京的陷落》书影

周而复四卷本《往事回首录》书影

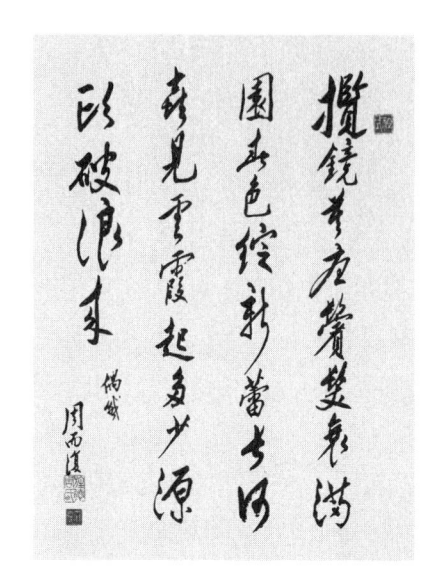

1996年1月,周先生为《朝花》题诗贺新年。周老后来出版的《往事回首录》也收入此诗书法

上班前的时间都用来读和写,晚上再利用一点,一天就有两个小时了。节假日除了必要的公务应付,所有时间也都利用起来。

2001年的那次晤面,是我接到李文芳先生的电话,说周老来上海了,住在衡山宾馆,明天下午有时间,希望能过去喝茶聊天,我便约了他的老友陈诏先生一同往访。此次见到的周先生,显得苍老了好多,还有点耳背,但仍然神气清爽,思路明晰。这次谈话中说起了写人物。周老说不论是小说或散文,写人是最要紧的。他出访过几十个国家,写了一批海外交流游历散文,异国风情自然也很吸引人,但他更关注的是人物。他写过泰戈尔、贝多芬、达·芬奇、马克思等,每次都要用好多时间理清楚人物主要品质、特点和自己的认知感受,方才提笔展纸写起来。陈诏说《上海的早晨》出版那么多年了,经过电视剧的演绎,一些人物形象至今都还记得。周老认为就小说而言,人物是灵魂,写作者许多心思要放在这上头,他在写人物过程中遭遇的纠结和花的工夫是最多的。"我的小说中的人物写得怎么样,要让读者去评判,但自己确实是尽力了。""《长城万里图》写那么大的战争,上下左右的人物太多太多,不好处理啊!"接下来我们的话题延伸到"读人物",周先生说巴尔扎克是自己喜欢的作家,许多人物写得很精彩,但如果真的要做比较,在塑造人物上还是不及曹雪芹,《红楼梦》中那么多人,百人百面,百人百心,极少雷同,真的是天才级的大能耐。陈诏先生是红学家,对周老的评说极表赞同。

周而复先生在写作《长城万里图》的过程中曾经遭遇一次不寻常的挫折,——1985年访日期间为采集素材而进行的一次参访靖国神社活动,在当时一些复杂的情况下成为"事件",受到被开除党籍的处分。前一次的访谈中我已了解相关情况,2001年的这次晤叙,我们得知老先生最近上送了新的申诉材料,"我对最后解决问题始终抱有信心",周老沉静而坚定地说,同时顺手从一边桌上拿来这套小说中的一本,翻到有关章节,指点一些文字让我们看,——作家写抗日小说,希望尽可能多地采集和掌握素材,这些细节正是在那样的采集活动中获得的。老作家用自己的认识观、历史观创作的这部作品,自然必须接受时间和读者的长久检验,但著作者以热忱的爱国情怀和坚强的使命意识完成这么一部大书,本身就是一件了不起的事情,而更为难得的是,在遭遇挫折承受不一般的压力和精神煎熬的状况下,周先生"不斤斤于逆境,不戚戚于穷途",按既定的目标辛勤劳作,最终写完了这部超长篇的最后一句话,这种对事业对理想无限忠诚的定力和永在征途的战斗姿态,令人感佩不已。

那次叙谈中周先生说的两段话令人难忘,原话是:"我今年87岁,好心人劝我完成这部长篇后可以搁笔休息了,我自己可不这样想,只要活下去,就还要写作。""人家以为我写了这么多东西,一定有个好身体,其实不对了,我过去生过膀胱癌,后来又有高血压、糖尿病,都是很折磨人的,有时候心情也会烦躁,但我不悲观,也不消极。"

谈到写什么的话题时,下面一段话听来也印象很深(大意):文学这东西,要悠闲一点优雅一点自然是可以的,但时代和作家思想情感的关系太过密切,他们这一辈作家从战乱中走过来,家国命运与个人的生活遭际,与周围百姓的生活遭际,紧密地绑在一起,自己经历的和看到听到的,积累起来就有许多感受,有的感受深入到骨髓,在这样的情况下,下笔作文,要没有一点家国情怀使命感也难啊!

出生于1914年的周而复自幼承受严格庭训,在之后的求学过程中接触大量传统诗文和中外名著,渐次对文字对文学滋生了浓厚的兴趣。在20世纪30年代以一部《夜行集》诗集初涉文坛,后来在南京和上海写了好多杂文类作品(出版过一本《北望楼杂文》)。1938年,怀着对战乱年代国家命运和前途的急切关注,周而复奔赴延安,曾到晋察冀抗日民主根据地工作四年,然后再回延安。军内军外,关内关外,笔和枪都是战士手中的武器。抗战胜利后,国共两党按《双十协定》成立"军事调处执行部",周而复受命以新华社和《新华日报》特派员的身份,跟随马歇尔、张治中、周恩来赴各地巡视,了解军调工作,采写军调新闻,并先后写出并发表了《晋察冀行》《东北横断面》《松花江上的风云》等纪实作品。20世纪40年代后期则完成了抗日题材长篇小说《燕宿崖》和《白求恩大夫》的创作。心系社稷，笔随时代，是这一代文艺家内心的自觉要求。对于这场我国历史上从未有过的全民族奋勇抗击外国侵略者的伟大战争，他一直有一个从广度和深度的结合上写一部大书的心愿，并多方收集积累素材，皆因公务繁忙而延搁下来，直到下定决心开笔的时候，已经是花甲之年了。

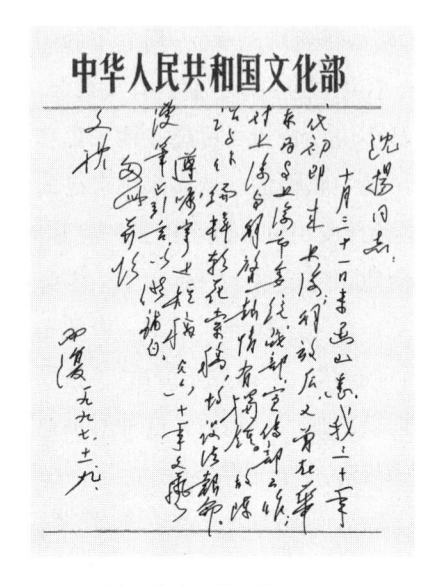

周而复给本书作者函件手迹

2002年，中纪委经过复查核对，做出了关于恢复周而复党籍的决定，周老在收到这一平反文件的时候感慨万端。在此后直至生命终点的一年多的时间里，高龄老人争分夺秒地投入最后一部著作《往事回首录》（三卷本一百万字）的写作，中国工人出版社的责任编辑刘岚热忱地帮助这位病弱老人完成了最后的文字。当我接到由刘岚女士寄来的这套图书时，周老先生已不在人世了。

写到这里，笔者不禁想起十年前的一件事：2008年在中国作协北戴河"创作之家"休养期间，有一天去鸽子窝公园，王蒙先生与大家同行，其间说到作家高产的话题，王蒙说顺境高产当然好，而遭遇逆境仍然高产，就不是常人所能做得到的。他说的正是自己十分熟悉的前辈作家周而复。他说周老先生著作等身啊，十几年的低谷中负重而行坚持完成既定任务，是何等的力量支撑啊，特别令人钦敬。

自十五岁发表第一篇文稿到2004年1月8日与世长辞，这位文字长路上的跋涉者为社会奉献了一千万字的著述，多部驰名作品产生了广泛而深远的影响。我们的"业余作家"用毕生的心血，书写着对养育自己的故国热土和人民的深沉的爱。

（原载《文汇读书周报》2018年7月30日）

## 萧乾与《朝花》两题

著名文学家萧乾与《解放日报》的《朝花》副刊有着很好的交谊，在晚年的岁月里，他也是这个副刊的重要撰稿人之一。与萧乾先生保持较长时间联系的是资深编辑陈诏先生，老陈退休离职后，由我接手，直至萧老谢世，也有几年时间的文稿往来。多年的交往中留下不少值得怀念的故事，这里记下两则。

### "我当过文学的保姆"

陈诏编发过好多萧老的文稿，较早时候的一篇《我当过文学的保姆》，更是印象深刻。在文章中，萧先生结合自己的经历，具体阐述了报纸为新人提供园地、造就一批新作家的重要性。他提出编辑应当在这方面做好服务工作，所谓"文学保姆"，正是在这个意义上说的。我们都知道萧乾先生早年曾经先后在天津、上海和香港的《大公报》供职，编文艺副刊《大公报·文艺》和《小公园》，他与当时一些同行不大一样的是，在联系撰稿人的时候，从自己的切身体验和报业发展的长远眼光考虑，在组织名家文稿的同时，也十分看重对于不知名的文学爱好者的发现和培养，他对那些勤勉聪慧的文学青年青眼有加，认为如果光有追梦人的热情和努力，没有掌控文章发表权的编者的帮助和扶持，新人要出来难乎其哉。因此他身体力行，在这方面付出了大量的心血，"文学保姆"是萧先生很早就提出来的。陈诏说那篇文章发表后引起不小反响，——不只是报业同行，也在心怀文学梦的好多业余作者中。

1996年为纪念《朝花》创刊四十周年，报纸要出纪念专刊，我给萧乾先生写信，希望他为专刊写几句话，他应请寄来贺文，内容如下：

副刊的光彩不在于它刊登了多少名家之作，首先要看它培植了多少新人。已出的四千多期《朝花》，曾为千百位新手当过保姆，希望它继续充当文艺界新生力量的摇篮。贺《朝花》四十周年纪念。

贺文在刊登的时候，我做了个标题：《当好文艺新人的摇篮》。萧乾老人短短的几句话，再次传递了他一以贯之的观点，提倡文艺性副刊要把提携新人放在重要的位置，充分体现了这位过来人着眼未来的科学人才观和发展文学事业的战略性思考。他的贺词，也是对我们又一次的勉励和鞭策。这里值得一提的是，2004年夏天的某一日，《人民日报》的袁鹰、《文汇报》的徐开垒、《解放日报》的陈诏和我，在陕西南路63弄散文家何为先生家中吃茶聊天，谈到报纸副刊的时候，也涉及作者选择的问题，一致的看法是作为大报名刊，组织名家文章争取名流支持是需要的，但一定要有发展和建设的眼光，重视名家不薄新人的"两条腿走路"的传统不能丢。袁鹰先生和开垒先生都说到在编辑工作中从未忽视对文学新人的关注。老编辑和老作家们对前辈的"文学保姆"说都有着内心的共鸣呢！

萧乾先生虽然后来不再编副刊，但他在自己漫长的文学生涯中，以另一些方式，始终爱护、关心着年轻文艺家的成长，这方面的具体事情不说了，请看看文洁若先生写下的一段文字吧：1999年2月初的一天，在北京医院的病房里，萧乾由洁若扶着他的手，写下了自己对生与死的哲学思考——"夕阳也许会在世纪末落山，却是为了托起跨世纪更辉煌的朝阳。"此言写完没过几天，到了2月5日，萧老即陷入昏迷状态。这句话无疑成了萧乾先生的人生绝笔。我们从萧老最后的文字中，看到了哲学意义上的新旧交替规律，也看到了一位文学大家对于下一代不灭的希望和慰勉。

## "余墨"连接着的故事

萧乾先生1996年3月29日寄给我的随笔《回首〈梦之谷〉》，因连接着一些耐人寻味的故事，所以经久难忘。在寄稿的附函中，先生说此为系列文章中的首篇，以后还会再寄。——这里所说的"首篇"，是指他后来陆续写了几十篇"余墨"文稿的头一篇,所以做了个副题《"余墨"之一》(此文5月2日刊于《朝花》)。

《梦之谷》是萧乾写于1938年的一部长篇小说,出版后反应热烈,评论家司马长风在他的《中国新文学史》中,称《梦之谷》是五四以来自己最中意的十部长篇小说之一。《回首〈梦之谷〉》,是对当年写那部小说来龙去脉的追忆和补充。此类"余墨",萧老原想分别附在旧作后面,收在《萧乾文集》中,但没有全部写完,也因篇幅关系大部分并未编入。他身后出版的第一本遗作集,取题《萧乾——余墨文踪》,也就是上述系列文章的结集。我留有部分原稿复印件的《真实与翔实》一文,副题是《余墨:刘粹刚之死》,也是此一系列中的文章之一。这一时期萧老寄来的作品,有"余墨"也有其他题材,可见他是交叉着写的。

萧乾《真实与翔实》一文文稿手迹

阅读《梦之谷》的读者,常常会提出一些问题,比方说,小说中所描写的是否真有其人其事,男主人公"若萍"是萧乾自己吗?那么女主人公"盈"又是谁呢?比方说萧乾年轻时写了不少小说,首部长篇《梦之谷》又写得那么好,为何自那以后就不再写小说了呢……关于这些,萧老在《回首〈梦之谷〉》中作出了明确的回答。——《梦之谷》的故事,是萧乾1927年在广东汕头短期执教过程中发生的一段故事,"情节基本上是真实的","若萍"即萧乾自己,女生的名字叫"萧曙雯"。萧先生是以自己的亲身经历,描述了一段十分淳朴十分美丽的初恋情史。由于一些当时难以弄清的原因,小说中的女主人公后来有了一定的复杂性,但男主人公(作者)身上所表现的是非常执着非常单纯美好的爱恋情感,读来令人感动。笔者读这部小说的时候,还很欣赏作者的意象性文字,它使小说有了一种诗意灵动的气韵,与纯真的爱情内容结合在一起,别有一番动人心弦的艺术魅力在里头。至于写完《梦之谷》之后缘何不再写小说，萧乾说其实1938年小说出版的时候他就做出了这样的决定，原因是发现自己"只会在一小块画面上勾勒，不能从事人物众多的大幅画面的创作""我及时发现了自己能力的限度"，知难而退，而且至今不悔。

　　《梦之谷》的作者和作品中的人物原型，在后来非常年代中的酸楚遭遇这里不说了，倒是"梦谷"之恋发生六十年之后的"一支插曲"，在为这一短暂而漫长的情感故事增添传奇色彩的同时，也使之有了一点宽慰人心的暖意。——1987年早春的某一天，萧乾夫人文洁若在广东汕头戏剧性地见到了退休老教师萧曙雯（是单独会见，萧乾老人始终没有再见萧曙雯），两人由此建立了多年的联系，文先生以宽阔的胸怀关心老境中的萧女士，与夫君一起，向当地政府反映因小说《梦之谷》牵连遭罪的老教师的困难，另一方面，文先生用自己一本书的稿酬，帮助她摆脱住房窘境……后来洁若先生曾就此事为《羊城晚报》写了一篇《梦之谷中的奇遇》，影视机构闻讯后还拍了一部电视片。笔者在一次与文先生晤叙中说起这个话题，在她的帮助下（提供了许多原始材料），我写了《文洁若和梦之谷》等文稿，以简繁的不同篇幅发表在《朝花》和《档案春秋》杂志上。

（原载《解放日报》2015年5月22日）

## 《梦之谷》：梦里梦外的故事
### ——萧乾早期长篇小说引出的话题

萧乾先生是以一批风格独具的短篇小说步入文坛的。在沈从文先生的帮助下，小说处女作《蚕》首发于《大公报》文艺副刊（1933年11月1日）。才女林徽因读了这篇小说表示欣赏，邀约写作者参与她的家庭茶座，自此，这位二十三岁的文学青年成了"太太客厅"的座上宾。林徽因对《蚕》的评语是"是用感情写作的，这很难得"，《大公报·文艺》的编者沈从文也对他勉励有加。得到前辈鼓励的萧先生于是施展身手，在接下来的几年里陆续创作并发表了二十余部短篇小说。大学毕业后的萧乾于1935年进入《大公报》，成了《小公园》和《大公报·文艺》的编辑，不少作品就是在繁忙编务之余挤时间完成的。

### 牧歌式恋情　魅力型小说

短篇载誉之后的年轻人有过写长篇小说的念头，一段撞击心灵的情感故事触动着他，酝酿数载，写了一个"序曲"，终因战乱岁月中到处奔波，头脑和笔都安顿不下来。此时上海"孤岛"的师友来信约稿，尤其是依然主持着文化出版社的巴金先生连续来函，希望务必完成这部书稿。于是，在昆明北门街频繁的空袭警报声中，萧乾写完了长篇小说《梦之谷》。

这是发生在广东汕头滨海山谷里的一则爱情故事，——一对都是十八岁的男孩女孩（一个孤儿一个半孤），各自以真诚的心、纯洁的情，在山明水碧到处是翠树乱岩的静谧山谷里，演绎了一段刻骨铭心的师生恋。过程之中充满了田园牧歌式的甜美和浪漫，——"隐身在苦奈树下，她靠了我，我靠了树干，念一会诗，指了天发着誓，并把一柄小刀把傻语刻在苦奈树干上。偶尔情不自禁，还得用四片嘴唇凑成一件傻事""呵，我活得醉了""她在手帕上歪歪斜斜地写字：'十年生死两茫茫，不思量，自难忘，千里孤坟，无处话凄凉。'手帕的一面还缝进一束头发。"……恋情的结局由喜转悲，似乎也难脱恶势力"棒打鸳鸯"的习见范式，但小说阅读者却一点也不觉得落入俗套，作者运用个性独具的结构方式和文字风格，叙述细节中不时流淌着诗和意识流融合的气韵，这样的文字风味与纯净的恋爱内容结合，是别有一番动人心弦的艺术魅力的。

《梦之谷》于1938年经巴金先生之手在上海面世。国难当头的非常时期，出了一部似乎"不合时宜"的爱情小说，有一些訾议甚至责难是难免的，好在任何作品都要经受时间和空间的检

长篇小说《梦之谷》书影

验，一待时局相对稳定，便有越来越多的人关注起这部乱世佳作来。评论家司马长风在他的《中国新文学史》中，把《梦之谷》列为五四以来他所中意的十部长篇小说之一。他欣赏萧乾把散文笔触用到小说中，"那富于诗情的文字，那长风满帆的笔力，融合成又甜又热的吸力，使你一直读下去"。到了2003年，时任中国社科院文学研究所所长的杨义，备赞萧乾"以出色的语言直觉，穿行于独特的意象和丰富的联想之间"，他认定《梦之谷》"无疑是中国现代文学中最有分量和魅力的爱情悲剧诗情小说"。

## "回首"犹怆然 "梦"外有奇缘

好多人在阅读《梦之谷》时（笔者初读时也不例外），在感叹人物遭际欣赏诗性文字的同时，一些疑惑问号也挥之不去。比方说小说写得如此鲜活真切，是真有其人其事吗？那么是不是写作者亲历亲为的"自传"呢？再比方说萧乾早期短篇创作成绩卓著，又有这么一部"惊艳"长篇，那么缘何自《梦之谷》之后不再写小说……

20世纪八九十年代笔者供职于《解放日报》文艺部，1995年在京

城，曾去复兴门外大街萧府拜望老人，当时萧老与夫人合作翻译乔伊斯长篇小说《尤利西斯》完成并出版不久，仍然很忙，说完问候、约稿等事宜，自然是不便另提《梦之谷》之类的"闲话"的。谁知过了几个月，萧乾老人寄我一篇文稿，题目就叫《回首〈梦之谷〉》，正是讲述当年创作《梦之谷》的具体情形的。令我欣喜的是，上面说到的一些"疑窦"，这篇文稿中都有明白的回答。萧乾先生说，《梦之谷》的情节基本上是真实的，"仅在细节上有些虚构"，作品中的男主角若萍，就是他本人。1927年，在北京读高中的萧乾因组织学生会，被校方以"赤化"之疑开除，一位好心的潮汕籍同学把他带到故乡，在滨海山谷里的一所中学找到一个职位，十八岁的小青年于是当上了语文老师。"由于排戏，竟同一个女生相爱了。"一段异常美丽的情感最终以悲剧了结，主因是复杂情况下权贵势力的介入（萧乾曾经说过这次挫折为"我……头一次遭受中国社会严酷现实的打击"，所以是一部"血泪之作"）。

至于《梦之谷》之后为何不再写小说，萧乾先生的回答也很明确：写完这部小说，发觉自己"只会在一小块画面上勾勒，不能从事人物众多的大幅画面的创作""我及时发现了自己的能量限度"，于是决定转移文字方向，"我对自己当时所做的决定从没后悔过"。

《回首〈梦之谷〉》经我之手编发于1996年5月2日的《朝花》副刊，这篇文章完成了作者和读者的一次亲切交流，著、读之间的精神距离一下子拉近了。

《梦之谷》出版之后，萧乾面临的时局和生活的变化是异乎寻常的。1939年9月自香港远赴英伦，先是在伦敦大学东方学院当讲师，而后兼任《大公报》驻英记者。正值二战时期，作为中国唯一一位驰骋欧洲战场的战地记者，他为国内媒体提供了一批著名的通讯报告，因而名重一时。出国七年之后回国，在从事编辑等工作的同时，以"人生采访"为主旨的报告、回忆性著述陆续问世，多部翻译作品也在盛年忙碌中完成。不再写小说的文字旅人，在另一些天地里做得风生水起。

纵然岁月流逝，与《梦之谷》相关的故事并未完结。1945年，北京一位名叫文洁若的十八岁高中女生读了这部小说，被隔了时空的一对十八岁男女的初恋故事深深打动。小说最后的一个情节是，在扑朔迷离的特异境况中出现一封疑似"绝情信",让"若萍"认定女友"盈"在最后一刻屈于压力"没有了灵魂",因而是个"无情无义"者。所以包括文小姐在内的阅读者,同情的泪水大抵都是献给男角"若萍"的……天下有些事情真奇妙,八年之后的1953年,大学毕业的文洁若与《梦之谷》的著作者成了人民文学出版社的同事,而且这对年龄悬殊的男人女人竟然由相识到相爱,并于1954年结缡成了姻中人。单纯的青春女子与一位已有三段婚史的大龄男结合,遭受非议是在所难免的,然而这位出身名门的女青年毫不动摇自己的选择。——自然是有一些重要的东西吸引着她了,除了学问和才干,还有他的坦率和实诚(明白告诉她在情感生活中曾经遗弃过一个人,但也两次被人遗弃)。笔者觉得文小姐心底应当还有一个认定——相信《梦之谷》中那个执着地追求爱情的"若萍",对"情为何物"有明晰的认知,其心灵本质是可以信赖的。

毕业于清华大学外国语文学系的文洁若学养深厚,是一位出色的翻译家(我国翻译日文作品较多的翻译家之一,并有多种英文译作)。这对文坛奇缘结合之后,自1957年萧乾被打成右派开始,漫长岁月中,始终命运与共相濡以沫不离不弃。萧乾晚年写的回忆录中有如此记述:"我这回要破个例,把这本书献给和我共过患难的文洁若。整整22年,她为我遭到白眼,陪我扛过枷。我流徙期间,三个孩子都还幼小,她毫不犹豫地挑起生活担子。更难能可贵的是她从未对我丧失信心。倘若没有她,我绝活不到今天。"文洁若也有自己的由衷心语:"我一生只做三件事,搞翻译、写散文、保护萧乾。"

20世纪八九十年代,先后步入老境的这对文苑夫妇,用勤勉著译的实际行动"弥补曾经失去的宝贵时间",成果迭出,一向关心报纸的萧乾老人则在繁忙文务中挤时间回应我们的邀约,时有文稿寄来。萧乾老人故世后,也已退休的我自一次文化活动开始与文洁若先生有了联系,书信电话往来,还有几次晤面叙谈的机会。

### 时隔一个甲子的梦谷后传

曾经听说20世纪30年代写成的《梦之谷》,时隔六十年后有过一段新"传奇",文洁若先生还在《羊城晚报》发表了一篇散文《〈梦之谷〉奇遇记》。后来在她的帮助下,我获得了这一"旧梦新话"的几乎所有素材,撰写并发表了《文洁若与〈梦之谷〉》等文稿。关于这段后续故事,这里仅用最简要的文字说个大概

1987年春节,萧乾老人结束在香港的讲学,回程中与夫人一道在汕头小住休息。站在招待所居室的阳台上,夫君指着海湾对岸的那片谷地,告诉爱妻那儿就是《梦之谷》故事的发生地,"去看看吧"便自然是两老都有的心愿了。次日上午,在当地朋友的引领下,两位老人乘车来到了山谷。——千般感慨,百样心曲,这里一概略去不记了。到了第三天,当地朋友传来信息,说《梦之谷》中的女主人原型"盈"(真名萧曙雯)还健在,住在市区的一所学校里。延伸的信息还有:一生以教师为业的萧女士生活曲折坎坷,1957年,"攻击性言论"加上是北京大右派萧乾小说中的女主角,一顶右派帽子便戴到了她的头上……闻此信息,文洁若觉得就凭无辜受牵连这一点,也应该去看看这位萧老师。她对夫君说,我们不一定再有机会来了,你去见她一面吧!萧乾老人的回答是:"你去看望吧,我决定学一回亚塞·魏理,不去了(魏理是英国的一位汉学家,40年代萧乾旅英时曾经问他为何不到中国去看看,魏理回答说希望自己脑海里永远保持唐诗里的那个中国形象)。"

文洁若是以一位认识萧乾并读过《梦之谷》小说的"北京记者"的"身份"前去看望萧曙雯的。新兴小学澡堂前走廊边的一间小屋里,除了一张小床,几样生活用具,别无他物。小屋的主人告诉来客:有这么个栖身之所,已是学校方面对她这位退休教师的照顾,过去在职的时候,因自己的房屋被人强占,只能在教室里把课桌当床,如是持续了九个年头。至于"北京记者"对萧曙雯的第一眼印象,文先生在后来的文字中是这样记述的:"出现在我眼前的是一位形象枯槁的老年妇女,她的腰板是挺直的,看上去身体硬朗。衣服整洁。但昔日油黑的头发已失去了光彩。当然,我们不可能在一位接近八旬的老妪身上找到她少年时的风韵,但摧残她的,难道仅仅是无情的岁月吗?"

会见的时间总是有限的,纵然如此,文洁若先生还是通过叙谈(以及往后的通信)大抵问明了一些"谜团",比如小说结尾处的那封"绝情

文洁若和萧曙雯合影

信",确实只是"疑似"而非实情,"没有了灵魂"是"若萍"在极端迷乱现象中的一种错觉和误判。

接下来的事情是萧、文两老关心着这位命运多舛的萧老师,一方面,通过汕头的朋友,向当地政府反映萧曙雯的情况,另一方面,文先生用自己一本翻译书的稿酬作为资助,与政府一道帮助她改变住房窘境(后来终于获得一房一厅,可以安度余年)。其间,萧老师也明白了"北京记者"的真实身份,一南一北两个女人自此成了朋友,持续通信多年(曙雯于1992年九十二岁时去世)。萧乾先生则在回忆录中写下了这么一段文字:"我在小说中错怪了她,其实,她完全是因为爱我而遗弃我的。"

一个迷人的山谷,一部著名的小说,联结着一对纯情男女的情缘恩怨。整个故事延续了不止一个甲子,由于有了文洁若,事情越出了原先的两人格局,故事的悲剧底色也因而透逸出理性而有暖意的光亮。

(原载《世纪》杂志2019年第6期)

附记:刊出时题为《萧乾早期长篇小说〈梦之谷〉引出的话题》,因是文史类刊物,有所删节,小题也有变动,本文是完整版原稿。

# 文 风 雅 渊
## ——前辈散文家柯灵忆记片断

笔者存留的文艺家书札中,有一份柯灵先生的手稿复印件,以及寄稿时给我的附信。文章的题目叫《重建飞翼楼》,文前有一个"序"字,应当是为相关图书写的一篇序文。

飞翼楼是浙江绍兴龙山上的一座楼宇,原楼建于两千五百年前,与越王勾践卧薪尝胆的故事直接有关。原楼毁于何时不详,文献有记载的是唐朝时当地人于该楼旧址建了一座望海楼。20世纪90年代后期,绍兴市政府决定重建飞翼楼,并于1998年初夏落成,于是特邀原籍绍兴的柯灵先生书写碑文。在柯先生的序文后面,收录了这篇碑文。内中说道,当年吴越争霸,越王勾践败北后,在吴国受奴役三年,忍辱负重,最后终于获释重履故土,十年积聚,一朝爆发,完成了复国兴邦的大业。为庆贺胜利,相国范蠡受命设计并在卧龙山顶建造了飞翼楼。

《重建飞翼楼》一文于8月5日在《朝花》刊登,同时配发了柯老与文稿一道寄来的楼宇照片。当时笔者就觉得,绍兴方面请柯先生书写碑文序文是合适的人选。柯灵虽然出生在广州,但童年和少年是在故乡绍兴的龙山脚下度过的。我读过的柯先生早年作品中,有一组取题"龙山杂记"的系列散文,写的都是故乡事、故乡人。第一篇《巷》,把江南小巷特有的风韵写得细腻而传神,不像是一个二十岁左右的小伙子的文笔。与早年的作品相比,柯灵晚年的散文、随笔一以贯之地显示着自己的美学追求。飞翼楼的碑文,字斟句酌,言简意美:"五湖烟水,范蠡机先。金阊舞歌,浣纱石在。伍员惊涛,文种侠剑。波谲云诡,魂魄惊心。"那一幕幕历史的风云变幻,都凝集于洗练而形象的文字之中。对于柯灵炼字造句的审美习性,阅读界是存在一些不同看法的。我们《朝花》同人大多赞赏先生的行文风格,觉得他对"文章之道"的一些看法和坚持是有道理的。比如对于写作中的"雕琢"之说,柯灵就有自己的解释,认

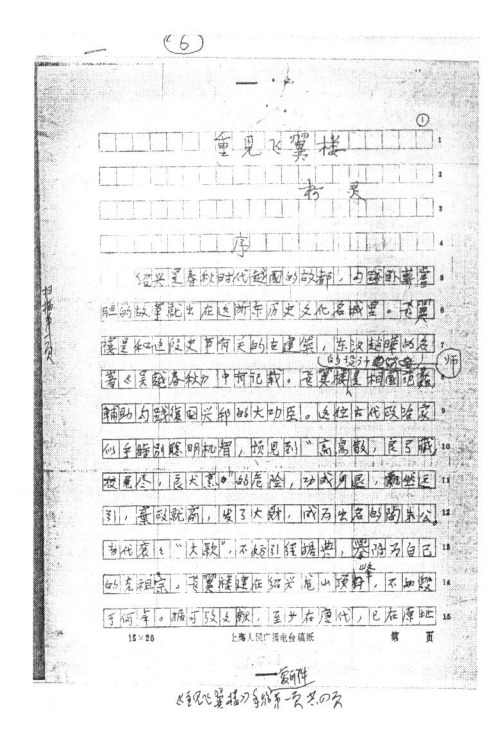

柯灵《重访飞翼楼》一文手迹

为刻意雕琢不可取，但合理的"雕琢"则是需要的。"不经过雕琢的文笔不成其为文学作品，正如不经雕琢的大理石，不能成为雕像。"我们理解柯先生这里所说的"雕琢"，是充分运用语言艺术在散文中无可替代的审美功能，以求得内容与形式的和谐统一。有评论家评论柯灵的散文，称其才气和功力恰恰表现在达到了雕琢而无痕迹，求工而呈天然的好境界。读《重建飞翼楼》，我们仍为柯灵行文的凝洁精美，以及神、情、文浑然天成的艺术风格所感染。

　　柯灵是著名的散文家，卓有成就的电影艺术家，当然还是老资格的编辑家。笔者在与多位20世纪三四十年代当过文学青年的老作家交谈的时候，他们都说到了斯时柯灵编《文汇报》副刊《世纪风》，主持平襟亚创办的《万象》杂志，同唐弢一道主编《周报》等的情形，而且他们当时都曾慕名向柯灵投稿，从而相识相知，建立了长达数十年的师友之谊。同我谈论这一话题的有何为、徐开垒、王殊等先生（王殊是著名外交家，早年和晚年写了好多散文随笔回忆录，也是一位资深散文家）。笔者作为后学，对这位前辈老人自然也心仪已久，有一次与编辑同人到复兴西路柯府造访，适逢先生小病初愈，且他因写长篇小说《上海百年》而有特定的作息安排，所以不便多有所扰，只是长话短说。一个突出的印象是这位银发老人与你说话的时候目光炯炯，非常有神，与王元化先生的眼神很相似。为我们沏茶的是柯夫人陈国容，一见到她，就想起"文革"中这对夫妇遭受的难以想象的磨难。这次访晤，有几句话我印象很深，柯灵老人说，如今的散文，图解的东西是不多了，但又出现一种一味关注自我的倾向。报纸还是要留意读者的需要，多发读者爱看的东西。从这些话中，可以感受到老人对当前创作中带有潮流性消极面的担忧。大体也是在那段时间，柯灵写过一篇文章，题目是《散文的新走向》，他在文中呼吁："散文必须打破自我封闭的心理，走向十字街头，和广大读者共忧乐，共休戚，共呼吸，努力开辟一条宽阔的心灵通道。"文章的题旨，同前述那几句话的意思是一致的。我们在编读实践中确实也感觉到了这种倾向的愈演愈烈，认为柯老作了适时的提醒和引导。笔者曾在柯灵文章的感染下借题发挥，写了一篇短文《走向十字街头》，刊登在《朝花漫笔》栏目里。

柯灵先生的散文观，是在长期的创作实践中归结而成的，顺此记下其多次表述的几句话：以天地为心，造化为师，以真为骨，美为神，以宇宙万物为支，人间哀乐为怀，崇高闳远为理想。

（原载《文学报》2013年10月24日）

附记：《文学报》刊登的《文风雅渊》一文原来有个副题《前辈散文家刘白羽、柯灵忆记片断》，是一题两文，因本次书稿中已有另文记述刘先生，故此只收录柯先生这一篇。

# "红楼"怀想
## ——"红霞公寓"访刘白羽

写过《红玛瑙集》的文学大家住在"红霞公寓",公寓所在的街道叫"晨光街",楼名,街名,以及楼屋主人的名字——刘白羽,都是那么的明亮,那么的有色彩、有诗意!有意思的是,笔者供职报社的驻京办事处恰好就在那条晨光街上,与"红楼"只隔了几个门牌号码。

1995年秋天,我赴京开会后留下来组稿,就住在晨光街的本报驻京办。那天下午,我按电话约定的时间来到公寓三楼刘府。白羽先生刚刚午休起来,微笑着迎客。还记得他穿的是旧夹克衫和布鞋,脸色红润,说话缓慢平和,给人以亲切感。笔者此行除了拜望问候,自然也有约稿的任务,于是便有了关于散文的话题。我说读刘老您的散文,总觉得字里行间充满了激情,包括对景物的描写,也是如此。我以《长江三日》为例,说那篇散文中关于两江合流的情景、瞿塘峡山峰在晨光中的那段紫雾,以及夜幕里武汉长江大桥上明亮的"珍珠冠(灯光)"……都写得有声有色。大美,大境界,蕴含在激情文字中。白羽先生说写散文总是要有点激情的,其实就美而言,我们的笔还是写不过现实世界的客观存在的。接下来他补充一句:当然既然是散文,也不能没有想象力……谈话中刘老获知笔者也有一段当兵经历并问明服役地点时,就忆起他1958年写于厦门的几篇文章了。那正是著名的八月炮战的时候,他先后到了厦门、围头、大嶝岛等几个前线军事要地,写了三篇散文。我说您在云顶岩上写《万炮震金门》的时候,我作为一名士兵正在山脚下的洪山柄村站岗放哨。他听着高兴地说,那个稿子可真是在云顶岩(当时的前线作战指挥部所在地)战壕旁的石头上写成的,然后用电话向《人民日报》发稿,第二天就登出来了。我们于是聊起了一些前线往事,甚至南国花木等"闲话"。记得接下来他还向我询问上海报纸的一些情况。他说他是喜欢看上海的报纸的,不过现在有的报纸把一些有特色的副刊和栏目挤掉，不恰当（后来在给我的信中也说起这事）。白羽先生说他对上海是有感情的，年轻时的第一篇作品就发表在上海的刊物上。他还记得当时在上海工作时常去的一条马路叫朱葆三路，问我这条马路如今还在不在……话题最后还是回到了写稿的事。他说这几年散文写得少，除了年事渐高精力有限的原因，是因为正在写长篇小说，有许多东西，过去没时间写，现在有些时间了，便想在有生之年写一些，却又遇到了年迈写不大动的矛盾。至于散文，他说也不是绝对不写，近些年写的谈艺日记，就是属于散文类。他说以后如果有合适的题材，且时间上安排得出，会给《朝花》写稿的。

　　那次访谈之后，过了一段时间，即12月25日，白羽先生便寄来了一篇散文稿，题目是《海恋》。整篇文稿中依然透逸出无限的激情。他写海上的波光，像"是亿万个银色的小虾在飞腾跳跃""是亿万颗晶莹闪亮的珍珠从母胎内涌上海面"。他盛赞海之光的美丽，就像当年看到瞿塘峡山峰晨曦中的"紫雾"，在夜色朦胧中的江面看长江大桥上的"珍珠冠"。我们的散文家陶醉在海上"至美的一刻""舍不得失去这一刻"。接下来，白羽先生饶有兴味地记叙了跟一位老渔民到海上钓鱼的情景，认为这是"一生中最大的快趣"，而迎着涌动的波涛，坐在船尾感受大自然剧烈的运动，又"正合我昂扬的意气"。这里不但有海钓的惬意和"快趣"，更有在天风海涛大境界中高扬的精神遨游。此时此刻的作家完全忘记了自己的年龄，全身心地融入了浩瀚大海的怀抱。《海恋》刊登在1996年1月16日的《朝花》副刊上。之后通过断断续续的书稿往来，《朝花》先后发表了刘白羽的多篇文章。其中《人生路上的一道血痕》，正是他所说的可以属于散文一类的谈艺日记。他在来信中说：

沈扬同志：

　　……现寄上《人生路上的一道血痕》。谈艺日记这些年已写了几十篇，评论家说这是我老年的散文，以散文手法谈文学艺术，不是评论家的散文。不知可用否……

刘白羽<br>1996年2月5日

在寄《白鹭女神》散文稿的附信中，他如此写道：

收到过您两封信，都未能奉稿，从去年11月到今年4月，我集中精力写成那写了四年的长篇小说的结尾一章。这中间很难分出时间写一篇散文……长篇完成，累得无法动笔，蒙友人邀请去厦门、东山清（轻）松一阵。谁知回来，在我避暑的小屋里，望着窗外嫩绿的树林写了两篇散文。一篇《东山岛情愫》给了人民日报，此篇《白鹭女神》寄给你，请审阅……听说上海暴热多日，盼能带给你一点清风。（98.7.15）

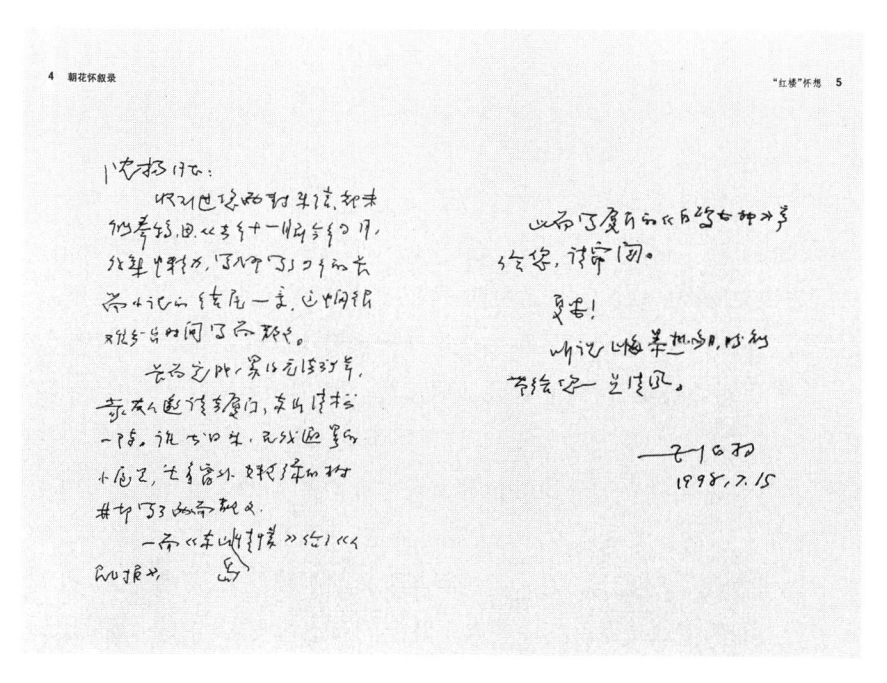

刘白羽给编辑函件手迹

阅读信稿，我的心里不能平静。这是又一位"永在征途"的文艺家，我们总能在他笔下的文字中，感受时代的脉息和生命的激情。这次在厦门，年逾八旬的刘白羽又一次登上了云顶岩。与四十年前不同的是，今日的散文家在蓝海白云满岛葱茏的平和氛围里，能够静下心来观察和体味这座海岛城市的内在"性格"了。一则有关鹭岛名称来历的传说，一尊友人送的《白鹭女神》瓷雕，让他"捕捉"到了岛人秉性中的精神特质和人性亮点。他称之为"抱住了厦门的灵魂"。《白鹭女神》美丽而激情的文字中，蕴含着这位资深军旅作家对事物本质的悉心探索和追问。

记得1996年、1997年我曾两次去北京，其中一次再访红霞公寓，刘老到军队休养所避暑去了。另一次在人民大会堂见到了他。我们都是去参加张海迪《生命的追问》作品研讨会的，其间与

刘白羽与本书作者合影

刘老有短暂的晤叙，我记着老人对我说的一句话："张海迪的精神境界和写作成绩都很突出，你们报纸要多宣传这样的人物。"那次还有幸在大会堂边门与刘老先生合影。值得一提的是，他在那次座谈会上的发言依然激情难抑，开头的一句是："海迪，现在我捧着你的书，就像捧着一颗太阳。"征得先生的同意，我把发言稿带回上海，并很快编发见报，标题就是《捧着一颗太阳》。1996年《朝花》创刊四十周年的时候，刘白羽老先生用诗一样的语言写来贺词，是秀拔而有个性的钢笔字。他称《朝花》为"报刊上的花朵"，全文是这样的：

早晨的花朵，凝着细细的露珠，那样清新，那样芳香，这是何等的美呀。它愉悦人生，陶醉人生。《朝花》是报刊上的花朵，我希望她使人性更纯净，使人思想升华，成为推动我国文化素质的一种力量。每一朵早晨的花朵都得到多少人的爱呀！永远的清新，永恒的芳香。

刘白羽<br>1996年8月22日

《朝花》创刊四十周年纪念特刊（1996年9月19日）刊登了这篇

贺词，用白羽老的话做了题目："永远的清新，永恒的芳香"。此后直到2000年的时候刘老还给我寄过稿子。那时我已退休，留在报社做新闻阅评工作。那篇文章是写靳以先生的，靳以工作、生活在上海，且是巴金的老朋友，所以白羽先生在信中说："此文在上海发表为好，李小林（巴金的女儿——笔者注）也可读给巴老听听。"稿子由我转给有关编辑编发。刘白羽与巴金先生保持了长久的友谊，晚年的时候来上海，曾在上海作家协会陆正伟先生的陪同下专程前往杭州看望巴老。陆正伟后来写了记述两老深厚友情的文章，发表在《朝花》副刊上。我给白羽老人寄了报纸，他因住在医院没有及时看到，出院后写信来要我再寄两份报纸，从这个细节也可见他对与巴金友谊的珍视。

斯人已去，但一位文坛长者贤者的慈祥面容犹在，他对文化事业和后人的热忱关心犹在，他笔下那些激情而智慧的文字犹在。先生魂归大海，留下的是灿烂的心灵阳光。

（原载《解放日报》2005年9月17日，解放军文艺出版社2006年3月出版纪念文集《白羽同志英名永存》收录此文。）

注：刘白羽的作品中常常写到太阳和大海，不少作品还把它们写进题目，例如，迟暮之年写的两部长篇小说，也分别命名为《两个太阳》和《风风雨雨太平洋》，这从一个侧面反映了先生的内心追求和向往。笔者以为刘白羽研究者在关注先生晚年著作的时候，不妨留意一下他在那段时间里"见缝插针"写下的若干篇散文，这些散文中有三篇也是直接以大海为背景和内容的，其中两篇就发表在《解放日报》的《朝花》副刊上。

# 郭风散文漫话

笔者与郭风先生的"文缘",是从早期读他的散文作品开始的。那时我旅居福建,郭先生1957年发表在《人民文学》的《散文五题》,以及后来出版的《叶笛集》等著作,都令我这个文学爱好者一读再读,并把《叶笛》《麦笛》等篇章抄录下来,不时阅读欣赏。在好长时间里,福建曾有"散文之乡"的誉称,捧读郭风、何为等人的散文作品,对文学爱好者来说是最美好的精神享受。我从阅读进而试笔写作,并钟情于散文这一文体,应当说同"散文之乡"的文化风尚是不无关系的。不过在闽地二十余年,我同郭风先生只是偶有见面,1984年调职沪上,因编报纸副刊(《解放日报》的《朝花》),两人之间的联系反倒密切起来。前些年检点存留的作家信函,郭老的竟有数十封之多。

郭风先生早于1938年战乱年代便开始在武汉、重庆的文艺刊物发表作品。新中国成立之后好长一段时间在省文联工作,事务之外,有了更多写作上的便利条件,作品渐次多起来。那些年他觉得"自己在气质上易于亲近儿童文学",所以写了好多少儿作品,题材中常出现鹿、虎、豹、刺猬、穿山甲及八哥、斑鸠、黄鹂等各类动物,于记事状物之中隐寓人间知识和生活哲理(此种对童趣的关注和兴趣,一直延续到中晚期)。20世纪50年代的中国,各项建设日新月异,社会生活中的新鲜事层出不穷,这些都激励、撞击着文艺家敏感的心

晚年郭风

灵，郭风的文学视野日趋开阔，到了50年代中期，他写出了一批以优美的诗性文字颂赞新生活新风貌的散文诗和散文小品，《散文五题》就是这一时期的代表作品。在那个年代，火热的战斗的文字大量存在，这些作品虽然充满激情但比较直白，文学和艺术的元素运用得不多，郭风的散文作品把客体的"物"和主体的"情"自然地联系起来，而且采用了优美含蓄的细节文字，不但在形式上给人以面目一新的感觉，而且让人在充满美感的意境中接受朴实真切的思想内容。忙碌、向上而文化生活显得相对狭隘单调的年轻人，便很喜欢郭风式轻短的抒情散文，在特定的历史时期，郭风作品产生热烈的社会影响，这是很自然的事情。

请看看他写的《叶笛》吧——"那只是两片绿叶。把它放在嘴唇上，于是像我们的祖先一样，吹出了对于乡土的深沉的眷恋，吹出了对于故乡景色的激越的赞美，吹出了对于生活的爱，吹出自由的歌，劳动的歌，火焰似的燃烧着的青春的歌""那笛声里，有故乡绿色平原上青草的香味，有四月的龙眼花的香味，有太阳的光明……"家乡美丽而独特的景色，新政权下人们对劳动、生活和自由的热爱，年轻人对国家建设和个人发展前景的向往和憧憬，通过作者用眼睛和心灵感受的具有形象和色彩感的文字表达出来，情景交融，精短的文字篇章蕴含了超体积的精神内容，加上作者擅长的在辞章结构中运用"音韵学"的特点（自幼受《千家诗》中"云淡风轻近午天，傍花随柳过前村"之类古诗词的音调节律熏染，很在意散文、诗歌的音乐感和节律感），自然一经传播便不同凡响。

诸如此类的风物散文，郭风先生写得很多，同时陆续写下的童话和少儿题材故事，也尽量采用散文笔触，郭风称它们为"儿童散文"。"文革"中，郭风携妻带儿下放到闽北浦城山区的杉坊村，与手中笔告别的岁月，心的寂寞不堪言，但潜在的生命本能和文字本能"驱使"，他并没有完全放弃对于事物和人世的观察和思考，中晚期写出的一些散文、寓言和童话，许多素材就是那个年代有意无意地在心的深处储存下来的。

20世纪八九十年代，郭先生的创作活动进入了一个新的旺盛期，在此同时，人们只要稍加留意，便可发现经风历雨之后的散文家文思笔致有了变化，作品的题材格局和精神蕴涵显得开阔厚重起来。即便是带有抒情性的散文小品，也从单纯的"散发豆蔻香味"进而有了更多人生沧桑和历史意味的精神内涵在里头。比如，有篇90年代写作的题为《石蒜花开》的散文，说的是当年下放在杉坊村的时候，晚上和妻子在村前的山溪畔散步，月光正好，溪水潺潺，两人在水边坐下，说着过去和现在的一些事情，他们身前，清冽的溪水中，几丛石蒜花发出幽幽的香味。这里没有牡丹芍药，也没有玫瑰蔷薇，只有伴水而居的石蒜花，夫妇俩细细欣赏月光下的花儿，觉得它也很美丽。有石蒜花陪伴的山村夜晚让他们感到了心的温暖，面对可爱的花儿，"妻子的心情有点不平静，情不自禁地把我抱住"……在这里，作家没有写此时此刻两人说了些什么、想了些什么，但字里行间分明蕴含着许多"信息"，亲情，爱情，世情，让你回味良久。一样的山水自然风物，成熟期的文艺家的心中有了许多历史的和现实的思考，目光和胸怀都拓展了，在这样的情形下，不论是题材捕捉，还是笔下文字，便都不再囿于相对狭窄的天地，可以较为从容地"向宽处行"了。从那时刊登在《朝花》上的《怀闽北》《怀闽西》等篇章中，也可发现其观察方式、谋篇格局和精神内质的明显变化。

郭风先生以勤奋多产著称，更其可贵的是他总是不满足于自己的既有成绩，不断地进行着对于"文章之道"的琢磨和探究。自20世纪90年代初开始，郭先生在《朝花》开了个专栏，叫作《散文漫思录》，陆续发表创作与理论紧密联系的谈艺随笔，在其他报刊，也有论说散文创作的文章面世。读此类文稿，可以感受一位资深文艺家对复杂年代文学状态的回顾和反思，以及对于文艺创作内在规律的探讨。他在一篇文章中论析了抒情散文的局限性，——自然不是说这一文体本身有什么弊病，问题在于"作家滥用任何一种抒情文体，均会使该文体变质"。经过梳理和思考的郭风先生，对某一文体"一统天下"而造成的负面因素有了较为理性的认识。他认为散文和其他文学品类一样，不能没有对时代、社会和历史的关注。在此期间，他对承传千古的"说理散文"的现实生态做了研究，并写成专文发表。从郭先生给我的信函中，也可见其对散文创作理论研究的一些思路。其中一封信如此写道："……今日誊清《鲁迅小说的散文倾向》，现随信寄上求教。我力求所作能有自己的见解，能对于推动散文创作有所报效……"另一封信说已为《散文漫思录》专栏写了谈论徐志摩散文的三篇草稿,"谈徐氏散文,旨在提倡对于文学评论的客观、实事求是的态度"。此类思考性的作品,都是郭风先生中晚期结合自己的创作实践悉心探讨散文写作的文本。这些文章大多发表在《散文漫思录》专栏里。还记得发表在这一栏目里的《冰心的短文近作》《散文中的人格境界》《关于说理散文》《关于老年散文》等篇章中,都有一些值得注意的精湛见解,从中也可照见郭风散文观的一些侧面。

也是在这一时期,郭风先生着意借鉴经典散文大师对于客观世界的感受和思索,并在过程中有意识地"运用散文性格中潜在的气质"。由于对散文本质特征有了较为全面的理解,创作中体现文学自身的"天然性格",便显得自在而能动得多了(他称自己在 80 年代写的《夏历九月笔录》《晚窗小札》等作品,就是在这方面"向散文领域先贤学步的一个尝试")。

郭风中晚期的文学思考中,多次说到了"文学的人格境界",并写有专文论说这个观点,笔者在通信中曾经向他征询关于当时文坛热议的"文学主体性"理论的看法,他的回答中也提到了"人格境界"这一点。这当然是一个复杂的话题,总起来说,先生认为对于一部作品来说,内中要有"文"有"学"(文学境界),这是基本的,但作品是人写出来的,写作者的品性修为必定会反映到作品中,所以作家除了应当具有良好的文字功底和人生阅历,自身的品德气质修养也很要紧,从评论的角度来说,只有同时把握这两个层面,才能做出科学公正的评判。笔者觉得郭老的这一论点是很对的,也是很有价值的。还记得 2004 年我去福州看望郭风老人(城区边侧凤凰池他的寓所,其子景能同时在座),叙谈中也说到了诸如散文"自在自如"的创作状态、"人格境界"这些话题,老人说这些都是作家要努力一辈子的事情,自己虽然已是高龄之人,也还是没有放弃这些方面的努力。

(原载《青岛文学》2016 年第 2 期)

## 犹闻悠悠叶笛声

### ——郭风的散文"性格"

2010年新年伊始,笔者在报纸发表一篇文字,写到几位作家,内中有郭风先生。谁料文稿刊出翌日,即1月3日,便得到噩耗,94岁的郭风老人于是日清晨与世长辞。

先生亲切的形象于是浮现在我的眼前。笔者与郭老最后一次见面,是2004年4月。那时他搬离曾经久居的城中黄巷已经多年,新居是省文联所在地凤凰池。我先在海峡出版社找到他的儿子景能,然后驱车直奔城西凤里村。毕竟已是87岁高龄,只见郭老脸容清癯,身板瘦弱,一只眼睛几乎失明(我在福建工作时见过郭风几次,是中年清健的形貌,不可同日而语),不过思维还是很清晰,反应也不显迟钝。笔者离闽到上海供职后,因编报纸副刊,与郭风先生开始信稿往来,由此增进了师友之谊。

郭风是新中国成立后成名的散文家中别有风格的一位。他的精短抒情文字,很为当时的年轻人所青睐。肖复兴于20世纪60年代初买到一本郭风的《叶笛集》,熟读之后带到插队的北大荒,返城时又带回北京,经历四十八个寒暑,这本九十三页的图书至今还置放在他的书架上。《叶笛集》中"散发着豆蔻香味"的文字,曾经深深地打动着他的心。这位"文学人"当年"文学心"的萌动与一本薄薄的图书有关,真的是耐人寻味。那个时期,笔者也是郭风作品的崇仰者。"文革"前的许多年头里,抒情散文以其特有的艺术魅力吸引着人们。当时也有记事散文,其相对的直录、报告性形式与抒情文字大异其趣,影响是不一样的。《人民文学》发表郭风《散文五题》的时候,我在福建前线军营中,总记得几个爱好文学的年轻人激情捧读的情景,《叶笛》就是其中的首篇。清纯、朴素、自然的情感,通过用两片乡间小树叶吹出的"音乐"表露出来。内中也有讴歌新时代的情愫,与叶笛旋律的美丽诉说自然融合,有异于当时一些作品中流行的直露宣示。当时我和几个战友都能背诵全篇。《叶笛》清醇、本色的文字风格，贯穿于郭风的许多作品中。这位常以自然风物禽鸟走兽为抒写对象的闽籍作家，善于把世情感悟人生哲思巧妙自然地寄寓于对客体事物的叙说之中。他写了许多散文诗，更是一位著述频仍卓有成就的儿童文学作家，但郭风认为自己归根结底是写散文的，所创作的童话和寓言，都应当归入"童话散文"一类。郭风称自己写的散文诗是"诗的散文，散文的诗"，是以散文的心情、散文结构中的某些特点来写散文诗的。

十年"文革"结束，进入改革开放新时期后，郭风对自己的创作轨迹有过一段时间的回顾和思考。读者们发现，经历风浪之后的这位散文家，轻短型的抒情文字依然有，而题材和精神内涵厚重的作品多了起来。鉴于散文文体的特定品性，郭风并不认为抒情散文已经走入末路，但他对"文革"前十七年抒情散文"几乎一统天下"的情形确实有了比较全面的认识，他说由于当时抒情散文过于发达，便出现了两种现象，"其一可能因此散文天地反而显得狭窄，其二是否于不知不觉之间，予人以某种错觉和误解，以为抒情散文乃散文的正统"？进入开放年代后，郭风开始研究、思索"散文性格中潜在的气质"，对人类的精神现象，社会的历史人文变迁乃至文学的生存规律等都有了更多的关注和探讨。

我接手联系郭风先生的时候，正是他对自己的创作进行思考和有所调整

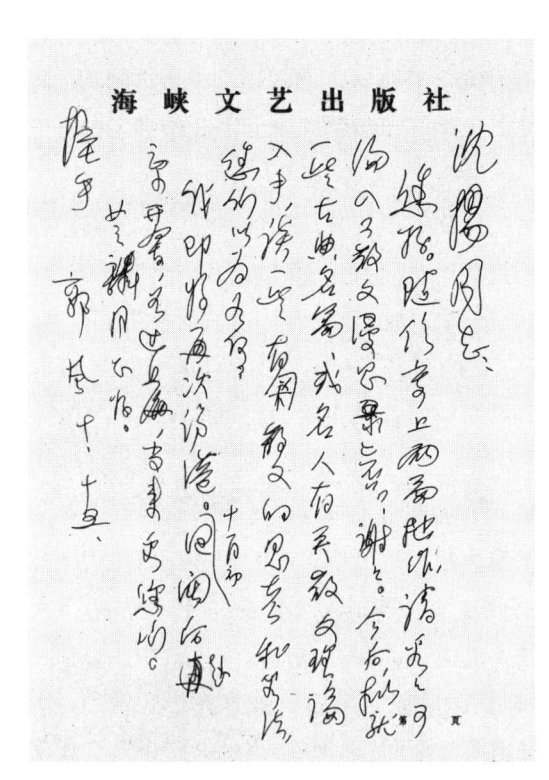

郭风给本书作者的信件手迹

的时期，这从一些作品和信件的文字中也可见其端倪。那段时间发表在《朝花》的文章，除了保持恬淡朴素的一贯风格，更为注意感性认知和理性透析的有机结合，注意对人物心态和社会文化的揭示和探寻。寄《闽北古镇》一文时，他在附信中说，写这篇文章的时候，"似有一种对于某一历史年代之侧面记录以及个人在特定历史环境里的心态的披露，不仅仅是写写古镇也"。闽北九牧是郭风下放居住过的地方，他在《闽北古镇》里写到，曾在《徐霞客游记》里得知徐宏祖两次入闽，其中初次入闽的第二天便宿于九牧，于是他猜想明代之时，九牧可能已有客栈、酒店之类，"每念及这座古镇及其种种，总觉中间有某种历史的悲凉感，甚或有某种历史的阴影"。郭风还曾在居住过的杉坊鱼梁驿街头徘徊良久，想发现蔡襄、萨都剌、袁枚等人的历史踪迹。散文家把眼睛看到的现实情景同历史联系起来，从中窥看特定历史年代的人文风景和人群心绪。先后发表在《朝花》的《怀闽北》《怀闽西》等篇章，也贯穿了这样的历史视角和独特的内心体验。郭风对世间风物的观察一向有"于细微处见精髓"的能耐，亦即在看到事物表象的同时，悉心研究它们的内在质素。随着题材视野的变化，其"深入其内"的探察和体悟有了更为深化的提升。

值得一提的是，在新的历史时期"有所变化"的郭风散文，其"不变"的恬淡自然的叙写风格和简约明朗的文字结构，获得了新的表现空间，焕发出别样的生命活力。冰心大姐是留意了新时期的郭风文章的，她在给"小弟"（她常做如此称呼）的一封信中写道："人的岁数大了，文章往往从绚烂渐归平淡，这是冶炼的结果，是一个进步，是否？"这两位"同乡"作家长期保持着深厚的友谊。郭风文字风格的形成有自身精神气质的因素，也有一以贯之地对冰心散文的吸收和借鉴。关于信中的勉语，郭风说这是冰心对他散文写作"所持的一贯态度，即亲人般的关怀和鼓励"。看得出，两位闽籍作家从自己的文字实践中悟透了文学品质的一个天然"原理"——平平淡淡才是真。郭风在给《朝花》写的《冰心的短文近作》一文中，也涉及了这一话题，他在初稿中漏写了一段，特地来函补正，补文说："冰心晚年散文中出现一种文学境界，这便是自在自如，这便是抒发和议论至情至理皆自然于胸中流出来，皆极透彻而且看似非常轻易地出之，这就是笔墨所至皆成法。"在另一篇刊载于《朝花》的《散文中的人格境界》一文里，郭风把冰心的"文学境界"提到了"人格境界"的高度，认为冰心散文平易亲切而又真挚深刻的情致，既是一种文学境界，又是一种人格境界，在平易自由的话语中产生力量，其间蕴存了作家自身的精神品质和文化涵养，这正是作家人格力量的显示。笔者以为可以这样说，以姐弟相称的两位闽籍散文家，其实都不同程度地以"自在自如"的写作风格进入了这样一种文学境界或曰人格境界。

1904年在凤凰池的那次叙谈，我们曾经涉及散文"性格"这一话题，郭老说"自在自如"是文字的一个高境界，自己在许多情形下达不到这个境界，所以要说"自在自如"，那是一个终身努力的方向。他接着说到了学习和吸收对于文学写作的重要性。——郭风可真的是写到老学到老的，这从他赠我的《汗颜斋文札》一书中也可感知，先生青少年时有较好的家学条件，不但熟读古诗文，而且有机会浏览诸多外国作家的著作，其中西班牙作家阿索林的散文给予他直接的影响。阿索林散文作品中"古典、写实的抒情诗般的表达方法"，还有"以自己的心灵乃至以感官去感应世界、思考人生……的个性"，深深地吸引和感染着他，并"引发了我的写作欲望"。在长期的创作实践中，他又不断地"取法"中国古贤，其淡雅、本色的叙写风格，同样从古贤身上得到启迪。郭老在《散文偶记》里对此有所记述："淡而有味，何可多得。吾人从渊明诗文中得之，于东坡之笔记散文中得之；平中记趣，吾人于子原诗中见之，此亦何可多得。""'质而寄绮，癯而实腴'，知渊明之深者，起东坡乎。"等等。

淡淡的美，有浓浓的情做依托，这就是郭风散文"性格"中的一个显著特点。

又一位文字旅人归去，而那美丽动人的叶笛声常留人间。

（原载《解放日报》2010年2月8日）

# 记得那谦和的声音

## ——秦瘦鸥略忆

秦瘦鸥先生给笔者的信函，仅存一件，信中讲了他的一篇稿子，题目叫《失学·节育·愚昧》，寄稿四五十天了，未有回音，先生来函询问，不难看出是有批评的意思的。《朝花》面向全国，来稿多，常有许多积稿，如果没有时效等的缘由，放四五十天确乎是常有的事，但作者是前辈老朋友，不给个信息说明情况，也确是我们的不是，所以我接信后即回函，做了解释并表示歉意，过些时候作品就发表了。这是一篇杂谈随感式的短文，从题目中大体可看出，仍属秦先生所熟悉的市民题材，有批评某些愚昧行为的内容。

其实我们在与秦先生的联系中，觉得他是一位温和亲切的长者。作为过来人，他对我们的编辑工作既熟悉，也很关心。文艺部有的老同志同他熟稔，比如许寅，就常常称他为"秦老老"。那个时候他七十出头，是不算太老的。当时我在给他的信里也用过"秦老"的称呼，一次通电话时，他就说了如此的意思：如今像我这样年纪的人太多，不宜称"老"，这个称呼到八十岁以后再用吧！说完呵呵地笑起来。我以为秦先生所言极是，所以往后对他就不用这个字眼了。秦瘦鸥是喜欢交朋友的，年轻的时候，即便是在"孤岛"时期，文友之间也常在一起饮茶叙谈。他在一篇文章里写到，

秦瘦鸥

当时七浦路有个吉祥寺，就是一帮子画画写文章的人如邓散木、唐云、李培林（桑弧）等时常聚集聊天的地方，他本人是常客，夏衍、恽逸群偶尔也去过。秦先生曾对我说，找个什么时间，同《朝花》几位朋友喝茶聊聊。我们几位编辑的名字，他都说得出来。这位资深作家新中国成立初期在香港《大公报》担任过副刊组组长，50年代末回上海后，出任上海文化出版社编辑室主任、上海文艺出版社编审和上海辞书出版社编辑。所以他说，"我也是个老编辑"。

有一次通话时我提到了他的名作《秋海棠》，先生谦说："虚名，虚名！""当时就觉得它有许多不足，用现在的眼光看那就更加如此了。"我看过他于20世纪40年代初为此书出版写的"前言"，可见他的谦逊是一贯的。在"前言"里，他自称"是一个少产而文笔迟钝的作家""我天分既不高，修养又不足，但落笔前的苦心准备和开始以后的惨淡经营，至少已把这两种缺陷弥补了一部分"。实际上，这部小说一经在《申报》副刊连载，就引起了读者的广泛注意，并出版了单行本，第一版印了一万册，接下来就被编成戏剧和电影，搬上舞台和银幕，并成为一个有众多市民受众的保留节目。1993年，在他谢世之前不久，陈诏先生编发他的一篇文章，题为《上海孤岛时期文学回忆》（1月17日《朝花》），内中再一次说到了《秋海棠》，这里他用了"反思"的字眼，说这部作品虽然客观上产生了社会影响，但他认为此种影响"主要是迎合了当年孤岛上的一部分人民的心态，予他们以'借酒浇愁'的机会……而当时历史赋予作家的使命却首先是，主要宣传爱国救亡人人有责的大道理，以期在持久战中终于获得全面的胜利"。他接着写道："只能承认当年《秋海棠》所造成的影响是消极的，无益于国家民族的。"这些话，是瘦鸥先生在人生最后阶段的自我认识。文章发表于年初，下半年他即因病不治而去。先生关于文艺家当时的主要使命的阐述无疑是对的，但他对《秋海棠》消极面的剖析和估计，显然是过于严重了。作品产生在特定的年代，产生在那种黑云翻滚空气令人窒息的社会氛围里，即便是让人"借酒浇愁"，淌眼泪"求得宣泄"的东西，也不能完全无视它的"有用"的意义。何况从总体上说，《秋海棠》描写的是旧社会京剧艺人遭受社会恶势力的摧残和迫害，其间有弱势群体的内心呼喊,有对社会阴暗面及其权力支撑的揭露,也有与罪恶势力的周旋和抗争。所以并不是如瘦鸥先生所说只有消极作用的。1987年,全国播映电视连续剧《秋海棠》,盛况再现,显示了这部作品不可忽视的长久的生命力。

这里就要涉及"鸳鸯蝴蝶派"这个话题了。在论述这个派别的许多文字里,大抵都是把秦瘦鸥归入"鸳蝴派"作家之列的。在新文学运动中,这个派别受到了严厉的贬抑和批评。到了后来的极左年代,"鸳蝴派"作家的处境更是可想而知。也就是说,秦瘦鸥同其他"鸳蝴派"作家一样,曾在很长的时间里承受着重大的社会压力和精神压力。进入开放年代,文化"空气"随着政治"空气"的缓和而渐次缓和下来,但要走出长期形成的那种思维方式和批评语境,也是需要一个过程的,因此秦先生在那篇文章中的述说应当说在很大程度上是他当时的认识。自此之后的几年,对"鸳蝴派"作家、作品全面评价的声音多了起来,到了1997年,还出版了一套"鸳鸯蝴蝶派散文大系",贾植芳先生并为此写了一篇感言,发表在《朝花》上,情况于是有了进一步的改变(参见本书贾植芳、何满子篇)。所以我想,秦瘦鸥先生如果今日健在,他的"反思"的内容是会更趋于理性和客观的,"内责"的压力也会减轻许多。曾经读到冯沛龄先生写的一篇文章,他在同秦先生谈论"鸳鸯蝴蝶派"这个话题时,先生曾吐露心曲:对把他归入此派"并不认同"。然而在那样的年代,作为作家个人,除了无奈和承受无休止的压力,又能做些什么呢!

秦瘦鸥自小饱读诗书,有良好的文化修养,当过大学文学讲师,同时,他还有很好的外文功底,是一位翻译家,出版过多部外文译著。如此的学养,同某些以卖文谋生专事迎合庸俗欣赏情趣的写家自然不能同日而语。我读过他写乡情的散文,对老家嘉定的乡亲们先后遭受倭寇、军阀、日本侵略者的欺凌祸害寄予深深的同情。有一篇早年创作的小说《第三者》,比我们今日常见的渲染"第三者"桃色故事的小说格调要高出许多。这篇作品中的"第三者",非指婚姻的插足者,而是一位发现了一对"野鸳鸯"内幕的知情人,为制止他们下一步的卑鄙计划,出于义愤而奋力出击,帮助受害人……早期作品难免粗糙,然而别开生面而富有正义感。因而，文圈之内对秦瘦鸥的"鸳蝴派"名分，一直是存有异议的。

1998年的时候，中国现代文学馆编了一套"中国现代文学百家"书系，由华夏出版社出版。其中一本是《秦瘦鸥代表作》，全书三十万字，这是对秦先生文学作品和在文学史中应有地位的承认。编辑者在内容提要中如此写道："秦瘦鸥的小说创作有很浓的中国传统风格，描写社会的众生相，文笔细腻，朴实无华。"我以为对秦瘦鸥其人其作品，这大体是符合客观事实的中肯评价。先生若地下有知，可以告慰了。

（原载拙著《朝花怀叙录》，远东出版社2008年版）

# 高晓声两题

## 从"根"出发又回到"根"的呼喊

进入改革开放新时期的文艺家,对于社会现实和文学创作有了更为冷静的观察和理性的思考。高晓声,这位因在长篇小说《陈奂生上城出国记》中成功塑造了陈奂生这一典型农民形象,继而创作出一系列农村题材优秀作品而享誉文坛的著名作家,以自己的热情和忧患意识时刻关注农村状况和农民生存状态,这是很自然的事情。

1993年,《解放日报》的《朝花》副刊举办"今日江南"散文征文,笔者写信给高先生,希望他能以就近了解的农村见闻和感想,为《朝花》写一篇散文,支持我们的征文活动。高先生随即来信(写于5月8日),说无锡的瞎子阿炳今年百岁祭,一位阿炳研究专家要出一本书,文字和组织上存在一些问题,"央代为改一改,我早已允了,现在不便再拖下去,要花些工夫",所以"能否过些时再说",接下来还说,"我这里离机关远,因为没有《解放日报》,长久不知情况了,能否把副刊寄两期来一阅"。我当然理解大忙人的难处,回了信,同时寄去近期《朝花》版面数份。谁知过了二十天,即5月29日,高寄来征文稿,正是写江南农村的,附信中有这样的记述:"今日江南农村,概括也难,光有经济上好,也未见得一定就好……"

高先生是熟悉农村的,从附信的文字中似可看出,他对当时农村建设的状况,肯定(经济发展方面的)之中有隐忧,在后来同他的电话联系中,也可感觉到这一点,其中有一句话是:"农村也不都是好消息。"高先生往后给《朝花》的稿子,写农村的仅有《三到溧阳》等很少的篇什。我当时隐隐地觉得,晓声先生要么在写较大的作品,要么对农村和农业题材有意无意地有一定程度的规避。

高晓声在这方面的忧思,笔者从另一些渠道获得的信息中得到了证实。高先生曾向我推荐一位好文笔的杂文作者,名叫冯士彦,在为《朝花》写稿的过程中,我同冯先生也成为好友,冯作为与高先生过从甚密的乡友,自然能近距离甚至零距离了解晓声的所思所感,他的笔记中有如此记录:

1995年在常州大地宾馆,(高)约我去一叙,聊到家乡见闻时,高说,在董墅转了一转,看看河塘,哪里还有什么河,全被水花生覆盖,厚得不见河水,一致认为没有办法。这是极端的污染,非常可怕……

冯士彦在笔记中还写到,晓声对撤县建市搞集资增加农民负担,也颇有微词。有一次在谈到农村情况时,甚至有"农民是蛮儿子(江南俚语,意即非亲生)"的偏激之词。

高晓声在农村长期生活过,最了解农民疾苦,也总想把相关的实情用自己的笔写出来,他是个率性的人,又很执着,但当然也明白作为观念形态的文艺作品,其社会实验和传播的情况很复杂,某些全局因素也不能不考虑。如此这般,他在处理手中文字时便有了不少的烦恼和困惑。晓声先生曾经非常激情地书写自己的家乡,书写江南乡村许多难忘的见闻——"北塘河出常州三十里,到郑陆桥,这就是我的家乡了。"晓声居住的村庄叫"董墅",附近的芦蒲江、草塘浜、芳泉浜,水上水下,留下多少童年迷人的故事!家乡河里的水"通常总是清澈透明的","姑娘们对着水镜,细细地描啊,梳啊"……这样的文字,常常出现在这位农民作家的小说里、散文里。如今是不一样了。1997年晓声先生签赠我一本散文集,书名《寻觅清白》,他在电话里对我说,书中写的"清白"是过去的事情,现在是要"寻觅清白"了。他提议我先看一看书的序言。我翻开书本,映入眼帘的序文题目竟是"劫掠一空"四个字。高先生在序言中说,家乡的河水原来"像孩子的眼白一样清亮,现在污浊得像常年害眼病的老酒鬼了。清白只存在我的散文里""我描绘得那样婀娜多姿、清明澄澈的草塘浜已经病危,临近死亡了"。进而指出这不只是一条河的问题,"草塘浜生的是一种流行病""蛮荒正在分割繁华并把它包围起来"。高晓声的结论是:"优美已被掠夺一空。"

笔者今日在写下这些文字的时候，心情依然是沉重的，当今的人们在为大气污染山河城乡污染痛心疾首，并付之以亡羊补牢式的挽救性征战的时候，须知早在二十几个寒暑以前，满怀爱国爱乡赤子情怀的农民作家高晓声，对于以牺牲环境等换取经济发展这样的非理性"流行"模式，已经发出了从"根"出发又回到了"根"的惊世呼喊。

## "文"也坎坷 "情"也坎坷

高晓声，这位"文学语言就像说话"，字里行间具有"浓郁乡土气味"的小说家，一"出道"就深受大众喜爱。但在特定的年代，他的文字道路并非一路顺畅。最突出的是1957年的那场"文祸"，沉重地打击了他。本来是一个纯粹的为了切磋探讨文学创作的组织（文学月刊），只因以"探求者"冠名，便被"左视眼"们视为异族另类，——有党的文艺路线，有"双百方针"，还"探"什么"求"什么啊？随着风暴升级，"探求者"很快被定性为"反党集团"，操刀《探求者文学月刊启事》并写出"探索性"小说《不幸》的高晓声，"反党集团主谋"就非他莫属了。接下来的事情可想而知，他被打成右派，发配回原籍常州务农，自此面朝黄土背朝天，在贫病交加中艰难度日二十余个寒暑。对于曾经钟爱的文学写作，是"完全死了心了（高晓声语）"。

林斤澜是高晓声的老朋友，他在谈到晓声的时候，用了两句话，一句是"冤案最冤，婚姻最苦"；另一句是"整个儿是一条苦瓜"。关于高晓声情感经历之"苦"，他的好友陆文夫和林斤澜都曾说到这样一个"情节"：在批斗最激烈的时候，高突然失踪，过些日子重新出现的时候大家问他去了哪里，回答竟是两个字：结婚。原来高先生在家乡有位恋人，因身患肺病，相爱数年未能成婚，如今祸从天降，大难临头的这对恋人不是"各自飞"，而是果断地把情感和命运紧紧地结合在一起。这样的故事与"浪漫"无关，有的是令人动容的酸楚和悲壮。结婚一年多后，爱妻因病重不治身亡，自此落魄文人连心头最后的一点暖意也没有了。若干年后，高晓声有过一次婚姻，那时他因肺病趋重动了手术，抽去三根肋骨，切除部分肺叶，几乎是个半残人，加上"篾匠"这样的身份，处境之难可想而知。这段婚姻维系了二十一年,其间被旷日持久的"离婚战"拖得身心皆累。

第二次婚姻结束后,高晓声的情感生活有遭际,也有寻觅,更多的是惶惑和孤寂。高于1999年逝世后,有畅销报刊刊登《高晓声之吻》一类的"桃色"文字,冯士彦作为知情人认为这些文字"很无聊"。我曾收到士彦先生写的辩诬文章,对内中讲到的一个事例印象特深:"桃文"里说高晓声在弥留之际,鼻子里、嘴巴里插着管子,还示意红颜知己亲吻其脸颊,而这一吻便成了"永久的送别"。士彦说确实有一位年轻女子钟情高先生,此女是士彦的学生,高欣赏女子对于文学的悟性,女子仰慕高的才华,也同情他的苦难经历。高晓声曾在给友人的信里说到两人的实质性关系:"姑娘对我极好,但绝未越雷池一步,我老了,不能不替她考虑,不能轻率地误了她的青春。因此也就颇觉痛苦,又需要她,又在赶走她。"士彦认为这是高先生的真实心声。高病重乃至弥留之际,女子守候在病床旁。病人失去了说话能力,有时两人就用纸条交流。关于临终前的一幕,病床边的女子做了具体的文字记录,接下来是为失去一位自己所尊敬的作家和忘年交而哭泣。士彦看过这一记录,觉得字里行间有的是病魔夺命瞬间的残酷和揪心的痛苦,所谓"一吻永诀"纯属耸人听闻的无稽之谈。在晓声晚年的一段时间里,这位女子为他做了一些文字助理性工作,高写了文章会寄给她,让她代为打印,然后由她按高先生所嘱寄到相关的报社(笔者当年曾收到过这位女子代寄的高先生文稿)。前些年笔者通过与这位女子的邮件交流和博客浏览,发现她确实有很深的文学情结和不俗的文字能力,对于阅读和写作,用她自己的话说是"骨子里的喜欢",由此可以窥见当年一位文学青年对文学才俊及其笔下文字由心仪进而滋生爱意的内在"心迹",女子坦言"有一些东西是真正留在我与他的心里的",斯人已去,"对活着的人来说既是痛也是美",对于那样的情谊,她表示会在心底里保存着,珍藏着。冯先生曾告诉我这样一个细节:晓声先生病危时,用铅笔在纸条上写了几句话,说的是他所念着的一个箱子,他说姑娘是这个箱子最好的继承人。由此可见高对女子在文字传承上的信赖。箱子里装的是高晓声各个版本的著作,显然是他生前之最爱。我问士彦那只箱子的结果,回答说高有自己的亲属,女子最终没有得到它。

　　高晓声同贵州一位女教师也有一段情,程绍国的《林斤澜说》一书中曾详记其事,高因自己的身体每况愈下,以为不能误了人家,只好渐次淡去。这位女教师能文善画,高曾将自己与她的一些情况告诉士彦,高先生病故后,士彦去函女教师告知信息,终未得到回音。

　　作为文人,高晓声先生有丰富的情感,渴望得到真正的爱情,这是在情理之中的事情。关于这一点,几位知情者都曾说到那部长篇小说《青天在上》,这是高晓声以自己和第一个妻子的真实故事为背景写成的。"他一心想要收复那失去的伊甸园。"(陆文夫)"他真要在活着的女子身上,找到早逝妻子的身影,找到原来属于他高晓声的那份爱。"(林斤澜)乡友冯士彦在《走出瓮斋》一书中则有如此的记述:"高晓声对我说过,只有《青天在上》中的周珠平,才是他真正意义上的爱人。"

(原载《解放日报》2015年12月5日)

## 从《人之于味》说开去

记得陆文夫在《朝花》只发过两篇文章。他是我国较早用电脑写稿的作家之一，所以，他给我们的首篇散文《人之于味》，是通过传真直接传到我办公室，所附信函也是打印的，放在文前。《人之于味》简函的内容如下：沈扬同志，承蒙多次约稿，无以为报。这是一篇为香港《文人谈吃》一书所写的文章。此书尚在筹划中，可以先发一下，但也不宜太迟，请你定夺。文中如有错漏和不妥处，请改正。陆文夫 1997 年 8 月 28 日

信中所说的"多次约稿"，情况是这样的：1997 年 7 月，陆文夫出访回来，在北京小休，住在东土城路的中国作协大楼。我应邀出席在京城召开的张海迪《生命的追问》作品研讨会，也住在作协大楼。得到陆先生在此的信息，便贸然登门造访。当时因《朝花》创刊四十周年而出了一本七十万字的作品精选集，我便捧了一册，算是给他的见面小礼。这个集子收录了全国范围两百多位文艺家的作品，可以说名家云集，蔚为大观，但却没有陆文夫的文章。我于是对他说，你是江南有代表性的作家，《解放日报》上没有你的作品，在这个本子中"缺席"，是不是有点遗憾？他接过书，翻看着篇目，微笑着慢慢地说，他是写小说的，散文写得不多，加上少有联系，所以就没有文章。我就趁势约他写稿，说希望在以后一段时间里能得到他的大作。陆先生微微点头。

接下来我们聊了起来。像我这样年龄的人，对他的成名作《小巷深处》是熟悉的。我少年时曾在苏州生活一年，对那里的小巷印象特深，又是这么一个当时少见的题材，自然分外关注。此次谈话中便说到了这篇小说。陆文夫说其实他自己对那个作品并不怎么满意，现在再看觉得毛病更明显一些。写这篇小说的时候他才二十多岁，原是想写一个当时已经改造好的妓女，结果因一些具体的缘由，最终写成了这个样子。由于年轻缺乏写小说的经验，对人物的内心描写尤其是语言，存在一些

不是十分真实的弊病。我觉得文夫是在以现在的成熟眼光"审视"年轻时的作品，但他的分析显然不只是谦逊，也是客观的、诚恳的。接下来说到了《人之窝》之后的写作情况，给我印象很深的一句话是：小说很难写，确实很难写。年纪大起来，写小说有点怕了。以后可能散文随笔会写得多一些。

　　回沪后过了一段时间，我给陆文夫写信，"主题"自然是催稿。这就是他信中所说的"多次约稿"了。到了8月底，就传来了那篇《人之于味》。我很快编发，刊登在9月9日的《朝花》副刊上。顾名思义，这是一篇谈吃的作品，文中认为菜的色、形、味中，味道好是主要的，所以若有人问他最喜欢吃什么菜，他必定回答"自己家里的菜"。因为家里的爱人最懂得亲人喜欢吃什么，比如到了春天，"腌笃鲜"最好吃，家里便常有这道汤菜。文章把吃同生理学、心理学、美学、社会学联系起来，真的是食有味，文也有味。耐人寻味的是自《美食家》之后，文夫陆续写了多篇有关"食"的文章。如《壶中日月》《门前的茶馆》《屋后的酒店》《吃喝之道》等，又为香港的《文人谈吃》一书提供稿子，很有点像连锁效应。

　　2006年《朝花》创刊五十周年，我同陈诏两人作为特约编辑，选编这个刊物的五十年作品选集，《人之于味》名列其中，弥补了四十年来的遗憾，斯时陆先生已辞世，所以更大的遗憾是再无机会向他赠送有其自己文章的选集了。

（原载《文学报》2008年3月20日）

## 小 巷 深 处

这样的小巷在苏州很多，长长的，静静的，好像总走不完。我们来到的这条小巷，叫滚绣坊青石弄，两边有高墙，住家也有的，不是户户紧挨，而是隔着距离，因此便不见其繁杂。

走在这样的小巷里，会联想起文人笔下的一些描绘。陆文夫的成名作《小巷深处》，其故事的背景就是姑苏城里一条长长的小巷。读者先认识那条小巷，然后随着作家的笔深入进去，才认识了小说中的故事和人物。贾平凹在《江浙日记》中有一处对姑苏小巷的描写，说他早年到苏州，坐人力车过一条小巷，巷子又长又窄，车过处，行人皆贴壁提腹让车，到了巷子中段，遇到一位同向行走的孕妇，其腹庞大，车子过不去。情急之下，商定让孕妇坐车，贾氏下车步行，到巷口，孕妇下车，贾氏复上车。二人皆笑。这段"细节"十分精彩，但我对其真实性总是将信将疑，贾平凹是小说家，笔下有些夸张是很可能的，不过由此也可体味姑苏小巷的独特味儿。

在青石弄走了好长一段路，转了两个弯，方才看到一座旧式石库门，门口挂着一块不大的牌牌，上书"苏州杂志社"五字。我们是在十全街上一家雅致的三层楼饭店用过雅致的姑苏饭菜之后，应《苏州杂志》副主编朱红之邀，前来杂志社编辑部小坐的。以反映苏州地区传统文化为特色的这家杂志，坐落在传统的苏州小巷里，是合乎情理的。进入石库门，见一个不小的院子，三面是屋，当中一个小花园，园里有冬青树、桂花树、石榴树……夜幕的灯影中，几只成熟了的大石榴垂挂下来。步入右边的几间屋子，那是编辑部的办公室，桌、椅、橱几乎都是传统的，但每人一台电脑，为屋子增添了些许现代化的气息。传统内容的杂志实行电脑编排，在20世纪90年代是一种很有趣的新老交构。年过花甲的朱红先生也能熟练地使用电脑。他是《苏州杂志》主编陆文夫的得力助手和"搭档"。文夫先生住在杂志社附近，定期到编辑部来，杂志刊登的稿件，他都一一过目，常常发表一些意见，或提出要调换某篇稿子。朱红说在业务上文夫是好商量的，对于同人的意见，只要说得对，他易于接受。社内外也有一些意见与刊物的个性有悖，他则不予考虑。《苏州杂志》中现实题材的稿子也有，但侧重点是介绍传统的苏州，或曰苏州的传统，当然是从文化和历史的角度选题的。苏州是个闻名遐迩的文化古城，许多人到苏州来，都有一种访古情怀，想了解这座名城过去发生的许多故事。《苏州杂志》在一定程度上满足人们的怀旧情愫的同时，让读者从一些侧面了解中国传统文化在一个特定地域生命延续的过程和行进轨迹，以便在较深的层面上认识今日之苏州。陆文夫在谈到如今已初具规模的苏州新区的建设成就的时候，认为新城区的建立使苏州的幅员大增，过去的"小苏州"之说已成为历史。陆文夫不是一位怀古主义者，他对苏州传统文化的热情传扬并不影响他对现代化苏州的珍爱。作为历史文化名城的苏州老城区大体保持原有的格局，现代化建设集中于新区，这是一个有远见的科学思路。正是在这个意义上，老城区的一条古老小巷里存在着一本具有传统古风的《苏州杂志》，就并不是一件怪异的事情了。传统与现实的构连，体现一种厚实的生命力。《苏州杂志》的编辑个性由此独具魅力。

我们在院子一侧的会客室里坐定。这是此座四合院中唯一保持了三四十年代原貌的屋子，红木地板，很高的玻璃窗。朱红说，当年叶圣陶先生常在这间屋子里会客。原来这座占地七分的院子，是叶圣陶的故居。叶氏原籍甪直，到苏州后看中了小巷深处的这个地方，当时他刚与夏丏尊合著《文心》一书，便用他所得的半本书的稿费，买下这块地皮，盖起了园林式的四合院。叶圣陶先生在这里著文会客，莳草养花，住了近两年，动荡的时局终于使他无法安居，旋即投入抗日活动，前往武汉、上海等地，而后到了北京。新中国成立以后，叶圣陶向苏州市领导表示，将这座故居捐献给政府，办文化事业。"文革"期间，院子中一下子搬进了好多人家，变成了一个名副其实的大杂院，原先的红木地板高窗等因年久失修及住户任意拆改翻弄，日渐损坏，面目全非。直至进入开放年代，落实政策，搬出居家，方有《苏州杂志》在此落户。混乱不堪的大杂院，由一家有眼光的化工企业出资整修（为此门口挂了一块有××企业修复字样的牌子，以资纪念），于是《苏州杂志》就有了这个具有特殊意义的优美静谧的生存环境。

作为一本文化气息浓重的地域杂志，纯粹依靠市场是举步维艰的，它得到了多方面的扶助，苏州一家报纸和市政府每年都有固定拨款，杂志除在广义的"苏州地区"发行外，各地以及港台等地也有不少订户，可以回收部分资金。

江苏文豪叶圣陶把小巷深处的这座故居捐献给文化事业，是一项雅举。文豪旧居办起了弘扬姑苏地域文化的杂志，且有当今江南文人陆文夫主持笔政，我们从这里看到了一种有意义的文化承传。姑苏历来是人文荟萃之地，今天摆脱了"小苏州"之称的大苏州、新苏州的崛起，在某种意义上来说也正是体现了一种文化薪传。任何物质财富的产生都不是简单的物质和劳动力的堆积，而首先取决于人们的精神素质和创造力。从这个意义上来看，发生在小巷深处的文化传接，就觉得意义深远了。

（原载《解放日报》1998年5月29日）

# 文 苑 旧 拾

## 陆文夫戏说"酒少喝点命少要点"

前辈文人的日常生活中有一些有意思的事情，这里略记两则。

小说家陆文夫爱喝酒，进入老年后有所节制，但其"酒故事"仍然常为人道。要说陆先生的"酒史"也确实够长的，这同他的生活环境直接有关——出生在苏北的一个酒乡，坊间出产土酒，眼睹舌染，要规避也难啊！后来定居姑苏，恰好又是一个"美食天堂"，醇酿佳肴的"生态环境"，对"老底子"就会喝一点的陆文夫，诱惑之大可以想见。

我和陆先生见过两次面，一次是1997年在北京，两人都住在中国作协大厦，在他房间里小坐的时候，我向他约稿。当时《解放日报》编了一部《朝花作品精粹 1956—1996》，名家荟萃，内中却没有文夫的文章，我在送他集子的同时以此"激将"，邀他务必赐稿，接着谈了一些文人文事，其间问了一句："还喝酒吗？"先生微笑回答"少量的"，又说"酒这东西，少量利身，超量伤身"，可见进入老境的这位江南才人在切身经历中对饮酒已经有了较为清醒的认识和把握。回沪后过了一些日子，陆先生传来了稿子，题目是《人之于味》，也是谈吃的（自《美食家》后，在一些年里他写了好多篇关于"食"和"饮"的文章），此文于9月9日刊登于《朝花》。此后过了一年，与陆先生又有了见面的机会，那是上海作协散文组的一次活动，一行人先到湖州，然后转道姑苏，一天在陆文夫女儿开的饭店里用餐，先生前来作陪。席间，记得好像是丁锡满（萧丁）问了他喝酒的情况，文夫的回答也是"少量"两字。还记得座中的一个话题是听他讲述在建设苏州新城的同时保护老城区原貌的重要性和取得的成绩。那天席上有红酒和黄酒，先生喝的是黄酒。饭桌边，我听到有人在轻声议论陆先生曾经的"海量"，一个有趣的故事是有一次他去看病，医生问他是要命还是要酒，他的回答是：都要，酒少喝点，命少要点,如果八十岁的寿限,那么活七十五岁就可以,把五年拿来换酒喝。笔者记得后来陆文夫寿终的时候正是七十五六岁的年纪,便不由得想到是否真的是一语成谶,酒"换"去了他几年寿命。如果陆先生限酒做得更好点,寿限还会长一点的吧!

这里顺便要说一句的是,2006年《解放日报》出版的《〈朝花〉50周年精品集》,收进了《人之于味》一文,只可惜陆先生业已远去天国,看不到这部专集了。

## 郭风:"看不清对方眼神无法对话"

笔者早在旅居福建的时候就认识郭风,来沪定居之后,因编报纸副刊,与郭先生的联系反倒更多起来,我曾经多次写过郭风其人其文,故相关情况这里不再赘述,只是那年最后一次与先生晤叙的情景,有一些细节值得回味。

郭风先生曾经较长时间住在福州著名的三坊七巷中的黄巷,那时候每次来信,文末总会写上一句"福州黄巷19号"(有段时间写36号,可能门牌号码变动过。他的老友,另一散文家何为住在同一楼中,何先生退休后回沪定居),大约是90年代末的某一年,郭老乔迁城西凤凰池,2004年我去榕城,就是在凤凰池的一座公寓楼里同他晤叙的。坐在我面前的郭先生身板瘦弱,面容清癯,但思维还是很清晰。他的一只眼睛几乎失明,虽则报章上偶尔还能见到他的短文,实际是近乎搁笔了。我们坐在客厅里喝茶聊天,有一只白色猫咪从里屋走出来,眼睛盯着我这个陌生人,迟疑地停住了脚步。过了一会,还是缓缓地走前几步,在地上蹲了下来,虽然有一定的斜度,但它已看得到自己的主人了,谈话间,白猫的眼睛始终盯着老人家,很是专注。曾经听说郭风爱猫,这回我倒是亲眼目睹他的宠友了。我对郭老说,家中有一只猫咪陪您,一个人的时候不会感到寂寞了吧?老人连说是的是的,"我对这只猫,或者说猫对我这个老人,是有感情的"。那天郭老的儿子景能也在座,此时他插话说,父亲喜欢猫,也喜欢鸟儿呀,花朵呀,树木呀,有时对着它们还会自言自语呢!我发现老人有一点伤感了。他缓缓地说:"现在视力差,看不清猫的眼睛了，否则的话，可能真的还要同它说说话。"老人接下来的一句话让我寻味良久，"你知道，看不清对方的眼神，是没法对话的。"

笔者后来在郭老的《八旬斋文札》中读到一篇短文《这只白猫》，此文写于2004年3月，恰好是我探访老人的前一些日子，这只"白猫"，自然也就是我见到的那一只了。文章中，作者由一只心爱的猫，联想到蒲鲁达尔克和蒙田在对人和兽的观察中体味的某些哲学思维……读着这些文字，再回味老人家"对着眼神说话"的叙说，我似乎领悟到一点什么了。

（原载《解放日报》2015年2月25日）

# 留下的散文长廊
## ——何为印象

最后一次与何为先生晤面，是 2010 年秋季，已记不大清是第几次坐在何为先生的房间里了。2009 年老人在家中不慎摔倒，导致股骨颈骨折，动了手术，我到徐汇中心医院去看他的时候，他说自己的体内有一块铁，那是打在股骨头上的钉子。我说手术成功，恢复也较好，不幸之中万幸，您是有福之人。一段时间后他已能在屋子里行走，外出要坐轮椅，生活质量降低了，但精神状态还是不错的。何为居住的房子，是他青年时代就住在那儿的老屋，在上海陕西南路的一条老弄堂里。虽然年代已久，但建筑质地良好，客厅向阳，窗外是一个方形天井，何先生手植的一棵玉兰树，叶子鲜绿而明亮。何老对我说，现在让他最感烦恼的是眼睛越来越差，既不能看，也不能写。眼睛不好，但思想情感犹在，还想写东西啊！——他患眼底黄斑病变十多年了，曾多方求医无显效，对于改善视力早已失去了信心。

从 20 世纪 50 年代开始，具体地说是 1958 年，何为就从上海调往福建工作，其文字生涯从此便与福建紧密地联系在一起，一直持续了三十年。作为散文作家，他同郭风等人一道，为繁荣闽地文学创作，培育文艺新人，做出了自己的贡献。上海是何为从文的起始地。1937 年开始发表处女作，1938 年参加上海各界民众组成的慰问团，秘密往皖南慰问新四军，其间见到了刚从延安过来的美国作家史沫特莱。他把此行见闻写成报道式的散文，结成集子，取名《青弋江》，由万叶书店出版。《记史沫特莱》这篇文章，则是发表在柯灵主持的《文汇报》的《世纪风》副刊上的。年岁多一点的人大抵还记得 50 年代的散文名篇《第二次考试》，其作者正是何为先生。这篇作品描写一次强台风之后与学生考试有关的故事，主题触及应试教育中一些值得思考的问题——一个音乐学生的纯净心灵和高尚行为激励了他，于是"从一个音符开始，谱成一支生活的歌"。作品是通过袁鹰先生刊登在《人民日报》上的,很快获得社会的热烈关注。

在福建生活期间,何为写了大量散文作品,《临江楼记》等更是具有广泛的影响力。1976年金秋时节他有一次闽西之行,几天之中,三次登临上杭县的临江楼。第一次登楼自然生出一番感慨,几天之后再登楼,看到人人脸上都浮现难以抑制的喜悦,原来是党中央一举粉碎了"四人帮",乌云过去,天空复归明朗。第三次登楼,站在最高处,迎风伫立,回顾十年悲剧,数十年风云,心底里波涛涌动。回城之后很快写成《临江楼记》,一经发表,不少报刊转载,后来还被译成了英文和法文。与《临江楼记》同类的文字,还有一篇《春夜的深思和回忆》,那是抒发对周恩来总理的怀念之情的。从那时起,他怀着虔诚的文学理想,探索和追求新的文学境界,由此进入了又一轮的创作旺盛期。

作为我国老一辈散文家之一员,何为先生素以严谨为文著称于世。他认为散文作为一种自由文体,表现的是作者的真情实感,由于直接向读者倾诉衷肠,可以说是面对面沟通心灵。完成这样的倾诉和交流,就需要选择适当的文字方式。因此每写一篇文章,他都有一段长长的构思谋篇时间。主题确定后,如何开头、结尾,都有认真的考虑和设计。过去在很长的时间里,他在墙壁上拉一条绳子,挂上一些写作时可能要参考的素材或资料纸片,他称之为"灵感的闪光"。稿子完工后,也挂在绳子上,叫作"悬索审读"。何为对此的解说是,写作时人处于兴奋状态,写完后需要冷处理,"挂"上几日,改上几遍,就放心了。像北方的孙犁一样,南方的何为也是一位十分讲究表现力的作家。读何为散文,会发现他常常采用一些小说"元素",文中有人物,也有一些故事情节。《第二次考试》如此,早年作品如《大地的脉息》《江边》《到钟楼去的路》等亦然。这是他寻求表现力的一种尝试。他坚持简约恬淡明快的行文风格,没有华丽的辞藻,遣词造句"惜墨如金"。一段淡然悠然的文字,有美的质感,每每还有超体积的蕴涵,而在阅读之中,又随时可以"触摸"到写作者饱满的内在激情。充分表达人的自由心志,由感性上升为理性认知再用感性与理性融合的文字表达出来,这就是一位久经锤炼的散文名家的"表现力"。在客厅绿窗前的谈话中,何老曾再一次地讲到表现力的话题。对于文章之道的探寻,他称之为"有所追求",即追求一种境界,对散文来说,这个境界就是美。何为深信文学的美学功能是天然存在的,换句话说,文学对于提携一个民族的趣味、格调有着一种天然的义务和责任。而以情景交融、心灵对话为特点的散文文体,美的元素更是必不可少的。何为一生中也写过其他文体的许多作品,并自称曾写过很失败的东西,但他在精短散文方面找到了自己的归宿。他并不鄙薄大散文、长散文,对大散文中的精品也予以充分的肯定,但他觉得中国古代散文中的传世之作,五四以来的散文名篇,绝大多数都是短篇章。

  回沪定居后,何先生曾先后整理出版了几部书稿,其中七十余万字的《何为散文长廊》,集中了各个时期不同文体的散文作品,这是欣赏和研究何为散文创作的一个重要文本。继《长廊》之后问世的,还有《近景与远景》《纸上烟云》《何为精短散文》等集子。自1996年开始的几年里,他在《新民晚报》开辟一个专栏,每月写一篇随笔,晚报还为这些文章结集出版(即《纸上烟云》)。何先生对我说,为晚报写稿,倒成了他晚年生活的一个重要内容。他说写这样的短散文,除了有一个精神寄托和释放的"窗口",也在一定程度上消解了心灵的寂寞,而更为重要的

何为散文集书影

一点是，身逢盛世，创作环境宽松，所以他写这些文章的时候，真正做到了敞开心扉，摆脱了因袭的精神重负。他为在有生之年获得如此的创作生态空间而感到由衷的高兴。笔者在退休之前作为编辑，约先生写稿，那时他已有眼疾，但仍曾得到过他《客居小楼》等文稿支持。

最后值得一提的是，早年的何为先生是从亭子间走向文坛的，他为自己居住的小室取名"菩提楼"，当时常有一些文字同好到这里来作客，访客中有王元化、董乐山、束纫秋、徐开垒等。王元化先生还曾同何为在这个小房间里热议罗曼·罗兰的小说《约翰·克利斯朵夫》。20世纪三四十年代的这个亭子间，如今仍保留完好，笔者曾在何老先生的引领下，看了位于灶披间之上楼梯转角处的"菩提楼"，现在除了一张无人使用的小床铺，堆了许多书，还有一些杂物。步出小房间的时候，我很有感触，海石库门、亭子间，曾经安顿并孕育多少文学精英的灵魂，而"海峡""亭子间"这两个词儿体现在一位作家的身上，也是别具意味啊（何为系"海峡作家文库"十作家之一）！

（原载《文艺报》2011年3月9日，刊出时题为《何为印象》，有删节）

## 纸上烟云,贵乎精短
—— 何为的晚晴散文

何为先生与我一样,都有长期旅居福建的经历,并先后回到"出发地"——上海定居。笔者在沪上报社供职,稍后回来的何先生则是过他的退休生活了。同城居住联系方便,信件自然不多,手头的一件,是1997年何为先生惠寄《客居小楼》散文稿的附信,内中写道:

……限于体力,所作甚少,无以应命,甚感惶愧。两年前我的右眼老年性黄斑变性,无法医治,且有影响左眼之势,字体每成歪形,老病如此,夫复何言。上海文艺出版社为庆祝建社纪念,命题集稿写该社的招待所,我有些感受,草成一稿。日前在《朝花》读到高晓声同志的同一题材散文,乃想起将此文寄上,或可供读者一粲。盖同一题材,而角度不同也……

那段时间我曾不止一次向何老约稿,所以他在信中说了因眼疾趋重"所作甚少"的状况。上海文艺出版社过去有一个"创作之家"(也称招待所),设在建国西路一条弄堂的三层小楼里,编辑们常常邀约作家到这里来写稿改稿,光顾"小楼"的不乏各路文坛名流,这里便成了文友会面交集的好所在。1997年出版社拟了个选题,让一些作家写一写与那栋小楼有关的经历和故事,最终集合起来出一本书。何为先生的《客居小楼》就是其中的一篇。文稿记述的是1982年的事情,那是一个特殊的年代,"消失的文学"、作家之间断绝的联系、沉寂已久的文坛信息在那几年里渐次"复活",这方面的相关"动静",在这座三层小楼里可以真切地感受到。那时何为先生还是福建的作家(他50年代赴闽工作,沪上老宅被人占住,当时尚未解决,"客居"便有另一份酸楚心绪在里头),在小楼住了两个多月,有关写稿改稿的事情这里不说了,让他喜悦让他百感交集的是，乱世人生中睽隔多年的好些作家在小楼见面叙怀，包括何为和其他住楼作家在内，两个月中在这里会见来自南北各省市的文友竟有四五十人之多。徐迟先生就来小楼看望过何为，两人畅谈两小时，何先生在文章中还记下两个细节，一是徐迟"突然认真地说了一句'我是当仁不让的现代派'"，何为觉得他"似乎在传递一个信息"；二是谈到兴头处，徐先生看到桌上有包中华烟，业已戒烟的他举手取烟，接连猛吸，竟连续吸了四支。"过后我再敬烟，却绝口不沾了"。十年离乱一朝相聚的文友不在常情之中的举止，让何为感慨系之。也是在这些日子，何为先生从小楼出发，前去看望在艰难岁月中受尽煎熬的巴金和柯灵两老，劫后重逢，又有多少言语要倾诉啊！

《客居小楼》于5月24日见报，比高晓声同样写"小楼"的《今夜投何处》只隔了二十一天。文稿刊登后我去陕西南路63弄13号（经艰苦努力终于物归原主的何家旧楼）看望先生，他正在为《新民晚报》的《夜光杯》副刊写文章（那些年在《夜光杯》开了一个《纸上烟云》短文专栏）。虽然眼疾缠身，这位散文名家仍然一如既往地认真为文，字斟句酌，惜墨如金。在临窗的客厅里，我们从《客居小楼》说到《纸上烟云》，我说何先生您自早年的《青弋江》《第二次考试》《临江楼记》到晚年的《纸上烟云》，做文章总是那样的投入，那样的倾注自己的情感和心血，这样的作文精神很值得我们后来者借鉴和学习。何老说他一直觉得文章之道不是那么简单的，在过去特定的年代，外在因素很多，个人无法排除，所以自己在某些时段里也写过一些"废品"。退休生活中的这些年，随着社会清明空气的到来，能够在文字中充分表达自由心性，不再有杂音相扰，是最感高兴的事情。何为散文作品大多篇幅较短，晚期文字更是如此，谈到这个话题，何老说他并不一概鄙薄长文章，人家写得好的长散文也喜欢看，但他觉得中国古代散文中的传世之作，五四以来的散文名篇，绝大多数都是短篇章，所以他是"在精短散文的写作中找到了自己的归宿，愿为此练笔到老"（何老常谦称自己的写作为"练笔"）。

《客居小楼》之后，除整理旧作应付出版等事宜，何老动笔更少，他在寄我另一篇稿子时附信中说："……目力不济，只能节省使用，因此写稿很困难，现遵嘱寄上拙稿，请斧正……"此次寄我的文章，仍是千字精短散文。由于视力的困扰，何为老人不得不最大程度地减少写作活动，这是当时他最感苦恼的事情。90年代的好些年头，徐开垒、陈诏和我曾经好多次相约去何府，同主人一道在客厅里喝茶聊天（还有几次餐聚，在家中或到近处的餐馆），其间常有关于写作的话题，比如，印象深刻的两次，一次说到了散文的表现力，何为先生说他在若干篇作品中吸纳了一些小说元素，但核心结构、精神气韵和文字风格不改，就是有意识地对于散文表现力的一种探索。他说写散文，他总是不忘追求一种境界，这个境界就是"美"。何为深信文学的美学功能是天然存在的，换句话说，文学对于提携一个民族的趣味、格调，有着一种天然的义务和责任。2010年秋季的那次叙谈（这次是同陈诏先生一道往访，也是我俩与何老最后一次见面），我提起一个话题——读到一篇文章，内中说余光中先生的有些作品写得过于精致，读来觉得有点儿雕琢，问何先生对此的看法。何老说余的文章他看过一些，很欣赏，并无所谓雕琢的感觉。他说文章还是要认真写的，有"美文"之称的散文，其"美"包括了内容和形式两个层面，内容固然要紧，表现角度、文字选择等也不能一点不讲究。何老最后的一句话是："如果文章写得很讲究，又没有'雕琢'的痕迹，就是真本领。"

（原载《解放日报》2016年8月25日）

# "樱榴居"文思
## ——鲁彦周随笔印象

鲁彦周先生写信喜欢用毛笔，字体飞动洒脱，很是好看。我还存留着一份他寄我的特制贺年卡，上面也有他的好字。关于贺卡，这里还想多说几句，因为它是鲁先生与夫人张嘉女士合作设计的，卡上除了贺语，卡面卡底还印了三幅张嘉所作的国画，画面分别是几种花卉。里页左版是鲁先生的书法贺词："迎新世纪迎新年，龙舞凤飞江海间。入世文章出世韵，神游宇宙身游田。波翻浪涌红霞飞，云净天青绿叶添。我祝神州春意暖，心香一瓣绕君前。"落款是"鲁彦周二十一世纪前夕"。贺词用金色套印，大气好看。里页的右版上，"恭贺新年"下面还盖上了夫妇两人的鲜红印章。这张贺卡是具有迎新年和迎新世纪的双重意义的。那时我已离开现职，所以收到贺卡感到分外高兴，虽然贺卡不是为一个人设计的。

把花卉画印上贺年卡，除了表达祥瑞之意，也反映了两老钟爱花木的情怀。关于这一点，有两件事是最好的说明。第一件是鲁彦周先生的书房取名"樱榴居"，起因就是他在园子里种了许多花木，其中就有樱花、樱桃和石榴。第二件是园子里曾经有过一盆"勒杜鹃"，是特地从深圳带回来的，"带"的过程不容易，上下飞机的麻烦无需说，离开深圳后，他们不是直接回来，而是要在海口和广州分别逗留十来天，在如此的情况下，就只好每到一地，就把它栽入土中，临时"定居"，离开时再挖出来包装上路，直至最后在合肥自家的园子里"落户"。

鲁彦周是当代文学史上无法略过的一位著名作家，创作过许多众所周知的小说、电影和剧本。进入老年之后，长篇和剧本的写作有所减少，篇幅相对较小的散文随笔则适时增多。我觉得鲁先生在"樱榴居"里写散文，真是一件特有意思的事情。在一篇文章里，他也有这样的记述："年纪大了，就喜欢回顾，而且又喜欢片断总结人生。其实也算不上'结'，只不过是像断断续续的梦罢了。"当然他倒不是一味地在"樱榴居"里坐而著文,坐而忆梦,而是仍然尽可能地走出去,在回顾历史的同时,也不断地采撷新的见闻,呼吸新鲜空气。比如,他在《朝花》发表的随笔《叶集漫步》,就是"走出去"后写出来的。那是1996年,他先后于夏季和冬季两次去了安徽和河南交界处的古镇——叶集。这个古镇之所以吸引他去,是因为叶集出过多位文化名人:韦素园、韦丛芜、台静农和李霁野。这些人当年都同鲁迅先生有过密切的关系,也都是文学社团"未名社"的骨干成员。而蒋光慈、李何林、王冶秋等文化人,也都出在离叶集不远的地方。鲁彦周在叶集所见,除了尚存一些老宅屋,满目是一派繁华的商业景象,建筑和马路洋气而整洁,各种批发零售市场星罗棋布。他去寻找那几位名人的老屋,不是斑驳破损,岌岌可危,就是已移作他用。彦周先生在这些地方徘徊,"心里陡地生长起一种无法排除的失落感"。叶集有一条河,名叫史河,正是这条河,让古镇很早就成了当地的商品集散地,而叶集的名人,也是从这条河流乘船走向远方的。今日的叶集一定也有新式的教育设施和文化事业,但在过分的商业喧嚣和时尚浪潮中,要再出几个韦素园、台静农,看来是不容易的了。鲁彦周并不怀疑现代商业给当地民众带来的福祉,他忧虑的是商潮冲击了许多不该冲击的东西。史河无言,在史河畔漫步的老作家可是心里有话呢!

《朝花》于1998年1月2日刊登了《叶集漫步》。那正是过新年的时候。从鲁先生的来信中可以看出,他看到作品发表的时候是很高兴的:

沈扬先生:

　　首先祝你新年新春快乐。信和报纸均已收到,版面排得十分好。谢谢你!过去在陈诏兄手里,我曾为《朝花》写过几篇,也有些好的反映。希望今后和你多多合作,并盼给予指导。

　　匆匆即请

编安

鲁彦周　元月十日

安徽是个多古镇的地方,整个20世纪90年代,鲁彦周走了不少地方,其中就有一批古镇,例如,大别山区的苏家埠,曹湖地区的柘皋、襄安、香泉、汤池等。在这些地方，他也有过"忧"，但建设的成就毕竟是主流，其中也包括了一些地方的文化建设，所以还是喜多于忧的。特别是对他的家乡曹湖之行，城镇乡村，一个一个看过去，真是感触良多，常使他激动不已。在"樱榴居"里，他把所见所闻所思记录、整理出来，形成了一篇又一篇随记。"老来虽好静，万事仍关心。"鲁先生把王维的原话改了两个字，来描述自己的心情。他认为对一位老人来说，拥有这样一份心情是最好的。

就在《叶集漫步》发表的那些日子，我看到了先生新出的一本随笔集，书名叫《正堪回首》。内中除了外出的见闻，还有家居或住院养病时的一些回忆和遐想，也写了好几篇关于花木的文章，连童年时代老家祠堂里的一枝巨型牡丹，也触发了他内心的悠悠乡思。过去写小说、剧本多了，心思常处于叙事记人的大的语言氛围里，如今能静下心来，进入一个情感抒发心灵遨游的自由语境，他感到了特别的轻松和舒畅。鲁彦周在解剖自己创作实践的时候，曾经说过这样的话：同许多文艺家一样，在过去的岁月里，"不是缺少什么使命感，而是使命感和为什么写的成分太重了，太重了就使文学的灵魂负担不起了，一旦超过了负荷，文学就会逃跑，便只剩下使命感了"。这是一位文学名家在深切的创作反思中发出的声音，他的"顿悟"之中，提出的是一个多么值得重视的文学命题！所以在"樱榴居"里，在最冷静的时候，鲁先生有过这样的向往——那就是文随心出，书写时的心境，就像是"眠琴绿荫，上有飞瀑，落花无言，人淡如菊"。在他的一些散文随笔中，不难看出他在这方面的实验，也体味得到他写这些文章时宽舒愉悦的心情。当然正如他在一篇文章里所说，几十年与文为伴，业已形成一种"不了情"，离不开，"解"不了。何况作为一个有良知的文艺家，也不能离开社会和时代啊！

1999年的时候鲁先生还寄来过信、稿，信里说我前一年给他的信，他到现在才看到，因为这段时间一直在国外，"是在女儿处闲居了"。所写散文稿题为《一张照片》，是回忆当年他与一些文友会见周总理的感人情景的，同时还附寄了一帧珍贵的照片。因我已退休，稿件是交给相关编辑的，《朝花》于10月12日刊登了这一作品。

从鲁先生最后一些年头的文字活动中，也可看出他所向往的淡定怡情的写作状态，只是有限度地得到了实现，"不了情"牵动着他手中的笔，原有的计划仍想一一实现，在写散文随笔的同时，仍有大部头"工程"在案头，继1996年完成长篇小说《双凤楼纪事》之后，进入新世纪后完成了他经营多年的长篇《梨花似雪》。这部著作耗尽了一代才人的最后一份心力，书店新书上架，先生遽然而去。他的读者再也看不到这位亲切慈祥的老人的面影了。

（此文部分内容充实改写为《一旦超负荷，文学就跑掉》，原载于《解放日报》2016年8月11日）

## 史文并举的文字气象
——写在八卷本《蒋星煜文集》出版时

捧着沉甸甸的八卷本《蒋星煜文集》，我的心里是不平静的。九十四岁，四百六十万字，史学文学并举，皇皇巨著，吐纳时空啊！

蒋星煜先生1938年便开始在上海的报纸上发表文章，三年后随着抗战洪流来到"陪都"重庆，在南温泉附近的小温泉居住下来。也就是在那些日子里，有缘结识了在《中央日报》编副刊的孙伏园先生。蒋先生曾一再说到，他的文字生涯同孙伏园的指点是有直接关系的。在重庆以及稍后在南京，星煜先生结识的文化名流是很多的，如茅盾、老舍、陈望道、周策纵、张恨水，还有胡适和顾毓琇等人。笔者曾听老先生谈起年轻时受惠于上述先师文化启迪的情形。

青年星煜喜欢阅读与研究，对明史、文化史、现代文学都有兴趣。第一本集子取名《中国隐士和中国文化》，出版时年仅二十三岁。几年之后，《颜鲁公之书学》一书面世。这两个集子，前者谈隐士文化，后者介绍和研究唐代杰出书法家颜真卿，出版后引起了学界人士的关注，梁漱溟在《中国文化要义》一书中，就提到了《中国隐士和中国文化》。新中国成立之后蒋先生专注于中国戏曲史的研究和写作，这是同当时的工作环境直接有关的——在文化部门任职，且偏重于戏曲工作。其中投入最多成绩最突出的，当数对传统名剧《西厢记》的研究，数

蒋星煜像

十年来出版的几十部著作中，有关《西厢记》研究和欣赏的专著有六部，另有一部与上海图书馆合作编纂。星煜钟情于《西厢记》，源自他对我国文学史上这部伟大著作的由衷欣赏。在了解和研究明刊本《西厢记》方面，先生不遗余力，曾先后到七八个省市进行调研和交流，凡与"西学"有关的资料和信息，都怀着极大的兴趣去采集。他于20世纪80年代初将第一批研究成果汇集成书，取题《明刊西厢记研究》，此后，又出版了《西厢记罕见版本考》《西厢记考证》《西厢记新考证》《西厢记的文献学研究》等。蒋公对"西学"的研究是全方位的，有人将他的研究细归为十类，从大的方面讲，体现在文艺学、文献学、文化学三个方面。日本汉学家波多野太郎称蒋星煜的明刊本西厢记研究"以乾嘉之文献做基础，用戏剧家之文艺科学为武器"，道出了蒋氏研究特点的要义。星煜一直注重探索文献学和文艺科学两者之间的关系，认为弄清这种关系对于《西厢记》乃至整个中国戏曲史的研究都有重要的意义。《西厢记》版本繁多，为了了解版本情况和作品的原来面目，他尽一切可能阅读国内外收藏的明刊本或复制本，用他自己的话来说，就是终于找到了"真面目的近似值"，"改得近乎失真的本子我很快就能识破"。其出版于2004年的《西厢记研究与欣赏》一书，从考证的角度转移到了审美层面，对作品进行多方位的美学赏析。例如，详细分析了作品结构中矛盾冲突的主次安排，以及矛盾状态的三个层面；剖视了著作者对"误会法"技巧棋高一着的应用，等等。《西厢记》中《月下佳期》的性爱描写，历来訾议不断。清代的金圣叹不受旧观念束缚，大胆肯定张崔之情为"必至之情"，无可非议。蒋先生十分赞同"必至之情"的论断，在本书中，有一章专写《西厢记》对性禁区的冲击，从"必至之情"的"人伦物理"角度，予以赏评。比起李贽、金圣叹的直言来，生活在新的历史环境中的蒋星煜，相当自如地从美学和人性的层面看待这对历史恋人勇敢而铭心刻骨的鱼水之情。由于有了艺术欣赏方面的具体论析，使《西厢记》的美学价值得到了充分的开掘，因此可以说《西厢记研究与欣赏》一书是文献学、文艺学、文化学交融的集锦性文本，很值得重视。

　　蒋先生对中国戏曲的关注是多方面的，各类著述中涉及许多名剧名作。文集中第五卷《中国戏曲史钩沉》，近九十篇文章，八十余万字，有关中国戏曲形成、发展相关阶段的状况，对作品、剧作家、评论家的叙介、评论和争鸣，皆汇集其中。读这卷书，可以感受中国戏曲发展的履痕和脉息。综观全卷，可见其显示出作者宽阔的学术视野和对于重点选题"深入其内"的悉心探究。在"通史编"中，蒋先生提出了中国戏曲发展"四个高潮"的观点，并把戏曲自身的状况同社会政治经济环境联系起来，指出兴衰之间并非偶然的客观规律。此卷篇目繁多，其中《中国传统戏曲的艺术特征》《"元曲四大家"之说之产生与发展》《昆腔发展史索隐》等都是值得重视的篇章。文集第七卷收录历史故事、历史小说数十篇，几十万字。其中《南包公——海瑞》《李世民与魏征》两篇，是先生应《解放日报》所约写成的，在"文革"年代曾经引起"政治性风波"，报社领导及其本人均受到冲击，这些所谓的"阴谋事件"当时曾经轰动一时。也因为蒋先生有着与报社命运与共的这些经历，笔者后来在与蒋老交谈时，他曾感慨地说，"我和《解放日报》有不解之缘"。如今我们再来阅读这些篇章，可以感受蒋公著述成果的另一个侧面。这类作品所写古代人物和故事，大抵都蕴含了或家国情怀或民间良俗或伦理道德等积极的民族精神文化元素，把过去的事情予以通俗化的"理、趣、细、技"特征的叙说艺术再创造，传递给今日的读者，其间不乏对当今时代文化和价值观的对应和沟通，是具有积极的历史文化传播意义的。这些历史题材作品，是星煜先生多方面著述成果中不容忽视的重要"一元"。

还有一点值得一提的是，在不同的年代，蒋星煜先生都有散文作品刊登于各类报章。笔者在编《解放日报》的《朝花》副刊期间，也曾多次经手编发先生的散文。在这个领域，他从相对"沉闷"的考证家变成了感性而活泼的艺术家。星煜散文一如其说话的风格，随意散淡，却在似乎不经意的叙说中蕴含哲理史识，颇有回味的余地。早期作品《山居闲情》和后来的《茂林怀古》等都是精湛的篇章。第八卷《文坛艺林备忘录》，写了数十年中与各界驰名人物交往的回忆性文字，颇具历史人文价值，谈他的散文创作，也不能忽略了厚重的这一卷。

阅读文化老人七十余载的著述成果，除了收获，还有发自内心的钦佩。

（原载《解放日报》2014 年 7 月 31 日）

# 半个世纪的《西厢记》情结
## ——史学家、作家蒋星煜记略

蒋星煜先生新近对笔者说,只要有了思路,有了材料,一天写两三千字没问题。去年听他说有四本书出版,不久便先后收到赠书,后面那一本,应当是蒋氏著述的第四十本了。2005年新年之后传来信息:他与另两人主编的《明清传奇鉴赏词典》也将于四五月间面世。

一位八十六岁的老人还有如此的文字"产量",其身笔两健的情形可想而知,怪不得不久前举行的蒋星煜从事学术、创作活动六十五周年座谈会及会后媒体的报道中,多次出现了"史学奇才"一类的赞语。

蒋星煜是一位资深作家,更是一位名播远近的中国戏曲史研究专家。欲问《西厢记》研究之当今权威,蒋先生便是其中最主要的一位(齐森华教授说新中国成立以来从事《西厢记》理论研究的有十余人,著作二十部左右)。数十年来他出版的几十部著作中,有关《西厢记》研究和欣赏的专著有六部,另有一部与上海图书馆合作编纂。这七部专著分别出版于北京、上海、中国台湾、日本东京。星翁钟情于《西厢记》,源自他对我国文学史上这部伟大著作的由衷欣赏。他曾在一篇文章中如此写道:"作为一门学科,'西学'不如'红学'那样成熟,甚至人们根本不承认,但是,她已经出生,并在摇篮中叫嚷了,我们不能充耳不闻。"鉴于这样的认识,他就一头投入"西学"研究,视、听、写兼进,做出了非凡的努力。

著名越剧演员吕瑞英、金采风在新中国成立初期曾演出《西厢记》,当导演黄沙为她们排练的时候,有一位戴眼镜的年轻人应邀前来讲课,内容包括《西厢记》的时代背景、人物关系和性格特征、故事结构与矛盾冲突等,其中还有对诸如《佛殿奇遇》(惊艳)、《堂前巧辩》(拷红)、《月下佳期》、《长亭送别》等典型情节和场景的过细剖析,对《明月三五夜》这首诗,对"碧云天,黄花地""四围山色中,一鞭残照里"等唱词的解读，皆深入浅出而幽默生动。这位带常州口音的年轻人就是蒋星煜。1958年，上海戏剧学院受市文化局之托开办多次研究班、编剧班，讲《西厢记》课程的也是蒋星煜。可见在那个时期，星煜先生已是"西学"研究的活跃分子了。

"文革"期间蒋先生的牛棚生活等不去说它了，那个年代结束后，他先后供职于上海图书馆古籍组、上海艺术研究所，这些单位都极有利于他的研究工作。在编纂《中国戏曲曲艺词典》《中国戏曲剧种大词典》的过程中，尤其是在华东师大、上海师大任兼职教授期间，一方面，有机会接触更多的专家，另一方面，也阅读了大量文献资料，为日后的个人研究作了很好的铺垫和准备。蒋先生在了解和研究明刊本《西厢记》方面付出甚多，收获也最大。他曾先后到七八个省市进行调查研究和艺术交流，凡与"西学"有关的资料和信息，都怀着极大的兴趣去"打听"和采集，然后潜心思考和梳理，形成文字，于20世纪80年代初将第一批研究成果汇集成书，取题《明刊西厢记研究》，由中国戏剧出版社出版。以后更一发而不可收，先后出版了《西厢记罕见版本考》《西厢记考证》《西厢记新考证》《西厢记的文献学研究》等，还与上海图书馆合作编纂了《西厢记俪影集》一书。至于最近出版的《西厢记研究与欣赏》，是对这部名著从审美阅读的角度进行深入的评析了。

他对"西学"的研究是全方位的。有人将他的研究细归为十类，从大的方面讲，体现在文艺学、文献学、文化学三个方面。日本汉学家波多野太郎称蒋星煜的明刊本西厢记研究"以乾嘉之文献做基础，用戏剧家之文艺科学为武器"，道出了蒋氏研究特点的要义。星煜自己也一直注重探索文献学和文艺科学两者之间的关系，认为弄清这种关系对于《西厢记》乃至整个中国戏曲史的研究都有重要的意义。他在文献学研究方面可谓孜孜矻矻，不遗余力。认为文献学包括版本学、目录学，以及尚未十分具体化的序跋学等，同训诂学、音韵学也存在横向联系。《西厢记》的版本繁多，仅明刊本就有六十种左右，清刊本有一百种左右。为了了解版本情况和作品的原来面目，他几乎读遍了国内外所有收藏的明刊本或复制本。

在研、探的过程中，蒋星煜敢于直抒己见，开展学术争鸣。王季思教授是星煜崇敬的前辈专家，其《西厢记五剧注》原是他学《西厢记》的开蒙读物。王教授对粲藼硕人所著《西厢定本》持肯定的态度，蒋星煜对此有不同的看法，认为这是一个几乎失真的本子，便直率地提出异议，两人坦陈己见，展开讨论。在学术争鸣中，王蒋两位不但没有对立情绪，反而在共同探讨的过程中增进了友谊。张人和的《集评校注〈西厢记〉》问世后，蒋先生认为张人和并未用十分严格的态度考证版本真伪，因此存在诸多缺陷。他著文提出质疑，一一举例申述自己的观点，予以辩正。又如，文学家苏雪林突出强调《西厢记》创作的"复合作用"，即认为王实甫之后历代有不少人对这部作品的内容做了改动，其中清人金圣叹对作品的改动最多，因而似乎金圣叹成了《西厢记》的重要创作者之一。蒋星煜并不否认作品存在一定程度的"复合性"，但认为苏氏所举历代参与人时序混乱，对于金圣叹的"参与度"也夸大其词，均不足为据。他以自己所掌握的材料进行辨析，指出苏雪林没有经过必要的版本比照和缜密的思考，"就下了这样轻率性的肯定性结论"……通过这样的争鸣，活跃了学术空气，也反映了他探索求真的学术品格和负责精神。

　　蒋星煜于2004年出版的《西厢记研究与欣赏》一书，是在做了几十年考证工作的基础上写出来的。考证家的严密，文艺家的睿思，使作品更显得厚重丰富而又不乏色彩。由于他很早就接触《西厢记》的各类戏曲本，所以其研究和欣赏既依据原作，又有对于各剧种改编演出本的参考比照，分外具有贴近性。这一回，他从考证的角度转移到了审美的角度，对作品做了多方位的美学赏析。例如，他详细分析了作品结构中矛盾冲突的主次安排，以及矛盾状态的三个层面；剖视了著作者对"误会法"技巧的棋高一着的应用；作品开篇时王实甫对莺莺美貌细致传神的描绘，星煜分外赞赏，一一细析，认为"再无其他名著有如此成功而完美的开局"。从这本书的一些章节如《版本研究》《关目欣赏》《形象剖析》《时空设计》《改编、演出》《评注、翻译》中，不难看出这是一本内容极丰富的集子。由于有了艺术欣赏方面的具体论析，《西厢记》的美学价值得到了充分的开掘，因此可以说《西厢记研究与欣赏》一书是文献学、文艺学、文化学交融的集锦性文本，很值得重视。他对"西学"研究还有不少设想，其中重要的一条就是开展文献学研究的基础工程——

编三本书的建议，实施这项工程已非一位耄耋老人力所能及，但其建设性的价值是明显的，已为许多人所认同。

蒋先生《西厢记》研究所取得的业绩，受到了戏曲、学术和舆论界的广泛好评。荣广润盛赞其研究工作做得"实、深、细"；马少波用诗词颂其成就，"独开蹊径叹狂痴，致远钩沉乃大师"；刘厚生则称蒋氏《西厢记》研究的成就"必定将载入史册"。日本著名汉学家、《西厢记》研究专家田中谦二教授、岩城秀夫教授，美国著名汉学家白之教授、伊维德教授也对蒋星煜的研究工作给予了很高的评价。

蒋星煜先生出身于官宦文化门第，有家学渊源，其曲折的人生经历颇有传奇性，早年曾供职于国民党中央政治学院图书馆，也当过国民党中央社记者，1949年，他在广州被胁迫去台湾之际，果断地冒险潜回上海，迎接解放。数十年中他用一以贯之的勤奋，一路走下来，练就了手中的一支"奇笔"。近年来，人们在谈论这位文坛多面手的时候，也常关注他的情感生活，因为他在这个"领域"里的遭遇多少也带有一些"奇"的色彩。据悉星煜的原配夫人叫王国霞，罹难于"文革"非常时期。第二任妻子是个军医，结婚之后，因生活情趣不合缺乏共同语言而分手。笔者于20世纪80年代后期初识先生时，见到了他的第三任夫人。这位女士是演艺圈中人，生性活跃，长相不俗，首次见面我们就曾听她轻歌一曲《小城的故事》。而后两次造访当年在田林路的蒋先生寓所，受到款待的同时，也感受到了这个重组家庭的和谐和温暖，我们都为之祝福。谁料到了2002年，忽闻这个重组家庭业已画上句号。其间友人问及其事，他以"一言难尽"告之……

一位身笔两健的文化老人，虽然也有子女就近照顾，但独居一隅总是一种欠缺。有人问及是否有续觅老伴以度晚年的打算，他笑答："无可奉告。"但愿文心不老的《西厢记》专家再有一次情感生活的奇遇，能够和美地安享余年。

（原载《档案春秋》2005年第6期，有删节）

## 走近赵清阁

在认识老作家赵清阁之前，曾经听闻一些有关这位才女作家的故事：比如说20世纪30年代，小清阁高中刚刚毕业就因在报纸上刊文抨击权贵而遭当局逮捕，坐了半年牢；比如说二十几岁的时候在武汉和重庆做抗日宣传工作，先是主编抗日刊物《弹花》，继而为出版机构主编几种丛书，让洪深、田汉、老舍、欧阳山、方令孺等人的作品在战乱之中得以面世；比如说也是在山城重庆，喜爱戏剧的她与老舍先生合作完成了三部话剧剧本；等等。

笔者与清阁女士的联系和交往，始于20世纪90年代初期。当时我在《解放日报》编《朝花》副刊，向这位资深作家约稿，文函来往和电话联系之外，还有了登门探访叙谈请益的机会。

清阁女士1914年出生于河南信阳，在开封古城读的高中，之后便是战乱中漫长的漂泊生涯了。热血青年的爱国情怀和在文化战线宣传抗日的业绩，有好多故事串联，不在本篇短文的述说范围，就略去不记了。抗战胜利之后她定居上海，有一段时间做编辑工作，但再次因文获祸，砸了饭碗，便静下心来专事写作。此后几十个寒暑，包括剧本、小说、散文、评论、绘画等诸多作品，都是在这座城市里完成的。

对于笔者服务的这个副刊，清阁女士在给我的信中是这样写的：

……我们虽未谋面，却不陌生，与《朝花》更是文交已久，记得解放后我在报纸上发表的第一篇文章，即《朝花》上的《十岁老太太》（1958年5月间），此后因专事电影、小说创作，就很少写散文了，"文革"后才又写写散文和杂文。已结集的三个散文集手边无余书，近闻《文汇报》一编辑于三联书店买到一本香港出版的《沧海泛忆》，拟托人去买，如买到即赠你，有助于对我的了解。（1994年1月15日）

短短的一段文字，除了对编辑人员的热忱关心，也述说了她与报纸的联系和几段时间的创作活动情况。那些年里，清阁女士不定期地会寄稿子来。她的写作态度是十分认真的，比如，那篇怀念邓颖超大姐的文章《雪里梅花》，刊登前后便与我有一些交流，她在寄稿的附信中写道：

……拙作记述从五四时代战斗过来的新文艺家，接触中，我真没有把她当政治家，她热爱文艺，所以关心爱护文艺工作者。周总理也如此。（1993年12月）

文章在《朝花》刊登后，赵清阁在电话中告诉我，她写过一篇邓大姐同文艺界朋友深厚友谊的文章，题目叫《亲人》，刊登在《人民文学》杂志上，她说为了让我对邓颖超大姐的这一方面多一些了解，想找一下这本杂志，找到后即寄给我。过了几天，我便收到了这本《人民文学》。我认真地拜读了《亲人》——对于文艺界的好多朋友，邓颖超大姐给予了亲人般的关心和爱护，文艺界人士也一样地视敬爱的大姐为亲人。在赵清阁的心目中，具有卓越品格的邓颖超是晶莹的雪、高洁的梅。我在《亲人》的一些细节中，也真切地感受到了这位非凡女性身上的梅雪精神。早于此文的1993年6月，《朝花》刊登了赵清阁怀念阳翰笙先生的文章，题为《清香一支悼翰老》，其间与我也有交流。进入老年之后的赵清阁女士常常回忆往事，先后写成的忆友文稿成为她散文作品的重要组成部分。笔者在她签赠的两本散文集中就读到不少此类文章，比如，鲁迅和许广平是写在一起的，其他多为一人一篇的专文，所写人物有茅盾、阳翰笙、邓颖超、梁实秋、张恨水、苏雪林、谢冰莹、陆晶清、陆小曼、凌淑华、唐棣华、梁宗岱、塞克、沉樱、王莹、阮玲玉、齐白石、傅抱石、梅兰芳等。清阁老人说她的另一本散文集《浮生若梦》中也有这样的文字，在给我寄《人民文学》杂志的附信中就有如此的话语："……但我还是想送你《浮生若梦》，其中有不少文坛逸闻逸事资料，一俟弄到即寄上或托人带去。"

赵清阁晚年的寓所在吴兴路上，1994—1995年间，我两次前往赵府探望老人（也见到了与她相伴度日的老保姆吴嫂）。虽然已是老迈之人，沧桑容颜中仍有昔日美女清逸端正的型质，生性缄默坚定的她，晚年生活中还是很乐意与友人熟人说话交流的。两次探访交谈的话题比较驳杂，记得在谈到剧本创作时（她数十年中共创作以话剧为主的各类剧本二十部），我说

赵清阁信函

您40年代出版《红楼梦》话剧剧本四部，新中国成立后改编了《冷月诗魂》《晴雯赞》等剧作，可见您对表现大观园女子命运际遇有着很大的兴趣，但是没有连续写下去。清阁老人说她在读红的基础上仔细研究过那些红楼女子，原先有个雄心勃勃的计划，准备把这些女子一个一个写出来，弄成系列话剧，但是1949年身心安顿不下来，再加上几十年中老病新病交替着来，就做不下去了。老人说没有践行心中的这个计划，是她此生最大的遗憾。后一次看望老人的时候，《朝花》正好刊登了她的散文《模特儿的矜持》（赵清阁30年代在上海美专就读期间发生一桩裸体模特儿风波，她据此绘成一幅画，还写了一部电影剧本，关于此事已另有拙文叙说，这里不记了）。笔者知道就在模特儿风波的那段时间，还有一件事情让赵清阁终生难忘，那就是1934年春天在内山书店与鲁迅先生的晤叙，所以说完了那篇模特儿文章，我就顺此提及这个话题。清阁老人说这件事的经过情况都已写在文章里了（指《沧海泛忆》一书），那年自己才二十岁，初生牛犊，想到就做，在求见的信中还附了自己刊登在报纸上的文章剪报，没有料到鲁迅先生那么快就回信应允见面（当时开始谈话不久，许广平先生前来说家里来了访客，要先生回去，所以鲁迅只讲了散文写作，离去时嘱夫人坐下来继续与她谈）。清阁老人说鲁迅先生所讲的散文的特性，以及散文写作要注意的事情，言简意深，她是一直铭记在心的，只是自己对文艺的兴趣过于宽泛，在剧本、小说创作方面用去了太多的时间和心思，待到老了，想多写点散文了，却受体力下坡和病魔折磨所限，力不从心了。她说这些年还是写了一点散文的，出版的几个集子也很受欢迎，但想起鲁迅先生的教诲，总觉得惶愧不已……

（原载《文汇读书周报》2018年3月5日）

## 细节中的赵清阁

好多年前写过赵清阁,而今再写,一些绕有情味的细节又涌现脑际:例如,这位才女作家曾经在落雪天采雪存储,然后拣个晴日用雪水煮茶,于窗前品茗细描自己所喜欢的梅雪图;又如,她写怀念好友陆小曼的文章,特地从衣箱里翻出当年小曼送给她的毛线白背心,穿在身上……

还记得1994年的一日,笔者去吴兴路清阁寓所看望,茶叙中,引出了雪水茶这件事(自然是我提出),清阁带笑回答"那是偶尔的事情",接着一句是:"我哪有妙玉那样的好情致!"(《红楼梦》中有妙玉雪水烹茶的细节)我相信"雪茶绘画"的故事是一位性情文人的偶然所为,但也相信《红楼梦》女子的千般情愫百样习性对赵清阁的影响不是偶然的,——过去好多人都知道她不一般的《红楼梦》情结。

清阁先生不是如俞平伯、周汝昌等人那样全面研究《红楼梦》,对那种依着曹雪芹笔下的"草蛇灰线"跟踪索隐的兴趣也不大,她只是由喜欢大观园中的女性,进而引起了了解她们,表现她们的浓厚兴趣。战乱时期在重庆,清阁曾与老舍先生合作完成三部话剧剧本(《虎啸》《桃李春风》《万世师表》),之后投入《红楼梦》世界后,便产生了把大观园女子的命运际遇用话剧形式表现出来的念想,并在思谋成熟之后果断付诸行动。在过往"读红"的基础上,她更加投入地精读文本,深入而细微地走进"女儿国"各个个体生命的精神世界。清阁曾经打算把《红楼梦》改编成系列话剧,后来由于身体多病及政治风浪的冲击,宏愿未遂,但还是写出部分剧本,20世纪40年代出版《红楼梦》话剧剧本四部,新中国成立之后陆续改编了《冷月诗魂》《晴雯赞》等剧作,四十余年中共出版剧本二十个。进入开放年代后,创作环境改善,赵清阁的身体状况却每况愈下,我曾经编发她的散文《难忘良医》,文中记述了自己遭受病痛折磨的难堪经历。在吴兴路寓所她对我说,这个雄心勃勃的创作计划不能实现,是此生最大的一个遗憾。

赵清阁在绘画方面也有良好的功底和不俗的表现力。这里不妨也透过一些情节、细节，窥看这位女中才俊的"这一面"。

1995年秋季，清阁寄我一篇散文，题目是《模特儿的矜持》，记述她于1936年在上海美专念书时发生的真实一幕：上写生课的时候，面前出现一位妙龄裸女（裸体模特临摹是校长刘海粟开风气之先的大胆实验），从她清癯偏瘦的胴体和缺少"颜色"的脸容，可以判断这位姑娘出身寒门。在同学们描摹的过程中，突然有人发出一声喝叫："丑娘儿，你坏了我的画，你赔！"原来是室温偏低，姑娘因寒冷而动了一下胳膊，这可惹恼了一位阔少学生，在粗声责骂的同时，还把手中的馒头屑扔向模特儿。此时在一片"啧啧"声（责备阔少）中，姑娘并不表示歉意，"她霍地转过脸，两眼矜持地看骂人者，一绺额角的刘海飞扬上去，真像是怒发冲冠一般"。赵清阁抓住这一刹那，疾笔速写了模特的头部，尔后经过一番劳作，一幅性格柔中显刚勇敢捍卫女性尊严的模特儿画像完成了……《模特儿的矜持》一文于11月11日在《朝花》刊登，此后谈起这篇文章，清阁说那次模特风波虽然在偶然之中给了她创作一幅好画的机会，但风波给自己心灵的冲击很大，少女受辱的画面常常萦绕于眼前（还získ知此女不久便因病无钱医治而夭亡），她从模特儿的遭遇中似乎看到了《红楼梦》女性中的一些人在另一个时代的凄苦面影，于是经过一番构思写成了电影剧本《模特儿》，发表在《妇女文化》杂志上。清阁自然是很想将剧本搬上银幕的，但指导老师倪贻德对她说："这样的剧本没有人敢拍敢演，你白写了。"

晚年清阁难提画笔，但仍然珍惜旧爱，有几个年头，她选出往年旧作，托人在香港精制成贺年卡，赠送友人。笔者有幸于1993年岁末获得赵氏贺卡，上面印着国画《泛雪访梅图》——雪湖扁舟迎远岸红梅，轻抹细描，诗意盎然，极具文人画特点，内页还用娟美遒劲的钢笔字题诗一首："雪飘天地洁，梅开万象新。日月兴正气，扁舟报早春。"这帧贺卡我至今珍存。

赵清阁与众多的现当代文艺家有很好的交往，这些人陆续故去，她便常常为此感念伤怀，而寄托、释放心中的思念，唯有笔下的文字了。她曾先后写过梁实秋、傅抱石、齐白石、张恨水、陆小曼、苏雪林、阮玲玉……经我之手编发在《朝花》的，则有邓颖超、阳瀚笙等人士。

写邓颖超，一些细节也意味深长。在文章里以及与笔者的叙谈中，清阁先生说到邓大姐和她本人都喜欢梅花，在好多年里，每到岁末之时，她都会得到邓颖超大姐赠送的两支梅花。接下来的"画面"是：清阁捧着梅花，插进已经准备好的花瓶里，自此每天清晨起来，第一件事便是打开窗户，让瓶中爱物呼吸新鲜空气，然后在花前坐下，细细品看，心底里觉得这就是在同花的主人促膝交谈。

写于1993年12月的这篇文章题为《雪里梅花》。清阁在文章中以真挚的情感，近距离叙记大姐与文艺家的友谊和对他们的热情关心，也写到了个人的性情修为。我明白《雪里梅花》这个题目是清阁最为属意的选择，因为在她心目中，邓颖超就是那晶莹透亮的雪，高尚圣洁的梅。她在电话里对我说，邓大姐关心文艺家是大家都知道的，但她本人热爱文艺，是一位文艺家这一点，则未必都熟悉，所以她每次写大姐总要说到这一点。清阁还告诉我，《人民文学》刊登过她写的散文《亲人》，就是记述大姐同文艺家亲人般的情谊的。她说正在寻找这本杂志，找到后会捎给我，以便让我较为具体地了解这位亲人般的总理夫人。几天后，我果然收到这本《人民文学》。这也是一位前辈作家对后学者的关心，我自然必须认真阅读了。

诸如此类的关心还体现在另一些"细微末节"中，比如，她的散文集《沧海泛忆》在香港出版，已无余书，听说《文汇报》编辑在三联书店买到了这本书，便立即托人去买了捎给我。她还想赠我另一本散文集《浮生如梦》，说内中写了不少与她有直接交往的文人文事，做编辑的了解一下有好处，但终未"弄到"集子，便寄来了晚些时候出版的《不堪回首》。

我曾两次去吴兴路看望清阁老人，见到了与她朝夕相处照料她生活的老保姆吴嫂。赵清阁独身终生，有过一段与一位文坛名人以悲情为底色的无奈的情感经历，对此未曾探询，就不写了。

（原载《解放日报》2016年3月27日）

# 赵清阁的文墨人生

20世纪的文苑故事中，赵清阁的名字常常被人提及，不只是因为她曲折多难的人生经历，更由于这位女中才俊对现当代中国文化的倾情投入和卓著贡献。她的文化身份是多重的——作家、剧作家、画家、早期的编辑家。

1932年毕业于河南开封一家艺术高中的赵清阁，当时就是一个"故事人物"，——如果说六岁丧母在幼小的心田里留下了悲情的种子，那么无情的继母逼迫十五岁女孩（刚读完高小）辍学订婚做他人妇，更让这个秉心倔强的早慧女孩感受到了人世的寒冷。小清阁是怀揣老祖母给予的四块银洋私自离开信阳故乡，来到汴梁古城的中学念书的，凭着优异的成绩（也因此获得奖学金）寒窗三年完成学业。有着官宦家族背景的小清阁幼时接受过古文庭训，现代学校又让她有机会接受五四新文化的熏陶，加上自幼对文学和艺术的敏感及兴趣，中学年代就屡屡尝试"爬格子"，第一首新诗在《河南民报》刊登后，更是一发而不可收，在那些日子里，作文投稿成了她的最爱。在写作上崭露头角的十八岁女孩，毕业后接受一家报纸邀约主编文艺副刊，《民国日报》的《妇女周刊》也请她帮忙编稿子。不过时间不是很长，因为写了几篇抨击时弊揶揄当局的文章，引起相关方面的注意，报馆在官府的压力下解雇了她。

这位文学"愤青"的漂泊生活由此开始，其中有几段是在上海度过的。1933年进入上海美术专科学校的时候，赵清阁燃起了对于美术的浓厚兴趣。美专收费高，便去天一电影公司做文案宣传，半工半读解决学业和生活的费用。也就是在天一公司，有幸结识了洪深、欧阳予倩、应云卫等影剧界名人。

汴梁古城是赵清阁的福地，也是她的祸域。清阁女士1935年在上海艺术美专毕业后，母校——开封艺术学校邀请她去当教师，她于是返回开封就职，不过没有多久，便遭遇"老账新账一起算"的倒霉事——因撰文声援一桩包办婚姻案，开罪了权贵势力，官府以"共党嫌疑"之名将她逮捕。半年牢狱生活折磨了她的身体，换来的则是对于邪恶势力更加坚定的抗争毅力和意志。开封是待不下去了，她二度南下，先后在沪宁两地做文化工作。

　　七七事变之后，华夏腹地武汉成为全国抗战力量聚集的中枢，随着中共中央发布国共两党合作宣言，文艺界初步形成了统一战线大团结的好局面，报国心切的赵清阁响应民族的召唤、时代的召唤，来到了这座汇集四面八方志士仁人的大城市。汉口中国图书公司创办一本文艺刊物《弹花》(刊名寓子弹催开胜利之花之意)，唐性天邀请赵清阁担任杂志主编，她欣然接受。《弹花》的办刊口号"抗战高于一切"，正是炎黄子孙的共同心声啊！杂志的创办得到了"文协"领导人老舍先生的支持，他还为创刊号撰写《我们携起手来》文稿，热情洋溢地号召团结抗日。郭沫若、丁玲、安娥、王莹、吕骥等人都先后有文章在《弹花》发表。这个刊物在武汉出版五期，转移到重庆后，自1939年到1940年7月，又出版了十期。其间因遭遇种种困难，主办方曾有停刊的提议，但赵主编觉得放弃这块"阵地"太可惜，它承载着多少读者和作者的情感啊！在热心人士的支持下，赵清阁单肩独挑坚持办刊，除了应对经费、印刷、发行等的事宜，最感头痛的是敌机空袭频繁，女主编常常在防空洞边编稿子，有一次为急避敌机轰炸，走进一家理发店，房屋震坍，砖片伤了她的头皮，鲜血直流，仍然紧紧地抱住怀里的稿子……那些日子，倒霉的肺病也向她袭来，贫病交加，最窘迫的时候不得不变卖身边的物件，她当时写下的一篇《卖琴记》(把心爱的小提琴也卖掉了)，如诉似泣，读来感人至深。

　　乱世中的巾帼精英最感温暖的是，在各样的困顿中，总能得到道合志同的师友们的热诚支持和帮助，孔罗荪、草明、欧阳山等人给她稿子，老舍、左明、张恨水等继续伸出援手，在北碚和北温泉的四年时间里，她有幸结识了众多的文艺界名流，师友们也感佩这位聪慧勇敢的女才俊，《弹花》最终停刊走进历史的时候，郭沫若先生特地赠诗一首，其中"锦心一弹花"一句，曾流传长久。《弹花》终刊之后，赵清阁女士抱病编辑《弹花》文丛，先后出版了老舍的《张自忠》、洪深的

《非卖品》、赵清阁的《女杰》(均为话剧剧本),以及欧阳山、安娥、陈瘦竹的作品集。此后受邀主编"中西文艺丛书",出版了田汉的京剧本《武松》和方令孺、陈瘦竹的翻译作品。阳翰笙的话剧本《槿花之歌》、梁实秋的译作《咆哮山庄》,则收录于她为黄河书局主编的"黄河文艺丛书"中。

抗战期间,清阁女士自身的写作也有不俗的成绩,比如,在老舍先生的指点下合作完成《虎啸》《桃李春风》《万世师表》三个话剧剧本,创作出版长篇小说《月上柳梢》,以及短篇小说、散文集等多部。创作活动中的女作家总是铭记鲁迅先生关于作品要"言志"的教诲,加之自身热烈的爱国主义情怀,笔下人物多有明白的人生追求和倔强的抗争精神。

第三次南方之行是抗战胜利之后了,她曾经担任上海《神州日报》副刊《原野》主编,但因著文抨击"劫收大员"的胡作非为而为当局所不容,"饭碗"被砸了。职场不好混,那么就关起门来做自己的文章吧!自1946年起,她先后创作了多部现实题材话剧本,也编了《关羽》和《木兰从军》历史剧,同时,《红楼梦》人物剧的研创也有新的进展,陆续出版表现《红楼梦》女性命运遭际的话剧剧本四部之后,又改编了《冷月待魂》《晴雯赞》等剧作。电影方面,与洪深先生合作编剧的《几番风雨》由大同公司拍成电影。自1949年到1952年,又创作了《蝶恋花》《自由天地》《女儿春》《向阳花开》《凤还巢》等电影剧本(四十余年中赵清阁

年轻时的赵清阁　　晚年时的赵清阁

总共创作各类剧本二十部）。

赵清阁女士一生多病，步入老年后各种病痛更是时不时地便会侵袭而来，所以虽然也写过《抗战戏剧概论》《抗战文艺概论》《编剧方法论》等理论著作，主要的还是写一些篇幅较短的散文和随笔。八九十年代先后出版多本集子，常常是书到书店不久便售罄，自己想再买几本也难以遂愿。绘画艺术也是赵女士的一生所爱，在几段时间中创作了一批山水仕女图，曾自制画集，有几幅喜欢的还印在了贺年卡上。

清阁女士在人际交往中以诚待人，极重情谊。她晚年写的怀念师友的文章，除了难以忘怀的情谊，还多侧面地记述文苑故事传递时代信息，具有不可低估的人文历史价值。笔者当年有幸编发的赵老作品中，也有诸如忆记邓颖超大姐、阳翰笙先生等的文稿。她的"朋友圈"的阵容是可观的，仅笔者读到的忆友专文，就有鲁迅和许广平以及茅盾、梁实秋、梁宗岱、塞克、唐棣华、苏雪林、陆晶青、陆小曼、谢冰莹、林淑华、沉樱、阮玲玉、齐白石、梅兰芳等人。清阁女士也曾多次得到文界前辈的嘉许，田汉先生在给她的赠诗中有"从来燕赵多奇女，清阁翩翩似健男。侧帽更无胭脂气，倾怀能作甲兵谈"几句；老舍先生的赠联是"清流笛韵微添醉，翠阁花香勤著书"；许广平先生则说赵清阁学生气浓，缄默文静，"和萧红是完全不同的两种性格"。

赵清阁女士的情感生活是始终让人记挂的，她终生未婚，与一位诚朴的吴姓保姆相依相伴度完余生（1999年去世）。近年媒体屡次披露其与一位文坛名流（老舍先生）的"一段情"，以悲情为底色，令多少人唏嘘不已。

（原载中英文双语杂志《红蔓》2018年第2期）

# 贾植芳：晚年笔墨中的精神慧光

都知道贾植芳先生是一位具有传奇色彩的世纪老人。所谓的"传奇"中，有绝对的悲情底色。他的好多宝贵年华都是在不同时代的牢狱中度过的。悲情"传奇"的成员，也包括他至爱的妻子任敏女士。这对患难之交后来终于有了安好的晚境生活，但留给他们的岁月毕竟有限了。笔者的这篇文字当然无意述说贾先生的"传奇"人生，我只是因为在他晚年的一段时间里与其有过直接的文稿交往，所以记下一些相关的情形，以表达对这位前辈文人的尊敬之情。

## "社会中人"的"学问中"文章

贾植芳先生像

贾植芳先生一再说自己"不是学问中人，而是社会中人"，也说过文学写作不是他的主业等话语，但在事实上，这位"社会中人"写了好多"学问中"文章，也出版了不少文学方面的书籍。除了那些被剥夺了作文权利的年月，他在人生的各个阶段大抵都留有自己的文字。由于不用述说的原因，直到开始步入老境的时候，我们的贾教授方才进入了文字生涯的"黄金时期"，这当然不只是他个人的悲剧，也是时代的悲剧。迟到的安定岁月来之不易。文学不再是"悲哀的玩具"，作家也不再是"悲哀的玩具"（贾植芳语），他们都回到了自己原来的位置，这些都是让贾老最为高兴的，也是让他觉得应当倍加珍惜的。

我经手编发的若干篇贾先生的文章，就是在如此的背景、如此的心态下写出来的。记得最早收到贾先生来稿，是为"中国近代文学大系"丛书写的介绍文字。自此每隔一段时间，便有新作寄来。其中有两篇文章留下的印象较深，一篇是《比较文学序》，一篇是为"鸳鸯蝴蝶派散文大系"写的感言。

复旦大学是我国首批有比较文学硕士学位授予权的单位，贾先生作为这一学科的领头人，除了日常的教学，也屡有这方面的著述。《比较文学序》便是其中的一篇。他在寄稿的附信（1997年3月10日）中说：

……现寄上近作一篇，请你们审阅。这是为国家教委委托编写"比较文学"专业教材中青年朋友集体撰写的序文，借以谈了我对这些中青年学人的治学精神人文精神的认识，也借此介绍了这个综合性学科——比较文学教材的体例及内容，等于写了一个"安民告示"。如果《朝花》能发一下，也是借此扩大些学术影响，为当前的学术文化建设事业出些力气……

正如先生所说，序文除了概述这套教材的几个贡献及比较文学这门综合性学科的学术意义，他把着重点放在了对中青年编撰者的治学精神和人文精神的肯定和鼓励上。在当前市场商潮的冲击下，有这么一批学人在一个寂寞的领地进行着默默的耕耘，如此的"知识人"是他所看重的，认为这正是学术建设最为宝贵的精神基础。他也热情称赞若干学人同心协力编教材的做法，认为与中西文化交流密切相关的比较文学学科，这样的合作精神尤其宝贵。作为办报者，我们当然很愿意也应该为这门学科的传播和发展"出点力气"，《朝花》于6月5日发表了贾老的这篇文章。

笔者读到过贾教授的学生对先生治学特点的一些分析，其中就说到，贾老的"知识人"精神，最核心的内容是老老实实地做人，踏踏实实地做学问。这样的归结是非常切合实际的。自称"不是学问中人"的贾先生,即便从他的笔下文字中,也可看到他对学问的投入态度。文学现象中有些东西是颇为复杂的,需要认真地观察和思考,而辨析之后形成的观点是否正确,也还需要通过具体的实验甚或争鸣使认识得到进一步的明确和完善。贾先生重视治学的这些过程。写作"鸳鸯蝴蝶派散文大系"出版感言,就反映了他对这一课题的认真态度。文章的主标题是《找回另一只翅膀》。——在20世纪某些年代曾经红过一时的"鸳鸯蝴蝶派"作家,于新文学运动中备受訾议,到了"文革",其命运更是可想而知。在《找回另一只翅膀》一文里,贾先生客观地分析了"鸳蝴派"作家的成因、特点和作品传播的社会效应,从社会、历史和文化的多重角度,对这一文学派别进行总体分析,认为过去对它的社会"宣判"是不公平的。文章说,尽管这些作家的笔下"不乏市侩气的庸俗,但谁又能说其中没有几分难得的清醒"?对于这派作家的积极面,贾先生主要归结了两点:一是摆脱了在封建性农业经济社会里知识分子对官府的由人身依附到人格依附的附庸地位,成为具有独立人格的自食其力的社会个体。二是这派作家的描写对象主体大多是普通人,平凡生活,"在使文学由庙堂走向民间、从知识分子精英走向普通大众方面也具有积极意义"。

作为编者,我们是比较赞成贾老的归结的,在自身阅读经验和对作品传播状态的观察中,我们也感觉到了相当一些"鸳蝴派"作品具有的正面影响,所以,觉得贾老关于否定其庸俗低劣的东西,看到它积极的一面,承认其一定的文学地位,这样的论定是比较公允的。当然也不能否认文化现象的复杂性,对于通俗文学,在其功能、社会学价值、文学市场化等问题上,至今仍然存在着不同论见也是很正常的。我们编发贾老的感言,就是有通过探索争鸣寻求相对正确认识的意图在里头的。

## "写序专业户"倾心关注"新生代"

贾植芳先生晚年——20世纪90年代和进入新世纪的一些年月,先后出版创作和理论类图书如《狱里狱外》《把人字写端正》《历史的背面》等十七八种,并主编或参与编辑近、现、当代文学类学术著作十余部,还于2004年出版了四卷本的《贾植芳全集》,著述活动十分活跃。一个值得注意的现象是先生晚境中写了好多序文，仅《老人老事》一书就收入了二十二篇序言，他因此而戏称自己是"写序专业户"。这些序文大多是为中青年学人写的，是文化老人鼓励、扶持年轻一代的一种很实在的方式。贾老刊登在《朝花》的序文，除了上面说到的《比较文学序》，还有为公开出版的博士生学位论文写的序言等。在一封信里，他说写这些文字，是"我与新生代学人之间学术交往的一个文字记录"。总记得1996年的一日笔者去复旦宿舍区看望贾植芳老人（恰遇他的山西老乡、作家邓云乡先生在座），其间说到稿约事宜时，贾教授就说我给你们报社写稿，我的学生中有写文章潜能的，也会向你们推荐。其后我确实收到过先生举荐的学生文稿，从贾老写于1998年3月22日的信件中，也可见老人对后学的真诚关心：

……现托我们这里一位博士研究生刘志荣往访，请您将《朝花》文选（指《〈朝花〉创刊四十周年精品选集》，内收有贾老文章）交他带我，并顺便介绍你们交个朋友，他为人诚实，做学问也扎实，必要时为《朝花》写点稿子，请您多加指导、提携……

笔者与这位刘姓学生交谈时，他就说到了先生年老体弱，但在学生面前总是显得精神饱满和乐观。——学问，学生，世纪老人心之所系啊！

贾老对后学的关心扶持并不限于校园之内，这里就笔者所知略举两例。——作家、左翼文化文学史研究者秋石先生曾经告诉我，贾教授不仅为他两本有关研究萧军、萧红的专著写序，还具体指导他的专题研究，其间曾见面长谈多次。我看过其中一本即《两个倔强的灵魂》的序文，内中对传主一些关键性事情有序者独到的了解和论析，同时认为，与已有的传记版本相比，秋石比较客观地记叙了萧军和萧红的真挚情感，以及由鲁迅一手扶持的《八月的乡村》和《生死场》对我国革命文学乃至世界反法西斯战争文学的重要建树。对于写传者本人，贾老似有一见如故的亲切感。——秋石的人生之路多坎坷，且个性鲜明，在惺惺相惜之中，贾老欣赏其耿直硬气的"战士"性格，在序文里写了这样的话语："秋石好斗，好斗的秉性丝毫也不亚于他的文学领路人萧军"。他看好秋石求知务实不知疲倦的治学作风，认为文坛需要这种坚定的以追求正义为宗旨的"呐喊者"。笔者曾不止一次听秋石先生说起自己文学路上遇到的恩师，早年的萧军和晚期的贾植芳。写到这里，不禁联想起当年的一件"小事"：上海奉贤一家排污工程工厂的青年职工金峰，酷爱读书藏书，并积十年之努力，收集了一大批名家签名本，在上海人民出版社出版了一本名为《草堂书影》的书。金峰先生曾十分欣喜地告诉我，出书之前曾得到贾植芳教授的热情帮助，不但写了序言，还帮他选定了书名。在序文里，贾老亲切地称金峰为"青年书友，也是我的学友"。一天，小金特地从奉贤赶到上海东北角的复旦大学宿舍楼看望贾植芳老人，谈话间，他流露出想请王元化先生题写书名的意愿，谁料贾老听完后当即拿起电话，直接与元化老友联系，得到了对方的应允。于是在上海西南角的一座楼宇里出现了这样一幕：另一位文化老人笑迎小书友，然后展纸提笔，边写边说，年轻人多读书是好事，我愿意为你写书名。凡人金峰的经历，令他感动，我听了也感动。

（原载《解放日报》2016年12月4日）

## 徐中玉的侧面

笔者当年编辑生涯中结识的前辈师长,徐中玉先生也是印象深刻的一位。这里写下几则片断,虽然只是先生的简文略言,却也发人深思,便于从另一些侧面走近这位世纪老人。谨以此小文表达对新近辞世的徐老先生的崇敬怀念之情。

1995年,《朝花》举行一次散文征文活动,主题为"今日老三届",多名评委之中有华师大的徐中玉教授(他曾两次担任朝花征文评委)。入选文稿刊登结束后,先生如期寄来评审意见,在给我的信中如此写道:"'老三届'真会是一个'永远的话题'。这个话题有很多复杂的、丰富的内蕴,有许多人性的'秘密'。(读)程新国、李溪溪、刘迪诸位文章很有启发。深刻写出这中间的人性之美,似还没有过……"(8月23日信)

"永远的话题",是此次活动中肖复兴应征作品的标题,肖先生在文章中说,老三届"是一个永远不会过时的话题,尤其对于我们老三届本身……"中玉教授赞同这个说法。徐老对"老三届"现象是有着自己历史眼光的审察和思考的,觉得其间涉及人生、人性等等的意涵,都与特定的社会历史环境息息相关,篇幅不大的征文作品对这些问题不可能有许多深入的展示和研究,但他已从一些亲历者的经历感悟中获得启示。徐先生列举了一些作者及作品,肯定其在揭示"人性秘密"方面所取得的成绩,他对此一定是有着许多自己的想法的。——徐老应邀当评委绝不只是"友情参与",而总是能够深入文稿之中,深入当事者的经历和情感感受之中,其热诚中肯的评语不但是对作者的鼓励,也为我们提出了深入思考和研究的课题。

许多人生"道理"或曰人间真理,常常是在对于一些"话题"的探讨之中趋于明朗的。面对"话题",徐中玉先生总是以思想者的眼光,结合自己的阅世经验,深入其内地进行观察和辨析,提出自己的意见。他热爱鲁迅,精读鲁迅先生的著作。在新的历史条件下如何学习鲁迅,中玉先生于此写过多篇文章，其中最突出的一点是提倡用科学的态度、科学的方法学习鲁迅著作。1996年6月，徐先生寄给我一篇文章，题为《鲁迅研究的新天地》，文稿在新的认识基础上再次论述了今天学习鲁迅的现实意义。文中述说了这样一个现象：新中国成立以后的前30年，几乎每一次大规模的运动，都会有人把鲁迅推到斗争前台，他的一些言论，被作为批判打击各类"敌人"的论据，仿佛鲁迅"就在斗争的现场"。中玉先生认为，这种做法看起来似乎是对鲁迅的"非常尊重"，实际上恰恰是对这位先贤的"非常不尊重"，说穿了"不过是想利用鲁迅的崇高声望来达到'运动家'们整人的目的"。他在文章中重申鲁迅是人不是神，为实现某种目的而请出一个"神"来，这样的行径应当得到认真的揭露和批评。文章进而论述了对待伟人的辩证态度（此文刊载于7月11日《朝花》，并收入《〈朝花〉50周年精品集》）。2006年9月，在汉口路《解放日报》大厦举行的《朝花》创刊五十周年座谈会上，当时的华东师大教授王晓玉在提及这部精品集的时候，讲到了《鲁迅研究的新天地》一文至今仍然具有的现实意义和长远意义。在座的徐中玉教授则在发言中回顾了学习鲁迅著作中出现的各种情况，认为只有解决了鲁迅是人不是神这个问题，才能把鲁迅身上最本质的东西学到手。再次抨击了多少年来把"人学"变成"神学"的错误思潮。

　　进入高龄的徐先生没有放松对于事物深入的观察和思考，围绕一些极富时代感的"话题"，例如，对于说真话的坚守和倡扬等，他都能适时地毫不含糊地发出自己的声音。也是2006年，在李伦新先生长篇小说《非常爱情》的研讨会上（上海作协会议室），徐老有个发言，内中讲到了巴金先生的《随想录》，他认为巴老写于晚年的这部作品，结合自己丰富曲折的人生经历和创作实践，力倡说真话，反对说假话。鉴于中国社会在特定历史条件下形成的实情，这个问题对于现实社会有着特别重要的意义，而这样的观点由一位在公众中享有很高声望的巴金老人说出来，写出来，其影响力难以估量。所以徐老认为要说巴金先生一生的文学业绩，最重要的成果应当是晚年所写的《随想录》。——我是参加了这次会议的，当时就注意到，徐先生的这一观点引起了与会者的兴趣，而后也成为巴金研究者所关注的话题。

徐先生是江阴人（现属无锡市），他对自己的故乡有贴心贴肉的了解，当然更有慧眼独具的观察和认知。先生曾多次写家乡，在一篇文章中，对在那个地域流行的一句民间俚语有一番别开生面的论析。那句俚语很不好听，即"江阴强盗无锡贼"（此言通常是被作为笑话说的，比如，当年女作家冰心和凌淑华在母校见面，冰心笑谓："淑华，你知道有句俗话叫作'江阴强盗无锡贼'，吴文藻为江阴人，陈源是无锡人，咱们俩命真苦，一个嫁了强盗，一个嫁了小偷。"说完两人哈哈大笑）。徐先生对这句民间"俗语"从理论层面做出了新解，认为这里所说的"强盗"，不妨歪词正解，理解为一种剽悍顽强的性格，——喝长江水的江阴人，在经济和处世活动中表现得勇敢顽强而特别的有冲击力；至于"贼"，也并非专指偷鸡摸狗之类的行径，而是对喝太湖水的无锡人心计算术的一种夸张形容。我觉得徐先生从人群生存环境和内在精神特质的角度解析这一俚语，是有积极的认识意义的。笔者是无锡人，对于邻邑江阴人的吃硬耐劳精神、无锡人的精明经营精神，自幼耳闻目染，有深切的体味。我在读徐老论说时有过这样的思忖：设若用如此的观点看江阴人徐宏祖（霞客）勇顽执着的游历著述精神，看无锡人顾恺之、钱锺书练达睿智又不失狡黠变通的书画文字风格，是否真有一点地域"基因"的微妙依据在里头？在记述吴文化发祥地无锡梅村（古称梅里，泰伯由中原"奔吴"后的常住地）的拙文《江南第一古镇》中（《朝花》1994年9月8日），我引用了徐老的这一新解，认为研究江南文明，不宜停留在某些表面现象，而应当找出人类活动中具有内在精神依托的实质性的东西来。——一句草野味浓郁的俚语，上升为"话题"，

徐中玉先生

徐先生的见解为江南文明研究者提供了有益的参考思路。

徐中玉先生对于一些"话题"的热忱关注，对于真理的执着追求，源于他内心深处的忧患意识（他多次在文章中说到自幼开始逐步形成的家国意识），因而纵然遭遇过诸多风云变幻，始终锲而不舍地秉持客观务实的研究精神，决不人云亦云，做糊涂学问。他认为明白实践出真知的道理不难，"难在坚持实践，不在放言高论"。他的治学与做人的态度是高度一致的，这些都表现在他（包括不堪回首的非常时期）正直坦率敢言敢为敢于坚持真理的人生记录中，同时也留在了人们对这位德高望重的世纪老人的口碑中。

笔者是在1991年的一次作家采风活动（诸暨大唐庵）中认识徐中玉教授的，是年他七十七岁，给我的第一印象是清健儒雅，和蔼可亲。作为华东师大中文系主任，《文艺理论研究》《大学语文》等刊物的掌门人，又是上海市作协的当届主席，他是个大忙人，出来一趟不容易。采风之中，只见他口问笔记很是认真，游览观光时同大伙儿说笑自如。我与徐先生是"老乡"啊（曾听他讲述在江阴、无锡读小学、中学的情形）！面对这么一位乡贤前辈，著名的文论家学问家，我自然不会错过向他求教约他写稿的机会，自此书稿往来，副刊和我本人得到了徐老热忱的支持和关心，真的是此生难忘。

（原载《解放日报》2019年7月11日）

## 袁鹰，心仪的前辈同道

对于作家、报人袁鹰先生，早闻其名，不过对他稍为具体一些的了解，还是在进《解放日报》工作之后，副总编辑储大泓等都曾谈到他。袁鹰原名田钟洛，老一些的过去同事后来见到他时仍称"老田"。他1952年从《解放日报》调到《人民日报》，曾长时期主持该报的《大地》文艺副刊，后来是文艺部的负责人。他用过许多笔名，但对"袁鹰"情有独钟，于是索性扶为正名，"田钟洛"则渐次淡出。从袁鹰先生写的回忆文字中，可以看到当年胡乔木、夏衍等在给他的信函中曾称"田钟洛同志"，其他的大多称袁鹰。

袁鹰先生曾在上海生活、工作十几年，对这座城市有着一种特殊的感情。20世纪八九十年代的时候，他与陈诏议定在《朝花》开辟一个专栏，名为《飘落在上海马路上的梦》，其内容就是对这座城市前尘往事的回忆。老陈把稿子编好，我和吴芝麟在后续环节中便都能及时看到文章的内容，从中了解他同这座城市不一般的因缘。其中有一篇与《解放日报》直接有关，题目就叫《汉口路309号》，因而过目难忘。309号曾是当年《申报》馆的社址，后来便成了《解放日报》的一部分。袁鹰在这篇文章中记述了一个历史性情节：1949年5月25日，解放大军进入上海市区，田钟洛作为地下党的一员，接到上级领导夏其言的通知，要他到汉口路309号接受任务。第二天，范长江、恽逸群带着进城前就准备好的办报班子来到这里，同上海地下党的陈虞孙、姚溱等人会师，商谈《解放日报》的出版事宜。袁鹰至今还清晰地记得，当时恽逸群从旧公文包里拿出一块带有木托的铜版报头，是毛主席手书的"解放日报"四个字。他对上海的同志说："毛主席对陈总长（陈毅）说，现在用《人民日报》做党中央的机关报了。中央以前用过的两个机关报的名字，《新华日报》给了南京，《解放日报》就给你们上海吧！"发生在那个时刻的这么一个"细节"，其实记录的是一件历史性的大事。田钟洛也从此成了《解放日报》的一员。

陈诏退出现职后,我到北京去组稿时曾经去看望袁先生,在文艺部副主任石英的办公室小坐时,他告诉我袁鹰出国访问可能还没有回来,打电话询问,果然如此。斯时袁鹰先生已经离休,但仍然很忙,以至少有时间写稿子,这从而后他给我的一封信里可知一二:

沈扬同志:

时值新春,先拜个年,遥祝贵体安康,新春多福,百事顺意!

大函并贺卡均已拜收,谢谢您的关注。去年的信,也都收到,娘家报纸,当然应该有所报效,但是去年确实忙,编书、开会、评奖等活动太多,又加以出国,家中丧事接踵而来,很少余暇写什么。到年底,编书和评奖的事先后告一段落。看来今年可能有些写小文还债的时间。如有所得,一定寄上求教,决不敢再负厚望。写得好不好是水平问题,写不写则是态度问题了。

副刊扩版,自是好事,值得祝贺。《朝花》在上海读者中已有40年的影响和威望,必能得到读者和作者的拥护支持。

顺祝

年禧!

袁鹰 98.1.6

称《解放日报》为"娘家",说明自己因忙而未能如约写稿的具体情况,语气又是那样的谦虚,这位前辈同道总是让人感到自家人一般的平和亲切。

2004年的时候,袁鹰先生来上海探亲,在陕西南路何为先生的家里,有一次小型聚会,参与者除了袁、何两位,还有徐开垒和陈诏先生,笔者也忝列末座。袁先生八十初度,气色不错,略微胖了一些,显得有点福相。与几位老上海在一起,其中何、徐两位还是20世纪40年代就相识的老朋友,倍觉亲切和兴奋。说话中,袁鹰还常使用上海话。当时他在《朝花》开了一个专栏,名为《书简因缘录》,陆续发稿,内容都是对他在《人民日报》工作几十年里所经历的一些重要事情的回忆,其中有不少著名文艺家甚或相关军政要员的信件手迹，弥足珍贵。陈诏便问袁鹰后面还有多少篇文章待发，袁先生回答还有一些，会继续写下去，并建议陈诏也写一些此类的文字，老陈当即笑着说："哪能写得过你啊？"在座各位都称羡袁鹰在《人民日报》的岗位所拥有的得天独厚的条件，经风历雨之中，累积了见闻，历练了人生，也锤炼了手中的笔墨。

接着说到了当前报纸副刊的状态。袁鹰说时下各类报刊时尚性的文字发得很多，但其实一些基本的东西还是要守住的，除了新闻，报纸也不能没有文化，不能没有声音，比如杂文，报纸副刊应当有杂文一类言论稿的位置。我们明白袁鹰在编《大地》的实践中，一直记着夏衍等前辈的教诲，那就是"杂文是副刊的灵魂"，把它列为必不可少的重要文种。在座各位也都认为，一张报纸离不开自己的新闻属性和文化属性，对时尚的东西要做分析，要有所选择，一味搞时尚不可取。文艺副刊在与报纸母体的协调发展中，做到既注意吸纳时代空气又坚守自己的文化品质和个性特点，就仍然能够获得良好的生存空间。

老友相见，叙旧的内容是少不了的，我于是知晓了袁鹰祖籍江苏淮安，少年时在杭州生活五年，后因战乱逃难到上海，先读扬州中学，后入之江大学（从浙江临时迁上海）。初到上海的时候，住在极司菲尔路（今万航渡路）典当弄，每天从这里到静安寺路（今南京西路）的斜桥弄（今吴江路）上学。袁、何、徐三位，40年代的时候都是文学青年，在为报刊写稿投稿的过程中相识，成为了好朋友。开垒先生还记着学生年代的田钟洛痴读文学作品的一个细节：巴金"激流三部曲"中的《秋》出版后，在扬州中学读书的钟洛每天一下课就来到开明书店的书架前，站着阅读这部作品，天天如此，直至读完全书。开垒也想看这本书，但觉得每天到书架前读实在太累，便向同学借了钱，买了一本《秋》，用三个通宵读完。我相信当年在开明书店看书的那些"镜头"，袁鹰本人也是记忆犹新的。

茶叙之间，我拍了几张照，袁鹰也带了相机，一道拍起来。夜幕降临的时候，大家来到附近的一家饭馆用餐，都喝了一点黄酒，一贺袁鹰先生八十之寿，二贺文友谊聚，十分欢畅。袁鹰回京后，我们互寄了照片并附信。

2006年《朝花》创刊五十周年的时候,袁鹰写了一篇专文,题为《由〈朝花〉想到〈自由谈〉》,文中也有关于杂文的话题。说1932年的时候,《申报》老总史量才聘请新文艺作家黎烈文主编《自由谈》,十分重视刊发杂文等言论文章,仅鲁迅先生在两年之中就为这个副刊写了一百四十多篇杂文,《自由谈》也因此名重一时。袁鹰认为在新的历史时期,当年《自由谈》重视言论的办刊精神仍然值得借鉴。他在文中特别说到了进行思想、文化、艺术等方面的言论交流对于构建和谐社会的重要意义,认为文艺副刊就是这类交流的理想园地和恰当平台。读这篇文章,我们都觉得这是一位资深报人、编辑家的经验之谈。国内国际各类矛盾的客观存在,决定了杂文这一文学样式长期存在的合理性。社会在发展,副刊在与时俱进中会不断地有所改革和变化,但一些基本的与报纸总体宗旨相行不悖的东西是具有长久的生命力的。

　　也是在这一年,袁鹰出版了《风云侧记》一书,正是他在《人民日报》几十年见闻回忆文字的结集。内中作品曾先后在《人民日报》《解放日报》《新闻出版报》等刊登。举凡当代历史上的一些大事,当代文坛的一些要人,都有着墨,并构成本书的主体。一位长期接近风口浪际、旋涡中心的文字工作者,老来回首,其内容自然是可观、可感、可叹的了。媒体刊出书讯不久,我便收到了袁鹰先生于丙戌小雪签寄的赠书一册。

（原载拙著《朝花怀叙录》,远东出版社 2008 年版）

## 邵燕祥的文字境界

邵燕祥先生早年以诗成名,后来似乎把重点转移到杂文、随笔的写作上,但他绝无弃诗的念头,人们不时仍可看到他的诗歌新作,而因为有了杂文创作的丰富实践,诗作中诗思和哲思融合,更加具有了精神蕴含的浓度和质感。诗多形象思维和想象力,杂文则直面社会人生,文字或直或曲,或褒或抑,都是指陈时事,臧否人物,两者一虚一实,各成泾渭,似乎并不搭界,燕祥先生却能游刃于虚、实之间,左右出手,"从心所欲"。两种文体,出于一个"文脑",要截然分开也不可能,其间必有互借互用的情形,这恰好成就了一位作家独特的文字个性和形象。他的杂文中不缺少"用最简单的文字阐述深刻道理"的洗练和精当,而"文阡字陌"之间有时也会有诗意的闪光,诗词的字里行间则可能寄寓了大情至理,让你在诗情的感受中也有思辨的空间。

邵燕祥对笔下文字十分认真,但在文稿的具体处置上,还是很理解、体恤编辑的甘苦的。这里有信件为证:

沈扬同志:

　　来函敬悉。遵嘱寄上近作一篇。宣传口径的要求,时宽时紧,请你们掌握。如不适用,勿为难,及时退我即可(退稿时不必费神附信件),所谓"包退管换"。有此默契,我即无顾虑,不怕相扰也。弟亦曾作编辑多年,此中甘苦深有体会,勿介意。

　　匆祝

近好

燕祥<br/>一九九六年三月二十八日

报纸的杂文稿是要送审的。审看环节把握上的"宽"和"紧",与主事者脑子里的"尺度"有关，同一地一时的"空气"也有关，有一定的复杂性。这样的情况，写作者要面对，编辑者同样要面对。燕祥信中之语，表现了对编者的信任，尤其是对编辑的难处有感同身受的理解。"不必费神附信"，这里的"费神"，除了指时间和精力，我以为还有另一层含义：某些稿子的未获通过，"理由"可能很微妙，或者背景情况较为复杂，难以用简单的话语说清，甚至是只可意会不可言传。所以读到邵先生这样的文字，会因他对编辑的细致理解而感动。有时候出于某些特定的考虑，燕祥也会在信中提出要求，但也是以商量的口气。1997年3月20日的函稿就有这样的情况：

……寄上杂文一篇，似长了些。如不适用，勿为难，退我即可。所云报纸，是《香港作家报》；冰心故乡一案，系据河北《杂文报》近期一文所引。如有删改望先商量……

信中所说"先商量"，是就文中列举的那个案子而言的，某些案子可能涉及敏感方面，如因文字变动而影响确切性，就会产生负面作用甚至引出麻烦，所以"先商量"的要求是合理的，也是一种负责的态度。信中说到稿子"似长了一些"，也是有一些小过程的。《朝花》所登杂文，有一定的篇幅要求，即一般不超过1 500字。有一次燕祥寄来的稿子明显长了，我向他提出，邵回复说近期刚刚学会用电脑写稿，篇幅的感觉起了变化，所以长了。另有一篇文章，他在附信中说又超过了《朝花》的字限，建议做读书笔记发。

不论是编邵燕祥的杂文、随笔，还是读他发表在其他报刊的文字，我都觉得他不但是一位社会观察家，评论家，更是一位思想家。每完成一个选题，他都能站在一定的高度，从大的社会视野看事物，了解事物存在的客观环境和内部联系，文章的陈述不就事论事，也不是一般的就事论理，而是能点到一些出人意料却实在是有深意的东西。综观他这方面的作品，可以发现他是把自己置身于历史的某个方位或者高度，观察和思考国家和民族在物质和精神发展过程中值得总结和关注的经验和教训。那些负面的经验，曾造成重大的人为灾祸和苦难，所以常常是他关注的重点所在。他的一些杂文的题目就具有沉重痛切的震荡力，例如，写我党早期肃反扩大化中的历史事件，就立题为《自我毁灭》；写人贩子猖獗活动的一些村庄里，受害者得不到保护，犯罪者受不到打击，标题做成《人间何世》，都是振聋发聩的惊世之言。前些年韦君宜在半瘫痪的状态中写出了《思痛录》，"不只是倾诉隐痛，更意在共同探索那使人类不能免于痛苦之源"。邵燕祥钦敬韦君宜的这一非凡实践，写了《为回应韦君宜作》。我倒是觉得他实际上是以自己的笔、自己的思想，参与了韦君宜那样的"搜索"和思考。燕祥是用另一种方式，从另一些侧面，书写着我们民族的"思痛录"。

已经记不确切是1996年还是1997年，在北京，我曾到虎坊桥邵燕祥当时的寓所拜访，在座的还有他的夫人谢文秀。谢女士与我的上司、副总编辑居欣如是复旦的老同学，她顺此询问了一些居女士的近况。邵先生是时六十几岁，精神爽朗，谈吐儒雅而随意。记得话题中有近时写作情况、身体情况等，谈到杂文生态问题时，对稿件把握的"宽"和"紧"，也有一些具体的议论。我注意到了燕祥夫妇居住的楼屋，是有了一些年头的一般公房，当然并不宽敞，但那书橱里的书，书桌上的文案篇什，都透逸出一位学人为学、为文的浓郁氛围，即所谓书香气吧！正是在这样简朴的小小空间，我们的诗人、文章家静静地思索，辛勤地劳作，不断地为读者奉献精神食粮。（不久邵家搬入新居，似在华威北路。）

后来在《夜读札记》一书中，读到他的一段记述，大意是说他很喜欢王国维关于"为学三境界"的阐述，王先生表述三个境界时所用的"那词，那情，那意境"，让他至今不忘。邵先生把自己的读和写，都视为"为学"的实践和过程，朝着"灯火阑珊处"，不停止自己探求的脚步。他从书房一角，桌边椅侧发出的声音，闪耀的是文字之光，精神之光。

（原载拙著《朝花怀叙录》，远东出版社2008年版）

## 从最后的文稿说起
### ——怀念杂文家拾风

拾风先生是我敬重的杂文名家,故去二十多年了,每每想起,其音容笑貌如在眼前。先生辞世前的最后一篇杂文作品是由我经手编发于《解放日报》《朝花》副刊的,我当时就曾著文记述相关情形,那么今天也就从那篇文稿说起吧!

拾风先生临终前完成并发表的杂文稿的题目是《洪承畴骂娘》,《朝花》于1996年4月11日在头条位置刊登。4月初,拾风先生住进上海华东医院之前,曾在电话里同笔者说正在"拉"一篇杂文(他习惯称写为"拉"),因为身体不大好而拖了下来。住院后,即传来他被确诊癌症的消息。震惊之中,收到拾风先生寄来函稿一件,稿子就是《洪承畴骂娘》。附信是这样写的:

沈扬兄:

最近发现直肠有险情,后天开刀,赶在开刀前还一笔文债。最近报刊不知怎的刮起一股为汉奸翻案风,当是(对)"讲正气"的反动,写下一篇,请酌。

我住在华东医院东10楼16床。开刀后大概要躺下至少一两个月了。

病了才知健康好,祝您

多多保重!

拾风

3月27日

看信读稿,我感到了心的颤动。编辑诸君闻此也都感而动容。患的是不治之症,稿子在手术前夕寄出,我们便意识到这篇文章的特殊意义了。将排好的小样送领导审阅,都说是篇好文章,一位老总还在小样上写了"此文非常好,请突出处理"的批语。

《洪承畴骂娘》一文，是对文史研究领域中一股"馊风"的抨击。"馊风"是指一些人专门为有劣迹、有定论的历史人物开棺刨骨，打科研旗号，写翻案文章。作为对这种挑衅性"理论"的回击，拾风运用一则传统戏曲的典故进行反讽，具有极强的针对性。洪承畴系明清之交最大的投降派人物，三百多年来，一直被钉在耻辱柱上。传统老旦戏《洪母骂畴》，体现了一位伟大母性的人格光辉。而"馊风"所及，已经有人为洪承畴写翻案文章，照此下去，《洪母骂畴》不是要变成《洪承畴骂娘》了吗？对于某些角落里的翻案风，当时的报章也有抨击文字，而《洪承畴骂娘》则以独特的视角和巧妙的史料运用，借古喻今，于时空交错中凸显主题，作品既有历史感又有现实感，对"馊风"的讨伐，真的是一针见血，痛快淋漓。从文章的字里行间，可以感觉到一位具有强烈忧患意识和鲜明憎爱观念的杂文作家的跳动的心。

　　在这篇杂文刊出的当天下午，笔者与拾风的好友、我的同事陈诏先生一道到医院去看望，顺便带去了当天的报纸。进入病房，拾风先生喜而迎之。是时他动手术已多日，但并不知道癌细胞全面转移的实情，所以还以为手术成功而颇为乐观，同我们侃侃而谈。《朝花》刊登的文章他上午已经看到。"太不像话了！"拾风说。他所说的"不像话"，自然是指文中批评的那股"馊风"了。我和陈兄都说文章确实写得又好又及时，同时为他在病中赶写稿子而感到十分不安，劝他近些日子暂且搁笔，静心养病。先生听了微笑回答："只要精神好一点，我还是要在病床上拉拉（写写）的。"边说边做了个写字的手势。不但要继续写稿，还说过些日子身体好一些，要同昆剧团的同志一道到日本去。——上海昆剧团将于5月携拾风根据日本话剧改编的昆剧《夕鹤》去日本演出，原来是有同编创者一道去的计划的。接下来拾风先生很有兴致地说起了他不久前的一次四川资中故乡行，他说资中是个很不错的地方，这些年的变化很大，"以后你们有机会也不妨到那里去看看"。

　　就在这次叙谈中，拾风先生说起了近日开始想到的一个问题，原话是："人总要到那个地方去的，过去没有想过，这几天想到了。脑溢血、心肌梗死，那是福份了，求也求不到的……"不过他说完了这些话便一笑了之。他实在还不想到那个地方去啊！他还要写杂文，还要写剧本，他还有许多事情要做。不知出于何种考虑，拾风先生在病榻旁备了一本黑封面的记事册，让前来看望他的亲友在本子上留言签名。此时他让在病床边的儿子把记事册递过来，要我们也这样做。我们翻看了一下本子，内中已有不少人的留言，大抵是鼓励他战胜病魔，争取早日康复，再拿起笔来之类的话语。陈兄和我想了一下，各自在本子上留了言签了名。告别的时候，先生伸出两只手，与我们紧握。

此后没过多久，便传来了这位尊敬长者去世的噩耗，我和陈诏感到十分悲痛，《朝花》同人也都感到痛惜。

拾风先生青年时代就开始写杂文。1946年他在南京的一张报纸主持笔政，"下关惨案"发生后，时年二十六岁的他在杂文栏目刊登了"今日无话可说"的一句话杂文，不但创造了最短杂文记录，且于"无言处闻惊雷"，一语抵千言。过了半个世纪的1996年，七十六岁的拾风先生的辞世之作《洪承畴骂娘》，一如既往地显示了疾恶如仇的论争风格，从中也可看到当年"一句话"杂文的影子。拾风晚年的杂文愈加精当老到，且紧贴时代脉搏，既把握政策，有理有节，又坚持了杂文的锐气，祛邪除弊，激浊扬清。他有良好的古典诗文学养，许多作品都是文采斐然，常常是一义在首，满版生辉。拾风长时期中都是《朝花》的重要撰稿人，好多时候几乎月月有文章。他极理解副刊的运作特点，有时刊物需要应急文字，老陈把意图告诉他，他立即构思谋篇，依凭胸中的丰富积累，按时写出，果真是"倚马可待"。副刊有个名为《朝花漫笔》的栏目，每次都是两则短稿（各三四百字）组成一篇文章，加框刊出，内容可谈文说艺，也可评点时事，类似微型杂文。拾风先生很喜欢这个栏目，他说这样的漫笔短小精干，题材宽泛灵活，写作上费力不多，很适合像他这样的老年人书写，因而陆续写了不少。笔者受拾风先生影响，也曾在此栏目练笔，先后写了几十篇。

拾风原名郑时学，战争年代曾先后在江西、常德、桂林、重庆、南京等地的新闻机构任职，中华人民共和国成立后在上海历任《新闻日报》副总编辑、《解放日报》评论员。他对中国传统戏曲也有浓厚兴趣，因此而被文化部门的领导邀约去搞戏曲创作，所写昆剧剧本《蔡文姬》《钗头凤》《血手印》饮誉海内外。虽然离开了新闻单位，但他与报界保持着密切的联系，尤其同副刊编者，真的是声息相通，笔谊深长。陈诏先生也有在《新闻日报》供职的经历，又是红学家，与拾风先生在一起总有好多共同的语言。有时拾风来编辑部小坐，我们也很乐意听他说些什么。他关心我们的工作，鼓励我们多交朋友，开辟稿源。在给我的一封信中，他就在向我推荐作者的同时勉励我们交各方面的朋友：

倪国坛教授是国内有名的"高压氧"专家、政协委员，难得的是诗词也写得很好，最近以几首词见示，选了一首代他投寄《朝花》，请您审阅，酌载。

料陈诏已成行，他给陈诏的信，转送给您。希望能与他取得联系……我们《朝花》可以多交些这样的好朋友，教授为人朴实诚恳，可交也。

6月8日

拾风先生曾赠我一本杂文集《语不惊人》，是1992年出版的。"语不惊人"是他当年编报纸时使用过的专栏名字，先是新中国成立初期的《新闻日报》，后来是20世纪八九十年代的《新闻报》，都采用过这个栏名，杂文集出版时便以此做书名。不论是办报纸还是写剧本，拾风都是文笔酣畅的"一支笔"，颇有"才子气"，曾先后出版小说、人物传记、戏曲剧本多部。曾听业内人士说，他写了那么多杂文，但杂文集只出版了一本，为此而惋惜。我在一篇文章中提及此事，《文学报》副总编辑刘金先生（也是杂文家）读文后写信告诉我，50年代上海新文艺出版社曾经出版拾风先生一本十万字的杂文集，名叫《弯弓集》——书稿原名《盘弓集》，取自唐人的一句诗："盘马弯弓故不发"，刘金先生当时就在那家出版社工作，他和责任编辑觉得如此简称有所不妥，便向作者建议改为《弯弓集》。拾风先生从善如流，立此书名。我读信后随即写了短文《拾风写过〈弯弓集〉》，以纠正前文的不准确表述。纵然如此，我们和刘金先生都觉得著述丰硕的一代杂文名家，到了迟暮之年遭遇出书难的窘境，对他是很不公平的。

（拾风先生去世后，我在《朝花》刊登怀念文章《最后的文稿》（1996年7月18日），拾风百年诞辰时将该文充实修改，取题《从最后的文稿说起》，《浦东杂文报》2020年5月26日刊登全文）

## "双子"文章真性情
### ——杂文家冯英子、何满子文稿忆记

2009年8月5日,冯英子先生驾鹤西去,享年94岁。三个月前,即5月8日,91岁的何满子先生亦遽然谢世。"双星"次第陨落,文苑坊间为之痛惜。

### 封建主义是块"臭豆腐"?
### "射天狼"还须"东南望"

因编副刊的缘故,笔者与冯、何两老有过一段时间的文稿交往,手头存留两老书信手迹多件,大多是当年惠寄作品时的附函。冯何"双子"鲜明的杂文家性格,即便在这些简函中也可见端倪。比如,冯英老的来函中结合稿件内容有如此表述:"作为一个中国的知识分子,不能缄默也""实在看不下去,写此短文""××公开提倡特权,恐不能不争"……铁肩担当,正义情怀,充溢字里行间。冯英老有长时期的新闻工作经历,社会接触面广,采写实践多,所以其杂文作品量大,题材也丰富多样。仅1992年出版的《冯英子杂文选》(所收作品均写于十一届三中全会以后),就有三百多篇。冯英子写杂文,都是有感而发,秉公直言,对丑恶事物的揭露和鞭挞往往单刀直入,不留情面。他善于用史,巧于用典,常常是信手拿来,恰到好处,这同样反映了他学养上的厚积薄发,作文上的老到经营。

冯英子笔下文字的锋芒所指,最突出的是两个方面:一是藏在腐恶现象后面的封建思想残余,二是不屈不挠地揭露和抨击日本军国主义罪行。有关反封建和倡导民主的篇章甚多,例如,对于荧屏上充斥帝王之风的现象,就曾激烈批评。在《从康熙私访说起》一文(《朝花》1998年4月1日)中,认为康熙皇帝即便真有"微服私访"的实情,也不值得大肆张扬,须知大清王朝的统治始终没有离开过专制和残忍,就是那个

身上披有诸多光环的康熙，不是也留下了"扬州十日""嘉定三屠"的残暴史实吗！略去这些而百般赞美其"私访"的亲民形象，并不是客观真实地反映历史。冯英老指出，历史上施仁政的皇帝不多，所以荧屏上今天一个好皇帝，明天一个好皇帝，这样的现象十分让人费解，"我们反了几十年的封建，原来封建还是一块臭豆腐干，虽然闻起来不大好，但吃起来是蛮有味道的"。文章的结语发人深思：虽然早已推翻了封建王朝，但时至今日，在许多情况下，封建思想并没有被打倒，而那些搞"一言堂""第一把手说了算"的头头脑脑们，看着荧屏上光彩的好皇帝，哪里还愿意放弃"官本位"的既得利益？"所谓'积重难返'，他们恐怕是从根本上不想'返'的了。"言简意赅，点到了帝王风负面作用中最为核心的东西，是真正意义上的醒世之言。

冯英子认为，当前发生的许多腐败现象，其背后大抵都与封建思想有着千丝万缕的关系，所以他写反腐杂文就是坚决地不妥协地反封建。早些时候发表于各报的《触一触封建的神经》《始皇陵发现的发现》《论反动》及后来的《也说乾隆》等，都是的明矢疾，直陈封建没落思想在新的时代空气中的恶劣影响及清除它们的极端重要性。有一次冯老去了一趟山东，回来后寄来稿子，附信中说，

……中国古文化之丰富，实在叹为观止，但越看，也越有点隐忧，因为我们的封建势力，也实在非同小可，不能不有更高的警惕。我想写十篇左右文章，分在各报登出，这是其中之一，你看《朝花》可一用否……

一方面，为灿烂的古文化叹为观止，另一方面，又为迄今依然"非同小可"的封建势力和封建残余意识的存在而生忧，他记下了这方面的所见所感，形成文章，不是一篇两篇，竟是十篇之数。

关于揭批日本侵华和清算军国主义罪行的文字，从当年在抗日前线写的通讯报告，到而后陆续写出的文章，除"文化大革命"等年代外一直没有停止。这里就是他寄此类文章附信中的一段话：

…………

读报，知梶山静六为"神风突击队"队员，是老牌的东洋鬼子了，忽然想到我几十年前做过一个标题：《一幅神风弹雨落日图》，迄今未忘，写此随笔，不知能用否……

冯英子在抗日前线的烽火中看够了日本侵略军的血腥暴行，同时自己的家庭也深受其害。1937年八一三的炮声一响，在《苏州明报》工作的青年英子主动请缨到前线做战地记者。1937年11月30日，他被日军拉去当民夫，就在那个时候，其妻毕月荫、弟媳王杏林，惨遭日军轮奸。国仇家恨，我们完全可以想象冯先生对于日本侵略者罪恶本性深入其骨的认识。我曾先后得到过冯英老的两本赠书，一本是《冯英子杂文选》，另一本名为《射天狼》，就是六十年中所写抗日檄文的结集，其中许多也是杂文。书名源自苏东坡的一阙词，名《江城子·密州出猎》，其结句为"西北望，射天狼"。天狼，是代表入侵欺凌的星座，当时侵入北宋的有辽和夏，他们都在宋的西北，所以苏东坡要"西北望"。日本侵略者来自东南的海上，所以"射天狼"就要"东南望"了。书中有一篇文章，问世后曾引起热烈反响，就是那篇《致桥本公开信》。在这封给斯时日本首相的信中，冯先生历述当年家庭被日军烧屋劫财妻子被轮奸的惨祸，由此严正地向日本政府索赔。冯英子认为，作为直接遭受日军祸害的家庭的一员，他这样做是完全正大光明的。同时声称这里重要的是看"日本政府的良知，特别是日本政府的素质"。我觉得冯英子以民族受难者和家庭受害者的身份发出的呼声，同他所写的抗日文字一样，传递的是正义的声音，是善良人民对罪恶势力血泪控诉的声音。对于至今仍然猖獗的

冯英子先生

日本军国主义复辟思潮，"射天狼"的准备是最好的精神武器。读冯英老的抗日杂文，深切地感受到体现在一位中国知识分子身上的良知和不屈不挠的民族抗争精神。

"杂文与时弊俱灭。"冯英子深信鲁迅先生的这一论断。用他自己的话来说，就是："时弊既然如此大量地存在，杂文不是应有它驰骋的天地么！"所以他的创作精神是主动的、战斗的，不平则鸣，有感就写。冯先生是老资格的报人，早年当过香港《文汇报》总编辑，后期当过《新民晚报》的副总编辑。他理解编辑的甘苦，同时对杂文编审环节中尺度的把握，也常有自己的看法。他特别反感于某些权力方面的无谓干预，并表示："我已离休，报社每周四去一次，其余已跳出三界外，不在五行中了……"表明了写此类评论文字的宽松心态和无畏精神。在几次有关的会议上，他为创造和保护杂文应有的生存环境大声疾呼。这位性情中人，说话同为文一样，总是直抒己见，决不转弯抹角。他对有的稿件遭遇退稿持有强烈的保留意见，说以后必要时会专门作文辩论。不过冯老对同行后学还是爱护有加的，知道我将退休的时候，他在来信中热忱勉励，对在下的编辑作风做了"平和正直"等的评语。

## 惩腐恶需"利剑"
## "鲁迅风"不过时

何满子先生是沪上又一位风骨独具的杂文名家，同时又是一位在多方面有深入研究的"杂家"，凡史学、文艺学、马克思主义哲学和政治经济学，以及音乐、佛学等都有所涉足。因其博学且文风卓然，许多人称他为"海上名士"。何满老的著述生命是很长的，主要靠自学成才的他，十三岁就在杭州发表散文《北京的炮声》，到了八十五岁以后，仍时有文章问世。前几年春节笔者向何老电话拜年的时候，询问近来文事，他总说"写不动了，要搁笔了"，但时隔不久，就见到《文学自由谈》杂志上又发表了他的新作。我便暗忖"搁笔"前有一个"要"字，说明何老尚无彻底封笔的打算。2009年春节问他眼睛和耳朵的情况，回答说"还可以"，在耄耋之年的作家中，尚有较好视听功能的已是少见，可见如果不是病魔无情，何满老的文风雅渊还会继续下去。

何满子

笔者早在接手编杂文之前，就很留意这位有鲜明个性的杂文家的笔下文字，每有刊出总会看一下。陈诏先生离开现职后，由我与何老联系。大抵每隔一段时间，便能收到他的稿子，他是那种极善捕捉题材的人，从来信中也可看出，有的文章是早上读报有感，下午便形成文稿寄来。何先生的可爱之处，在于面对社会不良现象，不是扼腕、痛恨一番，就把气往肚子里吞，而是"觉得不能看过就算"，接下来是把事情的来龙去脉研究一通，思考一番，一旦找到适当的"切入点"，便毫不犹豫地拿起笔来。

1998年4月，满子先生从报上看到一则引自台湾媒体的消息，内容声称流亡印度的那个"藏传密宗活佛"，将赠予台湾佛光寺一枚稀世珍宝——释迦牟尼佛牙舍利。新华社记者为此询问中国佛教协会负责人，佛协回答说"这是天方夜谭"。何满子学过佛学，知道经书中有确凿记载：佛祖寂灭后存有四枚佛牙舍利，其中存世两枚，一枚在中国，称"法献佛牙"，原供奉于北京光济寺舍利塔中，后转入灵光寺专设的十三层宝塔中。另一枚存于斯里兰卡，取名"锡兰佛牙"。因此所谓达赖喇嘛向台湾赠送佛牙舍利之事，完全是扯淡之举。何先生旋即写成杂文《佛牙舍利的闹剧》，于4月下旬寄来。文章指出，那个"活佛"所称拥有第三枚佛牙舍利毫无根据，而他如此这般的表演，恰好犯了佛家的"不打诳语"，按佛律是要打入阿鼻地狱的。文章进而指出，这一闹剧的实质是一个政治和尚为了某种政治目的而玩弄的"政治勾引"伎俩。真正是一语中的，一针见血。这篇杂文刊出后社会反应很好，认为它起到了指伪挞恶、以正视听的积极作用。在寄稿的附信中，先生对达赖其人也有一番剖析，他写道：

　　达赖其人，十分可厌。不仅从爱国主义立场应予痛斥，就人品上也可恶，此人专诡百辩，骗得诺贝尔和平奖，影响极坏。我曾在法国《文化线》专刊上写过一文指斥之。此次佛牙闹剧正是揭露其欺骗之极好机会。故蓄心著此文也。
　　…………

　　何满子一生尊崇鲁迅先生，自幼阅读鲁迅作品，步入老年后，还常常做到每年通读一遍鲁迅的书。他的学习是深入的，是想把骨子里的鲁迅精神学到手的。从上述"佛牙"文字中，也可感受其疾恶如仇的情怀和辛辣沉潜的笔力和文风。先生一贯推崇杂文创作中的"鲁迅风"。他从未加入任何一级作家协会，也极少在各类会议露面，但记得有一次作协、《文学报》召开刘金等三位老作家的杂文作品研讨会，他应邀出席了，具体的发言内容已记不住，但他发出的"今日仍然需要鲁迅风"的呼吁，至今难忘。满子先生对鲁迅杂文有许多深入的思考和评论。2004年的时候，杭州的张政明写了一本《杂文艺术论》，想请何先生写序，央我引介。我考虑到何老年事已高，觉得不便联系，但又理解张政明十分恳切的心情，就告诉他与何老联系的方法，让他不妨试探一下可能性。没过多久，政明便来了电话，说何老先生不但答应写序，而且已经写好寄到他处，他为此感到十分高兴。在这篇序文里，我感受到晚年何满子对鲁迅杂文精神的坚持和不遗余力的提倡和捍卫。内中有几点是先生突出强调的，一是鲁迅对于中国杂文的奠基作用和创新意义，二是杂文所担当的批判功能。"人类的物质和精神创造都可以寻出它们的渊源、滥觞或曰雏形，但由鲁迅奠基和示范的杂文艺术却是中国新文学运动以后的新创造。它的作为社会批判、人生批判和文化批判的功能，它的作为戴枷奴隶语言，它的战斗效应和审美效应也是创新的。"认为纵然许多文体都不同程度地具有批判的功能，"但杂文艺术，则离了批判，主旨游离于批判就不能成立"。何先生认为中国对杂文艺术的理论研究很不够，人们对杂文体性的研究还模糊，所以十分肯定张政明在这方面做出的努力。

何满老对近些年来不断出现否定、攻击鲁迅的歪风十分愤慨，在这篇序文中，他对有人宣称"鲁迅光靠一堆杂文几个短篇是立不住的，没听说有世界文豪只写过这些东西的"的怪论进行了抨击，并直书散发怪论者的名字，斥之为"文场小丑"。

何先生表达文论观点都是直率和毫不掩饰的。对于武侠文化，他一直持鲜明的批评态度。对所谓痞子文化、魔女文化之类的流行书刊，批评的措辞更加激烈。

鉴于当前国际国内各类矛盾的客观存在，以挞恶扬善为主旨的杂文文体在新世纪的存在和发展是没有疑问的，"鲁迅风"没有过时，文化批判的利器不能放弃，想来这一点在文界学界也是不会有很多异见的。"双子"离去，沪上杂文界确有失重之感。当此时际，后来者承继前辈作家的批判、革新精神，铁肩担当，披坚执锐，当是题中应有之义。努力营造良好的精神文化环境，以利于繁荣杂文创作和各类文学创作，这是"双子"前人之愿，同样也是后来者之愿。但愿如此。

（原载《文学报》2009年9月17日）

## 某公三忧

读一位文化大家于垂暮之年写下的一篇短文，受教的同时，也生发一些感触，信笔记下。这位博学老人在文章中对当前的某些文化现象颇有一点忧虑，这里且将之归为三忧：

一忧文人、学者"亮相"多。

老人说："前些时，我认识的一位作家，不甘寂寞，频频在媒体上曝光亮相，我实在为之惋惜。他总是我过去的一个朋友，我觉得像他这样的人何必做这些事呢，这不是他应该做的。"

从上述话语中，可以看出老先生是认同并赏识这位朋友的学问和能力的，但他不赞成朋友频繁地成为媒体人物，也就是说不赞成朋友学问发挥的"方位"和方式。作家"明星"化，学者"明星"化，是当前的一股潮流。相信老人不会否定这些人在相关"平台"传播文化的作用，但他不主张作家、学者把过多的精力放在"出镜""亮相"上。老人深刻地看到了市场环境中的这种"不甘寂寞"，有可能影响人的潜在智慧和能量的发挥，所以为此"惋惜"。在这里，笔者想起了另一位文化大家的一番话："中国文化能够传下去，还是要靠几个甘心坐冷板凳的。现在赶热闹的人多得很，坐冷板凳的就少得很。"（季羡林）现时的中国可能也需要几个荧屏"大师"，但如果文人、学人们都不愿再坐"冷板凳"，都"一窝蜂"地往大众传媒上挤，老先生们说的文化传承就可能真的会有点问题。再说，文人、学人像"超男""超女"一样，身后跟着一大堆"粉丝"，不管你说得对不对都一概地得到拥护和欢呼，那么这样的景象，究竟是文化的光荣还是文化的悲哀？

二忧文化园地"枯藤败草"多。

老人在文章中说，他应朋友之邀办了一个展览，展品是将自己的作品片断用毛笔书写出来。这样做的主旨不是为了展览书法，而是"由于我觉得目前的空气太沉寂了，我想尽自己的一点微薄之力，为布满枯藤野草的沙漠，提供几滴清水，使人感到活在这个世上还不太寂寞"。

晚年逢盛世是这位老先生最觉欣慰的事情，然而一些搅人清梦的不和谐音，又常常使他陷入烦恼。这里所指的"枯藤败草"，我们极容易感觉到它们的存在。——我的小狗，我的小猫，我的洁癖，我的梦游，我的怀艳不遇，我的春宵寂寞，当然还有那些黄的黑的"段子"，那些真的假的绯闻……充斥视野的这类玩意儿，可以让人看得眼花缭乱，却不能掩盖其骨子里的无聊和"沉寂"。老人对当前文化、新闻载体盛行的消费主义和娱乐主义一直怀有忧心，以至于要用自己的"几滴水"，对某些文化乱象做一点反拨，其心其愿，感人肺腑。

三忧文化活动"看热闹"的多。

这是接着上面的话头说的。老人说，办展半个月，"我失败了"。他看了展览的留言簿，有一些人在上面写下了真实感受，但为数不少的留言，除了好话，便是"某某某和女友某某某到此一游"，或画上一颗心，某某及其女友共同签名。这些留言使他"感到失望和伤心"。他写道："我倒不是为自己不被人理解而难过，我是为观众的文化素质感到悲哀。"

一项有意义的文化活动，本是应当认真参与的，但此类场所却总会有那么多的"看热闹"者，总有那么一些人错把文场当"秀场"。此外，精美的街头雕塑遭破坏，网络"帖子"赞赏陈冠希的"阅尽人间春色"，大观园"潇湘馆"林黛玉的闺房，满地板都是游客投入的钱币……文章中老先生的"啼笑皆非""悲从中来"，我们不也有许多感同身受吗？

文化老人一席言，听上去似乎有点儿伤感，却是他的真实感受和由衷的诉说，语重而心长。他是深切地摸准了一些文化弊病的脉门的，生性率直的他言辞的尖厉，恰好反映了一位赤诚者对浊流邪风的厌恶之心。作为具有严谨而开放学风的通才文杰，老先生当然不会反对公众正当的娱乐需求，也尊重多样化的文化存在，但他不能容忍低俗，不能容忍大面积的不良风气误人子弟。他对"泛娱乐化"的批评，具有很强的警世意义。一个全民"娱乐"的民族事实上不可能存在，一个不讲一点"美"的民族事实上也不可能存在。这是因为，前者失去了稻粱钢铁的依托，生存就有问题，后者失去了美化、暖化心灵的温度，"和谐"从何谈起。

文章中，老人也有作为知识者的自问和自责，但他认为不能仅仅指责知识者，"决定文化导向力量"的方面应当负起更多的责任。笔者理解这里所指的"导向力量"，除了文化主管机构，还有各类媒体。在当前文化繁荣的主潮中，消除文化天空的俗、浊之气，遏制以市场功利为特征的物质主义浮躁风，"导向力量"的清醒和坚强是关键。

笔者最后要说明的是，本文所称"某公"，就是刚刚谢世的著名学者、思想家王元化先生，谨以此文表达对这位尊敬师长的哀思和怀念。

（原载《文汇报》2008年7月27日）

附记：2008年9月《杂文选刊》上半月版转载，选刊同期在"编辑手记"栏目刊登文汇报《笔会》责编潘向黎为《某公三忧》和雍容杂文《三岁孩子的真本样儿》所写的评文，题为《批判性思考，真诚的忧虑》）

## "鸳鸯蝴蝶"的话题

"卅六鸳鸯同命鸟,一双蝴蝶可怜虫。"——大约是因为作品中较多地对都市凡俗人群姻缘伦理命运多舛的描绘,清末民初并延伸到20世纪40年代的一个文学流派,被称为"鸳鸯蝴蝶派"。对于这一流派的作品和作家,早在当年的新文学运动中就訾议不断,到了以革命文学为主潮的年代,对它的贬抑鞭笞就更不用说了,这一派的作家甚至曾经遭受"文娼""文丐"等恶谥。进入改革开放年代,随着社会思想意识文学观念的变化,对这一流派才有了趋于客观和公允的声音。20世纪90年代笔者在报纸编副刊,处理文稿和与作家的交流中,就接触过这个话题。

1997年,上海东方出版中心出版了一套"鸳鸯蝴蝶派散文大系"(八本),由贾植芳和钱谷融两位教授任顾问。"大系"出版者认为,"鸳鸯蝴蝶派"作品中,小说占了很大份额,但散发在报纸杂志上的散文类作品也相当可观,有一些归入此派的作家,更是只写散文随笔而不写小说的。这套书出版后很快再版。记得是1998年的一个春日,"大系"责编之一的张民权来汉口路的报社找到我,赠书的同时带来贾植芳先生为此书写的再版感言,张先生希望《解放日报》刊登这篇文章。在了解了相关的情况后,我们很快编发了贾老题为《找回另一只翅膀》的文稿。

"大系"主编袁进认为,鸳蝴派作品"是一种世俗文化,是伴随着近代都市的发展而孕育成熟的",都市人在事业劳累之余也有消遣娱乐的需求,出现以消闲、趣味为特点的文化形式是在情理之中的。贾植芳先生则在《找回另一只翅膀》中分析了"鸳鸯蝴蝶派"作家的成因、作品特点和作品传播的社会效应,从社会、历史和文化的多重角度,对这一文学派别进行总体分析,认为"过去对它的社会宣判是不公平的"。先生在文章中说到,虽然这一流派中有些作品"不乏市侩气的庸俗,但又谁能说其中没有几分难得的清醒"。对于这派作家的积极面,贾先生归结两点:一是这派作家摆脱了在封建性农业社会里知识分子对官府的由人身依附到人格依附的附庸地位，成为具有独立人格的自食其力的社会个体。二是这派作家的描写对象主体大多是普通人，平凡生活，"在使文学由庙堂走向民间，从知识分子精英走向普通大众方面也具有积极意义"。

贾老从文学和社会发展的关系，作家人格、文学描写对象等方面论析"鸳蝴派"作家和作品，肯定其主流，承认它应当享有的文学地位。

文章发表后，对于各方面的反应自然是编者所关心的。贾植芳和何满子是好朋友，由于都曾在"胡风案"中遭罪，这样的友情更是不一般。我们了解到何先生对"鸳蝴派"作家和作品的见解，同贾先生的观点不尽一致，现在贾老写了文章，何老的看法如何呢？怀着探知的心情，我在与满子先生通话谈论他的一篇杂文作品时，问他是否读到老朋友的《另一只翅膀》，对贾先生的论说怎么看，何老说已经读过那篇文章，接下来的一句是"他是很宽容的"。我们于是聊起贾文中说到的两个观点，其一，"鸳蝴派"作家同那些依赖或官或商的附庸文人有区别，他们以作文为生，具有独立的人格。其二，作品描写的对象大多是一般民众，在一定程度上反映了那个时代的市民状态和社会风貌。对于这两点，何先生表示"是有道理的"，可以认同的，不过他认为这一派的不少作品较多地迎合市民的消遣趣味，存在诸如市侩气和格调不高等问题，于文化功能、社会价值观的角度考量，它的负面因素也应当清醒地估计。这就是说，何老认同老朋友关于这派作家独立人格民间视野等的分析，但指出"鸳蝴派"作品中存在的不是很个别的庸俗化低俗化倾向，应当予以鲜明的否定。与过去相比，何先生的认识还是有了变化的，先前对此派的批评措辞还要激烈一些。对于文艺作品中迎合性的媚俗描写，相信二老都是不喜欢的，不会有什么分歧，对这一派的作家和作品，贾老主体因素看得多一些，何老强调不要忽视内中存在的消极因素，两位文坛老人的认识事实上已经有所接近。笔者以为，把贾、何两老的意见综合起来，至少可以找到对"鸳鸯蝴蝶派"作家和作品科学评价的"近似值"。

"鸳鸯蝴蝶派"作家在很长的时间里厄运连连，进入新时期后情况大为改善，这是众所周知的。不过具体的作家之中也有一些耐人寻味的情形。笔者在拙著编辑手记《朝花怀叙录》中写到了秦瘦鸥先生。——曾经读到上海作协冯沛龄的一篇文章，他在同秦老谈论"鸳鸯蝴蝶派"这个话题时，先生曾吐露心曲，对将其归入此派"并不认同"。但在另一些场合又有不同的情况，比如，我的老同事陈诏先生编发过秦老一篇文章，题为《上海孤岛时期文学回忆》（1993年1月17日刊于《朝花》），内中写到了《秋海棠》，有不少自我批评的内容，并说了这部作品所造成的影响是消极的无益于国家民族的这样的话。瘦鸥先生前后的不同述说，发生这样的现象是不奇怪的，文学作品的评判标准被政治需要搞乱了那么多年，拨乱反正有一个过程，我觉得应当相信秦老与冯先生"私底里"交谈反映的心迹是比较真实的，写作上述回忆文章的时候内心余悸未消，"是我错"的习惯性话语便又用上了。我想，倘若1997年贾植芳写《另一只翅膀》的时候秦老还健在，在政治、学术空气都更趋于宽松和理性的情况下，他的笔下文字也会不一样。

"鸳鸯蝴蝶派"文学流派形成和步入鼎盛期的那些年代，正值中国社会近代和现代之交，所以是社会转型期出现的一种文学现象。这一流派的作品，不论是小说还是散文，从各个侧面反映了那些年代都市各色人等（尤其是底层民众）的生存状态和社会面影，应当肯定这样的基本面，主体之中存在的弱点和毛病，是动荡而复杂时代的社会病态的反映，当然同写作者自身的学养、趣味和社会责任意识等也是有关系的。今天我们身临的时代和所居住的城市，正处于另一种状况的社会转型期，当下都市文学的创作生态，同"鸳蝴派"所处时代不可同日而语，但我以为了解一下曾经有过广泛影响的这一都市文学流派的状况，关注一下其利弊得失，是不无益处的。比方说，从"文学是人学"的认知出发，要求写作者多一些民间视野民生关注，从社会趣味和民族精神培育的高度，增强遏制庸俗、低俗、新市侩风习等消极倾向的自觉性，是新的历史转型期文化和精神建设的题中应有之义，应当引起足够的重视。另外的一点是，"鸳蝴派"作品属于通俗文学范畴，在文学功能、文学的社会学价值、文学市场化这些层面如何评价通俗文学，历来也有许多不同看法，了解一下近现代史上这个拥有众多作家和作品的文学派别的情况，对今日通俗文学的发展和研究，也是具有积极意义的。

（原载《解放日报》2015年8月22日）

# 时间，在晚晴的勤勉中流过
## ——文洁若印象记

那一年（2006年），文洁若女士前来周庄参加一个文化活动，我们于是又有了一次与文坛名辈叙谈的机缘。古镇老街地上的青石砖，街边银子浜里静静的流水，还有那些斑驳的老墙头，也许引起了老人对沧桑人生的遐想。说到关于时间的话题时，洁若女士很是感慨："过去浪费了多少时间啊！"——我们都明白，文洁若女士的一切，都是与1999年故去的夫君萧乾先生紧密地联系在一起的，说到被浪费了的时间，人们自然联想起那个年代的大右派萧乾，风波跌宕之中，一位卓越文人与自己所钟爱的笔整整断缘二十二个春秋。劫难困苦难移一对至爱伴侣的情感，不离不弃命运与共的岁月里，有多少感人的故事在里头！

"幸好来到了新时期，社会安定了，得尽可能地补回失去的时间啊！"洁若女士如是说。

我们最初说话的所在是沈厅门前一家临河茶室，在座的还有京城另一文学名家顾骧先生。话语间，窗前浜河里的游船驶来，闪过船娘青春的面影。与萧老悠然从容的说话风格不同的是，文女士谈话间应答灵敏，语速也较快。那年她七十八岁，脸色红润，看上去比实际年龄要小几岁。她说萧乾走后虽然自己也在老起来，但总觉得要做的事情太多了，比如有大量的萧乾文稿要整理结集出版，完成他生前的未尽事宜，而自身图书翻译和写作的选题也不少。文女士对自己的身体状况是有信心的，她说写到九十岁没问题，九十以后放慢节奏，但不会轻易放下笔，"我还要活好多年呢，活到一百多岁，多补回一点时间"。（还说了一个具体数字，要活到一百一十三岁）。面对爽朗乐观对文学事业极富责任感的老人，我们在心底里由衷地祝福她。

离开周庄时，洁若女士要我把当年萧乾先生给我的信件复印后寄给她，因为正在编辑的《萧乾全集》有手书信札这一项，我的同事陈诏先生与萧老联系时间较长,信函多,也寄去了。

其实萧乾先生辞世后的那几年里,洁若女士已经做得很多,先是与吴小如携手整理四十五万字的《微笑着离去——忆萧乾》,接着协助董延梅编辑出版萧先生暮年著述《余墨文踪》和《父子角——萧乾家书》,协助出版社完成《萧乾作品精选》(英汉对照)和《萧乾英文作品选》(英汉对照),译完英国女作家的《圣经的故事》和《冬天里的故事》,出版了夫君生前写成的四十余万字的《萧乾回忆录》,自己写的记述巴金与萧乾深厚情谊的《俩老头儿》,以及记述二十几位文艺界人士人生经历的回忆录《风雨忆故人》等书也相继出版。文女士在2007年5月18日给我的来信中写道:

……"精力过人"不敢当。我只是希望延缓衰老的过程……今年上半年我得把夏目漱石的《趣味的遗传》译完,这才是正业。今年7月就满80岁了,动作不再灵敏,所幸脑子还好使……

这里的"精力过人",是对此前笔者给她信中所言的回应。除了来函中所说译稿情况,那几年她自己整理或协助别人整理出版多部萧乾书稿,如《未带地图的旅人》《萧乾散文》《往事三瞥》《老北京的小胡同》《玉渊潭漫笔》和萧乾译作易卜生的名著《培尔·金特》等。

那些年还有一些"额外"的事情呢!例如,2011年北京出版一本引人注目的书籍《一个民国少女的日记》,策划并参与编辑者正是文洁若女士。我在报纸上读到这本书的推介描述:"张爱玲没有她真实,琼瑶没有她纯情(指作品中的人物)",殊觉好奇,恰好文女士来上海,我们在上海图书馆的图安宾馆里有一次晤叙,说起这本书,方才明白《一个民国少女的日记》中的女主人公,原来就是文女士的二姐文树新。"日记"中记述的内容是发生在20世纪30年代的一桩"师生恋",老师是杨晦先生(1899—1983),后来在北京大学担任中文系主任。学生生下一个女婴后患肺炎,不治身亡,年仅十八岁。杨晦先生是一位活跃的文化人,司马长风所著《中国新文学史》(上卷)在介绍"沉钟社"和"太阳社"时,就有杨晦的名字,1925年"沉钟社"于北京成立,创办人是冯至、林如稷、陈翔鹤和杨晦等,出版的丛书中有冯至的《昨日之歌》、陈炜谟的《炉边》和杨晦的《悲多汶传》(翻译)。杨晦的学生,散文家、编辑家吴泰昌先生则在老师辞世后编了一部《杨晦选集》,还写了散文《寂寞吗?杨晦老师》。洁若女士告诉我,事情过去六十多年了,"师生恋"中男主人的儿子在阁楼上的旧纸包里发现了这批日记。有机会读到这些日记的她难以抑制内心的波澜。她说日记中展示的少女单纯清洁的精神状态,那种古典主义的情感方式,蕴含了人性本质中可贵的善良和美丽;二姐钟情文学,日记中不时可见的对于中外文学作品独到而细腻的欣赏描述,很是耐读;而少女恋师的整个过程中没有一丁半点情感之外的物质功利追求,也让人印象深刻。看完日记,薄命二姐的这位五妹坐不住了,她觉得只要界别明白特定年代一些道德伦理层面的是非观念,公布一本民国少女的日记,对当今物欲潮流中年轻人的阅读可能不无裨益,所以便编成了这本书。笔者认同文女士的观点,"图安"晤叙后,旋即写成《封藏78年的寂寞心歌》一文,刊登在《解放日报》的读书版上。

2010年是一代文学大家萧乾先生一百周年诞辰,有关方面在上海鲁迅纪念馆举行大型纪念座谈会,洁若女士对此全程关注并提供帮助(笔者应邀与会,又见到了文老)。那些年她在翻译方面也屡有新绩,在给我的一封信中有如此记述:

来信收到了。我从杭州回来后,赶译了十二万字的《黑白》(小说),对自己的健康有了信心。最大的苦恼是时间不够,所以连写信,都交给陈蕾女士,由她转您,我就省得去邮局排队寄信了。眼睛相当好,主要是多年来我每天坚持劳动(洗衣做饭搞卫生),省了眼睛……(2011年12月14日)

在深感时间不够的状况下,文女士完成了日本作家谷崎润一郎以侦探推理为背景的这部长篇小说。这里顺此要说一说的是,文洁若是我国翻译日文作品较多的翻译家之一,许多日本作家如井上靖、水上勉、川端康成、山岛由纪夫的作品,都是由她经手翻译推荐给中国读者,其他还有《高野圣僧—泉镜花小说选》《芥川龙之介小说选》《东京人》,等等。半个多世纪中共翻译十九部长篇小说,中篇、短篇小说集各十几种。

还曾主编《日本文学》丛书十九卷。鉴于文洁若女士为中日文化交流作出的突出贡献，2000年受到日本外务省的表彰（外相河野洋平亲授表彰状和纪念银杯）。作为当年清华大学外国语言文学系的高才生，这位京城名媛在英译著述方面也卓有成绩，尤其是自1990年（当时萧八十岁文六十三岁）起夫妇俩合作翻译世界名著《尤利西斯》，"两个车间一对夫妇"（当时媒体语），辛勤劳作，费时四年终告完成。

2017年7月度过九十岁生日的文洁若老人，依然自己动手做家务，不请保姆钟点工，"只要还做得动，我喜欢自己动手"，她总是这样说。年岁增长，心态不老，在去年的一次（2月5日）电话中，老人告诉我女儿要从美国回来探亲，打算去西藏，她于是想着是否同女儿一道去。我说高龄人应对高原反应等风险大，不去为好。她说大家都建议我不去，你也这么说，朋友的劝还是要听的，就不去了。

出生于民国年间北平一个外交官之家的文家五姐妹，每人都是"一本书"。二姐的"师生恋"以悲剧形式闪电式终结，另一个时代的"师生恋"则持续了四十五个春秋，其间经历大风雨大悲欢，因而也就有可能展现出人生的大画面精神的大境界。让人感慨万分的是，"老师"故去好多年了，复兴门外老屋里学生的"一个车间"灯火依然明亮。非同寻常的勤勉，非同寻常的成果，源于对事业对读者强烈的使命意识责任感，而从另一个侧面看，又何尝不是一对忠诚伴侣的情缘延续。

萧乾在自己的最后岁月里，破例地把一本书——《萧乾回忆录》"献给文洁若"，文家小妹则声称"嫁给萧乾，就是嫁给宗教"。问世间情为何物？这对文坛伉俪用自己的"故事"和言行做出了独特而明晰的回答。

（原载《解放日报》2017年12月7日，发表时题为《文洁若：时间，在晚晴的勤勉中流过》）

## 那年在"鸽子窝",王蒙与我们同侃

记得是2008年7月的事情了,那天在北戴河的"鸽子窝"公园,看见王蒙先生戴了一顶软编遮阳帽,帽檐弯弯的,有点儿牛仔味呢!——当时我们和王蒙都住在安一路上的中国作协"创作之家","鸽子窝"是集体参访活动的一个点。见王蒙的帽子,有好几位便说老王(也有人称王老)您很潮啊,王蒙一脸灿烂,说是前几天在北戴河街上的小店里买的,"遮阳,轻便,戴着蛮舒服"!说话时还抬起一只脚,人们于是发现他的脚上穿着一双旧式老布鞋,王蒙说那天在街上买了两样东西,帽子和鞋子,"北京的布鞋越做越高级,其实我还是喜欢这种老式布鞋,穿着觉得轻便合脚"。头戴"牛仔帽",脚蹬老布鞋,几位年轻作家对这样的"土洋结合"来了兴趣,连连地拍着照。

在园中,大家三三两两地结伴前行,看景说话两不误,文字人特爱聊,那边厢一拨子人还在说王兄的帽子鞋子呢,似乎联系到他性格中的某些特点,还有近年写下的好多文字,"对旧物的怀念很执着,而关注时代风尚的兴趣也不淡",一位女作家如是说。

我和田永昌等几位,有好长一段路同王蒙走在一起,赏景聊天,话题是随兴的,比如,永昌和我都表示钦佩老王进入古稀之年后似乎进入一个新的文字旺季,"高产稳产",王蒙便回答说:"我这个人,除了能写点东西,还能做什么呀!"那几年他似乎集中精力在回忆、梳理过去的经历,以多种形式写自传性的文稿,他是一位珍视记忆又善于思考的作家,例如,对于"雄辩式文学"等的论说,都反映了他对中国文学的历史关注和个性化的思辨见解。问他是否这方面的选题还有很多,老王笑而不答(后来的事实印证了他这方面的不懈努力,古稀甫过,《八十自述》等著述陆续面世)。一位浙江作家问他这些日子在"创作之家",是彻底休息还是仍在写作,老王的回答第一句是"休闲为主",第二句是"笔也不可能都闲着呀"。——我们在"鸽子窝"说话的时候,各地"备战奥运"

的热浪正高,接下来的奥运会期间,看到多家报纸刊登王蒙谈论奥运精神的文章,从文化、国民素质、民族意识等多侧面进行论说,可见在北戴河,我们的王大作家确实也在"备战奥运"呢!

漫行中,看到一些鸽子在空地上活动,便有人提起了这座公园的名字。王蒙先生说过去很长的时间里滨海这一带有许多野鸽子(说话时用手指点前面几处崖壁),窝就做在那些岩洞旮旯儿里,公园名字缘出于此。我们这批人,除了王蒙,都是首次来这个公园。老王说他是1978年来这里的,看到了野鸽子,也留意了那些洞旮旯儿,"不过后来这儿的鸽子逐年减少,几乎绝迹,现在我们看到的是家鸽,园方雇人饲养的,'鸽子窝'没鸽子说不过去,有一点象征的意思了"。

海边一处略高的平地上矗立一座毛泽东雕像,穿着风衣的伟人站在岩石上,面向大海迎风眺望,岩体下端铭刻的文字告诉人们,1954年,毛泽东主席来到"鸽子窝",观赏海景,并写下了著名诗篇《浪淘沙·北戴河》。在"鸽子窝"现场重温故人诗词,是别有意味的,比如,诗中有"魏武挥鞭,东临碣石有遗篇"一语,我们在此地咏哦,目光不免在海岸线的一些方位停留,猜测一位古代将军在那儿伫立观海并引发诗思的情景。当然年代不同了,社会境况不一样了,当年在碣石看海的得胜将军曹操仍有多处战事逼迫,所以在海边感受"水何澹澹""秋风萧瑟",是有着自己独特的心绪在里头的,而"越千年"之后业已坐定江山的毛泽东,则在"今又是"的"秋风"面前,更多的是以饱满的激情对开辟未来的思谋和期待,即便是"秦皇岛外打鱼船"在风浪海洋中"知向谁边",也让他关注让他牵挂啊!王蒙先生同大伙儿一道瞻看雕像品味《浪淘沙·北戴河》诗意,称许现实观察与"史眼"并用的诗风。王先生说过去看到的毛主席照片,内中有几张是老人家坐在旷阔处的藤椅里,远眺深思,风貌卓然,特别让人难以忘怀。

离开海边走进另一些园境的时候,"闲话"仍在继续。再次说到作家"高产"的话题时,老王提到了他十分熟悉的周而复先生,他说周老可是真正的著作等身了,最令他钦佩的是发生在周老身上的"低谷高产"现象——在好多年里,周而复先生因"神社事件"被开除党籍的问题一直没得到解决,他一面申诉,一面坚持原有的创作计划,长篇小说《长城万里图》可是三百多万字啊，其中许多是在进入老年后的岁月里完成的，接下来（有的是同时）又马不停蹄陆续写出了四卷本的长诗《伟人周恩来》，三卷本一百万字的《往事回首录》。王蒙先生的意思是说顺境高产自然也很好，而遭遇逆境仍然初衷不移保持旺盛的创作状态，完成极其繁重的创作任务，这就不是常人能够做到的，所以周老先生的"高产"特别令他钦敬。老王说经过中纪委复查，周先生平反并恢复了党籍，大家正在为他高兴，却不料没隔多久，只是一年多一点的时间吧，他便与世长辞。老王说到这里十分感叹，自然也引起我们内心的共鸣。笔者对此也是极有感触的，因为我曾与晚境中的周老先生多有交往，当工人出版社的编辑刘岚遵周府之嘱寄我老人生命中最后的著述《往事回首录》的时候，周而复先生已经不在人世了。

在议论"高产"的时候也涉及了写作的速度问题，王蒙先生的看法是做文章或快或慢，都是正常的，这同作者的性格、习惯和题材积累的状况都有一定的关系。"出手快"的作家，只要不降低自己的要求，就不是一件坏事情。顺此讲了一位文章快手的故事：东北一位资深作家，写文章真有"倚马可待"的能耐，有一次报社编辑向他约稿，他在写字台

鸽子窝公园王蒙与文友聊天合影。右二为田永昌，右一为本书作者

前立马动笔，一页写完，交给编辑，第二页完成再递过去，编辑手上第一页还没看完呢！于是便有了"写作超过阅读"的说法。王蒙说这则故事他也是听来的，没有核实，是否有夸张不知道，但相信文章快手是历来都有的。老王还说出了那位东北作家的名字——张笑天。另有一些作家"慢工出细活"，舍得花工夫打磨手中的文字，这种特别认真的态度是很值得称赞的。

在安一路"创作之家"的那些日子，文友们天天见到王蒙先生，在院子里的核桃树下，或者饭厅边的柿子树前，老王同大家亲切交谈，与他风雨同程甘苦与共数十年的爱妻崔瑞芳则微笑着静静地立在一边。笔者过去见过崔女士——20世纪90年代有次报社领导（如没记错的话应是总编辑丁锡满）在福州路上的一家饭店宴请王蒙夫妇，文艺部由陈诏和我作陪，对温和安静的王夫人留有深切的印象。

近年来，每当想起2008年的北戴河"鸽子窝"，一位头戴牛仔帽脚蹬土布鞋，十分健谈也十分随和的老者形象便浮现眼前。这位扎根故国热土，在时代风潮中一点也不落伍始终保持着旺盛创作热情的文字旅人，至今仍然不断地让我们分享他丰富而睿智的精神大地。

（原载《解放日报》2017年8月10日）

# 刘心武《红楼梦》探佚前期文踪及其他

2011年早春的时候，刘心武先生在江苏人民出版社出版了一本新书，书名是《刘心武续红楼梦》，在《红楼梦》原书第八十回之后，续写了二十八回。这可是红学界的一件新鲜事。历来《红楼楼》续书何其多，而好些人知道刘心武潜心研读这部大书多年，又是小说名家，所以他写了部续书，引起社会各界的热烈关注是很自然的。大小媒体纷纷报道出版消息，并预告《人民文学》将在四月号率先推出其续作二十八回中的十四回，而网络之上，未经证实的新书回目章节等争先恐后地"披露"。对于这一文化现象，社会评价有褒有贬，众说纷纭，而这件事一时里成为众所关注的文化热点，则是没有疑问的。

刘心武先生本人表示，对于这一续写工程，他是图谋已久的，早在二十年前就开始把这方面的研究思路写成文字，包括而后在央视《百家讲坛》作专题讲演，都是为续写做的先期"练兵"。笔者当年在《解放日报》编《朝花》副刊的时候，曾经接触刘先生这方面的探佚文字。在实施《红楼梦》续作的前期，即20世纪90年代，刘心武曾先后写出这部名著中三个人物的探佚小说，题目分别是《秦可卿之死》《贾元春之死》《妙玉之死》。刘氏红学新探的聚焦点，是放在秦可卿这个人物身上的，待到《红楼解梦》一书出版的时候，他便举起了"秦学"的旗帜，而且声称他的研究已经可以自圆其说了。围绕"秦学"的思路，他对"金陵十二钗"中的秦可卿、贾元春、妙玉"三钗"进行了重点研析，因为他认为这三个女性在整部小说中的位置举足轻重。三部探佚小说，也就是他续写《红楼梦》的重点篇目"预演"。我这里要说的是，"三钗"中的"两钗"——秦可卿和妙玉，刘先生在完成小说之前，各有几篇酝酿、思考性的文章，先行发表，大多刊登在《解放日报》的《朝花》副刊上。似乎也可以说，这几篇文章是那三个中篇小说的提纲勾勒和"草图"。其中关于秦可卿的四篇，集中地发表于1992年，经手编辑是陈诏先生。妙玉的两篇，发表在1998年，由我经办。这里由近及远，记下一些有关的情形，从中可以看到刘氏探究之路的一些踪迹。

两篇写妙玉的文章，题目分别是《妙玉之谜》和《再谈妙玉之谜》。妙玉这个人物，在《红楼梦》中是有一定的神秘色彩的。关于其人其事，书中着墨不是很多，但在"十二钗""十二曲"的排列中，她却都位居第六。作者为她设计的命运归宿暗示语，有"世难逃""云空未必空""终陷泥潭中"等，整个人物轨迹因没有充分的文字铺陈而显得有点儿云里雾里，扑朔迷离。也正因为如此，心武先生要遵循"秦学"研究的思路，对这个人物来一番大胆而彻底的探究。实际上，他是根据原作提供的某些"草蛇灰线"，对人物形象进行了再塑造，包括其出身，情感生活上"叹无缘"的原因，贾宝玉在她心中的实质性位置等，都进行了有情有节的设计。做好了这样的铺垫，在《再谈妙玉之谜》中，就可以营构这个人物的命运结局了。故事发展的线路是顺着康熙皇帝薨逝之后高层政权"鹿死谁手"的较量，以及因此而带来的族群心态的变化而"行进"的，所以应当说既悬念迭出又摄人心魄，最终妙玉以自己放诞诡僻的个性特质，完成了"惊天地泣鬼神"的玉瓦俱毁的人悲剧、大结局。

把这两篇文章同1999年完成的《妙玉之死》探佚小说相比对照，可以清楚地看到，其中虽有一些差异，但人物线路的大部分是一致的。刘先生在《再谈妙玉之谜》的文末，对此有明确的说明："我曾将关于秦可卿和元春探佚的成果，以小说形式展现，不消说，我关于妙玉之谜的探佚心得，亦将尝试以小说形式奉献于读者。"在《雅趣相与析》一文中，也有如此记述："我曾在1998年两次撰文探讨妙玉性格和命运底蕴，都发表在解放日报《朝花》副刊，现在完成的《妙玉之死》，和那两篇文章对照，可以看出我的思路在不断地调整。"这个"不断地调整"，就是指小说里的几个变动之处。心武描述妙玉之死是"开放出凄美至善的人性花朵"，可见他为自己对这个人物的设计是满意的。

那么1992年关于秦可卿的几篇文章，又是怎么个情形呢！据陈诏先生回忆，那一年首先是《红楼梦学刊》发表了刘心武的《秦可卿出身未必寒微》一文，接下来《文汇报》刊登周汝昌先生的文章，对刘氏红学研究中的新发现予以肯定。之后，老陈在一段时间里陆续收到刘心武的几篇文章，它们分别是《张友士到底什么事》《莫讥"秦学"细思量》《"友士"药方藏深意》《拟将删却重补缀》。到了1993年，探佚小说《秦可卿之死》便完成了，可见先期刊发的几篇文章，同样是探佚小说的"前奏"和"草图"。

关于秦可卿的出身和结局，原小说中的记叙有不少破绽，起因应当是为避免触及时政可能引出麻烦，所以曹雪芹接受脂砚斋的提议，改动了"淫丧天香楼"等带有关节性的情节。一路改下去，仍然留下诸多未必妥帖的痕迹。刘心武于是围绕这些"破绽"，参照原作中"画梁春尽落香尘"等的命运归宿暗示，大胆设想，悉心编织，把原有"补丁"的模糊和断裂予以系统化、清晰化。这里边用力最多的，是对秦氏血缘的探讨和"淫丧天香楼"的高潮情节设计。由于人物与高层权力争斗的进展密切相关，所以秦可卿这个人物便有了浓郁的政治色彩。最后的"淫丧天香楼"，也便成了皇族政治斗争中败局一方的特异葬礼。

至于《贾元春之死》，小说完成之前是否也先行写过思考性的"草图"文字，我没查证，如有，那是发表在其他报刊了。

刘心武先生研探《红楼梦》的方式和内容，除了拥护者，也不断遭遇批评和驳诘，批评者中的一位就是刘先生的熟友、我的老同事陈诏先生。作为《红楼梦》研究者的老陈，不认同刘心武"秦学"文章中的一些主要观点，但编副刊要贯彻学术民主和双百方针精神，所以收到刘先生的稿子后陆续予以编发见报。接下来他便自己著文，与之展开争鸣，其中有的观点真的是针尖对麦芒。有关这方面的情形，话长纸短，这里不展开了，但有一点是值得说几句的，那就是老陈在不同意刘心武作品中一些主要观点的情况下编发这些文章，显示的是大报编者的大局襟怀和民主作风，刘心武对论敌的批评表示欢迎，当时陈诏曾把第一篇辩文的复印件寄他，心武回信说"学术问题只有在坦率有时是尖锐的争鸣中，才可能推进大家的认识……"，后来在《红楼解梦》一书的序言里，刘先生又说到陈诏等人对他的驳诘和争鸣，给了他很大的推动力。应当说这也是一种坦荡的君子之风。还记得1994或1995年的一天，刘先生来访报社文艺部（当时在汉口路），午间在山东中路的一家饭店用餐，由陈诏和我作陪，曾经有过学术论争的这两位席间仍然交谈欢畅，有个细节是老陈一定要刘先生点一个菜,刘点了白蟹。

刘心武续写红楼新书出版的那些日子,陈诏先生在报纸上看到了信息,当时我同他对此话题有过交流,从学人的角度,老陈一如既往地认为当前文化思维多元共存,各种精神产品都可能拥有自己的受众和市场,所以出现这样的事情不奇怪。他承认刘心武的红学研究也有一些颇有创见的地方,接下来则说"在文学专业的圈子里,对这样的怪论不会有很大兴趣,只能听之任之吧"!老陈在这里仍用了"怪论"两字(先前曾在自己的文章中批评刘心武的探索文字"在解释问题的过程中却未免求之过深,以致超越历史,陷入空想,钻到牛角尖里边去了""沿着索隐派的思路越走越远")。笔者本人从一个读者的角度看这一文化现象,以为《红楼梦》既是一部小说,对它可以有各种各样的解读,进行学术上的考证和研究有价值,对之进行个性方式的探讨同样也有其选择和发挥的自由。也就是说,它们是以各自不同的方式和意义存在。如果读了续本,觉得其虽难与前八十回匹比,但思路文风更接近诸多研究者心目中的曹氏原旨,那么应当认为也是一种有意思的精神成果,至少向读者提供了一个可供欣赏和玩味的阅读文本。当然了,倘若有人读了续作,发现其人物、故事轨迹和文字功力等都离前八十回过远,类于"狗尾续貂",那么读过说过笑过也就完结了。

那些年刘心武在花大力气从事红学研究的同时,散文、随笔创作也进入丰收期。我觉得他这方面的作品有一个特点,就是具有明显的平民视点。几年中发表于《朝花》的《聆听春声》《晚发》《美丽的藩篱》《雨夹雪》等,大抵都是写普通人的故事。他善于从日常生活中"捕捉"题材,低姿态,勤采撷,关注普通人的喜怒哀乐,这也从一个侧面反映了他的人生态度。联系他早些年写的《公共汽车咏叹调》《5·9长镜头》等纪实作品,可见其现实题材作品贴近性"路数"之一斑。

1996年、1997年的时候,我曾先后两次上刘心武家探访约稿。那是北京安定门外东河沿的一栋高楼,唐达成和陈丹晨两位也住在那栋楼宇里。"茶叙"之间,记得有一次说起了用电脑写稿的情况,当时作家们正纷纷"换笔",心武也已能熟练地使用电脑,顺利的时候一天可写四五千字。为说明"换笔"的好处,还讲了他几年前丢失一篇数万字中篇小说致使杂志社临时换稿的窘境，刘先生的结论是：如果用电脑写，丢十篇稿也不怕。关于写作近况，那段时间他除了小说、散文，也说到建筑随笔，对此似乎也很有兴趣。过了若干年的2007年，刘先生出版了一部综合性的著作《四棵树》，正是他对交叉着创作小说、散文、建筑随笔、红学研究四个方面的形象说法。

（初稿刊登于《文汇报》2011年3月15日，题为《红楼探佚中的故事》，后经充实改写）

## 云乡深处有佳思
### ——邓云乡略记

墓碑是一块有墨绿色花斑的大理石，上面刻着邓云乡先生和夫人蔡时言的名字（生前签名体）。据说碑的原材是块万年青圆石，锯开后细心打磨而成。设计者的寓意是明白的，邓云乡钟爱并潜心研究的小说《红楼梦》，又名《石头记》，一生与"石"结缘，如今则伴"石"长眠于"福寿园"，这应当是先生满意的归宿地。

碑旁的一棵红枫前，有一张铜制"藤椅"，是按先生生前常用座椅的原样设计的，椅面上还放着一沓稿纸和一支笔——一生与文为缘，纸笔是他最亲密的"伴侣"。墓前右侧立着一块长形小石碑，碑面刻的是叶圣陶先生的赠语："水流心不竞，云在意俱迟"。正是这位文化前辈对邓云乡人生襟怀文字风流的生动嘉勉。伫立在邓公墓前，体味一位睿智文艺家的文字轨迹和生命主题，心里很不平静。

云乡先生辞世十年了，然其音容笑貌犹在眼前。笔者是通过陈诏先生认识这位儒雅文人的。那时老陈和我都在《解放日报》文艺部工作。云乡和陈诏相识于新中国成立初期（当时陈在《新闻日报》编副刊），除了编辑和作者的关系，这对老朋友历经岁月风尘之后又都成了"红学家"，其交谊当然非同一般。作为《解放日报》的《朝花》副刊的作者，云乡有时到编辑部来看老陈，与我便也有照面招呼。副刊同人都是欢迎邓云乡的文章。这位毕业于北大中文系的才子，有丰厚的历史知识，尤长明清史，而且除了"红学"，他在史学、民俗方面也有丰富的见闻和研究。有关这类题材的短文，正是副刊所需要的。

有一次我到复旦大学第九宿舍去看望贾植芳教授，见有多人在座，其中就有邓云乡先生。当时他穿着一身旧衣裤，说话随和亲切。席间贾教授说起了他和《解放日报》的文字缘，以及近期的写作情况。坐在木椅里的贾先生身材瘦小，说话带着浓重的山西口音，我听起来稍感吃力，但云乡则绝无问题,因为他也是山西人,与贾先生是老乡。因斯时陈诏已退休离开现职,我便在向贾老约稿的同时也请邓先生继续为《朝花》写点稿子。他热忱应诺。过了一些日子,我就收到了云乡寄来的短文《民国笔记杂谈》,过段时间又寄来一篇《在民间的刘罗锅》。每次来稿,都有简函,如今我还保存着邓先生的两封函件,其中一函是他寄《再看〈红楼梦〉电影》一文时写的:"……作协开会时一见,匆匆又已半年。《朝花》合订本收到,十分感谢。近稍写文,偶看电影写一篇,寄上,请审处。"信中所说"作协开会",记忆中是1996年在上海展览中心开的一次会员代表大会,休息时匆匆晤叙。合订本则指报社为纪念《朝花》创刊四十年而编的一部作品精选集,内中收录邓云乡的一篇作品是《信里红楼——怀念平伯夫子》。俞平伯先生常与云乡通信,其中有些谈到了《红楼梦》,平伯谢世之后,云乡应陈诏之约写成此篇(刊于《朝花》1990年12月2日)。早就听说邓云乡写信喜欢使用自己设计的信笺,收到他的函件后知道果然如此。上述第一封的信纸是旧式直排,有暗条线,还印有"自用笺"字样。文末署名处盖有一印"水流云在之室"。先生写得一手好字,这些函件虽用钢笔书写,仍可见其书法功力。在陈诏写的一篇回忆文章中读到,邓云乡曾临摹王羲之《兰亭序》多年,行书条幅还曾报价出售,颇有收购者。印章上的"水流云在之室"是其书斋的名字。先生原名云骧,后来则一直用云乡,一字之易,从字面上也可看出,他是把天上的云彩视为自己的精神故乡了,云彩漂泊无定,却变幻无穷,多姿多彩。水是万物的生命之源,也是人类的智慧、灵气之源。云水浩瀚,是他所崇仰的。书斋名映现了主人的宽阔胸怀和文风雅渊。

  上述两篇来搞,先后刊登在《朝花》副刊上。那几年我编发邓先生的文稿中,印象最深的是一篇《皇城根寻梦》(记得在发表此文的同一年,他还出版了一本随笔集,书名也是《皇城根寻梦》,写的都是京华旧梦)。当时我在编发这篇文章的时候,便觉得邓先生是一个极有情调的人。文中的主要情节是:为让一位年轻的福建朋友了解旧日北京皇城根的情形,他特地租了一辆车子,叮嘱司机沿着东、西皇城根的必经地段,慢慢地开,尽量慢慢地开,车里的邓先生,从在视线中移动的今日建筑中,辨认旧时的痕迹,给年轻人讲过去的故事。就邓云乡所知,皇城根沿线至少有过三位福建籍名人的宅第，他们分别是邮传尚书陈璧、徐州知府林开謩、太傅陈宝琛。身边坐着的青年是这些名人的小老乡，所以听邓先生的讲解，觉得很有兴味，不但知道了这几位前辈乡贤，还从一些侧面了解了皇城根的简史。

云乡先生是 10 岁以后到北京的，1947 年大学毕业，之后有回山西短暂任教的经历，1953 年到苏州，后来到南京，都在当地的电力学校当教师。1956 年定居上海，在电力学院任人文学科教授。从这样的履历中，可以推想邓云乡在北京居住了二十年左右。少年的记忆总是恒久的，对昔日皇城根的一屋一舍一墙一街，常常魂牵梦萦。他对京城的怀念文字，其间有着两个"距离"，一个是时间上的"距离"，毕竟是隔了几十年的前尘往事，另一个是地理上的"距离"，住在上海说北京，是身在他乡说故乡（第二故乡）。这两个"距离"，使他心中的旧日情事有了更多悠远漫长的沧桑感和历史感，加之他有良好的旧学功底和娴熟的文字技艺，便真的能把"事如春梦了无痕"的情境写得既如梦如幻又似乎触目可见触手可及。比如在一本书中，他写北京的四合院，能把这样的建筑物在春夏秋冬四个不同季节的不同特点，一一细腻地描述出来，有情有味，又十分的贴切。我很欣赏他为四合院归结的四句话：春梦混沌而明丽，夏景爽洁而幽远，秋心绚烂而雅韵，冬情素淡而和缓。邓云乡写北京四合院出了名，还引出一段佳话：有一位在英国伦敦做挂牌建筑师的邓孔怀先生，慕名前来向他求教四合院建筑的相关事宜，云乡就自己所知一一予以回答，有些细节还特地画了图纸。原来他写四合院不是纸上谈屋，而是确实对此有"抵近性"的了解的——新中国成立前曾在两三个四合院建筑工程中管理过现场施工，对实际的操作经验有所了解。得到邓云乡的帮助，邓孔怀大喜过望，两人从此交往，成为好朋友。邓先生有关京华回忆方面的集子先后出了好几本，如《鲁迅与北京风土》《燕京乡土记》《北京四合院》《文化古城旧事》等。这里要一提的是，他写北京的文章，《皇城根寻梦》很可能是最后一篇，因为此文发表于 1998 年 9 月 11 日（我退休离职后暂时留下来编稿），而先生是 1999 年初谢世的。与此同名的书籍，也可能是他生前拿到手的最后一本集子。

在邓先生的著作中还可读到不少他对师友故人的怀念文字，都写出了真情实感，比如周作人、俞平伯等。即便对祖籍山西，也有许多关注。我读过《云乡漫录》一书，内中除了有《吾乡先贤》这样对家乡先人的记述，竟然还有一篇《晋帮商人答客问》，可见他虽居客地，并非在原乡的门外。他的散文随笔行文舒缓自然，于素朴淡雅的文字之中寄寓自己的内在情感。他欣赏梁任公"笔端带感情"的文字风格，不喜欢那种矫情浮夸或内容空洞无病呻吟的东西。即使看上去是一些琐小的生活细节，也必定是自己真实情感的自然表露。散文集《书情旧梦》《秋水湖山》《吾家祖屋》等都有这样的特点。

邓云乡的红学研究是很有成绩的，先后出版这方面的专著有《红楼梦导读》《红楼梦忆》《红楼识小录》《红楼风俗谈》等。他与陈诏作为红学同好，常在一起进行切磋交流。有段时间，两人都在写关于红楼梦的书，云乡写《红楼识小录》，陈诏写《红楼梦小考》，一次云乡看到老陈手头有一些相关的笔记，要求带回去参读，老陈慨然应允。后来两人的书相继出版，内容迥然有异，即便是相近的材料也没有重复感。我想，在明白对方写作课题的情形下，毫无顾忌地实行资源共享，并不是每个为文者都能做得到的。

20世纪90年代，中央电视台《夕阳红》栏目组织过一个专题"天南海北话民俗"，邓云乡为此提供了讲稿，形式是记者提问他回答，节目总共做了五十四次，可见他在这方面的渊博见识和悉心研究。由于有着史学家、红学家、民俗学家的多重身份，拍摄电视连续剧《红楼梦》的时候，剧组邀请他担任民俗顾问，就在情理之中了。

听说邓云乡先生去世前一个月，还接受了央视《东方之子》节目组的访谈，并大体完成了五百万字的邓云乡文集编撰工作（于身后出版）。

斯人已去，先生用毕生心血和智慧凝成的珠玉文字，将常留人间。

（原载《解放日报》2018年8月9日）

## "半拙斋"主唐振常谈"吃局"

唐振常先生是文史名家,践行陈寅恪先生"在历史中学史识"的学习方法,颇多著述,他为旅美学人黎东方一套书系写的序言《黎东方先生讲史之学》,黎先生本人读稿后给唐先生写信称:"……全文拜颂,无一字可以更动,大手笔由此可见。""无一字可以更动"可能是客气的过誉之词,但仍然可见唐先生的论述及其著述之严密和专精。

唐振常系世家子弟,书礼承传,加之攻读勤勉,又有在《大公报》《文汇报》任职的经历,阅世眼光手中笔墨自是不同凡俗。他熟知报纸副刊的用稿需求,自称善写"适销对路"的副刊文章,自然很受副刊编辑的欢迎。20世纪八九十年代笔者在《解放日报》编《朝花》副刊,多次约请先生写稿,其选题"适销对路"自不必说,内容也都精彩。唐先生同时也是一位美食家,一段时间里他陆续寄来几篇谈论"吃局"的文稿,在《朝花》陆续刊登。

所谓"吃局",大抵指的是各种美食,唐先生有时也写"饭局",含义似乎便扩展了,除了席上佳肴,还有参"局"者(吃客)的有关故事,唐老也娓娓道来,趣味有加。比如1997年5月10日和17日,《朝花》先后刊登了唐振常的《包饭作》和《包饭师傅》两文。后一篇在介绍通常所见的包饭师傅之后,用不小的篇幅记叙了一位大师傅何德龙,此人是当年《大公报》的厨师,开初主要为报馆主帅胡政之烧菜,胡先生去世后,降阶以从为报馆职工做菜。这位扬派师傅的拿手之作是"八宝鸭"。唐振常如此描记何德龙的手中绝活:"鸭皆精选,肥大有当,吃起来油而不腻,无论皮还是肉,都烂极,一筷即破,入口即化。肚内塞的糯米、白果、莲心、苡仁、红枣等配搭齐全,肚内肚外似已融为一体,整只鸭件件可食,连骨头也酥了……"而与何德龙有关的故事还在后头,那就是大公报总编辑王芸生在李子坝宴请正在进行国共两党谈判的毛泽东,席间毛泽东先生请厨师何德龙出场,举杯向他示敬,接下来的对话中有著名的"重起炉灶"话题……何德龙掌勺的这个饭局，可是不寻常了。

寄这篇稿子的时候，唐先生附有一信："……两篇稿子还是校改后寄还给你，以便你们校正……这两篇稿子，连同《一年之后》及最后一篇《中华料理有料无理》，如果很快见报，可不必赐清样，如果一时不见报，烦请给我清样，以便向出版社交账。此类稿件已大体完成，如无特殊需要，不预备写了。麻烦之处，多多感谢。"有意思的是唐老写到这里，又在右面空白处写了如下几句："素有一习，不愿用阿拉伯数字，一用文章即断气，能允许仍用汉字否？又及。"

从信中所述可看出，唐先生是在为出版社写一本与"吃"有关的书，抽几篇先在报纸用一下。至于信里所说的"一习"，我只好在电话里对唐先生表示理解的同时，好言说明情况，要他尽量予以适应，逐步做到不"断气"，这是因为当时报纸副刊都已把数字统一用阿拉伯字书写，事关"一律"，是难以对某个人的"一习"通融的。

唐振常先生对各帮菜系都有关注，因自己是四川人，所以对川菜便更是谙熟在胸了。我看到他至少在两篇文章里有这样的记述：许多人说到川菜，都会渲染其辣其麻，实际上，川人考究之家正式宴客，上品的菜往往无一有辣，只是在桌上备有几只盛有辣料的小碟，供需要者用。知情者言，不由你不信吧！

唐老晚年住在上海南苏州路，有一次他邀约我到其寓所喝茶聊天，我欣然前往。虽是读书人家，却没有一个完整的书房，各类图书是放在卧室的各个所在的。唐先生告诉我，他的书房取名"半拙斋"，就有半个书房的意思在里头。至于那个"拙"字，则取于陈寅恪先生的一段话，喻知识分子"应效贤而拙者之所为"。后来看到他出版的一本书，名字就叫《半拙斋古今谈》。那次茶叙的话题是不少的，其间也有文史方面的内容，比如先生得知我的老家在无锡蠡湖之畔，就说起了他熟识的著名教育家唐文治先生和他在蠡湖之滨的"茹经堂"。也谈到唐振常先生所著《论章太炎》中的一些情况如"谢本师"的来历等，因这些与本文题旨关系不大，就略去不记了。那段时间《朝花》副刊正在刊登他的吃局文章，对此自然也就有了议论。我是无锡人，父兄叔叔早年都在沪上无锡人经营的锡菜馆供职，这些菜馆（聚字号）与锡菜正宗名馆"老正兴"是一个派系，老家村人沈金宝还当过头号"老正兴"的经理。这一话题引起唐先生的兴趣，他说上海早期的老正兴多是无锡师傅掌勺，后来各种名堂的"老正兴"越开越多，就杂起来了。至于原先以无锡菜为主的"老正兴"后来归入本帮菜系，老正兴菜馆也成了本帮菜的老字号，那是因为苏锡上海一带居民的饮食习惯相近，苏锡菜在上海的长期经营中与上海老饭店等本帮菜的差别逐步缩小，最后融为一体，形成加强型的上海本帮特色，也就在情理之中了。前些年本人写过一篇《老正兴的前尘琐闻》，那次在"半拙斋"与唐先生的谈话也写在其中，所以这里就不再多说了。

（原载拙著《朝花怀叙录》，远东出版社 2008 年版，有修订）

## 写《巴金传》是平生之幸
### ——"荧荧楼"主徐开垒说文事

1984年，我自《福建日报》调入《解放日报》，供职文艺部，因同时编《朝花》文艺副刊，陆续结识了报业和文艺界名人，其中一位就是前辈同道徐开垒先生。徐先生曾长期主持《文汇报》的《笔会》副刊，是有影响的副刊名人，同时也是一位著述丰硕的散文家。开垒先生比我年长好多岁，性情上与我有不少相似处，我与他初次相识就觉得很投缘，作为晚学后辈，一直视他为师长和好友。

徐先生晚年住在上海新华路413弄，这条弄堂另有一个名字叫文缘村，皆因在这个巷子里居住的有好多文艺宣教系统的干部职工和离退休人员。开垒先生住在此弄6号301室，书房朝南向阳，取名"荧荧楼"，一排高高的书橱，临窗写字台，还有屉柜和长短沙发等，步入书房，觉得窗暖书香，是一个读书写字会客的好所在。还记得初访"荧荧楼"的那天，徐先生就对我说这个不大的书房里有"三多"——书多，保存的文坛名人信札多，照片相册多。我曾好多次到文缘村看望徐先生，有两次为杂志社写徐开垒先生的访问记，也是在"荧荧楼"完成采访的。徐先生离休退出现职之后不久就投入一部大书——《巴金传》的写作，首部写作费时四年，续卷和后续补充等又是好几年，所有案头工作都是在这个书房里进行的。关于写作和出版《巴金传》的话题，徐老与我曾多次谈及，当然不少是访谈过程中徐先生的应询回答。早

《巴金传》书影

一些的时候,也就是1991年《巴金传》首部完成的年份,我和徐开垒先生一道参加上海作协组织的作家采风活动(浙江诸暨大唐庵),其间曾谈到这部书的写作,我存留的徐先生信札中,有一封就有这一话题的内容:

……那天在湖上,我确在沉思,但并不是如您所说在构思散文题材,而是在想怎样把《巴金传》写完。现在我已经在赶"续卷"的最后一章,估计本月底就可以完成。如您同意,我可以考虑选一节有关粉碎"四人帮"后的一段给您。广州《随笔》9月份将刊用"文革"开始时的一节,《上海滩》也可能给他们一节有关"文革"的内容,《文汇报》前一阶段曾登过刚解放时在北京开文代会的一节。你那边如需要,我考虑选用有关1979年1月在北京开第4次文代会时有关巴金的思想、生活一部分。不知您以为如何?这些都给巴金看过,已发交《小说界》准备继续连载。在他们连载前,我让大家先选用一小部分,大概每篇几千字……"函末下端又添几句:"《巴金传》已印好,月底可以出版,到时会寄。续卷在《小说界》连载,年底结束。"

此信写于1991年7月15日,起因是从诸暨回来后我写了一篇散文《五泄序曲》,描述一众文友乘船游览诸暨五泄湖的情景,文末一句是:"散文家徐开垒面对一湖春水作沉思状,他是否在酝酿一个美丽的构思呢!"先生于此函复,顺着话题说了关于《巴金传》出版前在报刊先行发表若干片断的情形。对于徐老拟挑选一节在《朝花》刊登的提议,我们自然十分欢迎,立即回复并落实具体事宜。

后来我们在"荧荧楼"谈论关于巴金和《巴金传》,由于图书已经面世,徐老说话就比较轻松自如了。徐先生最早认识巴金先生,是从1951年的一次通信开始的。1956年他接手编《文汇报》《笔会》副刊,因约稿或请教相关事宜的需要,到巴金寓所的次数多起来,渐渐地成了巴府常客。接下来进入"文革"年代巴金遭罪等这里不记了,后来的事情是"文革"结束后巴金先生曾在《文汇报》刊登一篇文章,题目是《一封信》,这封信当时被人称为"一声春雷",这是因为非常年代刚刚过去,作家们普遍心有余悸,对于是否继续写作如何写作等心里都在捣鼓。就在这样的时刻，文坛重量级人物率先作文发声，鼓励作家们重新拿起笔来，自然极具影响力了。有高层政策感召，又有巴金先生垂范，文人们振作起来，纷纷重拾笔墨，向报刊投稿，文坛"第二春"来临了。而巴金先生《一封信》的约稿编辑，正是《文汇报》的徐开垒先生。徐先生在"荧荧楼"说起这件事，仍然很感慨。1977年5月上旬的一天，春光正好，徐先生来到武康路113号，与主人交谈中，渐次接触写稿事宜，"不堪的年代已经过去，社会大变革，作家又可以作文了，您为《文汇报》写一篇吧！"徐先生提议。在祸乱年代饱受磨难的巴金先生，对于再行写作其实也一样的缺乏精神准备，好在编者和作者是心气相通的熟人，一番恳谈，老人的心热起来，但一时里想不出用什么方式来写。徐开垒随即建议："那么多年不见您的信息，读者多么想念您，就用写信的形式吧！"巴金沉思片刻终于答应了。5月25日，《文汇报》发表了巴金先生在十年"文革"结束后写的第一篇文章——《一封信》。

徐开垒先生说由他来写《巴金传》人物传记这件事，得到巴金先生的首肯，这是自己最感荣幸的。他之所以在接受撰写这部书的任务时具有信心，是因为他确信自己具备两个基本条件：第一是自青年时代起就是巴金作品的拥戴者，尤其是"激流三部曲"，曾经深深地影响自己的阅

巴金与徐开垒合影

世眼光，引发他的人生思考。此后，他关注这位文学大家的几乎所有作品，从早年的《灭亡》直到晚年的《随想录》。第二个就是他与巴金先生有较长时间的交往经历，彼此是熟悉的。也因此之故，在整个"工程"进行的过程中，采写者得到了传主诚恳的支持和帮助。为写好这本书，也已开始步入老境的徐先生免不了南下四川北上京城访故觅旧及读原著收集资料等的忙碌辛劳，好在有巴金弟弟李济生、女儿李小林等人的鼎力相助，多位健在的巴金好友也热心支持。徐先生说传主健在，好多事情可以直接登门请教，这是一个最为有利的条件（当然也必须考虑主人年高体弱，每次登门之前都得先行写好提纲把握好说话时间）。巴金先生对徐开垒是信任的，所以每次都能耐心地回答所询事宜。他告诉徐开垒："作家传记应该是以作家在实际生活中的为人，来对照他的作品所反映的思想，看两者是否符合。"这些明确了，就"用我的材料，去写你的文章吧"。有些涉及作家内在精神的事情，本身比较复杂，加上社会的变化，要说清楚不容易，例如，无政府主义思潮对早期巴金的影响状况以及它与巴金创作动因的关系，又比如《随想录》写作过程中作者的认识变化，等等，都在面对面的谈话中得到了很好的解决。——这些情况，徐先生在有关文章中也曾写过，笔者访谈时再次述说。书稿写作过程中，有一个问题常常使徐先生感到困惑：新中国成立之前，巴金先生的创作犹如"排山倒海"的大流量，之后却出现了较多的"空寂"。他就这个问题请教巴老，并说如果弄不明白出现"低谷"的真实缘由，"我的传记就没有完成任务"。巴老对此做出了回答，核心意思是：作家应当写自己所熟悉的东西，并指出"你出主意，我写作"创作模式的非科学性，为让徐开垒深入弄明白个中情形，他建议："那么，请你多看看《随想录》。"在整个撰写过程中，作者深入到传主的文字世界和精神世界，"握住"了一代大师的生命脉息，也"握住"了传记的灵魂。至于作者自身在这一过程中所吸纳的营养和教益，那自然是不言而喻了。

其实这部著作的后续事宜还有呢！我存留的徐老信件中，有一封写于2006年10月3日，内中就有与此相关的内容。2006年我已退休多年，报社邀我和陈诏先生一道责编一本七十万字的书——《朝花五十周年精品集》，书中收录徐先生一篇散文，我给徐老去信商议入选文稿事宜，他

回函对此答复之后顺此写了一段话,让我转告当时的《朝花》编者:

……上海文艺出版社总编辑郏宗培要我把这两年有关巴金的生活情况在《巴金传》中再做一次增补,所以在这些日子里我又写了《巴金传》下卷的第8章《告别》,并已排成清样,准备在(巴金逝世)一周年时(2006年10月17日)把《巴金传》再做一次增订本重版出书。这第8章《告别》共分三节:第一节《百岁大寿时》,第二节《回家前》,第三节《事业永远》。现在我把第三节《事业永远》校样寄给您,请您转交……

我便立即将稿件转交给当时的《朝花》主编。

徐开垒先生在长期的职业生涯中,以自己的热情和智慧,左手编刊,右手作文,两个方面都获得了卓著的成绩。徐先生的文学创作曾经受到柯灵先生、唐弢先生的指导和帮助,他写的散文情意真切文字秀朴,被柯灵先生称为"村姑般的妩媚"。早中期作品丰硕,一些有代表性的作品广受好评,晚年所写文章尤趋沉潜洗练有精神厚度。我在《解放日报》供职期间多次编发徐老文稿,即便是他外出探亲,也会寄稿子来。1994年他去美国儿子处短期生活,就曾利用闲暇时间写稿,我存留的徐老信件中有一封写于1994年7月10日,内中写道:"……我的一篇散文《朋友丁》,是为台湾报纸写的,已由赵丽宏兄转给您和陈诏兄,想在大陆同时发一下。但我考虑这篇文章个别字句也许不适合大陆报纸,如果你那边还没有刊出,能否在几处改动一下(接下来写了两处需要改动的内容)。我阅信后立即照办,并安排版面于7月28日见报。1996年他在深圳女儿处过年,我在新春里收到他寄来的散文《在深圳过春节》。《朋友丁》是徐开垒先生后期作品中自己比较看重的一篇,作品中的丁先生,是徐先生早年新闻采写业务的引领人,曾经朝夕相处情同手足。1949年丁君赴香港谋生,自此音讯断绝(进入开放年代后,获知丁君后来去了台北,仍做老本行)。20世纪八九十年代是海峡两岸众多"伤离别"的人们热盼久别重聚的年头,却不料在1994年徐先生赴美国探亲期间,传来"朋友丁"已于半年前病逝宝岛的不幸消息,"将近半个世纪如痴似梦的等待,却终于成为一个泡影",黯然神伤的"朋友徐"于是在异国写下《朋友丁》，遥寄哀思（此文后来选入《朝花五十年精品选》）。《家住文缘村》也是徐先生晚年喜欢的文稿。笔者退休前的最后一段时间编发了这篇散文（后来徐老出版的一本散文自选集书名也是《家在文缘村》）。文章写的是身边事，徐先生说与文缘村"村"里人交往，友情交流是一个方面，而在交流的过程中可以很及时地了解各类社会信息，很觉宝贵，所以他认为这就像"荧荧楼"里的书橱一样，文缘村一栋栋楼屋的一个个窗户，就是自己心目中的另一种"书橱"。

进入新世纪后，徐开垒先生的眼疾趋重，在谈话和信函中，老人曾不止一次说起视力不济的苦恼。纵然如此，只要有了合适的题材，他还是会慢慢地写出来，一年总有数篇作品面世。笔者读到过2009年他在《文汇报》的《笔会》刊登的散文《阿满的影子》，这可能是其人生的最后一篇见报作品了。这里要多说几句的是，六十年前的1949年，徐先生发表了他在上海解放后写的第一篇文章《阿满她们》，一群载歌载舞欢庆解放的人群中有他熟悉的女青年阿满，他忘不了阿满那"红腴、健康的脸"。六十年之后的2009年某一日，白头发的徐先生在四明山千级石阶上行进的时候，看到登山人群中年轻人"红腴、健康的脸"，联想起六十年前的一幕，很为新时代意气风发的"阿满"们感佩。一个甲子两篇"阿满"，云行水流，意味深长。我读文后很感慨，以《阿满》为题作文一篇，刊登于《新民晚报》的《夜光杯》。

我曾多次与徐开垒先生一道参与上海作协组织的外出采风交流活动。另外，我们都曾参与一个小小的文友"雅集"——不定期相约在陕西南路老散文家何为先生家里饮茶聊天，无非是谈文说艺偶尔议点时事（也有多次餐聚），基本的几位是何为、徐开垒、陈诏和我。这些活动中多有彼此倾心交谈的机会，所以若干年中我除了撰写专题人物稿，还在《橘林晨话》等散文中叙记徐先生的文化人生片断和散文观。

晚年徐开垒用好多时间和精力回顾、整理自己的新旧作品，编成两本书——《徐开垒新时期文选》《在文汇报写稿七十年》，两书均于2009年出版，这也是让老人感到欣慰的一件事。

时序进入2011年寒冬，徐开垒先生因哮喘病复发住进医院。2012年1月3日上午，我接到徐老电话，说近日感觉身体好一些，来家里看看，

"刚才翻报纸看到你发表了一篇散文《俪兰雅话》,在新年里读到这样的文章觉得很高兴"。接下来告诉我,前几天给曾敏之、王殊等老朋友寄了贺年卡,"眼睛不好,但简单写几个字还可以对付"。徐老多年耳背的状况近来更趋严重,他的话我听得清楚,我的话他常听错。几天之后我去瑞金医院看望老人,他精神尚好。我向他问候并告诉他王殊先生几次打电话到他家里没人接,着急了,来电话问我是怎么回事。徐老认真地听着,轻轻地说了一句:"40年代就一道写稿,后来他去当外交家,多少年的老朋友啊(20世纪40年代在上海一道写稿而熟悉的朋友还有沈寂、袁鹰、何为等人——笔者注)!"1月20日上午接到徐老女儿徐红的电话,泣告父亲昨晚哮喘并发症发作,没有抢救过来……闻讯真是惊痛万分啊!当天向北京的王殊先生报告噩耗,老人沉重地说新年里收到他的贺年卡,放心了许多,怎么就走了呢?

（原载巴金研究会主编《点滴》2022第1期,刊出时肩题为《编辑家、散文家、〈巴金传〉作者》,主题为《忆念"荧荧楼"主徐开垒》）

## 橘 林 晨 话

穿过一条长长的古巷,沿着明清时筑就的车辙辘道,便进入一片大橘林。古巷是有点名气的苏州东山陆巷。我们事先并不晓得长巷尽头有一片大橘林,是被巷中一块"寒谷寺"的指路牌吸引来的。当事后知道这片橘林就是电视剧《橘子红了》中反复出现的大橘园的拍摄地的时候,就生出了许多回味。其实当时走在林中,笔者已经想到了《橘子红了》剧中的那个橘园,觉得它们十分相似:橘树满坡,红果累累,一伸手便可摸到果子。所不同是在林中所听到的是清脆悦耳的晨鸟鸣唱,而不是电视剧橘园中那种为剧情需要而设计的变异了的啼鸟音响。剧中橘园的氛围是苍凉而沉闷的,而眼前的橘林空气清新,满目红果闪着笑颜。

同笔者一道在橘园中穿过的是徐开垒先生,我们住在太湖边的文汇新民记者度假村,清晨起得早,开垒说我们到附近的巷子里去转转吧。长巷古风引发了这位资深报人、老散文家的岁月遐想,步入橘子林的时候,他正以浓重的宁波口音说着自己人生经历中的一些事情。开垒说他自1938年起与《文汇报》结缘,从读者到作者,从作者到记者,再从记者到编辑,在副刊编辑岗位上工作了近三十个寒暑。他同柯灵的交往,就是在那些年月开始的。柯灵先生在《文汇报》先是编《世纪风》,写短文章,《笔会》创刊时,他作为主管专副刊的副总编辑去编《作者的话》了,《笔会》就请老朋友唐弢去编。当知道笔者的具体年龄后,开垒老人呵呵地笑着说:"我开始在报刊发表文章的时候,你还不到两岁。"平时笔者总以为自己在不知不觉中很快老了起来,在开垒老师面前,确实还只能算个小弟弟。作为后学,笔者也有较长时期编副刊的经历(换了几个地方),所以听同道师长谈往事就倍觉亲切。我尊开垒先生丰富的文字经历和创作佳绩,敬他为人的真诚谦和。平时读开垒先生的文章,常在其朴实清灵的字里行间体味柯灵先生对他散文作品的评语——"村姑式的妩媚",体味开垒先生对自己作品的评说——"荒凉心灵上的一块绿洲"。作品是心灵活动的载体，从作品中寻觅作者的人生轨迹和心路历程，就像是研读一部作者史。记得自己在结束编辑生涯前的最后一些日子里，经手编发的散文作品中就有徐开垒的《家在文缘村》。开垒先生很喜欢文缘村这个名字，住在"村"里的大多是文化科技学术界人士。"每个窗户里都有一个故事"。他在文章中一一记叙了与"村"里一些人的言谈交往。他说书橱里的故事大多已成历史，而与"村"里人的"路边谈话，有历史，也有现实，更有未来"，从中可以了解许多时代信息和人间故事。他写道："邻里之间的感情协调，无异给自己的现实增添了一只生活大书橱，在这里得到知识，也得到享受。"从这些记叙中，我们可以看到一个勤勉的文化人的生活状态，即便到了晚年，仍然每时每刻不忘对于知识和生活养料的吸纳。这篇散文发表之后不久，我收到开垒先生寄赠的一本散文自选集，书名就叫《家在文缘村》。这是老人半个多世纪散文作品的精粹，也是他自己散文创作的一次回顾和检阅。一位长时期兢兢业业的"为人作嫁"者，在完成繁重的编辑工作的同时，笔耕不息，著述迭出，除散文随笔外，还写出了《巴金传》和《巴金和他的同时代人》等大箸，这是何等的才思，何等的勤奋！

人说活到八十岁还能写文章是一种福。如今八九十岁的老人还在写文章的并不鲜见，开垒先生就是其中的一位。他年逾八十，开始有点耳背，但仍坚持读书和适度的写作。徐开垒老人有一次和几位老友议论健身体会，回来后归纳总结出老年养生的十二字要诀："脑要用，身要动，心要松，腹要空。"平日里尽量照此去做。其实对于他来说，"脑要用"不只是养生的需要，更是数十年如一日的习性养成和内心要求。就在今年，他写出了《淮海路上的联想》《举头望明月》《母亲节忆母亲》等散文篇章。在文汇新民记者度假村举行的散文创作座谈会上，开垒先生深情地回顾了自己的创作生涯，他说写了半个世纪，到了改革开放的年代，特别是这十三年，国家的变化翻天覆地，真是看得开心，写得也开心。他说自己在极左年代写的一些散文，在当时的认识状态下，应当说投入的也是真感情，但客观效果不一样，今天我们则完全可以实现主观和客观的自然统一。散文作家应当珍惜如今的时光，开阔自己的视野，用真情感去写变革中的大时代。徐先生近期的新作，有的写到了已故的亲人和友人。我曾细读《母亲节忆母亲》这篇散文,他在文中除了记叙对慈母的深深怀念,还两次写到了母亲对儿子的教诲:"……做人要勤劳。种什么树,结什么果。"他的结语是:"当然,母亲手植的树都是在阳光雨露的日子里开花结果的。"徐开垒在橘子林里告诉我,他有两个哥哥一个姐姐一个弟弟,尽管家境困难,母亲还是想方设法让孩子都上了大学。大哥是法学教授,二哥是高级工程师,姐姐是中学教师,弟弟是主任医生。兄弟姐妹的人生经历中各有许多坎坷,但都学有所长,业有所成,在各自的岗位上报效国家。同时再次谈到自己的母亲:"我认为自己一生如果也有一点一滴对社会的贡献,那么我就不能忘记母亲。"

迎面走来一位黄衣僧人,想必来自寒谷寺。我担心开垒走累了,提议走到上面那个台阶如果还看不到寺院就往回走,谁知说话之间,传来一阵钟声,并伴有悦耳的诵经调。抬眼望去,只见右前方的树影婆娑中,露出黄墙一角。寒谷寺就在百步之内。

我们不拜菩萨不烧香,是来看一下寺容的,山门内的一位老妪说你们来得真早,心诚啊!随手从案上取了两个本本,送给我们。本本的彩色封面上印着《父母恩重难报经》。我为经书内容和我们刚刚结束的话题暗合而称奇。

瞻仰了这个林中小寺的前殿后院,离开时,太阳已经升起,满坡的橘子在朝阳的映照下艳红灿烂。走在林中的开垒先生脚步轻健,脸上泛着红光。

(原载《文汇报》2002年1月19日)

# 森 林 夜 话

比起上海城区的同类公园来，崇明岛的森林公园更多"森林"的味儿。当然未必看得到陈年烂树桩上美丽的毒蘑菇，也不会出现几匹恶狼在乱树林中与你对峙的局面。然而那一望无际的雪杉云松香樟古柏，以及绿色掩映中的幽幽小径，会令你生出许多遐想，犹如进入一个神秘的童话世界。有两个女子骑着自行车从密林深处驶来，其中一位胸前的红纱巾在绿的映衬中显得分外鲜艳生动，把骑车人的气和神都渲染出来了。这是我们一行中的两位女编辑，车子是向园里租来的。整个林子里仿佛只有我们一帮子"弄文者"，人稀声寂，在俗念俱消的感觉之中，森林似乎一下子把我们的心洗干净了。待到在一个地方吃着有山芋南瓜崇明蟹的农家菜的时候，"绝俗"的心方才又回到现实中来。

文人相聚总有话要"聊"，于是晚上森林度假村里的散文座谈会便生出了许多话题。此行中的年长者首推徐开垒，在创作上，柯灵先生赞他写的散文有"村姑式的妩媚"，徐先生本人则将自己所写的文字比喻为"荒凉心灵上的一块绿洲"。时至今日，笔耕不息的开垒先生"村姑式的妩媚"依旧，"心灵"则因盛世的君临而渐生变化，并不一概的"荒凉"了。窗外森林的"涛声"衬托着夜空的静谧，窗内老人的宁波官话激情回荡。开垒先生认为散文表现真、善、美，具体的诠释是：真（真情）是基础，善是用心（出发点和立足点），美是本质（社会审美效果）。此刻他重申自己如上的散文观。有人提出当前一些文字载体充斥虚情矫情私情和滥情，开垒对此的看法是"不用急，一切都会过去"，他说由于种种原因，社会转折期总会出现一些异象，包括某些文化异象，但作品是时代的产物，虚伪矫饰的东西不能真实地表现时代，就不会有生命力，文章有道，最终还是要回到它原来的位置上去的。

听邓伟志和丁锡满（萧丁）聊"文事"，自然会联想到他们"痴迷"文字的一些故事。邓丁两公身上有着不少共同点，先是一样的"痴读"：

初识邓伟志先生的时候他给我一张名片，片面上没有一切头衔（他的头衔是够多的），只印"读书人"三个字。丁锡满先生认为"文章华国"，首先文人要做贡献。他常常在闲暇走路时把一些诗眼警句"反刍咀嚼"，"痴"入其中。至于写，两公也是"痴"得可爱。邓氏作为社会名流，外出活动频繁，他常在乘飞机的时候利用座位上的废纸袋或报纸之类，拣空白处写稿。1998年邓先生突发心肌梗死，经紧急抢救逃过一劫，旋即发现另一支大动脉有再发梗死的危险，必须"开膛搭桥"除隐患。这一手术常人的死亡率为百分之一，抢救甫过的他则为二分之一。"遗嘱"写好了，手术之前觉得还要写点什么，于是在病榻上拟就一诗："热血洒东方（在东方医院动手术），四桥达三江。妙手定回春，掏心著文章。"手术过程中，心脏停止跳动若干时间，"死"过了一回，但最终获得成功。"死"后复生的他捧读"掏心著文章"这样的文字，也为自己的殉道精神所感动。萧丁的"雪案劳心"也精彩，居屋困难的年代，他曾经在储藏室里一架缝纫机上做文章。居住条件改善后，便常常于夜深人静时坐在院子里的石阶沿上苦构思。当解放日报总编辑期间，午夜十一二点签完清样，便开始了笔伴青灯的"副业"。有一句丁氏自白感人肺腑："宁愿折损几年阳寿，换回今夜的文思。"

  此刻两人叙谈自己的为文心得，一致认为情生文，文载情，是散文随笔的要谛。邓伟志说他的文章都是"跑"出来的，因为觉得作为人民的作家，应当做到"感情上向民间倾斜一些"，他讲了一些当前困难民众的生存状态，认为只有向下跑，对民间才会有贴近性的了解。倘若局限在书斋里，作家的感情就会发生异化。邓伟志十分赞赏《宋史》中关于"直言动天下"的说法。"以直笔见诛"的年代既已过去，如今正可以放开手脚为民直言。他与舒展、邵燕祥联合在京城《民主》杂志上开办的"新三家村"专栏，以及与虞丹、何满子在《上海滩》杂志上开设的"沪渎三家村"专栏，其中不少文章就是为民所想，为民所呼。邓氏素有"知民度"一说，认为不论是自己担任全国政协常委这一社会角色，还是作家这一社会角色，都需要"知民"。萧丁则称自己的作品是"吐"出来的，不是做出来的，即所谓一吐为快，不吐不快。他说作家通过作品表达自己的喜怒哀乐，说到底就是爱和恨两个字。这个从天台山的苦村寨里走出来的著名报人兼文人，一向奉行"博学之，审问之，慎思之，明辨之，笃行之"的人生信条。他相信一切对立着的东西总是可以统一的，但要有适当的条件和"温度"，切忌走极端。在《迷眼的乱花》一套三本诗文集中，不难看到他对世事人生的思索和寻找。繁世"冷眼"，正是文艺家所需要的。丁锡满先生认为爱憎分明是作品的灵魂，所以特别看不惯那些矫揉造作、无病呻吟甚或用病态心理"做"出来的欺世玩世文章。

　　室外晚风正紧，室内谈兴不减。一些作家把"文贵乎情"的话题引申到广阔的范围，提出了一些更具现实针对性的命题，例如，如何看待当前"一窝蜂"写二三十年代"旧故事"的现象，以及是否存在创作题材狭隘的问题，等等。话长纸短，只好打住。

　　（原载 2004 年 2 月 29 日《解放日报》。这是上海作协散文委员会组织的一次作家赴崇明采风交流活动，住在森林公园宾馆，在晚上举行的创作交流座谈会上，大家围绕"文贵乎情"的主题展开讨论，有十几位散文作家先后发言，其中三位资深老作家结合自身文字经历和写作实践的发言内容尤其精彩，笔者平时对这几位的文字状况有所了解，活动结束后写成此文。）

# 从《青的果》到《五洲风云纪》
## ——外交家王殊的文学情怀

王殊先生高寿九十六岁，在北京静度晚年。这位著名外交家一生钟爱文学，20世纪40年代在上海读书时就是一位活跃的文学青年。过去笔者听老作家何为先生徐开垒先生讲早年文事，他们就常提到王殊这个名字（早年使用王树平原名，笔名林莽）。王殊先生也曾告诉我，他在复旦大学西文系读书时，与同学沈寂一样喜欢阅读和写作，曾合办一个油印文学刊物，由王殊提议取名《青的果》，刊登文学同好的习作。正是在沈寂同学的引介下，王殊向柯灵先生主持的《万象》杂志投稿（首篇散文《蝉》与沈寂的小说《盗马贼》刊登于同一期《万象》），王殊继而在陈蝶衣主编的《春秋》杂志上发表杂文，在《杂志》刊物上发表小说《穷途泣》。其间曾经遭遇"不测之祸"：因文字活动中有"抗敌倾向"，《青的果》办刊者三人被日本宪兵队抓去关了四十天。

大革命风潮中，王殊大学没毕业就去了苏北解放区，并由此进入新闻界。王殊先生曾在寄稿附信中告诉我，1948至1951年，他在新华社三野总分社当记者，1949年战上海，作为随军记者跟随28军攻打江湾一带，5月28日，《解放日报》在上海解放的第二天出版，那段时间，他就在这个新成立的报馆（汉口路309号原申报馆大楼）帮助工作，白天采编稿件，晚上就睡在马路对面《新闻报》的办公桌上。一个多月后，便奉命离开《解放日报》去做新华社驻外记者了。王殊先生于20世纪70年代入职外交部，先后担任中国驻联邦德国大使、中国驻奥地利大使兼中国驻联合国组织大使，还曾一度出任外交部副部长。长时期活跃于外交界的这位曾经的文学青年，足迹遍及五大洲八十余国，公务繁忙，加上外交官的专业规约，不再为报章写稿，只是用日记的形式记下所见所闻所感，备以后用。

笔者自20世纪90年代初开始与王殊先生建立联系，那时他已告老退出现职,只有诸如"中德友协会长"等社会职务了,于是重拾旧梦"爬格子",乐此而不疲。二十几年中,王殊先生在京沪和香港报章陆续发表文章,并先后出版著作多部,如《国际通信选》《十五年驻外记者生涯》《我在音乐之乡奥地利》等。他赠我的图书中有一部《五洲风云纪》,是"见证历史:共和国大使讲述"系列丛书中的一本,也是他数十个寒暑驻外记者和外交官经历最为丰富厚重的文字实录,内中有在抗美援朝硝烟中板门店停战谈判的细节,有撒哈拉沙漠以南非洲莽原上外交拓荒者的足迹,加勒比海危机的暴风雨,以及在南美厄瓜多尔遭遇当地政治危局而吃不上一顿年夜饭的情景,等等。1971年中美建交后,王殊以新华社驻波恩记者的身份,和同事一道采写多份联邦德国政情民意调查报告,并主动接触权力人物施罗德,"把西德的情况摸透了"(周总理语),是中德建交的牵线人,因而受到中央领导人的亲切接见,也就是在1972年中德成功建交的同时,王殊先生结束了记者生涯进入外交界。《五洲风云纪》用从容的散文笔触述说珍贵的外交往事,异域风情,人物故事,集传奇、史实、情趣于一体,十分引人入胜。写作这本书的素材,正是得益于长时期中写下的大量日记。

那些年王殊先后在《解放日报》的《朝花》副刊刊登多篇散文随笔。外交官见多识广,又有文学功底,笔下风采自是不一般。经我之手编发于《朝花》的王殊文稿,内中有两篇我留有较深印象。一篇是《莱茵河的传说》(刊于1996年1月13日)。一则被海涅写进《罗累莱》诗中的爱情故事,让王殊在面对莱茵河的时候有了别一样的心绪。当年在波恩,他曾多次陪同国内爱好文学的人士来到莱茵河边,感受这则凄美哀怨的爱情传说。最近一次重访莱茵河,坐在河边的一个小酒店里,就着新酿的葡萄酒,耳听汩汩河水,这位退役外交官从"格外的清寂"中品味罗累莱的悲剧命运,对东西方皆然的人间情愫,从人性和社会的层面上有了更为深切的思考和感悟。另一篇《重逢多瑙河》(1997年8月30日),是他曾经写过的一则情感悲剧的续篇。1984年,王殊在担任驻奥地利大使期间结识一对年轻恋人,男士是一位摄影记者,曾为王先生拍过一张精彩照片,女子在轻歌剧《维也纳的血》中任主角。忽然一日传来消息,摄影记者用猎枪结束了自己的生命,原因是女友移情别恋,与一位洗衣粉大王结了婚。事有凑巧，1997年春季王殊重访维也纳，在多瑙河边一位老医生的住宅大厅里，与十三年前的那位歌舞女星不期而遇，——花天酒地的洗衣粉老板摧毁了女歌星的身心，并最终遗弃了她。此时此刻，容颜憔悴的昔日女星认出了王殊，向老先生询问摄影记者为他拍摄的那张照片是否还保存，得到肯定的回答后，从她略显宽慰的神情中，王殊读懂了这位异国弃妇心中的波澜。昔日的红舞星如今回到故乡，在教堂的唱诗班中消磨苦寂时日。老医生住宅大厅边的多瑙河发出低沉的声响，王殊似乎听到了这条古老河流的深沉叹息。一段具有传奇色彩的异域情史，不是小说中的情节，而是一位中国外交官亲见亲闻用散文笔触写出来的真实故事。王老在赠我《我在音乐之乡奥地利》一书的时候告诉我，他喜欢音乐，曾在施特劳斯故乡多次赏听《蓝色多瑙河》这支世界名曲，多瑙河边有太多的故事，而他在《重逢多瑙河》中书写的那位摄影记者的遭遇，对他心灵的冲击最直接也最激烈，所以在另一篇文章中有如此文字："这个音乐之乡多么好啊，但并不都是音乐。"

域外生活的广闻博识，让王殊先生的散文作品具有开阔和多侧面的视野空间，他所结交的各国各阶层人物中有不少超越一般交往的好朋友，所以他状物写人，善于深入其内，于主客观的对应思辨中完成自己的认知和判断，异域风尘，家国情怀，聚于一端。

晚境中的王殊先生住在北京安外干杨树的一座公寓里，养老生活中时常思念年轻时的朋友。徐开垒先生2012年1月故世之前，王殊因电话联系不到老友而着急，来电话向我询问，我便在两老之间传递彼此情况。在瑞金医院的病房里，开垒老人再次对我述说他与王殊先生超越一个甲子的友情。大学年代在上海结识的文友中，也有袁鹰先生，前些年王老在报纸上读到袁鹰写的回忆性文章如《长短录》等，便在信中告诉我，说袁鹰写得很不错，接着感叹说："……结果是他们后来都成了作家，我是当时也想做作家而没有做成的人。"我在电话中对他说，年轻时代的文学青年林荪，退休之后又写了那么多作品，您是外交家，也是作家，并不是一定要参加了作家协会才能称家啊！老人则坚称"不不，我没当成作家"。数年前一次我与老先生通话，他伤感地说沈寂老同学也走了，读不到他的文章了！从"青的果"年代走过来的两位好朋友数十年的深情厚谊啊（沈寂离开学校后也有一段从军经历，回地方后长期从文，是著述丰硕的作家和电影剧作家）！沈寂先生晚年文章中曾有如是记述："王殊与我同年生，又是大学同学，一起写作投稿……后来因故一起被捕，关在同一牢房……我们分别40年后重又相见，我离开电影圈，自己写作，他功成业就，回到书房撰写回忆录。两人殊途同归，以文学始终。"（引自《沈寂人物琐忆》）。

  我退休离职之后，与王老先生每年总会通几次电话，近三年老人耳背趋重，眼睛也不好使，已不能接电话了（因老年性疾病有时住在医院），我也便只能在年节之时通过其家人转达对这位尊敬长者的问候，真诚地祝愿老先生健康长寿。

  （原载《解放日报》2020年9月20日，刊出时题为《外交家王殊的文学情怀》，文章发表五天之后的9月25日，获知王殊老先生因病辞世的信息，不胜痛惜。）

## 何 府 谊 聚

那天下午,笔者最先到达何为先生家。一会儿袁鹰来了,看上去他的气色不错,略微胖了一些,显得福相。接着抵达的依次是陈诏和徐开垒。每次袁鹰先生来沪,只要有时间,便有在何家小聚的"节目",在下此次也应邀忝列末座。

何为宅第依然是陕西南路旧弄堂里的那间老房子,不过质地上乘,至今看上去不觉得陈旧。自从擅唱女中音的爱妻谢世之后,何为度过了长长的清寂日子,好在儿子常会来看望他。日常的饮食卫生等事宜就要劳驾保姆了。

此时,临窗的客堂间里欢声笑语,绿茶飘香。袁鹰八十初度,何为与开垒都是八十又三。时下文圈中有"八十岁还能写文章是一种福气"的说法,眼前三个正是"福"中之人。袁鹰在《解放日报》的《朝花》开设《书简因缘录》专栏,记叙当年与著名文艺家甚或军政名流信稿往来的经历,每篇文章配一帧文中主人的信函墨迹,既有意义又弥足珍贵。陈诏向他询问还有多少可以写,袁鹰笑答还有一些,仍会继续写下去。他旋即提出:"类似形式的文字陈诏你也可以写。"老陈则说:"哪能写得过你?"出生于江苏淮安的袁鹰先生,对于曾经学习、工作、生活过的上海,一向视为第二故乡,闲下来的时候忆及前尘往事,常有灵感跃动,若干年前曾以"飘落在上海马路上的梦"为栏名,在《朝花》发表系列散文,并结集出版。近年他每次来沪,看到日新月异的城市大变化,常常激情难抑。同道们希望他能常来看看上海、写写上海。何为受眼疾折磨,只能极有限度地阅读和写作,自从《何为散文长廊》出版之后,他放慢了读写节奏,目前主要写好在《新民晚报》开设的《纸上烟云》专栏文章。他一以贯之地坚持严谨的写作习惯,不求快,务求精,常常字斟句酌,锦心绣口。开垒先生的身体情况不错,看上去神清气爽,他遵循自己和邹凡扬等老同志一道总结出来的健身十二字要诀(脑要用,身要动,心要松,腹要空),经常参加一些社会活动,并坚持适度的阅读和写作,近年来仍常有散文随笔见诸报章。说到养生和健身的话题,座中自有一番热烈的议论。

说起来,几位老友真是谊长情深。何为和开垒结识于"孤岛"时期,共同为柯灵主编的副刊写稿,迄今交往已逾一个甲子。袁鹰和开垒20世纪40年代初就读的校舍,恰好都在南京路的慈淑大楼里,1945年两人认识之后,不论写作或办报,都是同好与同行。袁鹰同何为相识时也仅二十多岁,而后在漫长的岁月里断断续续地保持着联系。1956年何为的散文名作《第二次考试》及"文革"结束后的另一名作《临江楼记》,都发表在《人民日报》袁鹰主持的副刊版面上。何为说多少年来始终得到袁鹰兄弟般的关心。至于陈诏,作为《朝花》的资深编辑兼"红学"家,眼前的各位既是"基本作者",也是经常联系的文友。他认真热忱的编辑作风,常为同道们称好。

在座诸位大多有编副刊的经历,少不了议论起时下报纸的副刊。对于《新民晚报》改版以后仍然保持每天出版《夜光杯》,都感到很高兴。徐开垒说也联系过秦绿枝(吴承惠),今日恰好有事不来,否则就是四大报纸副刊老人的小聚会了。座中谈到,现在时尚的东西很多,但报纸总是离不开新闻属性和文化属性的,传统副刊在与报纸母体的协调发展中,做到既注意吸纳时代空气又坚守自己的文化品质、个性特色,就仍然能够获得良好的生存空间。也说到了文艺副刊坚持"注重名家不薄新人"作者路线的重要性,唯名家是取不妥,轻视培养新人也不对,当前最堪忧的是有些编辑两个方面都不是很用心,而是喜欢用熟人稿,搞小圈子,这种风气不解决,刊物质量必定受影响。开垒先生一向主张报纸文艺副刊的期数不宜少,像晚报那样每天都有副刊是最合适的安排。

品茗之中闲话历历往事,数十年烟云似在一杯间。晚上在弄堂口一家小饭馆里把盏聚餐,一贺袁鹰八十之寿,二贺文友谊聚,又是一番欢畅。

(原载《新民晚报》2004年6月30日)

附记：这次聚会之后，在沪的我们几位以何府为基点不定期地约茶，有几次茶后就到附近饭店用餐。陈诏当时的女友（陈夫人朱琴已辞世多年）作家李女士也应邀参加过两三次。有一次在新乐路"避风塘"茶餐馆聚会，开垒老人还请来了秦绿枝（吴承惠）和姚芳藻两位。何为先生家中的老保姆是湖州人，烧得一手好菜，有时人不多就在家中便饭。我与陈诏在何府吃虾肉馄饨，是最后一次聚餐，不久何老便在晚间上厕所时跌倒股骨颈骨折住院。

# "煮字""裁衣"总关情
## ——陈诏的文化人生

2007年，陈诏先生在80初度的时候又完成了两本新书稿。须知这位著述丰硕的文字旅人的风雨人生中，因1957年的厄运，有21个年头是在大西北的宁夏山区度过的，"复出"之后，在《解放日报》编副刊十分繁忙，个人著述只能靠"熬夜工"，所以这位红学家的"煮字"作文就分外的不容易。而作为老资格的副刊编辑，其"作嫁衣"的业绩也焕发异彩。他是文圈中又一位编、著双佳的"两栖人"。

## 入世之初的艺文缘

陈诏先生从原籍宁波移居到上海的情形，与他的同乡兼同行徐开垒先生十分相似，都是在抗日战争爆发后，宁波城沦陷，举家逃难来到上海。他的父母和妹妹随后到香港去谋生，小陈诏就借住在贝勒路（今黄陂南路）姨夫的家里，并进入附近的震旦大学附中读初中。他在老家有良好的幼教底子，语文成绩尤佳。求知欲极强的小陈诏常常转悠于辣斐德路（今复兴东路）的旧书店、摊，着迷地翻看书刊。在这段时间里，他已把《红楼梦》小说初读一遍，虽则似懂非懂，但曹氏文风已在潜移默化之中影响着他的笔下文字。

寄人篱下的生活总不是长久之计，所以没有等到中学毕业，陈诏就出去务工谋生——在一家进出口行"学生意"。那段时间，他的艺文爱好有了新的拓展，除了写诗作文，还喜欢上了绘画、篆刻和临碑帖。上海是人才聚集的地方，当时享有盛名的"吴门画派"中的"三吴一冯"——吴湖帆、吴待秋、吴子深、冯超然，均在"十里洋场"定居。一个偶然的机会，陈诏获知吴子深有收徒的意图，便鼓着勇气去试探。老陈如今在同笔者说起这件事情的时候，也为自己当时那种初生牛犊的精神所感叹，因为他毕竟功底薄弱，又没有介绍人，然而事情却进行得意外的顺利，仅仅一两次的叙谈考察，吴子深先生便收留了这个年轻人。只可惜他们的师徒关系只持续了一年——陈诏接到父命，要他赴香港经商。那是1949年大变动的年代，一切都不让吴子深感到太意外。不过陈诏在香港只住了半年，生意场引不起他的兴趣，倒是《大公报》《文汇报》上毛泽东等人的文章或关于他们的信息，还有艾思奇的《大众哲学》，这些革命书报吸引着他，晚上则到南方学院的新闻系去上课……当时新中国刚刚成立，来自那边厢的消息也是那么的新鲜，那么的有感召力。风华正茂的年轻人拿定了回内地的主意。这是一个坚定的决断，做父母的是留也留不住的了。

回到上海的陈诏有一段在民治新闻专科学校读书的经历，但不久便考入新闻日报社，开始了他的新闻生涯。现在回忆在报社的那段经历，最让他难忘的是1956年"双百方针"发布以后，文艺界一派生机勃勃的景象。当时沪上三张日报的副刊——《解放日报》的《朝花》（新创刊），《文汇报》的《笔会》，《新闻日报》的《人民广场》（新改版为综合性文艺副刊）形成竞争局面。他受命与马元照一道编《人民广场》，于是四处组织名家文章，所联系的作家中有巴金、唐弢、魏金枝、孔罗荪、傅雷、周作人等驰名人物，并进而"挖掘"出一批退隐已久的文艺家——周瘦鹃、张恨水、吴湖帆、白蕉、范烟桥，使他们的作品重新在报纸上露面。只可惜这段春风拂面的时间太过短暂，1957年风波乍起，他和马元照双双罹难。

## 逆境中，幸有一部《红楼梦》

陈诏被发配的地方是宁夏的穷僻之地同心县，在这儿度过了漫长的岁月。其间除了反右之劫，加上了而后的"文革"灾祸，风雨磨难，难以言喻。值得庆幸的是，即使是在当"牧马人"等的最低谷岁月，陈诏也没有泯灭对于生活的希望。那时节，可以阅读的书，除了红宝书等革命书籍，还有一部《红楼梦》。于是他的行囊中，就一直怀有这个"大部头"。后来去当小学教师，到县里的文教科当干事，生活条件有所改善，他花在"读红"上的时间和精力就更多了。由读进而为"研",那是因为他在一遍又一遍的阅读中渐识这部罕世名著内中堂奥,同时也发现了许多难以解开的谜团。探索的滋味有时是迷茫的,但一旦有所发现,便会获得意外的喜悦。有一位朋友在新华书店工作,便托他买来各种红楼读物,包括三种《红楼梦》脂批本。阅读中,根据脂砚斋批语中所提示的曹家变故线索,查史料,写笔记,大到整个贾府荣枯盛衰的历史背景,小到书中描绘的制度习惯乃至衣食住行的许多细节,都想弄个明白。

随着政治空气的细微变化,除了读红研红,陈诏也有机会看其他的书了。他向熟人借书,谁的书多就向谁借。老陈长久保存着当时的读书笔记,其中有《红楼梦小考》十三本,约二十三万字;《江宁织造曹家盛衰史——曹雪芹家世生平资料》四本,约九万字。红学以外的政治、历史、哲学书的资料笔记也有二三十万字。"文革"中,他被隔离审查,夫人朱琴怕引来更多的笔祸,便把笔记资料丢到了一口枯井里,当时有关《红楼梦》资料的那一部分恰好被一位同好借去,侥幸地保存了下来。

陈诏先生的读"红"研"红",除了与生俱来的求知探索欲望,也是为了打发寂寞岁月。至于后来在这方面实现了一定意义上的"修成正果",步入红学家的行列,那首先是时代的变迁,其次是获得了很好的机遇。1979年,他的"右派问题"得到改正,而在一个偶然的机缘,他的研究文稿得到了中国历史博物馆文史文物专家史树青先生的赏识并予以推介,第一篇专著《略论〈红楼梦〉里对皇权的态度》得以在北京《红楼梦学刊》创刊号上发表,这件事于是成了陈诏命运改变的一个小小"里程碑"。他在那段时间的研究成果,也引起了上海高校相关人士的注意,经红学家孙逊先生推荐,他被借调到上海师范大学学报当编辑。不久便回归新闻单位,成为《解放日报》《朝花》副刊编辑的一员。天顺风暖,陈诏先生的"第二春"开始了,那些年他在编刊工作之余,先后出版了《红楼梦小考》《红楼梦谈艺录》《红楼梦群芳谱》,与孙逊合作撰写了《〈红楼梦〉与〈金瓶梅〉》,并在报刊上发表红学短论、随笔数十篇。

由红学转而关注起另一部古典名著《金瓶梅》,开始对"金学"的研究,其间有他对这部著作独到的理解,也有当时研究空气变化的因素。几年里,在各报刊发表有关"金学"的主干文章八篇,另有数十篇短论和随笔。1993年,他把六十篇短文汇编一册,取名《金瓶梅六十题》,由上海书店出版社出版。1999年,又把那批主要论文加上二百多条"小考",取名《金瓶梅小考》,与增补修订后的《红楼梦小考》同时出版。

## 学林"论剑"见襟怀

对于自己的红学、金学研究,陈诏有冷静的认识,曾一再说自己主要是一个新闻工作者,学术文字只是一些"副产品",因而"从来不敢与真正的专家、学者站在一条起跑线上"。然而人们还是对他的研究成果给予了积极而客观的肯定。他曾担任中国红楼梦学会理事,上海市红楼梦学会副会长。陈诏的治学态度是认真严谨的,也善于与同好之间的交流。邓云乡先生与陈诏相知相交数十年,也是一位"红学迷"。两人见面时常会就这方面的话题切磋交流。老陈在撰写《红楼梦小考》的时候,收集积累了二十几万字的资料,当时云乡正在为自己的《红楼识小录》和《红楼风俗谈》收集素材,看到陈诏的资料笔记,希望能借回去翻看。按常理,即便是亲兄弟,在这种情况下也是有所顾忌的,但陈诏慨然应允,没有二话。后来两人的书相继出版,内容有互补而无雷同,由此留下了一则文苑佳话。

不论是"红学"还是"金学",在探研的过程中都会产生分歧和纷争,陈诏认为对于一部小说的见仁见智很正常,作为学问探讨,应当保持平静的心态,各抒己见,即使有时难免情绪激烈,也要既坦直敢言又不伤和气。他对刘心武红楼探佚的观点有不同看法,也有过争论,但都是在平和的氛围中展开。陈作为报纸编者,刘向他投寄被称为"秦学"的探佚文章,陈不赞成其中的主要观点,但征得相关领导同意后,仍然予以刊登,而且在一年中陆续刊登了四篇系列文章。陈诏编发刘氏文章的理由是:报纸应当有不同的声音,对于一位著名作家的潜心研究,不能因为与编者的意见相左就拒绝发表。接下来,他自己撰写文章,与刘心武展开争鸣,例如,在《也谈秦可卿的出身问题》一文中,以原著为依据,对《红楼梦》中秦可卿这个人物作了多方面的论证和分析,认为心武的研究中也有颇具创见的地方,应予肯定,但从总体上看,"在解释问题的过程中却未免求之过深，以至超越历史，陷入空想，钻到牛角尖里去了"。在而后发表的一篇文章里，陈认为刘沿着索隐派的思路越走越远，甚至称有些观点是"奇谈怪论"。即便从措辞上看，双方的意见对立也是明显的，但这样的争论并不影响两人之间的友谊。对于陈诏的批评，刘心武的态度也是平和的。老陈写完第一篇文章之后，曾寄给他一份复印件，心武读后在复信中说："学术问题原只有（在）坦率有时是尖锐的争鸣中，才可推进大家的认识……"在《红楼解梦》一书的序言里，再次说到陈诏等人给了他很大的推动力。由此可见，作为陈的一方，展示的是大报编辑的大局襟怀和民主作风，作为刘的一方，对论敌的批评表示恳切的欢迎，也是一种坦荡之风。

那些年刘心武的红楼探佚连掀热浪，并因此而名声大噪，陈诏对此的看法是，当前文化思维多元化，各种精神产品都可能拥有自己的受众市场，所以出现这样的现象不奇怪，但仍坚持学术研究必须重考证、实事求是的观点，认为在文学专业的圈子里，许多人对索隐派之类的研究思路是不会赞同的。

## 不寻常的百家书简

笔者同陈诏共事十几年，深知其认真严谨的编辑作风，他对我的工作也有许多热情的支持和理解。长时期中，老陈既注意扶持中青年作者，又十分重视与作家的交往，组织了大量名家文章。他保留着好多名家函件，据他说总数在六百封以上，内中有夏衍、萧乾、汪曾祺、陈荒煤、端木蕻良、周汝昌、周而复、施蛰存、于伶、唐弢、钱锺书、柯灵、徐迟、华君武、冯其庸、王元化、袁鹰等。他同作家的交往中有不少生动的故事，这里略举两桩：

之一：初约钱锺书先生写稿时，遭到婉言拒绝。过了一段时间，老陈再次写信相约，如此往返数次，钱先生终于被感动了，从京城寄来了稿子，是用毛笔写的一首七言诗，题为《陈百庸属题出峡诗画册》，并在附信中申明："万勿寄酬，跋涉赴邮局，拙诗不值得也。"载文付稿费，是报刊的规矩，何况赐文者是一位大名家。陈诏于是想出一个办法：

用一盒高级印泥抵酬。他在给钱老的信中说了这个想法，钱即回函说："……稿费万不敢领。印泥敝处已有四盒，更请勿费事。戋戋之数，即以充贵社福利基金之尾数，如何？此纸可充弟收据之用也……"纵然如此，陈诏仍未放弃努力，他的下一个"行动"是花钱买了一方冻石，请篆刻大家钱君匋先生精刻成一枚"钱锺书"三字印章，接下来的事情就是老陈亲赴京城送印上门了。真所谓是精诚所至，金石为开，这一回钱老不再拒绝，因知道此印刻制出于自己所尊敬的钱君匋之手，所以倍觉欢喜。此次拜望，陈诏见到了先生，并蒙赠由他签名的《围城》两册（另一册是送给钱君匋的）。之后，他和钱先生有更过多的书信往来了。

之二：经于伶先生介绍，陈诏在北京拜望了夏衍先生，并由此开始了若干年的文墨交往。老陈在《回忆夏公》一文中记述的几件事，读后令人难忘。其中一件是：1989年，夏衍把珍藏的纳兰性德书翰手卷捐献给上海博物馆，稍后又把珍藏的一百零一幅包括扬州八怪、齐白石、吴昌硕、黄宾虹在内的名家书画捐献给浙江省博物馆。《解放日报》在刊发消息之前，夏衍给陈诏写了一封长信，历述他收藏这些珍品的数目及当时情形。这些话他在其他场合极少谈及，可见他是把老陈当成知心朋友了。再一件是1990年世界杯足球赛时，球迷夏衍写了一篇文章，题为《看世界杯足球赛有感》，寄给陈诏，附信中要求发表时用笔名"佚名"或"本报特约评论员"，因为如果不"保密"，他将"成为体育记者的采访对象，实在受不了"。文章在《朝花》刊登，我们当然都同陈诏一样，除了报社老总，作者何人对外概不披露。袁鹰先生很赞赏陈诏热忱负责的编辑作风，称他"笑嘻嘻地"向作家组稿催稿的情景，颇像当年的孙伏园（孙先生向鲁迅先生要稿的时候，就总是笑嘻嘻的）。这样的工作态度不仅仅是把约稿对象看成老朋友，而且把约到好稿看成是自己义不容辞的责任。

### "笔啊，我的'情人'！"

陈诏先生编务之余的自身写作，一直没有停止过。除了学术著作，他还结合当前社情时闻，以虞兮、思藻的笔名写了许多杂文，出版了杂文专著。与此同时，他对饮食文化有浓厚的兴趣，广征博引，精心编写，先后出版了四本这方面的图书,其中有的还在中国香港、中国台湾和日本出版,产生了较大的影响。如果把各种版本计算在内,其出书总数已经接近三十本。

老陈至今仍用笔写文章。前几年也曾有过用电脑写稿的念头,但并未下决心去学,除了自感年纪大了学起来吃力,还有一个重要的原因是他有浓浓的恋笔情结,在一篇文章中他如此写道:"……对笔我有特殊的情缘,我愿意终生守护它,陪伴它,苦恋它。即使笔进入历史博物馆,我也愿意做一个殉葬者。——笔啊,我的情人!"一切都已很明白,为了这个"情人",他是要与之共存亡了。这些看上去颇具悲壮色彩的话语,折射出一位视笔和文字为生命的文化人的真诚心怀,那支蘸满了自己生命激情的笔,那支与社会人生的命运紧相连的笔,对于他来说真的是太重要了。

(原载2008年4月号《上海滩》,刊出时题为《红学家陈诏》,收入本书时有删节)

附记:陈诏先生的夫人朱琴去世之后,他单身多年,后来在朋友的鼓励帮助下,与一位江苏李姓女作家走到一起,一段时间里情况蛮好,文艺部的同事见到他的时候都表示祝贺。当时老作家何为先生常常邀约徐开垒、陈诏、沈扬几位到他家里吃茶聊天,有几次还到附近的餐馆点菜吃饭,记得老陈的这位女友也参加过两三次。早期从上海走出去有较长军旅经历的李女士,也是我们的作者,《朝花》刊登过她的《裸浴》等散文作品,所以笔者及我的同事老友季振邦,还有老领导陈迟,对她都是熟悉的。陈诏同她在一起后,还曾来到曲阳路我的寓所吃饭聊天。但是好像没几年吧,李女士给我来过两次电话,最后一次告诉我由于一些很烦的缘由,她融入不了他们这个家庭,所以考虑再三,决定分开。过后不久,好像就回到南京去了。2017年春节前夕我和老伴梅剑芳去龙华路老陈的宿舍看望他,他很热情,话也不少,但交谈中常常答非所问,我问他我的名字,他想了一会说不出,我又说了几位《朝花》老同事的名字问他,他都微微摇头。后来曾听同事老友任持平说,他去看老陈的时候也是如此。

## 枯荷听雨心亦静
——读陈丹晨随笔

陈丹晨先生是巴金研究者，他的《巴金评传》《巴金的梦》(两部)，名播远近。从20世纪80年代起，他在研究工作的同时，写了许多散文随笔，出版多部专集。他也为《朝花》写稿，但我与陈先生联系的时间不长，在北京的时候，倒是先后两次登门拜访的，其中一次因他外出而未遇。20世纪90年代的那些年，他同唐达成、刘心武等都住在安外东河沿的一栋大楼里。由于编务缠身，我每次赴京，开完会之后总只能停留一两天，因时间紧，看望作者就采取不预约的办法，做不速之客。按理说这样做是不大礼貌的，但效率确乎提高了。有一次一天之中看望了四人，如先约时间，大约至多看两位。

经我之手编发丹晨先生的作品，印象较深的有两篇：《母亲的遗像》和《三等车中》。前一篇寄稿的时候，丹晨在信中说：

沈扬兄：

    承兄错爱，屡蒙招邀写稿。前又光临寒舍垂教，不胜感激。今奉上小稿两篇，不知是否合乎尊意。其中一篇《母亲的遗像》，虽然记叙的是我对先母的哀思，但是真正的寓意是，想唤起人们对我母亲那样千千万万在人间悄无声息不留痕迹而走过的女性们表示一点敬意。因为他们生前身后都是完全被人们所忽视忘却的。所以敝帚自珍。弟比较看重这点意思。不知兄以为如何？有何问题，请随时函电指教。陈诏、振邦、志华诸君，便中烦劳代为致意。

    即颂

夏安！                                                              丹　晨　七月二日

《母亲的遗像》的感人之处，除了做儿女的在处于昏迷中的母亲身旁守护的日日夜夜，还在于面对老母，追忆她九十一年的人生经历。——子女经历的所有人间悲苦，所有的世道坎坷，都紧紧地连接着母亲的心。这一辈的母亲们经历的苦难最多最多，但她们每每默默无声，把一切都埋在自己心底里。丹晨坐在弥留中的母亲的面前，心头深深的悲凉中，是对整个这一辈中国女性命运的感喟和思索。读丹晨的信、稿，我自然十分赞同他看重的这一份"意思"，也引起了我内心情感的共鸣。陈丹晨的不少散文随笔写普通人，他的心里也是有着一个平民情结的。1997年7月19日刊登在《朝花》的《三等车中》，也是这一类的文章。那次他从上海回北京，坐了一趟普快客车，此种车子，其设备和服务大抵相当于过去的三等车。正是在这一趟列车里，在夜以继日的二十一小时旅程中，他看到了各色人等的平民旅客，以及由他们带来的城乡信息。后来上车的旅人中，有两位异国姑娘，与他相邻而坐。开始时他觉得有点诧异，外国青年也来坐"三等车"！后来在交谈中，知道了两位女子分别来自荷兰和日本，是到中国来进修汉语的。在他们的国家，子女到了这个年龄，父母已不再"包起来"，让他们尽可能地独立生活，所以他们在中国勤工俭学，自然要考虑坐车的节俭了。这一路的见闻，坐"头等二等"车是未必会有的。丹晨因研究巴金而熟悉先生的早期作品——1933年的时候，巴金写过一篇随笔，题目就叫《三等车中》，那是作者在津浦线列车中的见闻。六十几年了，"三等车"里的风景早已今非昔比。我于是想，如果把时隔一个甲子的两篇同题文章放在一起读，从中体味社会和时代的变迁，一定是挺有意思的。有一年春天，丹晨访问台湾回来，寄来一组访台随笔，记得文章取材的着眼点多半也是普通的台湾人，或者说台湾人的凡常生活。

　　陈丹晨先生祖籍浙江鄞县，在上海长大，而后北上求学，毕业于北京大学中文系。曾先后担任《中国文学》编委，《光明日报》文艺部负责人，《文艺报》副主编。在京华之地的文化圈里办报写评论文章，经历各种各样的风云变幻，笔下文字难免会受政风时流的影响。纵然如此，善于学习善于思考的他，总会为自己创造一些条件，让心平静下来，进行一番自我梳理和检视。1995年他出版了一本文艺评论集《在历史的边缘》，后记中有这么一段自述："我对过去所写的批评文章的话语、思维方式等等感到厌倦，但又找不到新的出路。我深感自己的理论学识远远不能适应新的学术思想水平。"这当然是他经过梳理、反思之后的困惑和自省。他看到了文化现象中许多盲目的东西，痛感理论联系实际，坚持实事求是作风的重要性。在以后的日子里，他并没有间断自己的文学研究工作，但更注意了把文学现象与不同时代的文化特征联系起来考察和思量，务求避免片面、极端、武断等的批评通病。在探讨邵荃麟先生人生轨迹、文学思路的一篇文章里，陈丹晨引用了韦君宜先生《思痛录》中一些振聋发聩的醒世之言，深感只有认真汲取过去年代那些沉重的历史教训，才能把握好前行的方向，做一个正直的知识分子。

丹晨先生有扎实的理论功底，他的随笔作品中，常常理趣情趣兼具，好读而不乏内涵。"理"也不在言多，每每点到为止，让人去思考。比如，有几篇文章，讲国人的一个"习惯"——动不动就要搞"全民"——全民炼钢，全民灭麻雀，全民写诗歌（他在大学读书时曾响应号召一天写出一百首诗歌），到了改革开放初期，许多企事业单位忽然来了一股发西装风，差一点就要全民穿西装了。丹晨把此种现象归结为"创造性"，其"潜台词"当然就是我们多了什么创造性，少了什么创造性。

陈丹晨喜欢荷花，这倒不是一件什么新鲜事，因为爱荷的人多着呢！但确实又有"新鲜"的地方：他极喜欢业已干枯的荷叶，秋冬时分，一个人坐在公园一隅的荷池畔，看一塘枯荷，在秋风中瑟瑟作响。此时此刻，他会想起李义山的诗句："秋阴不散霜飞晚，留得枯荷听雨声。"这是陈先生喜爱的一种情境。"枯荷雨声"告诉了他什么？他想从"枯荷雨声"里听到什么？他静静地体味着，思索着。静物静境，能够洗涤人的心和眼，能够让人在最平和的空气中变得异常的清新和聪明起来。在丹晨另一本随笔集《自然而然》里，他归结了如下的人生心语：不矫揉造作，不虚伪矫饰，不刻意经营，不死乞白赖，不削尖脑袋，不处心积虑，不锱铢必较。一切求其自然而然。这就是他对俗尘世事洞察之后提升出来的做人道理。从自然而来，归自然而去，自然而然，是人生的高境界。我于是想，这么些处世良言，陈先生就是在枯荷听雨那样清寂无扰的情境里感悟出来的吧！

（原载拙著《朝花怀叙录》，远东出版社 2008 年版）

## 俞天白：岁月中的打磨

俞天白先生写了许多部小说，这是众所周知的。在十年前出的一本散文集的后记中，他有如此的表述：小说写了一大摞，"可是基本上没有触及我生活仓库的积累"。对此我们可以做这样的理解：他的"仓储"充足，除了小说所需，还有许多是留给散文的。

作为小说家的俞天白，其实也是喜欢散文写作的，只是那些大题材的小说一部一部写过来，难以两顾了。不过我在与天白的交往中，仍然觉得他是善于见缝插针地安排时间写散文的。每当小说写作处于攻关的阶段，会好长时间没有他的"声息"，一旦稍为缓和下来，每每便会收到他的散文来稿，或者接到他的电话，说写好了一篇稿子要寄来。这里摘录两封来函：

沈扬同志：

............

多谢您对我创作的热情支持，总是及时刊用我的稿子。我曾给您打电话，可惜您外出了。

长篇已给《当代》取走……可望不久刊出。五十八万字，我感到太长，想压去一点。今年打算再写一部，预计三十万字。出来即呈上请教。

乘这间隙，又写了点短文，为还一份心债也，请多多斧正。

握手！

俞天白

1月15日

惠示早收到。望对拙作多提意见。《漂浮》是第二部，第三部《淘沙》，即将脱稿，五十多万字。出书后再呈上请教。

因日本经济新闻社翻译出版《沉没》，上个月，我夫妇被邀请访问了日本。感受颇多，近日抽暇写了点短文，今呈上请改。如能借贵报副刊

一角披露，十分感谢。（10月26日）

　　从上述函件中，可见天白总是利用长篇创作的间隙写散文随笔。前信中所说被《当代》取去的那部小说稿，是指《大上海沉没》。"今年打算再写一部，预计三十万字"，那就是这套系列著作的第二部《大上海漂浮》了。后一封信，是在《漂浮》出版之后，第三部也写得差不多的时候寄来的。所称"淘沙"，是原先拟定的题目，全称《大上海淘沙》。后来我们没有看到这本书，而是有了一部《大都会》。关于这个情况，天白先生有过解释：自《大上海沉没》出版之后，用"大上海"什么什么做题目的图书"一窝蜂"而来，倘若再来一个《大上海淘沙》，便有了"套路"的味道。另外，天白考虑到前面两本书所反映的上海，是1991年以前的情形，到了第三部的时候，这个城市已经发生了较大的变化，其现代大都会的气质和城市规模，用"淘沙"描绘已不是很确切。于是决定改变系列作品惯用的模式，不再把"大上海"继续用下去，第三部取题《大都会》，而后的第四部就是《金环套》了。

　　日本的经济新闻社翻译出版了他的日文版《大上海沉没》，并邀请他们夫妇访问日本。那时《大都会》到了"杀青"的阶段，他回国后不是立即投入"杀青"工程，而是赶紧把他的访日散文写出来。他在信中所说的"短文"，约两千来字，题目叫《沉重的轻松》。天白在日本看了几个城市，特地留意了这些城市的建筑，一个突出的印象是建筑设计者的"独具匠心"：一方面，他们要考虑现代人的生活习惯和审美要求，另一方面，又得尊重自己的民族传统。即是说，不能一概的"新"，也不能一味寻旧。这样从文化的意义上来说，过去和现在，古典和时尚，在总体风韵中都得到了较好的观照。之所以称此种现象为"沉重的轻松"，俞先生作如是解释："这里所说的沉重，是指一个民族千百年来一代又一代的文化积淀；轻松，是指如此巧妙而又熟练地结合和运用，很使人有举重若轻之感。"在这里，俞天白说的似乎是建筑，而引起他思考的不止于此。文章中有个地方在"沉重的轻松"之后加了一句——"或者说轻松的沉重"，其实正是指出了两者之间存在着转化的可能性。

　　许多事情都是有它内在的关联性的。沉重与轻松，对俞天白来说并非全是日本见闻中的偶然之感，他的文学实验中就不断地经历着几乎是同样的这个"道理"。天白曾有如此的述说："我是中国传统文化的产儿，自幼接受中国传统的家学，我所生活的江南小镇，和唐诗宋词中的意韵溶成一体，早已铸造了我的气质。"然而，这位在岁月的烟尘中不断打磨手中文字的文艺家，很快认识到如果一味固守传统而不接受新鲜事物，是创作不出有实际价值的东西来的。所以他很快接纳了西方文学大师，也积极投身到现实的社会生活中去。我们在俞天白的创作活动中，可以感受到他在这方面的"明白"和自觉。大上海系列小说第一部《沉没》问世后一炮而红，他意识到要把故事深入下去，必须用大气力，沿着经济建设和社会发展的主线，多侧面地去探看和把握这座大都会的生命脉息和城市品质。为此他用了十一年的时间，深入到上海经济、金融等的各个领域。为了对敏感的股市进行"抵近观察"，他曾到《上海证券报》工作，报社为他设立了"文学工作室"，还进入股市，亲自操盘买卖股票。那时他住在零陵路，我住在龙华路，有时遇到，就会问他股市行情怎样了。虽然我对此一窍不通。说真的，当看到他在小说的人物介绍中有"×××，证券公司交割员；×××，证券公司操盘手"这样的字眼的时候，便会想象天白在股市里"真实的客串"的忙碌情景。

我相信，在俞天白的创作生涯中，经常会碰到这么一个问题：曾经"浸泡在传统文化里"的他，如何把那些经受了考验的历史积淀与鲜活的时代生活"巧妙而熟练地结合起来"。围着这个课题，他通过不断地调整、打磨，一次又一次地取得了成功。除了小说，应当说他的散文随笔创作也是有不小的成绩的。大凡小说家写散文有两种情况，一种是仅仅作为一种调剂，或者是为应付报刊约稿，写得过于随便，因而"留"不下来。另一种是同写小说一样的认真，甚至根据散文的文体特性，付出更多的辛劳。天白属于后一类。从其散文作品中，一样可以体味到他融合传统和现实的努力。他的此类作品中常有鲜明的时代气息，有自己对于事物的独到的理解和评判。他的作品是有思想的。

俞天白当过文学编辑，熟悉编辑意图，对编辑工作的甘苦有切身的体会。《朝花》有时举行征文活动，向他约稿，他总是积极响应。这里有信为例：

……我在认真准备给贵刊的征文,为了这篇文章,我特地在联系直升机,从空中俯视上海一次。如您有兴趣,届时将请您一起飞一次……(4月9日)

看得出,他不但如约应征,而且已确定了题材方向,并为此进行联系,打算乘一趟直升机,在空中俯视上海,还邀我同往。对于此事,他在后一封信里(4月22日)有具体说明:他的一位朋友打算在上海建立一家航空公司,主要用于城市救灾抢险,有可能于5月上旬航行。后来记不得是什么原因,此举没有实现,不过天白的征文稿还是如诺完成,当然内容与"俯看"无关了。

记得俞先生赠我的第一本书,是1987年出版的长篇小说《愚人之门》,写的是一家文学刊物编辑部的故事。当时我便与同事说,这是一本编辑写编辑的书,我们读此书,就是编辑看编辑写编辑的书了。"绕口令"中,感到的是亲切和贴近。从此往后,一直到近时的《留德家书》,天白的主要著作,我大多得到赠书。我也常想,这位多产作家所取得的丰硕成果,是用自己的智慧和极其勤奋的劳作换来的,是在对"沉重中的轻松""轻松中的沉重"的不断探索和调整中实现的。

晚境中的俞天白关注家乡义乌(著名国际小商品城)的经济奇迹,不写不安,于是耄耋老人再出发。

(原载拙著《朝花怀叙录》,远东出版社2008年版)

# 吴 欢 章
## ——论者眼光　诗性情怀

　　初识吴欢章先生的时候，已知他是著名的诗歌理论家，散文理论家，当时他已出版了《散文艺术论》等专著。记得 1991 年那一年，吴先生赠我一部由他主编的《中国现代十大流派诗选》。对于诗，我虽在门外，但赏读之中确实感到很有所得。中国诗歌流派的存在是一个客观的事实，但过去似乎未曾有人对此进行过专项研究，所以一些诗人的流派归属也不清晰。吴欢章和他的编写班子通过大量的工作，完成了这项具有建设性意义的工程。我还记得自己是看了这部诗选，方才晓得革命文艺工作的组织者冯雪峰早年原来是"湖畔诗社"的成员，他的诗作《伊在》《卖花少女》，真的有一种别样的美意。还有蔡其矫，一首抗日题材的《肉搏》，写得壮怀激烈，因而他是归入晋察冀诗派的。从而也进一步明白，中国新诗的进步，是在一批大诗人的智慧和汹涌奔流的诗歌流派交叉结合中向前推进的。1993 年得到吴先生的第二本书，是由他主编的《元勋文采》诗选，内中收录了三十余位老一代无产阶级革命家的诗词。在序文里，吴欢章称这些诗篇汇集拢来就是现代中国革命的辉煌诗史，也是现代民族精英的心灵史。

　　在那些年里，吴先生给《朝花》的稿子，有评论文字，但散文和诗歌更多一些。从他给我的一封信里可以看出，从相对专一的理论研究转为研究和创作实践并重，正是在这个时候开始的：

　　……惠寄报纸收到，十分感谢。我对《解放日报》怀有一种特殊的感情。当年我在文艺评论上起步，是在《解放日报》开始的。近几年我在散文写作上正式起步，也是在《解放日报》开始的。我衷心感谢贵报许多朋友……对我长期的关怀和帮助，你们一直是鼓舞我笔耕不辍的一种力量。

近期抽暇写了一篇《黑人老司机》，这个素材在我心里已酝酿好久了，现寄上请审正。这趟去日本，也有不少感受，等有空写出来再请您指教。

我为纪念毛泽东同志诞辰一百周年所主编的《元勋文采》业已出版，现寄赠一册，请您教正。（1993.12.20）

吴教授总是那么的客气。其实编者和作者，是一种互动互助的关系，作者需要发表作品与读者交流的园地，报纸也需要作者提供好作品来支撑版面，满足读者的需要，彼此相辅而相成。我们是一直这样认为的。此后他在《朝花》发表的作品中，有《关于新诗的沉思》《读新发表的毛泽东诗作》等诗论，更有一批散文、诗歌作品。其中有篇散文的题目叫《香港，不平常的一天》，由于内容确实不平常，所以我一直记得。那次吴先生赴港的时间，离香港回归只有一百多天，所以他想利用在港逗留的几天，多听听看看香港同胞对于重回祖国怀抱的感受。孰料到港后刚住下来，就听到了一个最为不幸的消息：敬爱的邓小平同志与世长辞。吴欢章站在大学的校园里，觉得眼前的杜鹃花、凤凰木等都已失去了色彩，而接下来所看到的情景，又使他心潮难抑。他在文章里写了这么两个细节：几位白发老太太在新华社所设灵堂的小平像前长跪不起，工作人员搀扶她们起来的时候，老太太号啕痛哭，口里喊着："邓小平是好人啊……"吴先生与一位报摊老人交谈，说到了邓小平没有等到香港回归那一天就离去，太可惜，老人认真地说："他老人家的英灵一定会来的，他一定会保佑香港的繁荣昌盛的。"吴欢章想听听看看香港同胞关于回归的感受，现在是最真切地听到了，看到了。这些情景，这些声音，正是这个岛城重回祖国怀抱的最为厚实的精神基础。吴欢章很服膺"诗缘情"的道理，写诗的时候，情感所至，便觉得"诗意来叩门了"，不能不写了。散文创作也是这样。在香港的一天里经历了那样的大事情，大情感，不写怎么行？他的另一篇散文《曲之恋》（1998年6月29日《朝花》），同样是在"不写怎么行"的情感驱使下完成的。作品记述了前后三次聆听小提琴协奏曲《梁祝》的情景。第一次听到它的旋律的时候，曲子刚刚面世，那深沉优美的曲调摄人心魄，一些学生听着听着连开饭的时间也忘记了。第二次听曲,是在禁区林立的非常年代,耳闻熟悉的旋律,刚停住脚步,曲音戛然而止,看到的是门缝里一双惊恐的眼睛。第三次再闻此音,是1978年前后的一个傍晚,春回大地,曲声显得特别的美丽特别的亲切,以至于惊喜的人们为此曲的再生而奔走相告。三次听《梁祝》,一样的艺术魅力,却因社会背景的变化而演化出大异的情景,名曲经历的这段历史,折射出民族命运遭遇的曲折,所以这一次的"诗意叩门",有了极其复杂的内容,散文承载的情感倾诉,也便有了深沉而厚重的艺术力量。不论是《香港,不平常的一天》,还是《曲之恋》,其情其感,都是客观的社会生活在作者头脑中的反映,所以吴先生力倡创作不能脱离生活,他自觉地到生活中去,陶冶情操,吸纳创作养料。我们总能从他寄来的作品中感受到一位文字行者勤于观察勤于采撷勤于思考的不懈努力。

有理论研究的眼光,又有积极的创作实验,逻辑思维和形象思维融合,吴欢章的一些散文便常常既有艺术氛围又有学理意味。他曾出过一本散文集《阅读美丽》,纵看全书,这样的特点颇为明显,正因为如此,余秋雨在这本书的序言中称之为"学者的散文"。

吴欢章先生的诗歌创作也是很有成就的。他年轻的时候就爱诗,在不同的阶段进行不同的尝试,早期写过不少新体诗,后来写半新不旧的绝句体。他认为任何文化都是在继承之中发展的。对于古代的诗歌传统和艺术智慧,应该批判地继承,应用于新体诗歌的创造,即便是古典诗歌的形式,也应该继续加以采用,有所革新,有所发展。他的"半新不旧"的诗作,就是在此种观念指导下的实验。他在一封来信中也说到了这一点:

……一直忙,很少写作。前几天,去了柳亚子故乡黎里镇,回来得诗三首,现寄上,请审处。

我这些小诗,系绝句体,只取绝句之神韵,求其精练,表达感受,平仄不大讲究,只要上口即行。这样一类的小诗近几年在各报刊发了百多首,我只当它古体新诗写,现仍在摸索之中。尚望赐教为盼……(4月27日)

看得出，吴欢章是结合自己的创作实践，悉心探索诗歌这一文学样式在自古至今的"历史通道"中的生存、发展轨迹，以找出其文体特性中最富生命力和影响力的东西。像对散文的探索一样，吴教授在这方面也是一往情深，既是论者，又是歌者。有创作经验的推动，他的诗歌和散文理论研究做得更扎实，先后又主编了《20世纪散文英华》《世界文学金库·散文卷》《台湾美文英华》等选本。迄今他主编的各类著作已达二十余部。从吴先生常说的一句话里，不难看出他集研、创于一身的初衷："理论应该倾听实践的呼声。"与此相应的另一句，那自然是"实践需要理论的指导"了。

　　因都在上海工作，我和吴先生常有见面的机会。他的为人就像其文字一样，充满了热情和真诚。有时我们也会在采风活动中相遇。记得有一次在五角场附近的金岛大厦，从二十二层楼的阳台上往下看，因这个地块的改造工程业已启动，五街交汇处原先的中心绿地不见了，所以我竟有"找不着北"的迷惘感，还是吴教授为我指点迷津，他虽早已任职于上海大学，但一直住在学习和工作了二十几年的复旦大学宿舍区，晚饭后散步常常走到五角场，对这里的地形方位太熟悉了，所以即便有大变动也难不住他。当然他对这个昔日旧镇今朝面临的"脱胎换骨"的大变化，也是感叹不已。

（原载拙著《朝花怀叙录》，远东出版社2008年版）

# 陈 祖 芬
——字里行间，有时代的脉息搏动

陈祖芬早年爱诗歌，后来与散文、报告文学结缘，尤以报告文学创作成果名播远近。祖芬女士也写了好多散文，20世纪90年代我在《解放日报》编《朝花》副刊期间，多次编发她的散文作品。"诗心"女孩到了成熟的年纪，诗的情怀依然陪伴着她，文阡字陌中，常有诗意的倾情释放。20世纪90年代的南国深圳，是大开发大建设的"井喷"期，全国各地的热血人士奔赴这方土地，投入建设热潮。1994年入冬时节，作家陈祖芬一来到这座处处是工地的都市，就被一些"动态画面"深深地吸引。心动笔动，是"在场"文人的生活常态，11月3日，《朝花》刊登了祖芬女士寄来的散文《深圳不相信牢骚》，作品的背景是那些天深圳连日暴雨，不完善的城市地下管道承受不起老天爷的突然袭击，马路大积水，那可不是一般的"出行难"了。此时此刻，站在路边一角的陈作家看到了如此一幕：操着各种不同口音的"赶路人"没有停下脚步，"一张竹门上平放两只轮胎，连'船'带座都有了；一块木板下面绑两个汽油桶，就是一条漂浮的'船'，赶路人推'船'而行；还有人在水中推着一大块石棉板来了，石棉轻，比油桶好使……"女作家以激动的心情、朴素的文字记下这些"画面"——深圳人在千百般的困难面前不是怨天尤人，而是以非凡的热情"马不停蹄"争分夺秒大干巧干，所以陈祖芬接下来写道："深圳不相信牢骚，解放的精神和独立的个体，使中国人重新拾回了勤劳和智慧。"她从一个又一个"动态"画面中看到了开放大潮中"深圳速度"强大而自觉的社会精神基础。文章发表一个多月后的12月下旬，笔者收到祖芬从深圳寄来的贺年卡，新年即将来临，南国马蹄花开，对于这座朝气蓬勃的南方新城，我们的文学家舍不得离开呢！

陈祖芬也写过江南名城杭州，那是多年之后的2006年，她在《朝花》发表一篇《西湖重》，业已退休多年的笔者以普通读者的身份阅读此文，仍然深受感染。女作家对西湖之美自然也是倾情欣赏，《西湖重》中也有对杭城湖光山色古桥老树荷芳茶香的生动叙记，但女作家的"另一只眼"，每每引她越过眼前的诗情画意"向深里看"，于是一个又一个历史人物历史故事向她走来，"杭州从《济公传》到《白蛇传》，更有伍子胥、岳飞、于谦、文天祥、龚士珍、张煌言、李叔同和一代儒宗马一浮等名人志士"，站在西湖边的祖芬女士思接古今，感叹岳飞之于杭州，苏轼之于杭州，李清照之于杭州，张苍水之于杭州……是的啊，正是这些独特的文化符号，其精忠魂，爱国情，成了这座湖泊城市生生不息的精神"内力"，女作家接下来记录了袁枚的诗语"赖有岳于双少保，人间始觉西湖重"，而今日的西湖人呢，那就是"喝着龙井茶，剥着莲蓬，论剑称雄，写着今日的西湖重"。

1997年我出差京城，曾去团结湖陈祖芬寓所看望她，我们叙谈的地方是一个书房，邻近的几个房间里也到处是书，桌上放不下，就"堆砌"在地上。进门以后，我就是在这些书堆旁三拐四曲进入叙谈的房间的，当时脑子里便闪过了"书山有路"的念头。入室处上端有"无梦斋"匾额，显然是刘梦溪的书房，梦溪先生是祖芬的大君——当时是《中国文化》杂志的社长兼主编，此刻，和蔼可亲的刘先生为我这个来访之客端来了一杯香茗。

平时与陈祖芬函稿往来，也在电话里听到过她的声音，但只有面对面坐着的时候，方才觉得我们是真正地认识了。她说话的节奏比较快，脸上常露笑容，谈当前的创作，也谈自己文字生涯的经历。祖芬是上海人。于上海戏剧学院毕业后分配在北京市一个区的文化馆工作。她走上文学创作的道路纯属偶然。周恩来总理逝世后，出于对伟人的景仰和爱戴，她流着眼泪写了许多诗。有人发现了她的写作才能，便托她写一份申诉材料。材料的内容引起了祖芬内心的激情。写作中，她用了一些文学笔法，有时还用了诗的语言。作为申诉书，这样的写法不规范，所以被有关部门退了回来。祖芬不愿再改写了，她把材料套了个信封，放在《人民日报》的收发室。她并不指望材料发表，只是觉得花了心血和时间，把它交到报社，算是有了一个结局。如此过了一个多星期（1980年9月），陈祖芬收到《人民日报》编者的一封信，信里说她的那篇文章写得很好，将作为国庆稿件全文发表。这篇题名《祖国高于一切》的报告文学在《人民日报》刊出的同时，中国的一位报告文学作家脱颖而出。

1997年的陈祖芬已年过半百，但她坚信年岁可以增长，但心不能衰老。我所看到的陈祖芬，留着学生头，"前刘海"一直垂至眉毛，略黑的脸色中衬托着一双明亮的眼睛。那些年她经常穿露出小腿的裙子或袜子，特别爱穿球衣球裤，以至于在某一个场合，有人误以为她是学校的体育老师。陈祖芬自己的工作间里净是书和纸，显得有点儿零乱。一张极其简单的小桌旁经常放着方便面。她正是在这座平常的居民屋，这张简陋的小桌子上不停地耕耘，不断地收获。到这次访谈的时候，陈祖芬已写了十八本书。"现在我很想写一部长篇小说。"她如是说。祖芬的弟弟是著名棋手陈祖德，她应我的询问讲了胞弟新近的一些情况。

陈祖芬赠我的图书，有一本书名叫《爱之圆》，副题是《陈祖芬观念变革手记》。全书三十二篇文章，都是用1，2，3，4……的片式文字串接起来的。书中富有思辨色彩的诗性话语，看似零星，却从一些侧面反映了她的思考方式和人生主张。诸如此类的作文形式，那些年常常出现在她的新作中。祖芬思维活跃，极善联想和发挥。她是有一点发散性思维的。有时候，其想象力中有明显的浪漫色彩，甚至觉得有点儿荒诞，但行文到一定"节点"的时候，她会适可而止，用自然的手法把"文路"归拢到"逻辑"中来。当然任何探索和实验不会每次都是顺畅完美的，笔者觉得陈祖芬笔下的有些篇章，在运用散文的"随意"特性的时候也有过于随意的情形，即在提炼主题，谋篇布局时的设计不是很严密，可能会有点儿"水分"，有点儿结构的松弛感。这大约同写得多、发表的频率高是有关系的。其实此种现象在当红的文艺家中并不鲜见，或正如先辈顾炎武所言："今人著作则以多为富，夫多则必不能工，即工亦必不皆有用于世，其不能传，宜矣。"

（初稿刊登于《解放日报》1997年7月24日，题为《不写诗的诗人》，本文为新近的重写稿）

## 26 楼咖啡厅，程乃珊来了

　　早在 20 世纪 80 年代的时候，程乃珊女士就曾在《朝花》刊登散文作品。1990 年她定居香港，陆续给陈诏先生寄来文稿，记得第一篇是题为《那一个平安夜》的散文，写得很美。在创作此文的时候，乃珊的老祖父母先后在港去世，她一个人住在开窗见得着海的小岛上，虽然没有了老人的呵护，但心态是放松了，内中的一个情节是为欢庆平安夜，她同一位女友在海边尽情唱歌，竟至唱了一个晚上。文稿很快便在《朝花》刊登。

　　1997 年过新年的时候，乃珊女士飞来上海，此时她的一本散文集《双城之恋》正好在上海出版。春节假期刚过完，陈诏先生说程乃珊要到报馆来看望我们，顺便带来她新出版的书（当时的《解放日报》在汉口路 300 号新建的高层大楼里），我说那么就在二十六楼咖啡厅接待她吧，也可以一道看看浦江风景。那天下午我先到咖啡厅，不一会儿，程乃珊来了，除了接应她的老陈，还有乃珊夫君严尔纯先生。严先生穿着深色西服，说话温文随和。乃珊着素色衣衫，短发下的白净脸庞因有一副镜圈较大的近视镜而更显几分文气。

　　那天下午在咖啡香的陪伴下，我们说了好多话，大抵离不开她的双城生活和《双城之恋》这本书。说话间，严先生从一个便包中取出两本书，在我们的祝贺声中，乃珊掏出钢笔，就在咖啡桌上签名赠书。1997 年的时候程乃珊已在香港居住六年多，我们问她是否继续在那儿待下去，或者打算回来，乃珊说多少人都这么问她，"我总是要回来的，不过可能还要过几年"。我们知道生性温和的严先生对夫人的文学创作一向全力支持，文稿处理和出版等的许多具体事宜也由他一手操办，加上生活上的照料，所以有"模范丈夫"的誉称。我们称赞尔纯先生的时候，乃珊也显得很开心。接下来说了一些近期活动和写作打算，仍与"双城"有关，可见上海和香港这两座城市，在程乃珊精神生活和文字活动中所占的位置。

后来读了《双城之恋》，便觉得在程乃珊身上发生如此的"双城恋"情愫，是很自然的事情：出生在上海，两岁多一点随父母移居香岛，接受那里的早期教育。到了某一个年头重回上海，读书，工作。1990年两度赴港居住，直到世纪之交时再一次"叶落归根"。我们的女作家同两座城市的关系，真的不亚于过去年代的那个张爱玲，难怪有人要在程乃珊的生活经历和文字轨迹中寻找她与张爱玲的某种"继承性"了。

常常有人问程乃珊，对于这两座城市，自己的情感偏向哪一座，她总是毫不犹豫地回答"我明白我是属于上海的"。不过读她的《双城之恋》，你会发现乃珊女士对这两座城市的矛盾心理，一方面确认上海是自己的"根系所在"，另一方面又念念不忘香岛的一切记忆，包括那"十分熟悉的镂花钢窗"，还有她所喜欢的明星夏梦、石慧、朱虹以及她们的电影。20世纪90年代初去香港的时候，好多人以为她多半是为了获得那个岛城的生活经验，以便于积累写作素材，后来却终于明白，这样的猜度并不全对，写作的因由是有的，但主要的还在于她记事年代就熟悉的那座城市，以其特有的繁华、开放和美丽，对她有着一种难以言喻的"磁性"吸引，以至于乃珊把自己对它割不断理还乱的情愫戏称"初恋情人"，甚或是"婚外恋"。

正是那样的"磁力"，让程乃珊执意地投入它的怀抱。她要用自己的手去触摸这座城市的生命脉息，就像用自己的手触摸上海的生命脉息一样。如此抵近性的"触摸"，自然也是有益于她的创作活动的。我们后来读程乃珊写上海写香港的文章，可以感受到她对这两座城市的熟悉程度，不是表层的、浮面的，而是真正贴着它们的生命脉息的。

那次咖啡厅会面之后，我陆续收到程乃珊寄来的作品，如《童话的革命》《泰坦尼克号和其他》《李小龙的启示》等。读这些文章，觉得扩大了视野的女作家观察事物时有了多重视角，每每显示新鲜而开放的见解和别有意味的体悟。一直记着她对《泰坦尼克号》影片中那段爱情的剖析：一对恋人爱得很深很深，男人已经冻死，仍紧紧握着女人的手，此时某处出现了生命的曙光，女人毅然脱离爱人的手，她选择了生命。过去的梁山伯与祝英台、罗密欧与朱丽叶，都以男女恋人同归于尽的方

第一辑

式显示爱情的坚贞和升华,《泰》片颠覆了如此的固有模式。程乃珊赞扬这样的"颠覆",认为"好好地活着,但一辈子念着那个挚爱的人",并不会改变爱情的真实,也不背离爱情的本质意义。她还认为,这部影片之所以引起观众强烈的情感共鸣,正好说明它适应当代社会的价值观念,更合乎人情和人性的内在要求。眼界和阅历的变化,使程乃珊的作品有了更多的信息元素,也有了更多别具深意的伦理思辨色彩。

对上海这座城市,乃珊女士写了许多,但她似乎不是一个怀旧温情主义者,她有吸收新鲜事物适应时代变化的精神准备和敏感性。在一篇文章中她写道:看到一些熟悉的东西被拆除消失,心头有一种失落感,但一旦在原地出现一座新的建筑的时候,"失落中的我嗅到阵阵甘美清新的气息,这种感觉会一寸寸地伸展"。所以她写"老克勒",不会一味追怀"老克勒",一味追怀陈德业在城市西南角的那座宁静小楼。散发着时代气息的今日风景,毕竟具有更大的吸引力。

2008年新年,程乃珊女士在给我的一封信里说起了十年前的那次晤叙(因拙著《朝花怀叙录》中有关于她的内容,故有信函交流,当时她已回沪定居数年,我也早已退休):"……我很有福气,在二十年前刚步入文坛之时,就能得到你们这样一代老前辈的扶植和关照。我记得那次去解放日报大楼受到您亲切接待,似还有秦绿枝老师也是我尊敬的前辈,还有陈诏老师。现今传媒业发展飞快,但愿年轻一代报人有你们老一辈的谦和敬业的传承。"其实当时《新民晚报》的秦绿枝(吴承惠)先生并不在场,乃珊记错了。信的字里行间充溢着尊老勉新的真诚情感(秦绿枝和陈诏比我年长,是我敬重的同行前辈,作为《朝花》同事,陈诏先生曾给予我许多帮助,即便是程乃珊也是经他的引介我才认识的)。乃珊女士同时寄来她新出的两本书赠我(《上海街情话》等),并询问陈诏的通信地址以便寄书。也就是在这封信里,乃珊告诉我近期的写作状况:"近年我仍不敢荒废写作,虽无大成绩,但孜孜笔耕仍如学生时代每日做好功课样对待。我现在小说写得少了,一来自己也不大喜欢看小说而更喜欢记实文体,二来在国际上也似更欢迎'非虚构文体',我一直在作口述历史记录,近年出版了系列,本应早早奉上乞指正,疏忽失礼了,望海涵。"(写信日期是1月20日)不多的几段文字,除了一以贯之的谦逊热诚,也真实地述说了那段时间自己创作思路变化和调整的状况。

  这位跋涉在文字长路上女作家,创作活动中一直没有停止探索和思考,80年代写散文的时候,更多关注并认真实践着的是小说,小说创作取得可观的成绩后,又督促自己从瓶颈初现中寻找新的机缘,开发自己的能动潜力。几部实验性的纪实作品获得的社会反响鼓舞了她,继而努力尝试由"虚构世界"向非虚构性写作的转移,似乎开始进入一个新的创作喷发期。对于程乃珊来说,大约未必会有张爱玲那种"云朵里看厮杀"的超然情思,毕竟时代不同,生存的环境不同,虽然也常常遭遇迷茫和困惑,但社会生活中总有新鲜的东西向她召唤,开放风中这座城市的迅猛变化,香岛回归后持续繁华的信息,都是鼓舞人的,她真诚地融入现实世界,用自己的心去"触摸"时代脉息,用手中的笔"详尽讲述我的情感新轨迹"。处于不同世代个性也有好多差异的两位上海才女,是各自走着自己的文字"路道"的。

  对于两座自己深爱着的城市,程乃珊女士一定是有着许多温暖的期盼也有着倾情书写它们的心愿和谋划的,无奈天不假年,"文星"遽然陨落,让人痛惜不已。

(原载《解放日报》2019年6月20日)

# 陈 丹 燕
## ——从老街发屋到"地理阅读"……

她把发廊里的发型师、洗头女的穿戴、话语、操作流程,写得那么细腻,那么逼真,还有他们细微的情感变化,她也注意到了。凡此一切,用淡淡的、温婉的方块字连接起来,就让人感觉出了作者的叙写风格:细、真、自然。读着读着,便走进了她的文字世界。这个她,就是陈丹燕。上面说到的那个发屋,那些个年轻的发廊哥、发廊妹,都是她在散文《欲望的车站》(《朝花》1998年4月22日)中述说的人和事。

陈丹燕女士是懂得"细节赢人"这样的叙写诀窍的。首先,她善于用细节营造一种氛围,或者也可以说是一种温度,在适宜的"温度"中,再通过另一些细节或"情节",把主题烘托出来。

通常所见发廊题材的文字,会或明或暗的有一些色情暧昧的渲染,陈丹燕对此类现象也不回避,但她的注意力放在了另一面。——那些年轻的外来打工仔、打工妹,其中多数人有正当的个人谋生、发展的要求。在这么个大都会,他们为此而探索、拼搏,有时候他们不得不频繁地更换务工单位,因而把每一个务工点视为"车站"——前进的车站。作者最后通过报纸上的进修广告吸引发廊的年轻人的"细节",完成了文章的主题。

我没有读过陈丹燕的《一个女孩》这本书,但从她寄我的《刺痛的感觉》散文(《朝花》1996年6月4日)中,约略地了解了书的内容。这应当是一本很有意思的读物。"文革"十年,在一个自八岁至十八岁的女孩子的眼睛中是个啥模样?这个女孩(陈丹燕)把它写出来了。《一个女孩》先是在中国刊行,而后便有了在瑞士出版的德文版《九生》。可见一个中国孩子心目中的"文革"景象,外国人也是特别感兴趣的。那是一个"发生了太多可怕的事情"的年代。这样的"可怕",在女孩的心中留下了永远的"刺痛"。耐人寻味的是女孩在"可怕"的同时,也看到了一些美好的事情，这些"美丽的人和事，怎样在罪恶中顽强地诞生和延续"。她并且认定，"即便是在最可怕的时候，人性的美丽和罪恶也是并存的"。

我想，不是所有的成年人都能作出如此客观的阐述的，而我们的一个女孩子完成了如上的观察和结论。可以想象那本书中善与恶、美与丑的许多情节和细节的描述，同时也可以完全相信它们都是女孩用自己的眼和心去观察去感受的，因而都是很真实的。就像她后来观察发廊男女的生活细节一样，她是一个善于细密地体察事物、营造文字环境，也善于把细密的情感传递给人们的文艺家。

初知陈丹燕，大约是八九十年代之交的那段时间吧，还记得当时她寄来一篇南京大屠杀题材的纪实性作品，因篇幅较长，版面安排有难度，我们便在电话里商量压缩文稿事宜，她很配合，很快就办妥了。笔者对她最初的印象是文笔不俗，而且说得一口很好听的普通话。我猜度其家庭背景是北方人，后来得到证实，不过知道她很早就在上海居住了，上述八至十八岁的岁月，就住在上海西南角的一个居民区。陈丹燕后来写了许多上海题材的著作，这不是偶然的，长期的上海生活经验，对这个旧日繁华地的好奇心理，再加上她敏锐细密的考察、思考方式，那么，不论是上海的"风花雪月"，还是上海的"金枝玉叶"，便都可以在她温暖的笔触中惟妙惟肖地表现出来。据说每每写上海的时候，陈丹燕会感觉一种发现、学习和吸收的惊喜，甚至在一本书的写作打上最后一个句号的时候，会舍不得离开之前的一切过程，这就真的证实我们的女作家是将自己投入到上海这所"学校"之中，做着一个看似寂寞其实不寂寞的学生，所以，他的上海故事是注定要写出味道来的了。对上海这座城市多方位的了解，也锤炼了陈丹燕体验事物的历史意识。读她近年写的散文随笔，可以明显地感觉到这一点。比如，写上海外滩的"情人墙"，总貌勾勒，细部描写，都是那样的生动而传神。她还把1970至1989年"情人墙"的鼎盛时期同1930年外滩公园的情侣聚集地联系起来，又把"情人墙"同一些风雅小马路情侣约会的情景联系起来，文章为人们提供了"纵"和"横"的对比"画面"，主题的蕴涵便显得丰富而具有沧桑感和历史感。

陈丹燕是把自己经营的文字视之为"精神家园"的，在与夫君陈保平先生合著的《精神故乡》一书中，述说了如此的"方块字"情感和初衷。"家园"宜安顿自身，当然也可以让人们进去看看，以了解主人看待世界的目光和表达事物的方式，获得相似的或共同的生活感受和艺术感受。所以她的文字营构就注意了主观精神和客观精神的融合交流。她在有些年里出版的图书也有几本作了时尚化的设计，大约是吸引年轻读者的一种尝试。其实女作家探索和实验的脚步一直没有停止，从写"情人墙"到对和平饭店的深度考察及透析，她的"文化外滩"研究不断取得进展，魔都外滩连接海内外的历史时空中有着太多太多的故事，陈丹燕的目光由此"扫"向更大的"天地"，她实施自己的"国际旅行"，漫游世界，用"眼"用"心"，从世界大战到异域街角的烟火小食等等，都在她的关注、兴趣范围内。读《告别》一类图书，人们可以细细玩味女作家的"地理阅读"……那个昔日从丽娃河边走出来的小姑娘，时至今日，以别一样的"目光"和志趣"行走"作文，其情其景，就到女作家的"文字世界"中去认识她吧！

（原载拙著《朝花怀叙录》，远东出版社2008年版，收入本书时有修订）

# 竹 林
## ——避开"聚光灯",静心谋划"新风景"

曾与文洁若先生说起竹林,文先生是欣赏竹林女士的文学才情的,我们自然提到了她早期的一些小说。在文先生赠我的《生机无限》一书中,专有一节讲竹林,说有才华的她"赶上了好时代"。前些年,笔者曾在报纸上看到描记竹林跳舞的文字,有意思的是文洁若也曾写到这一点。那是1995年,她陪萧乾先生来上海,参加由萧老主编的《新编文史笔记丛书》总结会议,会后有一个大型舞会,这对老夫妇看到了竹林的"独舞"。文先生写道:"身穿浅灰色衣裙的她,独自纵情地舞着……不知怎的,竹林的舞姿使我想起了伊莎多拉·邓肯。"后来文洁若看到竹林的一篇文章,写的正是邓肯,对他的舞姿赞扬备至。可见一老一青两位女性都是熟悉30年代这位美国著名舞星的。

我想,在萧乾和文洁若的眼里,独舞的竹林传递给他们的既是优美的舞步,也是一种悟性和灵性的展示,这样的悟性和灵性,也常常出现在她的作品中。文先生赞赏竹林的文字能耐,她说到了那个传奇医生顾娟,"已经有人写了她的传记及其扩大版……竹林却有本事又写了一部另辟蹊径的传记。"——这里的"又写了一部",是指《最美丽的女人》一书,内中写了台北的证严法师,也写了上海的顾娟医生。

这样的话题,恰好与我下面要写的内容联系起来了,因为关于顾娟,关于证严法师,有关写这两个人的文章,竹林同笔者有过直接的文稿联系。那是1997年的8月,她寄来一篇散文,写的正是顾娟大夫。竹林在附信里简单地介绍了顾娟,说她"医术很高明,人品也很高尚"。(8月20日信)作品的题目叫《"缩略时代"的神话》。"缩略时代"之说,引自评论家雷达的一篇文章,意为现在"一切都在缩略:生活,语言,友谊,爱情……一切精神的、审美的淋漓水分皆可挤干榨尽,唯剩下一个赤裸裸充满物欲名利的现实世界"。这是一个既精妙又令人悲哀的概述。让竹林高兴的是,她看到了一本介绍顾娟行医经历的书,大夫高超的医术,坦荡无私的胸怀,为弱势病家赤诚服务的事迹,让她感到心灵的震撼。在这么个"缩略时代",她真真切切地看到了一个现实的"神话"。竹林没有用多少文字来阐述"缩略时代"中的不"缩略",而是在说完顾娟的主要业绩之后作了如是的归结:有谁能说"缩略时代"没有超然物欲的精神力量,没有清净无染的长情大爱!

《朝花》于9月6日刊登了这篇散文。就在同一天,竹林寄来了另一篇稿子,是记述证严法师不凡事迹的。内中有些文字涉及宗教。她在附信中说如在这方面有所不便,"您不要为难,退我即可",可见竹林对编辑工作的熟悉和理解。从两篇散文里,我确实看到了两个美丽女人的美丽心灵,和竹林一样,我对他们怀有深深的敬意。

竹林女士同《朝花》的联系,大约始于1993年。据老同事陈诏先生回忆,当时萧乾先生为竹林的长篇新作《女巫》写了评论文章,以中国农村社会的历史长卷这样的高度概述这部作品。——出生于不同时代的两个孤儿,命运和文缘的牵动,使他们成了忘年交。那段时间竹林发表在《朝花》上的散文《与萧乾先生"拉钩"》,写的就是她初访萧府,受到萧乾夫妇热忱欢迎和帮助的生动情景。1993年竹林曾来访编辑部。有一次她因病住院,陈诏还受萧乾老人之托前往医院看望。

在我的印象中,除了上面说到的才情,竹林的文学追求还有两点很值得称道,一点是她的农村情结。早期的知青生活以及她的知青小说《生活的路》(开知青小说先河的一部作品)等这里不说了,后来有好长一段时间,她离开喧嚣市尘,主动到郊区农村生活,乡村背景的长篇小说《女巫》就是在那个时期诞生的。她的耐得住寂寞的精神,她的土地情感,得到了韦君宜、萧乾等前辈作家的肯定,韦君宜先生还特地到竹林当时的居住地看望她。即便到了近年,竹林仍然惦记着农村,惦记着农民。她同作家彭瑞高一道发出的保卫耕地的呼喊,她在《朝花》发表的《根植大地》的散文新作,表明了一位作家深深的土地情怀和责任感。另一点是她在创作实践中不断进行探索和"变革",但千变万化之中,有一桩不会改变,那就是对故事情节的一以贯之的看重和坚守。《今夜出门昨夜归》是一部意象性很强的幻想小说,即便这样的一部作品,也设计了很强的情节结构。故事和心理环节的结合，使她的创意设计获得了预期的成功。

竹林的性格内质是安静的，舞蹈的热烈奔放只是个人生活的一个小小侧面，有位评论家甚至称她是一位"常常主动从舆论的聚光灯下隐身"的"文坛隐士"。竹林习惯于寻找一个冷清的所在，潜心思谋文学创造中的"别样风景"。比如《魂之歌》，似乎是竹林知青小说的第三部，但同前两部相比较，那种在传统根基上植入的新"元素"，奇崛奥妙，确实是"别样的风景"了。

（原载拙著《朝花怀叙录》，远东出版社2008年版，收入本书时有修订）

# 秦 文 君
## ——写少年儿童,"孩子王"自有"心尺"

也存留过秦文君女士的函件,是那种简短的应稿信。——应约写稿,作品随信寄来。比如,香港回归前夕,副刊要登载介绍香港人、香港生活的文章,以便与回归的大主题大氛围相呼应,便分头约稿。秦文君寄来的是篇散文,题为《香岛文友》,叙记了她的几位香港同道。对于港岛儿童文学界的成员组成,文君觉得有点儿"阴盛阳衰",女性占了绝大多数,可谓"美女如云"。文中介绍的几位,周密密、关夕芝……果然大多是女作家。她同这些香港文友有着良好的关系,也注意专业上的联系和交流。秦文君当时亦编亦写,应当是很忙的,但有采风交流的机会,一般也会积极参与,因为这正是她广交博采的一个渠道。

《朝花》是综合性的文艺副刊,但儿童题材的作品毕竟发得不多,纵然如此,只要向文君女士约稿,她总是热忱配合,而且每一篇都写得很认真。编辑同人欣赏她对儿童文学的热爱和敬业,也欣赏她低调平和的为人风格。秦文君读中学时赶上了"上山下乡"运动,一个身体羸弱的十六岁花季少女,到了黑龙江林区,其间风雨辛劳,思乡念亲,一切都是可想而知。后来她有了当教师的经历,"少儿情结"就从此解不开了。秦文君真心实意地爱着孩子们。她曾有如此的自述:回上海后的一些年月,虽然在机关工作,但只要经过学校,便会情不自禁地在校门口站一会,看着那些活泼泼的男孩女孩,心里就觉得很温暖。

秦文君创作的《男生贾里》《女生贾梅》《宝贝当家》等作品的成功,都是在情理之中的,因为她太了解自己笔下的人物。孩子们心中有欢乐也有困惑。例如,男生和女生之间,也会有许多或世俗或现代的心灵对立或隔膜,这些对立和隔膜,以及由此引起的烦恼和痛苦,成年作家未必都明白,未必都解得开,但秦文君有自己的"感觉",也有自己的办法,因为从一定程度上说她是在"局内"——在孩子们的那个"情境"

之中，又在"局外"——有着旁观者的清醒，也有一个作家成熟的眼光和评判的"心尺"。

关于秦文君同各类孩子的心灵交往，有许多生动的故事，这里略举两则：

——有个女孩双目失明，十分的忧愁和孤僻，在嘲笑和戏弄的生活氛围里，觉得度日如年。这位盲女孩给秦老师写了一封信，诉说自己的苦闷和烦恼，希望得到帮助。文君为此在一天之内写了两封信，对她进行劝导和鼓励。字里行间，女作家倾注了自己的真心和真情。所说的那些事和理，成年人读了也会动容。信寄出之后，不见音讯，于是一个月之后她再次动笔，写了第三封信。我并不了解事件的全过程，对第三封信寄出之后如何的情形也没"跟踪"探问，这已经很够了，我们的女作家，是真正地把孩子的苦恼看成自己的苦恼，她的心同孩子的心连在一起了。

——这是又一个女孩的故事。刚刚进入少女年龄的她，暗恋学校的一位实习老师，老师走了，留给她的是无奈和孤独，她郁郁寡欢，整天"眼无神采"。接到女孩"诉苦"的信后，我们的心灵导师又忙碌起来，她给女孩写了几次信，不是一味地述说早恋、盲恋的害处，而是首先肯定这样的情感中也有美意，而且是很单纯的美意，然后细细地剖析此种"梦一般"的没有任何根基的情感的极端脆弱性，并一一引举实例，指出成长中少年爱恋观念的误区。完全以平等的态度，朋友的口吻，进行两代人之间心对心的交流，终于使那位"眼无神采"的女孩从自设的孤独中走出来。

我是在一本书中看到关于秦女士的这些记录的。这位多产的儿童文学作家如此这般的故事究竟有多少，恐怕连她自己也说不清。有这样的一份心情，有这样的一份爱意，她就成了孩子们心目中的"精神领袖"，乃至成了一些少女少男的"精神支柱"。于是我们的女作家对于自己的少年朋友，就有了越来越多的知情权和"知心权"，她的素材宝库也就越来越"富有"了。秦文君曾说过，当她把心中的写作素材化为文字的时候，自己就进入了一种"特殊的心境，那是一种单纯、浪漫、宁静的境界，灵性质朴，毫无造作和过于触目的理念"。她写作的时候是非常投入的，一旦进入关键阶段,便会关闭电话,拉上窗帘,不看钟表,没日没夜地劳作。在那样的时刻,一些很好的灵感,一些平时未必想得出来的好词好句,会源源涌出。

当年秦文君女士曾赠我她的代表作《男生贾里》,1997年收到她签赠的《宝贝当家》的时候,得知这是她出版的第三十六本少儿小说,其"高产稳产"的状况可想而知。记得有好长一段时间她担任《儿童文学选刊》主编,编务繁忙,业余写作的艰辛自然非同寻常。之后,又有《男生贾里新传》《男生贾里全传》《女生贾梅全传》等出版信息传来,想象着这位热忱勤勉的少年儿童文学作家不停歇的辛劳脚步。如今的她已是上海市作家协会的副主席,成为一个领域的领军人物,也是众望所归了。

(原载拙著《朝花怀叙录》,远东出版社2008年版,收入本书时有修订)

# 殷慧芬
## ——写小说的女作家也有一颗"散文心"

殷慧芬从市井走来，从车间走来，小说写得很认真，她用"女性锐利的目光"（茹志鹃对她的评语），深入普通劳动者的精神世界，然后用女性特有的细致情感和笔触描记他们，对"车间文学"的突破作出了自己的建树。走出车间以后的殷慧芬，眼界更为开阔，笔触更为深邃，《屋檐下的河流》《苦屋》《纪念》《吉庆里》等，她一路写来，从石库门写到汽车城，从女工、厂医写到高端专家和超大型企业的掌门人。殷慧芬是一位有追求的作家，不论是题材开掘，人物塑造，文字艺术风格，都不断地探索求得有所变化。一般地说，慧芬女士以温婉细腻的文字描写见长，那些老街小巷工厂车间里的各色"小人物"，在她的性灵文字中一个个向读者走来，但一旦有大格局的需要，她一样能从容地写出大气势、大境界。由她创作的中国第一部以现代汽车工业为题材的长篇小说《汽车城》一经问世，就引起社会的热烈关注，紧接着，一部二十二集电视连续剧应运而生。她的爱情小说也写得别有风味，有点儿唯美，也有点儿诗意，但又不脱离世俗社会凡常男女的生活规则。

在好多的时候，人们一般关注殷慧芬的小说创作，其实她也写了不少散文随笔。我同小殷联系的时间长一些，经手编发她的稿子也多一些。从其散文作品中，我感受到作者对作品立意和文字经营的认真和细腻。她把小说中写"人"的经验有节制的移用到散文中来，眼中有"人"，加上敏捷的散文眼光和丰富的想象力，笔下人物便"活"了起来。这里略举两例：

布鲁塞尔广场的景致让殷慧芬看得目迷神离，但她在那个不起眼的小于连像前停留得最长久。凝视这个"撒尿的孩子"，女作家的眼前同时出现两个少年英雄的形象，一位是面前的小于连——当侵略者炸毁广场的行动付诸实施时，机警的于连用自己的尿浇灭了炸药包的导火线，拯救了广场。另一位在自己家乡——上海嘉定,在那个年代,当登陆的倭寇前来偷袭古城的时候,被出屋撒尿的少年石童子发现,他立即奔回家中向父老报信,古城避免了一场深重的灾难。站在于连像前的慧芬女士的心情有点儿复杂,两位少年英雄的业绩一样的可敬可爱,然而小于连在"世界上最美丽的广场"(雨果语)接受万人瞻仰,而家乡的石童子呢,其座像"文革"中被毁,如今只能在嘉定博物馆中看到他的一段残躯。

许多人游这座美丽的广场,许多人写这座美丽的广场,而殷慧芬的视点和情感聚焦点与众不同,她的游记就有了别一样厚重的精神内涵(《布鲁塞尔广场遐思》,《朝花》1995年9月10日)。

在《夜探王村》一文里,殷慧芬对美丽的湘西猛洞河、芙蓉镇(王村)简笔素描,却用较多的笔墨关注吊脚楼里的一位老人,这位九十几岁的老妇人面目嶙峋,长成一副怪模样,其身世经历具有传奇色彩,脾气也有点儿古怪。殷慧芬于是很想同这位湘西老人见面聊天,因为她从老人"嶙峋"的面目、封闭怪异的性格中,想到了这里的喀斯特地貌,想到了在此地生活的世代山民的命运遭际。她甚至由此想起了一些宇宙和社会的命题:天会老,地会老,人会老,但总有一些东西不会老。——又是特定的人物吸引了写作者,她的感慨文字有着合理的精神依托,这就叫作眼中有"人",文章有"心",殷慧芬也有一颗"散文心"。

就是在那个时段,殷慧芬曾来访编辑部,记得事后我和同事老友陈鹏举曾聊起对她的印象,聊起几位小说作家写散文的某些特点。当时也多次在报刊读到对殷慧芬文学创作的评论,其中一位评论家称殷慧芬为上海的一位"生长型作家",我以为此说是合乎她的实际情况的。至于这位"生长型作家"若干年后为眼病所扰,几乎在一夜之间发觉要同心爱的笔墨告别,这是许多熟悉她的人都不愿意相信但又不得不相信的无情现实。在长篇小说《汽车城》的创作过程中,需要长时间连续使用电脑,她的已有疾患的眼睛不胜负担,"工程"完成,便也走到了眼睛失明的边缘。完全可以理解那段时间殷慧芬女士的心情。我同她曾在电话里聊天交流,她说了好多原先想写的题材和素材,这一切现在都只能放下来。从小殷低沉的声音中,我感受到了她内心的无奈和痛苦,当然同时也感受到了她的沉静和坚强,她已经有了面对现实作出自我调整的精神准备。

此后有几次，她在电话里告诉我现在喜欢听评弹，总是按时收听，过去不在意这一门艺术，如今知道了它的好处，只要静静地听，觉得内中有好多知识和学问，而且那曲调也是很有味道的。我为她高兴，她果然相当程度地调整过来了。有一次我们还说起若干年前一道参与的山东之行——由《文学报》组织的采风交流活动，六七位作家、编辑在胶东半岛兜了一圈。总难忘青岛五月的鲜花，尤其是八大关的樱花树，那里还有一条樱花路呢！自然也不会忘记在青岛与多位山东作家相聚，尤凤伟、刘学东、韩嘉川诸君，吃饭聊天不亦乐乎。还有一年夏季吧，千岛湖畔的"作家楼"里，我们同老出版家、作家江曾培先生一起，谈文说艺到深夜。回忆是用不着眼睛的，如今她有了许多忆念往事的时间，那也是很好的啊！

大约是2006年年初，殷慧芬在《朝花》发表一篇随笔新作，题为《我有一本蓝色笔记本》，想来她是用半盲写的方法完成这篇文字的，文中写了几位让她常常感念的编辑，也写到了笔者。字里行间，在对编辑朋友的怀念中，似也蕴含了自己不得已告别文字的无奈感叹。读着这些朴素而真诚的叙记，我的内心也不能平静，我想对小殷说的是，既然有这一篇，为什么不能有第二篇、第三篇？文字会永远伴随你，文友们不会忘记您！在2006年《朝花》创刊五十周年的日子，殷慧芬又有新作登载于该刊，题目是《我与朝花深情永远》，在说到与我交谊的往事时，记述了笔者和老伴不久前去嘉定看望她的情景，她称我的老伴为"梅大姐"，"现在我们已经不是编辑和作家的关系了……坐在我家寒窗下彼此笑谈往事，我心中默然感恩命运之神……我们后来又一起畅游了江南名园古漪园，在这个曾经聚集过很多明清文化雅事的园林，我们也领受到文人相惜的古典情怀"。也就是这次访晤，在受到热情接待的同时认识了她的夫君也是作家的楼耀福。之后的十几年中，陆续有楼耀福先生著作问世的信息，《局外树》《寻茶记》《寻茶续记》等，尤其是对中国名茶和各地茶人的"田野调查（山野调查）"，楼先生常常东西南北到处奔走，而伴随着他在茶区跋山涉水乐此不疲的，正是他的白发爱妻殷慧芬。女作家的后半生于是也过得充实而幸福。

（原载拙著《朝花怀叙录》，远东出版社，2008年版，有修订）

# 王 周 生
## ——"地热",真情,写"活"普通人

  王安忆在一套女作家散文丛书的序言中,用一段长长的文字讲了有关"地母"的故事。她从生活经验丰富的女作家的"勇于实践"中,看到了"地劲",看到了"旺盛的感情滋生力"。这套丛书中也有王周生的一本,书名叫《爱是深沉的海》。读她的作品,确实会感受到那样的"地劲",那样的"旺盛的感情滋生力"。
  王周生女士是又一位关注女性命运的作家。她的作品,不论是小说还是散文,也包括一些评论性的随笔,均以女性话题居多。她每每把人情世故中的女性故事放到哲学的"镜子"前,话题就有了一定的思辨色彩,有的甚至还有了思想的"穿透力"。而这些,正是建立在丰厚的感性积累和悉心体验的基础上的。
  王周生生活在一个有着众多女人的家族里,家庭的经历,各个女人的经历,又都特别的具有故事色彩和性格色彩,这就为她的一些女性话题提供了很好的天然条件。她写的长篇小说《性别:女》,虽然有着很多的虚构成分,但"土壤"已经存在,其间的"吸纳"和提升,就比较容易获得事半功倍的效力。当然,"地劲"和"感情滋生力"结合,进入创造阶段,各个作家都是有自己的经验的。王周生也有自己的经验自述,那就是:"截住闪电"。——她觉得生活中常有那种"带电荷的云",就看你能不能截住它。我们从周生的笔下,看到她一次又一次成功地"截住"了那些"带电荷的云",留下了耀眼的亮光。
  读过王周生的两篇散文,都是关于保姆的话题。婆婆家的老保姆卢渭南,突患脑出血去世,一家人感念她的好处,常常说起她。四岁的小男孩——王周生的儿子不懂得"死了"的含义,以为这位十分亲近的老人还活着,在一个特定的场合,他突然提出要为"阿婆"做一副熊皮手套,因为他知道"阿婆"的手上生着冻疮。这是一个很有内容的细节,

"内容"就是存在于一老一小之间的真情感。王周生把这件事写成散文之后取名《这不是一颗流星》,题意让大家去解读,而文章被选入中学语文课本,就是最好的社会认同了。另一篇的题目叫《阿芹》,一段长长的故事,涉及被农村封建残余势力"包围"中的阿芹的悲剧命运。在解决婚姻问题的关节上,作为"东家"的王周生为这位年轻保姆出了一些点子,于是女作家被牵入故事的"矛盾冲突"之中。这是一个曲折而又沉重的话题,十分的牵动人心,成了她有关保姆题材的又一篇好作品。

这就是王周生女士的创作"路数"。许多事情用不着刻意去寻访,一些"原生态"的材料一次又一次地扣动着她的情感之门,写作素材就在自己的心中。在几篇散文中,她写妹妹退休那一日的"生活",写自己的两个母亲(其中一位是婆婆),都有极为动人的情节和细节。她抓住了这些平凡人物身上的不平凡的精神品质。读着这些朴素的叙说的时候,会感受到人情和人性的温暖的亮光。《我的两个母亲》中有这么一个细节:九十几岁的老母亲魂牵梦萦自己的家乡——江苏启东,称那是她的"血地"。我想,做女儿的是深深地懂得母亲的"血地"和自己的"血地"的涵义的,她记着这些,这也正是她创作中坚实的"地劲"的一个"源"。文友之间也有议论,说王周生写散文,用情很深,与笔下人物有真实的情感交流,所以笔下人物就"活"了。

《朝花》同王周生联系的编辑是朱蕊女士。小朱编过她好多作品。我直接与周生联系文稿不多,但仍有难忘的记忆。比如,有一篇散文题为《大柏树的晚霞》——一群退休离休的老医务人员,忘我地为病家服务,尤其是抢救危重病人,业绩可感可佩。"晚霞"和"闪电"一样明亮,她"截住"了。"霞光"也引起了电视人的注意,一部电视专题片于是随后同观众见面。

散文的创作过程,是作者主体对客观事物认知的过程。"闪电"中有人物的真情感,正是这样的真情感激发了作者的主观冲动,"感情滋生力"应时形成。当然也是会有另一些情形的,我留着王周生的一封信,内中有这样的话语:"任务终于完成,这类文章很难写,花了不少时间,又写不好……"记得那是我约她写的一篇报告文学,对她来说,是属于"要我写"的情形,"闪电"没有出现,真是难为她了。虽然文章还是写得很认真很有内容的。

王周生自长篇《陪读夫人》始的写作活动，开初可能准备在小说、评论方面着力，但又有着一颗"散文心"，所以遇到令自己心动的题材，便常常选择写散文。创作长篇小说《生死遗忘》之后，她的兴趣似乎更向散文随笔方面转移了。在谈论散文写作的体会时，王周生曾有"文笔不美"的自评。然而我们在阅读她的作品的时候，却常常感到了深深的美意。她在行文的辞藻上可能不是很讲究，但凭借敏锐的艺术感觉，她看到了事物美质中最重要的东西。泰戈尔说散文是"溢出河床的水"，也就是说就散文而言，内容大于形式是合理的，倘若形式超过了内容，倒有可能变成不合体的华丽外衣了。当然如果周生在文笔上有更多的关顾和提升，那么对完美表现主题当然也是有益的。

王周生敏思善言，也很能干，可以想象当年她在崇明农场担任知青连连长时风风火火的情景，那还是一位二十几岁的大姑娘啊！更早的时候，也就是做小孩子的时候，她随父母在厦门的海军驻地生活多年，当时我恰好也在那座城市当兵。所以我曾对王周生说，那个时候如果你认识我，可要喊我解放军叔叔呢！因此，每当读到对方作品中有关厦门的文字时，我们都会分外留意一下的。有一年，上海作协散文组的作家到厦门采风交流，去鼓浪屿的那天，一行人在鹭江道边的一处停留，我指着不远处的一个高地对同事老友朱蕊说，那个地方叫虎头山，是海军的一个营地，王周生小时候跟随父亲在那里住过几年。朱蕊说："哦，听说过，原来就在这里啊！"

世纪之交的那些年（连续两届），我和王周生、罗达成三人都是作协散文委员会的副主任，协助邓伟志主任做具体工作，所以见面交谈的机会比较多，王周生性格爽直明亮，办事利落干脆，她也很关心我们，尊重年长者。我曾去过复旦大学宿舍区王周生寓所做客，见到了她的夫君周鲁卫先生（随和亲切的周先生当时是复旦大学副校长）。过去在接触中王周生绝少谈及自己的家庭，但我们其实都知道她的爱人是名作家周而复先生的第二个儿子，她是周而复的媳妇。包括鲁卫伉俪在内的这个周家有太多的故事，此刻在复旦宿舍区这个"小家"里吃饭聊天很随意，王周生应我之问说了一些非常年代结束前后的家庭往事，例如结婚后好久才于1978年在武汉初次见到公公,以及此后他们与老人家交往的情形等。2008年9月20日,王周生在《朝花》刊登一篇随笔《留下一点特殊的记忆》,是又一位作家对文学编辑的感念之作,内中用好些文字写到了笔者的文字经历和编辑作风。作为一名老编辑,我虽已退休离职多年,依然很感谢作家朋友对"作嫁衣族"辛勤劳作的理解和勉励。当然女作家其实是在通过述说今日副刊薪火传承的故事,表达对过往报纸副刊老前辈开拓播种历史功绩的真诚敬意,也由此告诉后人,"因为有文学副刊,有文学编辑,有那么多爱好文学的读者,我们没有堕落"。

(原载拙著《朝花怀叙录》,远东出版社2008年版,收入本书时有修订)

# 王 晓 玉
## ——潮涨潮落，关注女性心灵的那个"海"

较早的时候，大约是20世纪80年代吧，王晓玉女士以她的"上海女性"系列中篇小说进入我的阅读视野。后来她写了多部小说，其题旨大多与女性命运有关，即便是那个"二十八个"系列，女性仍然占着大"戏份"（曾经改编成热播一时的电视连续剧《田教授家的二十八个保姆》）。

王晓玉曾经说过，她喜欢探究历史，诸如一个家族的历史，一个地域的历史，一个人的历史，对她来说都是有兴趣的。她的一些小说，是一定程度的家族史、个人史，更是女性的命运史。就是写那个名妓赛金花，也以对女性命运探索的目光，把她如实地放到"凡尘"里，展示一个具有传奇色彩的名女人的凡俗生活。

晓玉女士对于女性命运的关注目光，也常常出现在她的散文里。刊登在《朝花》的有篇文章叫《娘家情结》，说是写娘家，其实她关注的是娘家那条弄堂的历史，"史"的重点依然是女性。作品中有这样一个情节：一位邻居大妈，通过晓玉的母亲，向离异多年、后来又丧偶独居的前夫转送一个小包，包内是前夫生活中最需要的东西。大妈对前夫没有见面的要求，更无复婚的念想，她只是惦记着他的难处，总想帮助他一点。如此的"转送"，竟已持续了二十年。弄堂史中的这个故事，有一点浪漫，有一点悲壮，但都在弄堂文化"大气而刚直的道德标尺"之内。我想，关心世俗女性生存状态的女作家，一定从中看到了人情、人性中最美丽的东西，看到了女性命运中最值得关心的内容。它的意义，远远超出了"娘家"的范围。

1993年，诗人顾城的妻子谢烨被夫君在异域用斧头劈死，顾城随后也自缢身亡。对此案件，舆论中出现了一些怪异的现象：对凶手顾城的聪明和才情，有了过多不合时宜的颂赞和怀念，而对受害者谢烨，虽然也有同情痛惜之词,却显得单薄和无力。王晓玉对此种悖理现象感到不满和不安,旋即写成一文寄我,附信中明白表示了自己"按捺不住"的不平心情,认为有些文人笔下的"暧昧","失却了最起码的天理公道观念"。说实话,我们是欢迎王晓玉的这篇文章的,我个人特别赞赏作品的标题《为谢烨一哭》,觉得这个时候应当有这么一篇文字,应当有这么一个声音。11月5日寄来的稿子,17日就见报了。这里无须复述文章的内容,但有一点很明白,王晓玉剖析了悲剧事件,实际上也评说了文人笔下的"道德标尺"。这篇散文后来被选入《〈朝花〉五十周年精品集》,我以为也是它的恰当的归宿。

比起"娘家"的弄堂史来,红颜薄命的谢烨能归入什么"史"呢?我想如果有可能,王晓玉是会研究她的心灵史的。是否可以这样说,不论是写小说,还是写散文,王晓玉一直在探寻笔下人物——尤其是女性人物的"心灵"。在《赛金花·凡尘》一书中,她让名妓赛金花"回归"到凡尘中,意在剔除包裹在她身上的乱世浮华,还其自由本真之身,这是因为来自民间的"彩云",本来就是一个有着一点虚荣心的寻常女子。王晓玉觉得,只有从这个层面透视这个特定人物的心灵轨迹,才有可能触摸到她精神深处最为真实的东西。从这样的角度看《紫藤花园》中的紫藤,《上海女性》中的阿花阿贞阿惠,《99玫瑰》中的当代都市女子,我们都可以看到女作家深切而真诚的探究眼光。曾经有论者说,"每一颗心灵都是一个海,潮涨潮落自有它的历史和规律"。王晓玉注视那些心灵的"海洋",从一个又一个个性的"海洋"中,探寻特定时代中人物命运的历史和规律,以把握女性、人、社会、时代关系中的人类发展轨迹。从黄浦区山东路的"娘家"走出来的女孩如今成了一位有个性的女作家真的不容易,早年的弄堂文化在晓玉身上打上了印记,她的性情中有很"市井"的一面,当时不宽裕的时候,家中有事,例如老人生病了,她会蹬起黄鱼车,穿过半个上海城,把病人送到医院。也都知道她的夫君黄源深先生是位资深教授、翻译家,在那段时间里,当王晓玉的长篇小说《紫藤花园》在租借的过街楼"杀青"不久,世界名著《简·爱》的译作也在黄源深的手中打上了完工的句号。瞧这一家子,干得多有意思啊!

笔者曾经参加上海文联李伦新先生组织的作家与教师赴甘肃会宁和

敦煌考察采风的活动，成员中也有王晓玉。一路上，晓玉对当地人事风物的观察和了解很细心也有很浓的兴趣，善思能言的她在旅途中议论风生，增添了团队的欢乐和温暖。大约此行之后不久，听说她应邀到高校工作，担任华东师范大学传媒学院院长，教务繁忙啊，其间也有文论一类的著述，但要静下心来慢慢写小说，想来已是难的了。时光飞逝，如今的王晓玉教授已然退休离职，年事也上去了，步入老年的她，想必不会离开一直陪伴自己的文字情缘"文学梦"。

（原载拙著《朝花怀叙录》，远东出版社，2008年版，收入本书时有修订）

# 封藏七十八年的寂寞心歌

## ——《一个民国少女的日记》出版前后

笔者新近得到文洁若先生签赠的几本书，内中有一册叫作《一个民国少女的日记》。此前看到过这本书的出版信息，推介语中的描述让人觉得日记主人可能是一位情感生活中的传奇人物。待到有了这本书，而且晓得了此位民国少女——文树新就是文洁若先生的亲姐姐的时候，阅读此书的兴趣就更浓厚了。

《日记》所记录的，是发生在20世纪30年代的事情在北平贵族学校（先是孔德，后入圣心）念书的文家二小姐树新，同孔德的成年师长（已有家室）Y先生产生恋情，私下里通信达三年之久（树新的三妹昭在两人之间充当信使），爱恋开始的时候，树新只有十四岁，到了十七岁的时候，双方家庭获知内情后施加压力，两人于是离家出走，前往上海等地。一年之后（1935），树新在沪上产下一女，刚做母亲的她却突患风寒，转为肺炎，竟不治身亡。——对于这样的一件事情，当时的报纸都是加了花边报道的，有的媒体如《世界日报》《画报》《大公报》等，还发了好多当事人的照片。"事件"中的男主角Y，因此受到了舆论的谴责，不过媒体也有相对温和的声音——毕竟那个年代并不严格实行一夫一妻制，而Y先生的文才和教绩又是那么的优秀。当然从总体上说，体面的成年人与未成年女孩的如此这般，不论是近八十年前还是业已进入21世纪的今天，总是难以获得完全正面的舆论支持的。

对于事件中的女主角，当时的媒体多有"善良女孩受诱骗"一类的说辞，然而综观文树新三年日记的全部内容，可以明白此种习惯性的思维未必合乎实际情况。在不得已的窘境中出走远地，是两个人共同的策划，甚至也是女孩在日记中一再表述的"愿望"和期盼，因此之故，"诱拐"之类的渲染就显得牵强附会了。

这里值得注意的一点是，少女对Y先生的爱意是真实的、自觉的，而且还完全可以说是刻骨铭心的。日记中的文字是女主人公发自肺腑的心声。——"每天我拿你的信放在我的枕旁，前天是贴在脸上睡着了。""这张相片照得真好呢，我真得意，我想用力亲亲，又怕弄坏、弄脏了，就轻轻地亲了不知多少下，你觉得吗……我把它放在我的心上……就差点（没）把它吃下去了。""这风是不是吹过你的窗前，你的院子，才到这里来的呢？""想起你在那里难过，我就会不由得烦起来，什么事也不合心。""我们像坐监牢呢，不容易地探望一下，话也不能说的，我很想把现在想你的心来用力地骂一顿或笑一顿呢。"……——少女对于Y先生的爱慕、思念之心，几乎到了人对于水和空气依赖的程度，如此的袒露，如此的细腻，没有掩饰，没有谎言。在感情和婚姻这类问题上，那是一个仍然盛行父母之命媒妁之言的年代，一位名门淑媛（出身外交世家，父亲是中国驻日本使馆公职人员），对于自己的情感归属婚姻选择的自主意识，却是那样的强烈，那样的执着。这里特地要提出的一点是，从文树新的一方来说，三年恋情，对钟爱的彼方绝无任何功利方面的希冀和要求，Y先生相貌平常，也没有金钱"优势"，他所拥有的是渊博的知识、良好的口才，以及超常的文才（当时已是一位剧作家）。这位对文学阅读有着浓烈兴趣并有不俗鉴赏理解能力的豆蔻才女，由此萌生爱念，应当说并不是一件奇怪的事情。《一个民国少女的日记》中树新对文学名著的阅读和议论有很多的记述，以法文和英文为学业主课的她，喜欢法国、英国、俄罗斯的文学作品，也读中国的古典名著，常常是学校到了什么新书，就急忙地要让妹妹或其他人去借来阅读，有时一两天两三天就可读完一本书，其间也不乏Y先生的指点和交流。一位对生活充满了热爱、对爱情充满了憧憬，又有强烈的求知欲望的民国女孩，在有限的文字空间敞开了自己的心扉，唱出了自己的心歌。

笔者在上海图安大酒店与文洁若先生见面叙谈的时候，进而了解到那位"事件"男主角Y先生，新中国成立后曾经长期担任北京一家名牌大学中文系的主任，同时也是一位知名的文艺理论家和剧作家。文先生说这桩民国时代的情感逸事，随着时光的流逝早已被人遗忘，倒是意外幸存下来的这些原始文字，使这一传奇故事获得了现实的存在空间。我们都觉得在当今的浮躁世界中，男女情感关系中掺杂了太多的物欲要求，房子、车子、票子……在这些东西的面前，什么少女的矜持，什么爱的内在精神基础，等等，都早已悄无踪影。《一个民国少女的日记》至少向我们展示了恋爱中少女那种单纯、清洁的情感。古典主义的情感方式，内中倒是蕴含了人性本质中的可贵的善良和美丽的。

一位民国少女写下的信件和日记，过了七十八个寒暑之后得以公之于世，本身也是一个奇迹。笔者从文先生处得知，"事件"中的Y先生是个有心人，数十年风云变幻，他始终细心地保存着树新姑娘的这些文字。先生谢世之后，其儿子在阁楼的一个隐蔽部位找到了它们。至于将这些信和日记编成图书出版，那是文洁若先生的主意，她也为此付出了努力。人的记忆未必都可信，事后记录的历史也未必都真实，唯有这些原始文字，详尽完整地还原了这一传奇故事的本来面貌。出版物中的这枝"另类"花朵，也是分外引人注目的。

最后还想说几句的是，民国女孩香消玉陨之后过了十八年，文家五小姐文洁若演绎了另一个时代的爱情传奇。她与比自己大十七岁的文坛名人萧乾先生结缡，长达四十五个寒暑的姻中生活，虽然也有社会因素等造成的大风雨大曲折，但情感生活总体是美满的成功的，以至于萧先生到了晚年，要以一本书的形式"献给和我共过患难的文洁若"。这前后两段情缘，也折射出社会和时代演变中的许多信息，很是耐人寻味。不过有关文家姐妹的后续故事，不在本文述说范围，就此打住。

（原载《解放日报》2011年9月30日）

## 带露朝花日日新
### ——经历一个甲子的《朝花》副刊

本文题目,是 1994 年柯灵先生写给《朝花》四行诗的首句,那年《朝花》出刊四千期,柯老写了这首贺诗,全诗为:"带露朝花日日新,烂柯棋局几升沉。舞文弄墨曾何补,人间哀乐总关情。"刊物的风貌特征,以及所经历的曲折沧桑,都在其中了。

《朝花》创刊于 1956 年。此年 5 月,中央高层颁布了文学艺术"百花齐放"学术领域"百家争鸣"的"双百方针"。根据方针的精神,《解放日报》编委会研究决定正式出版文艺副刊。市委负责人魏文伯向报社领导提出对办刊方针和刊名等都要考虑周全,为此,编辑部在研究刊物相关事宜的同时向社会各界征集刊名,过程之中,作为准备和实验,于 9 月 20 日以无刊名的形式先行出版副刊。据老编辑李家健回忆,当时收集到的刊名不少,但都不是很理想,到了 11 月中旬,总编辑魏克明提出不妨去拜访一下赵超构(林放)先生,听听他的意见。李先生回忆当时的情状是:冯岗和他向赵超构述说了已经征集到的刊名情况,赵先生当时没有表明意见,但过了几天,他给报社领导写了一封信,建议截取鲁迅先生作品《朝花夕拾》中的"朝花"两字做刊名。编委会和魏克明都觉得这是一个好主意,"双百"年代用这两个字,义、意和字面感觉都有画龙点睛之妙,何况后面潜在的还有"夕拾"两字,春华秋实,何其好啊!《朝花》刊名就此确定下来,并在 12 月 6 日首次冠名出版(创刊日期仍从 9 月 20 日算起)。至于刊名字体采用鲁迅手书墨迹,也是赵超构提出来的。为了办好刊物,报社特地聘请包括巴金、唐弢在内的一批文化名人担任顾问。在双百方针推动下,《朝花》版面很是活跃,除了诗文佳作,还发表了不少围绕一些问题进行讨论和争鸣的文稿。那段时间巴金在《朝花》开了一个名为"雨夜杂谈"的专栏,以"余一"的笔名,撰写了《有啥吃啥》等随感式短文,林放也写了《片面无忧论》等文章,

《〈朝花〉作品精粹 1956—1996》　　　　　《〈朝花〉50 周年精品集：1956—2006》

刘知侠、峻青等人则提供散文、小说作品。

然而好景不长。据当时主持笔政的宋军先生回忆，报纸刊登争鸣文章的时候，天空已隐约地有"雷声"了，"过不多久，事情果然起了变化"——继《人民日报》刊登《工人说话了》之后，张春桥用笔名发表《今天天气……》的杂文，提出要对前一阶段副刊文章中的一些文辞进行"澄清"和"阶级分析"，之后很快便"大雨倾盆"，《朝花》受到了冲击。巴金先生在后来写的一篇文章中，就说到了《有啥吃啥》等杂文刊登后遇到的"麻烦"。另一位文艺名家蒋星煜发表在《朝花》上的两篇历史小说，更是引来了"大麻烦"，一篇是 1959 年的《南包公——海瑞》，一篇是 1962 年的《李世民与魏征》，这两篇文章都是报社主动约请蒋先生写的，在极左风潮中却成了严重的"政治事件"，作者和相关领导人在劫难逃。报社老领导王维后来在《李世民与魏征挨批内幕》一文中详细地记述了当时的有关情形。

1959 年以后，《朝花》除了每周出四期，还在星期日以整版篇幅刊登文艺性欣赏性娱乐性知识性的文字，叫作"星期版"（这与当时进入困难时期需要缓解社会心理有关）。而到了 1966 年，"文革"来了，整个中国"情势大变"，风暴雨骤中，《朝花》被迫停刊。此后报纸版面上出现了一个适应当时政治需要的副刊,名字叫作《看今朝》。

斗转星移,终于迎来了改革开放新时代。《朝花》是1978年7月2日复刊重生的。新时期百废待兴,学术、文艺复兴的空气鼓舞着办报人,副刊人气再度旺盛起来。自20世纪80年代中期起,为适应新的时代要求,总编辑陈念云多次主持编委会讨论《朝花》工作,对原有的办刊方针和思路进行了修订和完善,把过去的"综合性文艺性"定位调整为"文艺性综合性",具体的组稿和版面安排,则拟定了"新、广、杂"的具体要求。丁锡满从市委宣传部回到报社担任总编辑后,根据《朝花》的一贯风格并针对时下媚俗之风流行的状况,提出在三字之后加一个"雅"字,那就是传承多年的新、广、杂、雅"四字经"。《朝花》自创刊始,就非常注意贴近时代贴近社会贴近群众,坚持思想性和艺术性的结合,"四字经"体现了这些特点和要求。

《朝花》不为世风裹挟,激浊扬清,伸张正义,坚持大报名刊应有的操守和品性。有一些栏目办得很有影响,例如,杂文栏——鉴于杂文具有批判性的文体功能,是针砭时弊、传递民意、扶持社会正气的好形式,所以历任老总和《朝花》编者都很重视这个栏目,在很长的时间里,设有专门的杂文编辑,或由刊物负责人分工兼管,他们联系全国各地的杂文作家,手上常有数十位基本作者名单,其中不乏名家高手,许多中国一流杂文家的名字频频出现在《朝花》版面上(与文汇报《笔会》的杂文专栏和新民晚报《夜光杯》的"世像杂说"专栏,实际上形成了竞争局面)。《朝花》的文艺评论和报告文学作品也受到各界关注。为了近距离反映现实生活,刊物好多年里多次举办征文活动,发动作家和业余作者用纪实散文或报告文学的形式,叙写国家两个文明建设的状态和人物风貌,例如《今日江南》《难忘"老三届"》《朝花短镜头》等,都办出了一定的影响,增强了刊物的生活气息和时代感。

《朝花》在长期的办刊过程中,得到社会各界的关心和支持,历任编辑与当时的一些文坛名流都有书稿往来和良好的个人交谊。钱锺书先生一般不接受媒体稿约,《朝花》老编辑陈诏初次约他写稿时也遭到婉言谢绝,陈先生没有停止努力,几次修书诚恳约请,锺书先生终于被感动,寄来一首用毛笔书写的七言诗。作品刊登后,陈诏赴京登门拜访钱老，老人在热情接待的同时还赠送了自己的著作《围城》签名本，此后老陈同他仍有书信往来。2003年，已经93岁高龄的杨绛先生为《朝花》写了《到申报馆看爸爸》一文，回忆自己10岁时到汉口路申报馆看望父亲杨荫杭（副总编兼主笔）的情景，朴实细腻的叙写中透逸出小女孩心目中父亲慈爱的形象。耐人寻味的是《朝花》自创刊之后的好多个年头，编辑室就设在申报馆这座老楼里，杨绛的文章给编者和读者都带来了亲切感和历史沧桑感。萧乾先生不但陆续为《朝花》写稿，还以自己早年编辑《大公报》文艺副刊的经验，勉励《朝花》编辑重视对于文学新人的关心和培养，指出这是一种长远的建设性的眼光和胸怀。《朝花》创刊40周年时萧老写的贺词中，就提出了"希望它继续充当新生力量的摇篮"的殷切期望。周而复先生在给编辑的信中说他30年代即来上海，新中国成立后，对《解放日报》和《朝花》副刊"情有独钟"，暮年中的周老仍然频寄文稿，有时编辑因故紧急约稿，他也总是欣然应允，及时寄来。王蒙先生作为《朝花》的老作者，一直热情关心这一副刊，这次《朝花》创刊60周年，他在祝贺的短文中称赞它"既是平民副刊，也是一个具有高水准的文化人副刊"。贾平凹先生在《朝花》50岁时写了一篇《关于散文》，认为一个副刊能够在这么长的岁月里一直生机勃勃，与中国的散文传统有关，《朝花》刊登大量散文，他勉励副刊继续多发"有意思的散文"。

　　一个甲子的历程，也锤炼了一茬又一茬办刊人。编辑们承继《解放日报》在长期编采业务中形成的守土有责协同作战的传统精神，在工作中互相关心支援，既确保刊物健康运作，也注意在实践中提高自身的思想和专业修养。笔者是从福建调来报社的"外来户"，到文艺部后得到编辑同仁的热忱支持和帮助，部主任吴芝麟还带领我们几位专程到武康路去拜望巴金老先生，副总编居欣如则带我到吴兴路去看望住在那儿的王元化先生，我还曾跟随老编辑陈诏探望前来上海的陈荒煤、周而复、刘心武等文艺家，总编辑丁锡满与文艺部一道接待和宴请华君武、丁聪、王蒙等文艺名流，也是为编辑人员结识他们提供条件。《解放日报》还有第一把手重视副刊的好传统（传承了好多年），王维老前辈离开现职后仍关心着《朝花》，看到某篇文章精彩或者觉得某篇文稿的一些提法欠妥当，会及时打电话告诉我们。这家报社在培养人才方面有着丰富的经验和突出的业绩，副刊这一块也不例外，在做好本职工作的同时，《朝花》编辑中先后涌现多位有成就的诗人和作家，他们除了自身的努力，同具体的环境氛围直接有关，其中也包括了领导人和报馆老人如许寅先生等的关心和帮助。

为总结和检阅办刊成绩和经验，报社分别于1996年和2006年编辑出版了《朝花》四十年和五十年作品精选集，文章目录中名流云集，蔚为大观，其中有叶圣陶、茅盾、郭沫若、巴金、曹禺、夏衍、唐弢、胡风、朱光潜、丰子恺、艾青、冰心、王元化、萧乾、周而复、刘白羽、王蒙、贾平凹等。当然，《朝花》也是坚持了"两条腿走路"的作者路线的，历任编者一方面积极组织名人佳作，另一方面如萧乾所说当好"文学的保姆"，在扶持和培养新人方面做了大量工作，几十年来，从《朝花》起步走上文坛的中青年作者不乏其人。

近年的《朝花》又有一些新的变革尝试，例如，自2016年初开始推出了七天一期的"朝花周刊"，每期三版，除了综合版，增强了热点事件的纪实和文艺评论，编者试图在更广更深的层面反映现实社会生活和时代风貌。当然，任何改进实验都还是要经受时间和受众的检验的。

（原载中英文双语杂志《红蔓》2016年第5期，后经《朝花》当任主编伍斌充实修订后成为《朝花》创刊六十周年纪念专版主题稿）

## 《朝花》之缘

笔者在长期的新闻生涯中，先后有过这样那样的职务，但说起来与副刊也很有缘分，最早是自1960年起在《厦门日报》的《海燕》副刊当编辑，1970年调到省会福州的《福建日报》，其间也有一段时间编副刊《武夷山下》，1984年来上海后，在《解放日报》编《朝花》，那是我经历的第三个文艺副刊了。在《解放日报》文艺部，笔者先后有副主任、主任的职务，但始终没有离开过《朝花》。编辑工作中有好多故事，其中包括与全国各地作家作者交往的故事，编辑思想探讨和刊物发展谋划的故事，具体的文稿和版面策划安排的故事，还有编辑同人之间的故事，真是一言难尽。总起来说，我对这个历史久长的大报副刊是有感情的，对长期相处的编辑同事是有感情的，也因为有了这个难得的"平台"，在工作中结识了京沪和全国各地的许多作家、作者朋友。这里存在着一种"缘"，就叫"朝花之缘"吧！

本篇文字不可能尽记有关《朝花》的前尘往事，只想侧重说一说这个副刊在长时期中形成的编辑思想和办刊方针，因为作为一张大报的有影响的文艺副刊，这里凝聚着好多代报社领导和编辑的经验和智慧。社会在发展，在新的历史时期，副刊在与时俱进中必定会发生这样那样的改革和变化，但一些基本的传统、基本的精神，其中的积极内涵，是任何时候都有或继承或吸收借鉴的意义的。退若干步说，作为历史，作为曾经有过的客观存在，追忆记录一下也是有必要的。

《解放日报》的《朝花》文艺副刊的编辑方针和编辑思想，有一个确立和不断充实完善的过程。据当年参加这个副刊创刊工作的老同志黎家健记述，1956年《朝花》创办时，报社编委会确定把它办成综合性文艺性的副刊，当时的领导人强调"要搞好杂文，要搞各种各样的知识，还要有繁多的品种"。初步的思路拟定后，办刊人员多方听取意见，还研究了《申报·自由谈》等老报副刊的特点，进行适当修订调整，然后把既定方针贯彻到办刊实践中去。

笔者来到《解放日报》文艺部时，报社编委吴芝麟兼文艺部主任（他是本报最年轻的编委），笔者当副主任，侧重分管《朝花》。我是外来户，担负这一工作困难很多，得到了部主任吴芝麟的热情支持和帮助，几位编辑同人也鼎力相助。吴芝麟调出报社至《人民日报》华东版任职后，由我当文艺部主任，在经营部务的同时仍用好多精力主持《朝花》编辑工作。由于《朝花》是《解放日报》的一个重要副刊，在上海、华东乃至全国有广泛的影响，所以历任报社主要负责人都对它很关心，刊物的一些重要事情常常是第一把手亲自过问。就我所知，在20世纪80年代到90年代那几年，在总编辑陈念云的提议下，编委会曾多次专题讨论《朝花》工作。根据国家改革开放的新形势，编委会认为《朝花》有必要进一步明确定位，完善办刊思想。经过一段时间的酝酿讨论，多方征求意见，形成共识：在定位上，把过去的"综合性文艺性"调整为"文艺性综合性"，理由是，《朝花》首先是一个文艺性的刊物，但又不是一个纯文艺刊物，《解放日报》是大报党报，需要一个文艺性的副刊，但《解放日报》又是一张综合性的新闻日报，副刊同报纸母体相适应，就不能办成纯文艺纯学术或纯文史性的载体，所以提出了综合性，两者结合，即文艺性综合性。这样，《朝花》同上海另外两张大报——《文汇报》的《笔会》，《新民晚报》的《夜光杯》也有了区别，《笔会》侧重于文艺性，《夜光杯》侧重于综合性，《朝花》介于两者之间。三张大报的副刊定位不同，便于形成自己的特点和个性。

关于《朝花》具体的办刊思路和版面特点，编委会同意由总编辑陈念云归结的"信、广、杂"，这三个字，兼顾到了各方面的因素。我当时对这三个字的大体理解是：

新——是鉴于报纸是新闻纸这个特点而提出的。副刊是整张报纸的组成部分，它不同于新闻主版面，有相对的独立性，但又必须与母体保持大体的协调，所以要与时代与社会与人民群众贴近，不能钻入故纸堆中，也不能陷入狭隘的学术天地，同样也不能成为纯艺术的"象牙塔"。它的表现形式是文艺的，文学的，但其内容中应当有社会信息，时代脉搏，读者的"声音"。散文少发或不发纯艺术性的，而是以纪实为主，以反映现实生活的内容为主，要言之有物，有真情实感。有组织地发表报告文学，并不定期地举办近距离反映现实生活的征文活动。"新"，自然也包含了要不断创新的意思，这是一个永恒的话题。

广——首先是指副刊作品的题材面要广，或者说作品触及现实生活的面要广。大凡国家建设，政策思想，社会风气，经济，文化，生活，人们的精神风貌，自然景观，人文景观，世俗民情，各类艺术欣赏和文史知识，等等，都可以在版面上得到反映。"广"，也包括作者面和读者面要广一些。对于作者，要广结善缘，广结文缘。《朝花》注重名家，发表名家作品是这个刊物的一贯传统，通常每期都有名家文章，组织名家作品是编辑的重要工作内容。在注重名家的同时，也重视培养有水平有潜力的业余作者，从中发现和造就新名家。注重名家而不唯名是取，培养新人着眼于质量和潜力，《朝花》坚持"两条腿走路"，这一作者路线体现的是承前启后的精神，开拓进取的精神，这也是刊物同时保持质量和品位，保持活力和希望的有效保证。在读者路线方面，是尽可能地扩大读者面的思路。《朝花》的读者除文艺界、知识界人士，还要争取有中等以上文化水平的广大企业界人员、机关干部、大中学校学生和城市一般居民。

杂——除了作品题材和内容丰富多样，主要指文章的形式要多样化一些，杂一些。这是考虑了我国报纸副刊的传统经验和现代读者的欣赏情趣两个方面的因素提出来的。认为只有"杂"，才能做到丰富而生动，具有可读性和吸引力，才能避免纯文学倾向，才能形成新闻报纸文艺副刊独特的风格和功能。按照"杂"的思路，副刊要有言论，以杂文和文艺评论为主，兼发各种形式的议论性文章。散文随笔分别设立栏目或刊头，几十个不同刊名的作品轮流出现在版面上。记得当时有个说法，"新广杂"三字以杂字为主，这主要是指组版时一定要有"杂"的意识，既注意内容不单一，也注意形式不单一。这样组成的版面叫综合版。《朝花》以综合版为主，有时根据稿件情况和报纸中心宣传的需要，适当组织一些专版，其中有围绕一定中心思路的专题性综合版，也有以文章品种归类组织的专版，如报告文学版，诗歌版，也曾多次组织过杂文专版，征文专版。在较长的一段时间里，文艺评论版是相对固定的，一个月左右出一版。

20世纪90年代在对《朝花》工作的进一步总结中，由时任总编辑丁锡满提议，在"新、广、杂"三字之后加一个"雅"字。《朝花》长时期中保持了比较高雅的格调和品位，不趋利，不媚俗，所以把"雅"字充实到具体办刊思想之中，是合理的，也是合乎实际的。这样就使刊物的办刊思想更具体，也更完整。我觉得"新、广、杂、雅"四字方针的本质意义是坚持了一种文化精神，这种文化精神也就是《朝花》的灵魂。文艺性综合性的总体定位加上四字要求，是一个完整的思路，完整的体系，是总结了我国新闻报纸副刊传统和几代编辑的实际经验，同时也根据大报党报的特性而梳理出来的办副刊的具体经验。

我们在工作中认真贯彻和把握《朝花》的办刊思想，注意防止当时全国各地许多报纸副刊流行的副刊纯文艺方向，同时适当减少了发得较多的文史类稿件，避免了版面"老气横秋"的沉闷感。杂文是历代老总都重视的品种，我们加强了杂文的组稿工作（当时许锦根是专职杂文编辑，精心经营建立了坚强的杂文作家队伍，许调离报社后，我也曾在好长时间里用不少精力组编杂文稿）。那些年在安排发稿时，大体做到每个月发九篇左右杂文（当时《朝花》每月十三期）。在版面安排上也努力注意"杂一些"，在为版面"配菜"时，尽量做到同一版面上不放两篇内容或形式同类型的文字，如果版面上放两幅画，一定是不同的画种，倘若在版位的两处各置一首诗，那么尽量安排一首新诗一首旧体诗。

报社的各任领导人对《朝花》的编辑工作经常提出意见和建议，有不妥的地方也提出批评。在主持《朝花》期间，我曾不止一次得到王维老前辈的指点，有时读报后，王老会来电话说"这篇文章好，可多发一些此类文稿"，或者指出某篇文稿的某处表述不恰当，应当改一下。陈念云、储大泓（后来调离报社）对我们的工作常有指导和鼓励。丁锡满分管《朝花》的时间较长，他自身也是文章行家，所以对我们的关心更具贴近性，记得曾好多次在他办公室商谈《朝花》的具体事宜，他有时在繁忙之中想起一件与《朝花》有关的事情，会随手写张便条套个信封着人交给我。按规定杂文稿是要送审的，不论是丁锡满或者金福安，审阅稿件都有放得开的眼光和包容度，对杂文编辑也很信任，极少否定稿子。

王维、夏其言、陈念云、丁锡满、储大泓、居欣如、陈迟还为《朝花》写文章，周瑞金、栾保俊也为《朝花》写过文章。储大泓、陈迟、居欣如、金福安、王富荣等作为副总编，先后分管过这个副刊。

1996年9月20日是《朝花》创刊四十周年，报社为此举行了一系列的纪念活动（那时我尚在主持笔政），除了出纪念专版，还有两项大的活动，一是组织了一个大型纪念座谈会（沪上数十位文艺新闻界名流与会），二是由汉语大字典出版社出版了一部六十万字的《朝花》四十年作品精选文集，由陈诏和我具体负责选稿编辑事宜。当时的总编辑是秦绍德，他十分关心纪念活动，对这部精选文集的编辑出版工作（包括书名的确定）多次具体过问，书的序言也是他写的。

十几年中先后与我共事编《朝花》的同人，除了与编委吴芝麟有良好合作，有陈诏、许锦根、季振邦、陈鹏举、朱蕊、徐锦江、任持平诸位（徐芳来《朝花》时我已交接职务但仍在编稿）。《朝花》编者大多亦编亦写，他们之中有红学家、散文家、诗人、词家，有的后来还成了活跃的文化活动家。我是1984年从《福建日报》调来《解放日报》文艺部的"外来户"，上海是个文化"大码头"，《朝花》又是大报名刊之一，适应环境，建立人脉，胜任业务，我面临的困难可想而知。所幸几位报社领导和吴芝麟等予以支持，几位编辑同仁也热诚向我伸出援手，各环节配合有序，加上自己的勤勉努力，终于较快适应情况，展开正常的工作。我到了退休年龄后因工作需要"超期服役"，前段仍任部主任并主持《朝花》笔政，后期与新任部主任吴为忠交接部务，1998年与新任《朝花》主编查志华交接工作，到1999年彻底离开文艺部。由于与《朝花》相伴了近十五个年头，记下一些情况，留作资料，也留作纪念。

（原载由上海市老新闻工作者协会主编的《我们的脚印》一书，上海人民出版社2001年版，收入本书时有增补修订）

第二辑

# 南 国 花 影

旅居南闽的岁月已然遥远,记忆屏幕上的许多"画面"在时间烟云中或隐或显,一些"色块"浓烈的,自然也包括那些在视觉宴饮中留下或甜美或酸楚人间故事的幕景,倒是经久而难忘。

## 心 动 凤 凰

那时候我们正年轻,经过多少天的旅途劳顿,带篷的军用卡车在城市的马路边停下,新兵们依次下车,我从车厢里跳下来,本能地看一眼这是个什么所在,最初映入眼帘的是一条洁净的水泥马路,有坡度,近处的路面上一片红色,那是刚从树上落下来的花瓣,视线顺势向上,便见巨大的树冠上红英耀眼,密密匝匝的花朵往向阳处挤,所以虽则葱翠的叶子也很好看,但绝对比不过花的风头,一树红花组成的大色块,渲染出别一样的热烈和欢畅。

此时,我从战友的呼叫声中知道了这个城市的名字——厦门。打从新兵团从上海出发,我们便自觉遵守一切纪律,包括不打听各个分队的落营驻地,所以到了目的地,方才明白已经身处当时颇有一点神秘色彩的前线城市了(那时还没有鹰厦铁路,入闽后全程乘带篷军卡)。

队伍遵令在路边空地稍作休息,我发觉马路上有了一点新的动静,先是传来一阵"夿旯夿旯"的声响,很清脆,也圆润,旋即看到一位身穿雪色连衣裙的少女自坡上款款而来,她身材修长,两条齐腰辫子随步摆动,脚上穿的是有着红色橡皮带的木屐,清脆的响声正是木屐敲击路面发出的。少女走近铺地落英的时候,对眼前的美色似乎有了反应,脚步放慢了,抬眼往上望,恰好一枚花片落在鼻翼上,随即滑落于地,姑娘不忍踩踏落红,稍稍调整脚步,从"红地毯"的边沿绕了过来。从我们身边经过的时候,少女以和善而美丽的目光看一眼路边穿崭新制服的年轻战士,此时我看清了她白皙中透些淡咖啡色的脸庞,泛着青春的光泽。俄顷,又有一对母女从坡上下来,母亲三十来岁,女儿七八岁,有意思的是身穿彩裙脚蹬白色舞鞋的小女孩走上"花毯"的时候,大约觉得特别有趣,竟踮起脚做出了一个舞蹈姿势,年轻的母亲笑着责备孩子:多好的花瓣,你踩着了。我觉得孩子瞬间的舞姿很美,脑际闪过前些时见过的在红氍毹上旋舞的才艺女郎。

我就是在这样独特的"镜头"中走进这座美丽的海岛城市的。身处两岸对垒的前沿,这座封闭的南闽小城在外人心目中有着许多神秘感,甚至因其军事要塞的位置而让一些人闻其名而生畏,但真的走近了它,则会深切地感受这座海上都会无论何时都难以掩饰其本色的温暖和美丽。

很快就知道了这里的女孩男孩都是爱穿木拖鞋的,傍晚的时候,大街小巷叽里旮旯的声浪此起彼伏,犹如春日田野里动听的蛙鸣。也有一些人干脆打赤脚,好些中学女生就是赤着脚背着书包走进学堂大门的。自然也很快知道了那棵开红花的树木叫金凤树,坊间常称其花朵为凤凰花,因为金凤树还有一个名字叫凤凰木。这一热带亚热带树木在岛上是最常见的,花朵以"顶花"的形式开放,十分繁密,红的色度浓郁热烈,所以常常给外来人以惊艳的感觉。后来我曾看到城中和鼓浪屿的一些地方,好多棵凤凰木聚集一起,联袂放艳,形成一个美妙的小"花海"。曾听一位当地朋友讲述其祖母的往昔故事——还是在做小姑娘的时候随父母远赴南洋谋生,轮船离开鹭岛时,海岸上的凤凰花像一团团红云,在视线中徐徐远去淡去,心里说不出有多难受。去国的岁月很漫长,故乡的"红云"便常常出现在她的梦境中。数十个寒暑之后祖母重返故地,归船驶入厦门海域,白发老人立在船头,屏息静气地向海岸眺望,当林立的楼厦间隙处果然出现期盼中的"红云"的时候,老人家已是泪流满面了。

军旅生活中,我有段时间在前沿连队,驻地都是敏感军事区,正值著名的1958年八月炮战,前沿经历中有一幕至今难忘。一天在岭兜地域修工事(步炮协同,我们步兵部队常要协助炮兵筑路运弹修工事),回程中看到在两棵金凤树的掩护下,一座火炮的炮管从掩体里伸出,直指前方海面的小金门,炮管上赫然立着一只灰白羽毛的鸽子,我们晓得一天之前这门火炮曾经参与群炮射击,鸽子显然是在炮声沉寂之后从村舍里飞来这儿歇息的(居民大多移居后方),炮管上的生命看到我们了,小眼珠转动着,略显一点惶恐,但生存于战区中的它习见军人活动,练出来了,并无离开炮管的意思。火炮前金凤树中的一棵枝叶已经残缺,但依然红英点点。——威武的火炮,安静的鸽子,艳红的凤凰花,这一十分奇特的画面"组合",是军事前沿的现实"图景",似乎也是一道人世的哲学命题,真的引起了我心灵的颤动。

1995年在北京晨光街"红霞公寓",笔者同刘白羽先生说起这个故事的时候,刘先生听得很有兴味,他说他也喜欢南方的凤凰花,还有那种他在厦门和大嶝岛都看到的满坡满地的三角梅。——只因为白羽先生1958年在厦门云顶岩(8·23炮击金门前线指挥所)写下散文名篇《万炮震金门》的时候,我作为前线部队的一名战士正在山下洪山柄村站岗执勤,这一点让我们之间的距离拉得更近了。对于厦门,我自感对它自"细节"开始的了解也不算少,但刘先生观察认知的方式更让其显示了一位激情散文家的睿智和敏锐。"红霞"晤叙之后,白羽老人先后寄给我两篇散文,分别题为《海恋》和《白鹭女神》,读这些文字,可以发现白羽先生在时隔近四十年后重登云顶岩,面对今日的和平海峡,对国家民族的风云流变有了更多纵横贯穿的历史性思考,即便是对于厦门这座由对垒"前沿"到开放交流"前沿"历史演变的滨海城市,也有了更多从容和深度的观察及了解。他走进了城市的一些"细部",一则有关鹭岛名称来历的传说,一尊友人赠送的《白鹭女神》瓷雕,让他"捕捉"到了岛人秉性中的精神特质,在《白鹭女神》一文中称之为"抱住了厦门的灵魂"。那次在"红霞公寓"谈论凤凰花的时候,记得白羽老人和笔者你一句我一句有过一点小小的议论,都觉得此物不但美艳好看,花期也长,花开花落新陈代谢频仍而呈现强烈的竞争状态和生命活力。我们对这一南地奇葩充满了欣赏。

## 半空"火焰"

木棉,是南国另一种常见树木。那时厦门中山公园里的几棵木棉树,坐落在灯光球场一侧，此物躯干十分高大，赏看木棉花必须把头仰起，胸也因此要挺直一点。记得当时我正在习读唐诗宋词，宋人刘克庄就说到了木棉的状况："几树半天红似染，居民云是木棉花。"刘氏一定是在南方某地行走，看到路边这种奇特的树和花，询问村人，知道了它的名字。

木棉的花色有大红和橘红两种，尤以橘红为多。每到开花时节，我必去中山公园、万石岩等地看木棉，还变着角度近看远看，有一次在公园东路的一座楼台瞭望，恰好花树背后的天空飘着几朵红云，互相映照，半空"火焰"分外壮观，便不禁想起关于"十日同辉"的故事来。

木棉的花朵是有点儿特别的，其形状像过去乡村学校里常用的铜铃，也像一只别致的酒盅，花体硕大，朵与朵之间有点间隔，"高高在上"的木棉花绝无"胭脂气"，也与娇巧妩媚无缘，它的一个显著特点是雅逸中透出阳刚，众花共辉中又各有自己的独立性，其集体的形象常与"红红火火""轰轰烈烈"等字眼联系在一起，所以有人称之为"英雄花"或"花中伟丈夫"。

木棉花走完火红的生命历程回归大地的时候，其情状也是不一般的——轻风之中，成熟的花蒂脱离枝头，欢快地扭动着身姿，徐徐飘落，很是潇洒自在。这里绝没有"一夜菲微露湿烟，晓来和泪丧婵娟"的凄怨，也没有"坠素翻红各自哀"的伤感。笔者曾在一篇拙文中记述在鼓浪屿龙头街见木棉落花的情景，那时我正停步欣赏一位街头艺人的二胡演奏（这是鼓岛常见的注册艺人，有的演艺水平相当高），坐在路边的演奏者穿西装戴墨镜头发梳得很讲究，二胡名曲《二泉映月》的优美旋律从他运动着的弓弦中流出……琴声高音激越处，我的目光触及前方路边的一棵木棉树，"清风吹动下，一朵覆铃形的花朵离枝垂落，我发现花儿在空中的瞬间，其身姿是旋转着跳跃着的，就像一个红衣舞者从高处从容降落，很是美妙"，我忽然有了一个小小的灵感——阿炳的乐曲是在为完成生命天职之后圆满回归的木棉花送行吗？脑子里旋即闪出一些字眼：人可去，物可尽，花可谢，曲可终，但美永远存留下来。——或者再发挥一下：来亦美，去亦美，生亦美，灭亦美，生既然光明磊落，灭何须悲天悯地！

顺此要写几句的是，中山公园里的木棉树在极左的年代里一朝消失，这倒是很让人黯然神伤的事情，那时我已离开部队，供职于《厦门日报》，社会上的红卫兵提出"公园是资产阶级修正主义享乐腐化的温床"，编辑部有一些人附议这种"理论"，于是那几棵木棉树在内的公园的一部分被"砸烂铲平"。正巧这一年我回无锡故乡看望老母亲，发现美丽的母亲湖——蠡湖的一半（西部）水被抽干，翻地种上了庄稼，这条著名的太湖支流自此成了延续多年的"断湖"。——以天下一切美的东西为"革命"对象，就是那个时代最时髦最风行的"政治"。——其实即使在那样的岁月里，人们也没有泯灭对于美的内心尊崇和爱护，就在中山公园木棉遭劫的那些日子，公园另一半的几棵合欢木上各自出现一条缠树红绸带，人们便传说这是当地几位老人以此表达对业已消失的木棉树的怀念和凭吊之情。

## 玉 树 临 窗

在部队的最后一个年头，我因一篇小说稿受到重视，被安排在城中的一座小楼里改稿。门口的马路叫"蓼花路"，小楼所在的园子里有好多亚热带植物，清早起来开窗观赏绿色生命呼吸新鲜空气，是最赏心悦目的事情。晨风送来幽幽清香，香味似曾相识，只是不知香源所在。一连两日，窗前享受无名香，总是觉得有点儿好奇。小楼近处有两棵树，其中一棵的枝条几乎伸手可触，此树树身很高，矩圆形的叶子大而密集。那天落过一阵小雨，叶子上因有水点而显得分外葱绿，爽意晨风中，一只画眉飞过来，在一枚叶子上搭一下脚然后飞到树的高处。就在鸟儿搭脚拨动叶片的瞬间，我的眼前一亮，看到了叶子下面玉笔也似的尤物，那是一朵花吧！便不免兴奋起来，顺手拿起一根小竹竿，就近挑起几个叶片，没见什么，再往略远一点的挑，呵呵，看见了，看见了，真的是可爱的小白花啊！而且，这花太熟悉了，不就是江南常见的"生小吴姑"挎篮叫卖的白兰花吗？接连挑起好几处树叶，一朵一朵白兰花的芳影映入眼帘，真是难以想象啊，满树的大叶子绿意障目，却原来是藏娇的好所在。我顿时明白，同样的物种，在不同的地域气候条件下其生命的形态是可以有很大不同的，江南盆、坛栽种的小树型白兰，到了南国就成了大型乔木（后来我在福州一个大院里看到的白兰树，工人把长长的竹梯子架在树身上，爬上去，用一根顶端有钩刀的竹竿采集花朵，树底下放着几只装花的大麻袋，这些花是要送到香料厂去的）。耐人寻味的是纵然树木高大，其玉笔银簪也似的花朵同江南的小乔白兰并无异样。有了拨叶识花的经验，便比较容易发现隐匿的小白花了，其实那些枝叶相对稀疏的地方，不用拨叶也看得见白兰倩影的。

闻香识花的体验，让我这个"小文青"有了灵感，过了一些时日，一篇题为《我爱白兰花》的短散文刊登在《厦门日报》的《海燕》副刊上，自然要对"绿幕银星"戏剧性的发现做一番描绘了，接下来是由此生发感慨：把娟美之身隐藏起来，悄无声息地为人间传递芳香缕缕，那是怎样的一种赤诚，一种情怀啊！由此深深地赞美了默默奉献非同凡俗的白兰之品。

那段时间我的小说的第一章《采菱歌》分两次发表在《厦门日报》上（部队推荐给报社），还突出地加了编者按语，《解放军文艺》杂志闻讯约我写了《我学习写作的一点体会》并很快刊出，在这样的"形势"下，年轻的我心态上自信自得，对流沙河的"草木篇"事件等已不怎么在心，也来傻乎乎地"草木"了（当然只是年轻人的稚嫩之作）。于是果然祸从文生，因作者被认为用"大叶子"比喻为掌权者压制个人或新生力量，使之"永无出头之日"，以及被认为怀有"颂一花贬百花"诋毁"双百方针"的阴暗心理呢，《厦门日报》的《海燕》副刊连续九期用大篇幅刊登批判文章，第十期发表了一篇"本报编辑部"的长篇检讨文章，才算告一段落。

此时我已退伍到地方，本身就是《厦门日报》的《海燕》副刊的一名编辑。从部队传来的信息是，总政文艺处曾来函调我去京修改那部小说，部队回复说此人已经复员，而且写了毒草作品犯了错误，正在接受批判。小说的事就此"黄了"。

不久到了"文革"年代，风暴之中，在劫难逃。当时报社"揪出"一个三人"反党小集团"，在下自然忝列其中，具体的事情这里不说了，最痛惜的是第一次针对"小集团"的大型批判会之后的当天晚上，"三人"之一的王丁先生（政文部副主任）就此身亡。

比起公园里的木棉来，小白花的命运要好一些，然而这些可爱的小生命哪里懂得人世间有那么多诡异和荒唐的事情，自相踩踏之间，还要把美丽的花朵搭进去做"作料"甚或陪葬品。——20世纪60年代发生的这样的"小城故事"，放到全国的"大社会"中也许算不得什么，但给人们（社会）的心灵震撼和不堪记忆则是一样的。几年前我得到一张在菲律宾出版的《菲华日报》，上面刊登了闽籍知名诗人、作家昆洛（有长篇小说《南洋泪》三部曲等著作）的一首诗，不妨收录于此：

### 鹭岛白兰——致沈扬
#### 昆　洛

1
而有一种花／其白如雪／其莹如玉
五月里／当凝固在记忆中的那股芬芳／重新迷漫　才知道／你又已开放
2
却依然没有踪迹／抬头寻向浓茂的树冠／只见绿叶葳蕤
也不迷恋高处的风光／宁愿以纯玉般骄傲的破碎／在某一个黄昏　默默地／完成对大地圣洁的爱情／——这就是白兰
3
不知道／你今天去了，哪里

——在思想被禁锢／鼻孔也灌满了混凝土的季节／你却诚实地　诉说着／白兰花的馨香
4
即使你在天涯／即使你在海角／我知道 你依然深信／鹭岛的白兰／还在如期开放

谁能阻止五月的到来？

写于1976年5月4日

（此诗刊于2012年9月20日菲律宾《菲华日报》，诗后有介绍白兰花事件背景情况的作者后记）

所幸在时代前进的洪流中，这样的"荒唐"业已成为民族"心史"中沉重的负面经验，被严肃地记录下来。

这些年几次去厦门，总要到蓼花路转转，找到那个园子，站在门口，凝望那棵曾经在我年轻的时候陪伴过我并带给我诗性想象的南闽嘉木，而今的白兰树是显得有点老态了，但密集的大叶子仍然焕发生命的活力。很想去采一朵小白花，同它聊聊人间的许多事情。令人欣喜的是蓼花路和附近安静的马路边（包括路边的住宅小院），还有不少白兰树（闽人称玉兰树），自然还有那些花红如盖的凤凰木，随处可见始终绽开笑脸的三角梅，以及不远处万石岩上依然浓密的相思林……正是它们，让这个新时代的南国名城更显无限风华。

（原载《上海文学》2016年第1期）

## 圭峰闲话：聊苏轼说巴金

近年曾经两次去粤西南，在黄海边的开平看碉楼群，江门的米汤煮鱼炭烤海蛎精炒排粉也好吃，圭峰山下的新会是个古城，在这里居住多日，山上山下昨日今日所见所闻所感也就多一些。

粤中名山圭峰"三峰一屏四秀水"的奇绝景观这里不记了，半山的玉台寺（岭南四大名刹之一）见证了自唐以来朝朝代代缘结此山的历史人文故事，内中一则说到诗圣苏东坡曾经游览圭峰名胜，倒是引起了我的兴趣。苏公因"犯上"而贬居粤东惠州尽人皆知，其也曾涉足粤西南则少有所闻，媒体文章和导游词对此的说法是：苏轼在惠州任职期间再遭贬谪，流放海南琼州（后又去儋州），赴琼途中航船经过粤西遇西江水暴涨，于是登岸歇息等待退潮，其间慕名登上圭峰山并瞻谒玉台寺，兴致所至还在寺壁上题了一首诗。当地流传记述苏东坡登圭峰山的诗词不少，元代诗人罗蒙正在《登圭峰山怀苏公》一诗中，更是叙写了壁上留诗经风历雨已然残缺的情景："坡仙题咏今残剥，词客登临诵未休。"诗中所云与坊间传说完全吻合，圭峰山国家森林公园则存留着前人拍摄的《苏东坡先生游圭峰碑记》照片，以及一张原碑勾勒的拓本碑帖，这座大型纪念碑由"文明书局同人"敬立于民国二十七年（1936），黑底白字碑文中明白书有当年苏轼途中"经昌化遭淹涨"，乃登岸"至新会游圭峰题诗壁上"等语（碑废于何时不详），所以虽然文史人士因题壁诗无正本录存而对苏氏是否登山有过一点质疑，但实际情况是诗文叙写、碑记和民间传说高度一致，逻辑链没问题，而且历代新会人竞说苏公事，如此敬重诗文俊杰，即便有一点争议也不重要了。

粤西南社会一直有着看重文字、文人的厚朴民风，圭峰山玉台栈道桥底有个墓地，碑石上刻着"咸丰七年字纸灰土埋"九字，碑左一个馒头形孤坟，墓碑上写的不是人名，而是"字冢"两字，顾名思义，墓中安放的不是一个已故的人，而是一幅字，或者一本书，至于写作者何人书文内容均不得而知，但只要联系这一带的社会风习，对"字冢"现象就不会觉得很奇怪。明清年代，新会地区有一个"敬惜字纸会"，专门雇人收集用过的字纸集中焚烧埋葬，外海茶庵寺至今还存留一座宝塔形"化字炉"。想一想也真是的啊，纸、墨、字是人类文明的伟大创造，字是人写的，敬字即敬人，此间人士对诸如诗圣文豪一类人物分外的关注和礼敬，也就很容易理解了。"敬字如命"的乡风民俗折射社会公众朴素而真诚的文化自觉和文明认同，这样的故事自然让我很感动。

时序进入现当代，粤西南社会"敬字如命"的故事也很多，人们谈论诗人苏轼的圭峰游，也述说作家巴金的新会十日。苏居士的玉台诗未曾留世太遗憾，巴金先生书写新会的一篇文章便受到了分外的关爱，乡亲们甚至在天马村专门建造一座公园，纪念这一散文名篇。大作家巴金是 1933 年应朋友陈洪有之邀前来新会的，陈先生早年在上海劳动大学读书时结识巴金，1933 年 4 月，在新会乡村任教的陈洪有到上海办事，探望巴金先生时邀请他到南方去看看，那段时间的巴金业已完成爱情三部曲中前两部《雾》《雨》的写作，正有暂时搁笔出去走走看看以调节身心吸收社会"营养"的意愿，于是欣然接受朋友的邀请，他们先到福建晋江（自 1930 年起巴金曾三次到晋江，结识献身教育事业的校长和教师，同时观察了解社会），抵达广东新会时已是 5 月。新会十日，巴金住在陈洪有任职的西江乡师庶务室里，利用一切时间悉心了解乡村教育状况，考察农民生活。在前往凤山茶坑村参观梁启超故居的途中（新会是梁启超先生的故乡），陪同的乡村教师带他到天马村去看一棵老榕树——银洲河边的这棵榕树体积巨大，枝繁叶茂，引得鸟类争相来此栖息，也常引来看树赏鸟人。青年巴金为这一独特的榕树景观所感动，回沪后写了一篇散文《鸟的天堂》，刊登在 8 月号的《文学》季刊上。作品通过描绘古榕奇观颂赞美丽的生命和生命力，当然写作者对于形成鸟的"天堂"的因素——沃土、好水、良木，还有亚热带的温暖气候，也是印象深刻感触良多。1978 年，《鸟的天堂》被收入全国小学语文课本，影响自是不一般。新会是这篇文章的题材"源"，好多人熟读《鸟的天堂》，也为大作家书写家乡的故事而感到高兴和自豪，1984 年，经文教园林传播界一众人士的筹划，决定于银洲河旁建造一座冠名《鸟的天堂》的生态公园，在致敬文豪纪念名篇的同时，也借此传扬绿色自然与鸟类人类和谐相处的科学理念。于是年事已高的陈洪有先生有了新任务：专程赴沪请巴金老人为公园书写园名。

其实我们初到新会的时候，就听住在圭峰山脚下的多年好友李思林述说巴金与《鸟的天堂》，并提议我们去看看那棵老榕树，其女儿丽莹也说她和同学们都读过巴金爷爷的这篇范文，也喜欢去生态公园游玩。我们去天马村的那天天气晴好，来到园前，首先映入眼帘的是大门上方四个大字"小鸟天堂"——散文原名《鸟的天堂》，1984年巴老在题写园名的时候一定是想到了小鸟最受孩子们欢迎，于是变动一字，存留在他记忆中的那个吸引小鸟的榕树林，就是一个美丽的童话境界。正是早春二月，园内各类亚热带植物葱翠可人，艳花处处。因是假日，家长带着孩子游园的尤其多。到了"观鸟长廊"，面前便出现了河流和树木。当年巴金看到被称为"雀墩"的河埠上浓密的绿树，以为是一个树林，笔者一开始也是认树为林的，其实这里只有一棵树（也有说两棵的），这棵近400岁的"树王"真的很了得，其枝叶冠盖的覆盖面达到一万平方米（枝干上的气根挂下来接触地面，即由须变枝，如此循环，"一树成林"的现象便出现了）。"榕树正在茂盛的时期，好像把它的全部生命力展示给我们看……似乎每一片绿叶上都有一个小生命在颤动。"巴金在《鸟的天堂》中如此描述。当时的他们一次又一次地拍掌，"树上便热闹了，到处都是鸟声，到处都是鸟影"，甚至还听到一只画眉的歌唱。离开的时候，巴金先生是"感到一点儿留恋了"。

我们在"观鸟台"上近看"树王"，感受到了巴金所描绘的葱茏树叶上的生命颤动。鸟儿不多，借助观察镜，方才看到正在枝叶间歇息的尤物，先是几只，从几个角度细看，就有二十来只了。一群孩子在长筒观察镜前争先观看，两个中学女生则举起手机，等待拍摄鸟儿出入的瞬间。台上一位当地的白发老头告诉我们，如是早上或傍晚来，还是可以看到好多鸟儿的，鸟种以白鹭和灰鹭居多，也有毛鸡和麻鹤，白鹭欢喜早上出去觅食，灰鹭则白天在树上歇息，近晚成群地飞出去。老人绘声绘色地说，"鹭鸟出发的时候先有一只头鸟兜着圈子鸣叫，似乎是发出集结令，鸟儿便从各个角落飞出来，在河空转几圈后一道出发"。

后来从徐开垒先生著《巴金传》中获知，1933年之后巴金曾经再度到新会，那是时隔二十九年后的1962年，先生偕夫人萧珊和女儿小林儿子小棠在广州过春节，多年老友陈洪有特来看望，2月11日一行来到新会，去"雀墩"看了"鸟的天堂"（萧珊女士在日记中写了观鸟情景），这次新会行一家子上了圭峰山，除了观景，还参观了1958年周总理曾来视察的新会劳动大学等场所。此后陆续有驰名人物前来新会赏树观鸟，1962年3月，田汉先生游览圭峰名胜后即来天马看"树王"，并随兴写下四联八句诗一首，与巴金老弟的《鸟的天堂》相呼应。大画家吴冠中是1989年慕名而来新会的，雀墩奇观激荡着画家的艺术思绪，数幅色彩跳荡诗意律动的水墨画佳作《天堂》面世，其中最大的一幅被英国大英博物馆收藏，小鸟天堂的童话语境实现了一次自然元素与超现实艺术想象力融合的别开生面的美学提升。

纸墨字画光华聚合，更有文宗级人物留下的屐痕墨迹，"敬字崇文"之乡的精神气象更是不一般。笔者由此对"字冢"现象的本质意义也有了更多的感悟。——"读字人"和"写字人"其实是互敬互重互为依存的，苏东坡从乡野村夫口中识"明月"（一种鸟的名字），方才知道自己改错了王安石的一句诗，羞愧不已；巴金关于"真正的诗人一定能认识机器的力量"的感悟，正是1933年新会新宁铁路船载火车过江时工人娴熟操作的情景给了他启示（徐开垒《巴金传》）。巴金老人晚年写下的一句话："我的一生是靠读者养活的"，对"读字人"和"写字人"的关系做出了最清醒也最科学的回答。

（原载《解放日报》2020年4月30日）

# 庐 山 轿
## ——匡庐随记之一

在庐山五老峰看登山轿，只见其结构及式样都很简陋：一张竹制的或藤制的椅子（大抵有一个较为舒适的靠背，下端有脚踏横杆），用两根结实的竹竿绑着，竹竿前后两端各系一条小扁担。轿工抬轿登山的架势，自然不如昔时江南新娘轿的轿把式那样从容和洒脱，而是上山前躬后挺，下山前挺后躬，手脚使劲，上下陡坡时还得提着心儿，肩臂交替，务求保持轿身的平衡。倘要闹个《红高粱》中颠轿的恶作剧，那么千仞崖壁下的鬼魂儿就在招手了。

轿工大多是当地的精壮小伙子，也有年龄稍长的（四五十岁），他们的个头不大，身上的肌肉结实而黝黑，两个小腿肚鼓嘟嘟的。

"坐轿哟，来，坐轿子上山，山上好看哪！"轿工们吆喝着。据说过去轿工兜揽生意，大多朝着那些上了年纪的游客。近些年起了变化（毕竟进入20世纪90年代啦），"目标"多样化。一些人坐轿是想看风景而体力不济，但为了"开开眼界""过过轿瘾""出出风头"的轿客也大有人在。其中不少是手头宽裕而又好奇心十足的年轻人，于是坐轿阶层也年轻化了。

有不少人询问价钱。

"到二峰十五元，四峰二十五元，五峰三十五元！"轿工回答（1990年的价格——笔者注）。

"太贵啦！"

"嗳，过来哟，诚心要坐，价钱好商量！"

上一峰石阶多而较陡峭，有人被这第一个"下马威"震慑，不敢前行，退而下山了。也有人就在上一峰的途中坐了轿子。其实，过了一峰之后，各峰的登山路并非都难走，但轿工们竭力夸张"越上越难走"，"越上风景越好"，借此煽动游客的坐轿心理。

在二、三、四峰之间，有多人坐轿而过。一位年轻女子，身着入时的天蓝色连衣裙，怡然地坐在轿中，乌眸飞动，远看风景，近看人流。在她的眼中，人流也是风景，而在游人的眼中，轿中的她便是景中景了。一个十四五岁的胖小子，正是"登山如虎"的年纪，却也成了轿中客。游人中便有人戏言："哟，90年代的'小太阳'，爬不来山哟！"

五老峰是庐山名岭，最高处海拔一千三百五十八米，不成规则的五个山峰，犹如姿态各异的五位老人，故名。在峻峭的各个峰顶，不但有一览众山小的气势，且可看到雄伟长江、秀美鄱阳湖，以及踞于江湖之间的大孤山胜景。山高峰险处，更有诡云谲雾，变幻莫测，故而虽然山高岭危，仍然登者如云，即便是坐轿上山的，到了各个峰顶，也总要下轿观景，抬轿人便借此歇息。

庐山轿比起我前些时看到的峨眉轿来，形状大抵相似。不过，峨眉的单人轿（轿工的背上背一张竹椅子，乘客反方向坐在椅子上），在庐山则看不到。

看古老的登山轿，不免想起古人坐轿登山的情景。晋人陶渊明是庐山本地人，从庐山脚下的故乡柴桑栗里到山上，常来常往，不见得要坐轿子的。陶氏嗜酒，即便是写诗，也是"有诗必有酒"，到得山上，在那儿醉了酒，下不来，坐轿下山是可能的。不过，是时山上"皆无发人"，处处寺院处处僧，大约不会有酒肆食坊之类的处所，因而无从"醉"也。诗仙李白是明明白白地登了五老峰的，他的《登五老峰》诗中有"青天削出金芙蓉"的妙句，那是诗人登临险峰，目睹太阳光返照中辉煌云瀑的生动描绘。李氏隐居庐山时业已五十六岁，登山坐轿有其可能，不过这也是个无头条，难以考证了。

至于近代人坐轿登山，有清末政治改革家康有为，据文字记载，自1889年到1926年，他三游庐山。庐山八十多岁老人肖思风曾亲眼看到康有为在牯岭东街下轿的情景。康有为乘轿游了庐山顶上的黄龙寺、莲花台，并题"黄龙寺"匾额。蒋介石、宋美龄是从莲花洞经好汉坡坐轿上山的。

从五老峰下来，有一处叫青莲谷的地方，那是著名景点三叠泉上下必经的通道。道路两边有各种简易食棚，面饭水饺及各色炒菜均有。此处所见的登山轿比五老峰多。三叠泉是个绝佳去处，然而路途崎岖，下到谷底，能看到从七百米的高山上挂下来的瀑布水，经三折而悬空落入谷底，其奇其美难以言喻。由于地处险僻，三叠泉到南宋绍熙二年（1191）才被人发现，当时曾轰动一时。为观赏庐山最雄秀的瀑布水，从五老峰下来的许多游客"连续作战"，进军三叠。据说这段路有石阶一千八百级，先下谷，然后循原路上谷，上下往返便是三千六百级了。

游人中有信心走完全程的占多数。也有人对"能否上得来"心存狐疑，不过"实在不行坐轿子"，有了这个"后盾"，便胆壮心热了。

下谷坐轿的游客是少见的，而坐着轿子上谷来的则不时可见。在青莲谷隘口看"凯旋者"的风采，是颇有意思的。毕竟是精壮的小伙子有好体力，虽然上下衣衫都已透湿，仍神采焕发，高声谈论着谷下见闻。女士们则大多长吁短叹，有的走路时腿脚飘忽，嚷嚷着："哎哟，吃不消啦！"

此时最有"看头"的就是轿子队了。

一乘竹轿中坐着一个二十来岁的男青年，额头上包着纱布，鲜红的血把纱布的一部分染红了。这个小伙子一定是在登攀时毛手毛脚，跌得头破血流，只得求助于"轿子担架"。

一个浑身肉疙瘩的中年人，瘫坐在轿椅中，整个椅体被"肉"塞满，胖轿客把上下外衣都捏在手中，身上只穿着内裤、汗背心。看来他是打算进行最后冲刺，然而过多的脂肪使他不得走完全程。

一对母女同坐一乘轿子。年轻的母亲带着四五岁的爱女下三叠泉，这里的"母亲精神"是难能可贵的。

在五老峰相遇的那位蓝衣女轿客，此刻又出现在三叠泉上谷的轿队中。看来这是一位全程轿客。我的同伴中有知情者，说从五老峰一峰到三叠泉上谷，全程轿价一百二十元。有一家广东客，男女老少六个人，除一个壮年男子步行随后外，其余五人均坐了轿子，浩浩荡荡上谷来，轿资一百五十元。

归程中遇到上海市机关赴庐山休养一行人，其中有相熟的某君，他说全队四十五人，有十余人下了三叠泉，上谷时多人体力不支，便有五六人坐了轿子。他也是走到半谷举步维艰而花二十元坐轿上来的。

我们问他坐轿的感觉，回答是："根本不敢往下看，一看就头昏眼花。"

其实，最辛劳的还是轿工。在陡峭的长坡上，前者即使以臂代肩，也难以持稳轿体，于是取斜行法、横行法、S行法，还得不时避让人流，嚷嚷着："让开，让一让！"

比起三叠泉来，庐山山南秀峰的轿子多了一些诗情逸意。到秀峰看东瀑西瀑的游客，也有人坐轿上山。尤其是到香炉峰下看西瀑，那是李白留下"飞流直下三千尺，疑是银河落九天"绝唱的处所，游客大多选择登山到瀑布水脚下，一睹"三千尺"雄姿。这里也是崇山峻岭，但随坡而上的登山路势尚好，抬轿人和坐轿人都有一种从容感。轿工们甚至有兴致把轿子略加装饰，加了个白布轿顶，四沿缝了红红绿绿的花边，有的还在白布上绣了花呀鸟呀什么的简易图案。有人描绘奉化溪口上蒋母道山的轿子，像一座座凉亭，那大约也有一副好看的轿顶了。其实最像传统意义上的轿子的登山轿在张家界，五年前我到那个新开发的新景区，就看到黄狮寨下停着两乘花轿，那模样同过去江南乡间婚嫁的花轿很相似，只是四周没有团团围住，而是在上端三面留着较大的空档，以供轿客观景所需。那是20世纪80年代，坐轿上黄狮寨轿资十八元，极少有人问津，花轿就成了游客们观赏的展览品了。

近些年一些旅游区轿业出现兴旺势头，从一个角度反映了社会生活水准和人们消费心理的变化。在登山路上，我曾听到这样的对话：

"喂，老兄你这次带了六百元来，用不完的，坐趟轿子吧！"

"坐就坐，不过你得奉陪。出来逛世界，还不花点钱？"

轿工们是挣力气钱的，但看来他们也不再是过去年代意义上的苦力。我曾在五老峰的山间小道上同一位有人叫他"欧阳"的轿工闲聊，——问他干这个行当是乐还是怨，他说有怨也有乐啊，"这是苦差事，初学抬轿子，走了两个来回，骨头就散了架，爬不起来。不过抬惯了，得了要领，也就觉得还好对付"。说到乐，自然是轿费收入了。他承认收入不低，日子过得不坏，但不愿透露收入的具体数字。他着重说："就是夏天三个来月的旅游旺季赚点钱。旺季一过，没啥生意了。"

庐山风景区是全国各旅游区登山轿较多的地方，山上山下几个地方加起来有百余乘轿子，当然，与过去这里轿业全盛时期是不能同日而语了。30年代前，景区上山无公路，四条登山小道都极曲折坎坷，其中从莲花洞方向开辟的好汉坡新道，路短，但最为险阻。据史料记载，当时"帝国主义分子、军阀、官僚、买办、政客、富商等等上山，都在莲花洞上轿，每乘轿子一般轿工四名，如遇体重者，则需六名，倘然要求上山迅速，就需要八人轮换扛抬。那时候的轿资是很低的，用四名轿工的跑一趟仅四元，后还减至三元八角。全山各处以此谋生的轿工达数千人"。20世纪30年代庐山已设管理局。1937年管理局对轿工考核，合格的发编号背心和证件，结果"准许登记的轿工两千零四十一人，组长三十九人，挑工四百四十三人。一些洋人、官人还有自备轿工和挑工"。

那是业已逝去时代的记录。是时的庐山已不是"四百八十寺"的佛国盛世，而是有了洋人"国中之国"的殖民色彩浓厚的避暑胜地。公路开发前，轿子便是登山的主要工具，好汉坡曲里拐弯起伏跌宕的千级石阶上，身穿号衣的轿工挑夫弓背曲腰，踽踽而行，以汩汩的汗水换回低廉的轿资，那是一幅实实在在的苦力图。

我想，随着现代化旅游设施的改善，简陋的登山轿最终是要成为历史的遗物而进博物馆的，不过当然有一个为时不短的过程。在这个过程中，轿子不会很快消失。何况，在某种意义上说，现在的一些登山轿其实仅仅是作为景点的一种点缀、一种道具。秀峰脚下一座小石桥畔，一个年轻人对轿工说："喂，抬我到桥下，只十来步，玩一玩，一元钱，怎么样？"轿工欣然应诺，年轻人便兴致勃勃地坐上轿去。青玉峡激越清澈的龙潭前，临水歇着两乘轿子。轿工不住地喊着："来来来，坐轿拍照，一次五毛！"俄顷，一个衣着讲究的半老徐娘坐到轿中，两名轿工将轿子轻轻抬起，徐娘的花枝招展的女儿在几步之外端起相机，"咔嚓"一声，一幅清潭轿中人的作品便完成了。

看庐山轿，玩味"轿子文化"中流动的时代声息，是不是很有意思呢！

（刊于《解放日报》1990年8月30日，入选《中国散文大系景物卷》，2015年6月中国文史出版社）

## 西子茶话

有过多次在西子湖畔饮茶的经历,郭庄、汪庄、"湖畔居"等。西湖边的饮茶所在,大抵都是有一点来历的,于是伴着茶香,便会有各种谈资。

有一次我们在汪庄喝茶。早一日去过龙井村,品过刚采制的新茶,在湖边用茶,座中就有了对新茶与前季茶叶口感比较及真假龙井如何辨别的议论。位于雷峰塔下的汪庄,最早是安徽茶商汪赐予的汪裕泰茶行,后来名闻遐迩的西子宾馆就设在这里。园子三面环水,目光所及碧波万顷。当年毛泽东主席到杭州,总是入住汪庄,我们在园中饮茶,体味着蕴含于楼影波光中变幻莫测扑朔迷离的历史意境。巴金先生在杭州,除了灵隐寺边的"创作之家",汪庄也是他喜欢住的地方。我曾看到过一张照片:草坪旁,巴金、夏衍两位文化老人并排坐在轮椅里。这张照片就是在汪庄拍的。二老先是在湖边饮茶畅叙一个甲子的情谊,茶毕,坐着轮椅到林荫道上看风景,车子出了林荫,就留下了这幅历史性合影。我们茶余在园区漫步的时候,寻觅两老当年拍照的地方,在一座楼屋前的石碑上,还看到了巴老写于1994年的题字:西湖永远在我心中。这是老人的真诚心声。自1930年与友人第一次游西湖,到1998年,巴金到杭州的次数已难以计数,陆正伟先生曾从巴老作品、日记和书信中寻找这方面的记载,断定其杭州之行不会少于三十次。从陆蠡、方令孺到黄源、夏衍、王蒙……龙井飘香之中,西子湖边的文人叙谈,灯下抒写,多少故事,多少情思在里头啊!

郭庄位于卧龙桥北堍,被誉为"西湖古典园林之冠"。我们入园那一天,下着大雨,"静必居""一镜天开",是只能匆匆而过了。一群人撑着各种颜色的伞伫立在湖岸看雨线与水面对接的情景,有点儿诗意,也有点儿冷,于是进入一间近湖的大亭阁避雨,一时是出不去的了,就坐下来谈论散文吧(本是散文组织的一次活动)。用的是好茶叶,但开水常常不够，服务员打伞取水跑了好几趟。雨声涛声一样的热烈，品茶的气氛是打了折扣了。郭庄之行，留在记忆中的是：雨湖，雨园，雨亭，雨中的说话声。

最难忘的是那个"湖畔居"——突出于湖岸的茶楼造型古典而优雅，临水揽风，美不胜收。都说店名"湖畔"两字源于20世纪二三十年代的那个湖畔诗社。笔者对湖畔诗人了解甚少，只晓得汪静之八十几岁的时候还在写爱情诗。一个偶然的机会，看到冯雪峰年轻时写的几首"情诗"，十分的清纯优美，方才知道这位红色文人早年在杭州，也是"湖畔诗社"的一名成员。西子之滨，一群年轻人品茗作诗论道，文风雅渊，真的很有味道。

楼上也是有茶座的，另设舒适的包厢，但我们还是选在楼下就座，只因为茶桌离水面近一点。从席上往外看，湖域开阔，日光映照微波，显得分外柔顺明亮。有游船穿梭往来，远一些的水面，船中人难辨其数，借用张岱的西湖诗语，那就是"舟中人两三粒"了。对岸山上的宝塔，即是保俶塔。在天光波影的烘托下，塔体明丽清晰。西湖的山水，常常给人以朦胧中有清晰、清晰中有朦胧的感觉。湖岸线上的宝塔，形成一种小小的视觉重心，山水便显得更加生动，更有神采。

临水观景，有上好的香茗相伴，是最惬意的事情。茶叶挑的是"狮峰龙井"。除了几种品类有别的龙井，还有好多来自各地的名牌茶，它们的名字也好听，比如，雪水云绿、九曲红梅、半天妖藤、石上银针，再如，白鸡冠、金柳条、芝兰香草叶、二代大红袍……任客选用。我留意了龙井茶叶入水的情形，那叶芽子扁平光滑，犹如莲心，经沸水冲泡，先是浮于水面，几个轻轻"转身"之后，缓缓地下沉，是时的汤汁清淡明亮，香气随着袅袅热气扑入鼻中，上口的茶味甘美而略带青涩，最好是微量细饮，享受那一种淡淡悠悠的感觉。伴茶的点心很多，我们选了青豆、醉枣、夹心山楂、松仁薄荷糕、糯米果子羹，另加几只刚从荷塘采上来的青莲心。

茶座中的话题是自由多样的。有人评论重建后的雷峰塔，以为它在承继的基础上有大胆的形象拓展和功能延伸，符合永续利用的理念。也有批评的意见，说新塔的现代化气息过于浓厚，同两座"门户"的另一方韵致不一。我们所在的位置只能看到一塔，但已经欣赏过的另一塔的形象留在了各自的脑子里。我想就游客来说，看到新塔，大抵会有一种踏实感和完满感——对事物平衡和谐的追求，今人和古人应当是一样的。可以设想北宋初年的相关官员，之所以在造了一塔之后于隔岸再造一塔，其间一定有均衡美学的考虑，加上国人固有的"伴侣情结"，南北两塔成双成对就是最好的选择。有意思的是如此的"美学辩证法"中，把理（平衡）和情（伴侣）两个层面都"照顾"进去了。从"老衲"（明嘉靖年间雷峰塔廊檐被倭寇烧毁，其形象被坊间称为"老衲"，相对于保俶塔的誉称"美人"）消失到新塔再现，竟隔了七十六个年头。据说当年讨论重建方案的时候，也有反对意见，理由是"残缺也是一种美"，让"完满"留在想象之中，不是也很好吗！真的是见仁见智，谁说此论没有一点道理呢？

座中似乎都很欣赏"湖畔诗人"写爱情诗的激情和勇气，毕竟是人性禁锢的年代啊（当然湖畔诗人不只写爱情诗）。也钦佩苏东坡独特的想象力，要不然怎么会有"从来佳茗似佳人"这样的妙句！此时此刻，一群人面对杯中香茗，户外良景，谁都想在这里多待一会儿——店名中的那个"居"字，不就是对此种心情的最好注释！于是席间有人来了兴致，朗声说道：情已牵，离难忍，分明有一位佳人在身边啊！

（原载《解放日报》2010年12月11日）

# 敦 煌 杂 记

茫茫戈壁滩，大沙漠之间出现一座石头山，石头山下有条细细长长的河流，河畔草青树绿。一部惊世骇俗的传奇史诗就发生在这片小山水之间。

小山水似乎少了些江南烟雨的细腻和柔意，也少了烟雨江南湿漉漉的诗情。它给人的第一个感觉是那样的神奇，那样的充满天荒地老的沧桑感。

时至今日，许多人还是弄不明白，辉煌之极、灿烂之极的敦煌文化，缘何隐藏在大漠深处的这片山水间。

这是同内蒙古黑水城一样的谜吗？——沙漠的尽头有一座埋在地下的古城，古城的一座古塔内储藏着数千册珍贵的中华文典。1909 年，这些文典被俄国探险家科兹洛夫发现并打包运回沙俄。这座埋藏中华文典的死城，就叫黑水城。

比起黑水城典藏来，眼前这个叫作莫高窟的中华文宝，何止是数千册！

早于科兹洛夫的黑水城探险两年，即 1907 年，英籍匈牙利人斯坦因，用三百两银子，在莫高窟向机诈贪利的王元箓道士"换"去藏经洞中的经卷、文书、佛幡绣像、书画等"精好""捆载四十驼"——也就是说，这些珍藏文物用四十峰骆驼运载而去。接下来的是法国人伯希和，向王道士"许以银元宝"（一说白银五百两），又将珍贵文藏"载去十大车"……等到 1909 年清廷学部一梦方醒令甘肃省把余经尽缴京城之时，仅剩之数是八千卷。

从藏经洞中取出后来被称为"敦煌遗书"的文物，最终的大体统计数字是"五六万件"，历史跨度则上迄三国下至宋代。这个藏经洞，正是宋时因避西夏之乱而秘设于此的。

敦煌之奇，并不止于多达五六万件的"遗书"，更有数以百计的大小洞窟，展示一个精美绝伦举世无匹的壁画彩塑世界。

神秘的经洞，神秘的画窟，"说不清道不明"之中，有一点是至为紧要的，那就是这里有一个并不引人注目却实在是不可多得的生存小环境——祁连山的积雪融化开来，变成山泉，沿着鸣沙山朝东，一直流到莫高窟。这个水道名为宕泉河，俗称大泉河。

前秦建元二年（366）在这里开出第一个洞窟的乐僔和尚，喝的正是宕泉水。某朝某代在这里开出最后一个洞窟的，喝的也是宕泉水。自秦至元，十几个朝代，宕泉河畔先后建成的石窟达一千多个。莫高窟至今仍保存洞窟四百九十二个，洞中有彩塑两千余身，壁画四点五万平方米。

祁连的雪水滋润了画工艺师智僧巧匠的艺术心灵，宕身河孕育了这座惊天动地的艺术圣宫。

然而，长达十来个世纪的悠悠岁月，宕泉水默默无闻，莫高窟默默无闻，敦煌文化默默无闻。

中国的文人墨客都到哪里去了？江南的一个小山堡，中原的一个旧庙宇，常常引得文士骚人接踵而来，然后在墨香之中留下片言只语，这个山堡，这座庙宇，便"红火"起来，山阴道上，熙来攘往，踏平了山梁，挤塌了庙门。

中国的许多"仙山圣境"，都有文人的功劳。

莫高窟没有这个福分。

那一片小山水，其名也微，其途也遥。于是乎，陶李不来，杜苏不来，王白不来，韩柳不来……

北周的庾信是到了莫高窟的，这大约是绝无仅有的文豪君临了，三危山放出神光，宕泉河甘露以待，然而这位斯时正在魏中屈仕异君的骠骑大将军，业已告别了他早期名噪一时的绮艳诗风。他在敦煌边塞行诗组中有一首用如下诗语描述莫高窟："三危上凤翼，九坂度龙鳞。路高山里树，云低马上人。云岩泉溜香，深谷鸟声春。住马来相问，应知有姓秦。"庾信作为"马上人"，见此沙原绿洲，下鞍饮马，放目远眺，看到的是"凤翼""龙鳞"，想问一问的是此处是否也有秦姓人。庾信诗风由绮艳到充溢"乡关之思"，映现了诗人漫长跌宕的人生之路。"老更成""意纵横"之中，饱含了庾氏生命之旅的风尘和酸楚。

庾信到莫高窟的时候，那里的洞窟群已然经营了二百多年，业已形成一定的规模，想来不会不去观摩一番，然而他在这个奇异之地未著一字，倒是让人费思量。

文士不到，"探险家"们却纷至沓来。继斯坦因、伯希和之后，又有日本人、俄国人涉足敦煌，弄去一批又一批文卷。美国的华尔纳则看中了洞窟中的壁上异珍，仅向王道士贿银七十，就用化学手段将二十六幅精美壁画剥离而去……

清朝政府于此一无所为。藏经洞发现之时（1900），正是八国联军侵入北京之日。国既不国，哪里还顾得了西北角落里的那些个石窟窿！

倒是外国的"敦煌热"惊醒了有良知的炎黄学子，当一个又一个中国学人变着法儿从不列颠博物馆等外国文化机构里"偷偷抄录"（请注意这个辛酸的字眼）"敦煌遗书"的时候，国内的考古学家、艺术家也开始向敦煌进发。

张大千怀着朝圣的虔诚心情来到莫高窟，驼铃声中，眼前出现红柳白杨、山石溪流，浓浓的生命气息，引着他进入一个神秘的艺术宫殿。

大千先生先后两次在四川举行的临摹敦煌壁画展览，最早向中国民众"规模性"地宣传敦煌艺术。轰动之中，"敦煌"进入了人们的头脑。

就像处处可见的香音神"飞天"图像的变化一样，莫高窟千壁丹青的变化中展示着一个又一个时代的性格和特征。这里存在的不只是一个艺术的画廊，而且是一个文化的画廊，一个历史的画廊。这里存在着一个百科全书式的立体的连续的华夏历史"博物馆"，一座罕见的"墙壁上的博物馆"。大千两次到敦煌，全身心地在这个"博物馆"中研学了两年有余。

在莫高窟，我们看到了张大千为洞窟编号的墨迹。看张氏墨迹，自然联想到一代国画大师半个世纪前在这个艺术胜地活动的身影。张大千的敦煌之行，极大地丰富了他的文化视野和艺术想象，最终导致自身艺术创造的卓越升华，这是毫无疑问的了。

后一次跟随张大千到敦煌的人员中，有画家谢稚柳，他是一行中年纪最小的一位。在整整一年的时间里，稚柳先生利用上午阳光透进洞窟的时光（中午过后光线迅减），争分夺秒地逐洞观察、研究，并记下详尽的资料。一部由他编著的《敦煌艺术叙录》，成为最早的关于莫高窟艺术的总录性专著。

有鉴于敦煌艺术大多出于民间艺人之手，所以谢稚柳先生称其为自北魏到赵宋的"唯一的、有系统的人民艺术"。

相比较而言，被科兹洛夫取去的黑水城典藏，虽然同样的价值连城，却远远不像敦煌文化那样在国外走红。三千文典，在一个什么文化机关里被装成十二大橱，而后则尘封不启达九十个寒暑，直到20世纪90年代，方才有中国社会科学院民族研究所、上海古籍出版社联手，与俄罗斯圣彼得堡东方研究所达成协议，整理出版黑水城文献，旋即付诸实施。

黑水城典藏在异域的长时期沉寂，总有其政治的经济的文化价值判断和文化研究力量等的缘由，就不去细究了。据说这部文献的整理出版工作正在紧张进行，首批文卷业已问世，而当人们看到"黑水城文献"书名之前列有"俄藏"二字，就如同敦煌文化的"英藏""法藏""美藏""日藏"一样，仍然是不无"伤心"之感的。

"敦煌热"从国外转到国内，敦煌研究机构、敦煌学研究成就"之最"出现在中国，这是近十来年的事情。现在，我们大抵可以说：敦（高）而煌（辉煌）的人民艺术，业已回到了人民的身边。

站在宕泉河畔，看轻雾弥漫中的莫高窟，心头总是凝结着一种历史的沉重感。华夏先贤对于文章之道（艺术之道、文化之道），曾称之为"经国之大业，不朽之盛事"。当年张大千在成都、重庆举行敦煌画展的时候，陈寅恪先生在盛赞其非同凡响的艺术成就和传播功绩时，也是用了"不朽的盛事"一语的，而就是这个不朽，在泱泱大国的许多年代里，却是藏之深山无人识，流至异邦无奈何。我想，对于"伤心的艺术"的反思，就是痛定思痛，怀着敬大业仰不朽的赤诚之心，用最大的努力卫护和发展宝贵的中华文化成果。

（原载《解放日报》1997年5月20日，2010年入选中国散文学会主编的《中国散文家代表作集》）

# 扬 州 话 片

## 一座湖的话题

　　曾以为江北的湖与江南的湖有多大的不同,及至细看了江北的湖,便明白其间相同的东西还是很多的,当然异也客观存在。其实即便同是江南的湖,也是各有其独特的个性的。比如,杭州的西湖和无锡境内的蠡湖(太湖支流,俗称五里湖),就有人用如此的文字描述它们的区别:西湖之胜,以艳,以秀,以嫩,以桥,以亭,以祠墓,以雉堞,以桃柳,如歌舞,如美人;五里湖则以旷,以老,以逸,以莽荡,以苍凉,而于雪,于月,于烟雨,于长风淡霭,则目各为快,神各为爽。两个湖的个中异同,从这些文字中足可玩味。

　　如果把西湖、蠡湖与扬州的瘦西湖对照,倒是江南江北的两个西湖更为接近,西子湖同"莽荡""苍凉"沾边不多,瘦西湖与之的距离还要远一点。一个"瘦"字,把扬州西湖婉约、纤巧、秀美的个性凸显出来了。倘然也要把这"一字精华"细化一下,似也可以的,这里就不惴浅薄草拟几句:瘦西湖之美,以澹,以雅,以小,以巧,以柳,以月,于红桥诗咏,于春台歌吹,煦风碧流,温婉妖娆,则性为之怡,情为之寄。

　　一个"瘦"字,道出了江北西湖的独特神韵,这么个"赵飞燕",因有江南"杨玉环"的对照,双玉焕彩,就更有了各自的魅力。杭州人汪沆也因此而"一字得风流"(早在清代初年扬州民间就有"瘦西湖"的说法,乾隆年间到扬州参加"红桥秋禊"诗会的汪沆将此词引入诗中,原句为:"垂杨不断接残芜,雁齿红桥俨画图。也是销金一锅子,故应唤作瘦西湖。")。除了这个"瘦"字,王士禛笔下的"绿杨城郭是扬州"一样流传很广,一句原是描绘"绿杨村"茶肆的诗,却有了"满城杨树"的蕴涵。汪沆的诗里也是有"杨柳不断"的描绘的,可见瘦西湖的柳树之多。这样的景致一直延续到今日,尤其是"长堤春柳"那一段,一枝杨柳一棵桃，桃红柳绿，煞是好看。桃的花期短，香陨玉消之后，依然笑春风的不是桃花，而是杨柳。我曾在瘦西湖的多个角度看柳树，与江南的同类相比，南柳树干不高，呈婆娑婀娜状，北柳的树躯高一些，垂挂的柳丝也显得更长。徐徐清风中，嫩绿娇纤的柳条儿微微飘动，如柔顺的水波，似少女的腰身，也像氍毹艺人的舞姿。晨曦中的湖面有岚气，绿波烟柳，是一种飘逸的美、朦胧的美。那么春雨中的柳树又是一种什么情景呢？"杨柳绿齐三尺雨"自然好看，而清代的赵鸿书更是用诗眼看雨柳，"脉脉珠帘一样垂"，凝望是不够了，他是恨不得把诗语写在杨柳叶上了。

瘦西湖的杨柳多半有较长的树龄，所以深色躯干有一种嶙峋的骨感，那是多少给人以沧桑感的。老干新柳，外观上似有一些不协调，却有着刚和柔的内在的统一。这里值得一提的是，柳树素有"隋炀帝赐姓杨"的传说，史书上也有相关的记述，然而杨柳树并不因此就有了"皇风""贵气"，倒是一以贯之地保持了平民缘，"绿杨城郭"毕竟是由世世代代的老百姓营造出来的。

记得第一次到扬州的时候，一见到瘦西湖长长的柳条儿，脑子里便闪出了那个"瘦"字，觉得它就是瘦西湖的化身，用一句时髦话也可以叫"形象代表"。"躺"着的湖泊迎客不便，"站"着的杨柳笑迎远客，那就是迎客柳了。我特欣赏"杨柳依依"中的"依依"两字，它道尽了柳的温柔敦厚、飘逸多情。从外形到内品，柳树和这座湖泊都是很合拍的。

除了杨柳，这座城市的月亮也很出名，最有代表性的诗语是："天下三分明月夜，二分无赖在扬州。"当然了，真要欣赏扬州的月亮，还得到瘦西湖。比如，大虹桥、春波桥、长春桥、五亭桥、熙春台、四桥烟雨楼……就说那座五亭桥吧，设计者运用计成《园艺》一书中介绍的"借景"术，通过桥下十五个桥门洞，营造出"每洞衔皎月一轮"的奇象。有意思的是造园者借景造月，文人们又借月烘景，于是水也明亮，桥也明亮，湖也明亮，整个扬州变成了"月光州""月亮城"。月在天体中是一个实体，从地上看空中的月亮，因可望而不可即而有了虚意，水中看月更是虚上加虚，这就是借实就虚，再借虚就虚，渲染出满是诗意的意象。所以，如果说杨柳是瘦西湖的具象代表，那么月亮就是瘦西湖的意象代表。一实一虚，从中窥看瘦西湖的精神气质和"灵魂"，你说是不是很有味道？

如把话题略做延伸,就关涉到桥。不说五亭桥的十五个月亮,不说红桥的诗酒雅集,单是二十四桥是虚是实的扑朔迷离,就够你寻思够你进行时空交错的精神漫游了。西子湖的雷峰塔倒塌之后,在很长一段时间里,人们想象雷峰塔的壮美形状,想象塔里的稀世珍宝,想象与宝俶塔隔岸对视的美妙景象,有人称这样的悬念和猜度印证了一种"残缺美"的存在。如今雷峰塔重建,满足了人们习惯思维中的"伴侣情结"和均衡心理,圆满是圆满了,周全是周全了,有人偏偏喜欢的"残缺美"也就从此不复存在了。在熙春台附近新建一座"二十四桥",让人们的精神悬念得到一个看得见摸得着的"圆",同样也是在情理之中的,但另一方面留下"模拟无品"的非议,这也是没有办法的。我倒是觉得让人在桥前指指戳戳议论一番关于二十四桥的全部故事,也是一种有意思的精神宴饮,所以还是要称道一下模拟桥的设计者的。

有了形象代表"柳",有了意象代表"月",再加上那么个云里雾里神秘兮兮的"桥",我们的瘦西湖真是有看头有想头的了。

## 一条河的话题

坐在舒适的游船里,用"浅浅的激动"这样的字眼来形容自己的心情已不是很贴切,我确实感到了心灵的震动。

这是一条什么样的河流啊!

两千多年的河龄,京杭大运河的最早起始段,在"邗城"(扬州最早的名字)下挖掘的世界第一条人工河"邗沟"。此刻我们就航行在"邗沟"中。2006年4月18日,扬州"古运河风光带"举行开航仪式,四省市的一批文友于4月5日"捷足先航",同行的扬州朋友便戏称这是古运河在新时期的一次"处女航"。

这里可以用最简单的文字说说这条河流的"历史":吴王夫差下令开凿邗沟的时候是公元前486年(比巴拿马、苏伊士运河早了两千多年),秦汉南北朝时河道得到了续开延伸,到了公元587年,隋文帝杨坚开挖山阳渎,大体在邗沟的基础上拓宽裁直,605年隋炀帝杨广即位后进行河道"大开发",用六年时间建成贯通南北的大运河,接下来就是元朝的忽必烈最终完成从河北到杭州全长两千多公里的大运河修、辟贯通工程了。帝王开河的或皇权意图或民族意图不去说它了,人工运河的诞生客观上成了华夏南北交流的大命脉。史书上描述邗沟开挖的场面为"举锸如云",可见上场劳工和挖土工具之众多和密集。运河开凿过程中凝聚了千百万劳动者的智慧和贡献。可以说这条长河同万里长城一样都是华夏前人留下的伟大工程,一个是"众志成城",一个是"众志成河",城为防御外患,河为开源振业,城与河于是都成了中华文明中不可忽视的"活文物"。

　　随着船的前行,河水漾开细波。两边岸壁都装上了整齐的灯管,那是为夜游做准备的。正是阳春三月,杨柳依依,桃花熠熠,初成规模的沿岸绿化区洋溢着浓浓的春意。各类建筑有的离岸很近,有的于景深处隐现。不时有粉墙黛瓦曲楼飞檐在眼前闪过,让人想象过去年代这里衣香人影诗酒笙歌的情景。运河带动一地繁荣,是顺理成章的事情,何况这是自隋炀至康熙、乾隆皇帝多次幸临的"福泽之地"!

　　沿河有几个码头是很出名的,此刻就有一座"东关古渡"门楼映入眼帘。瓜州、东关这些渡口,在唐宋年代很是闹猛,官船盐船和各类商船游船,都在这里靠驳上岸。宦官商贾在近河地段择地盖房,这一带的华屋精舍就很是密集。码头深处至今仍有一些旧街道,但已经没有了店肆林立人流熙攘的昔时情景。渡口总是与河道同时存在的。作为南北工商漕运活动的"支点",完全可以想象当年东关码头人马车船穿梭往来的繁忙景象。古时两淮是产盐之地,盐船货船抵岸,风尘辛劳的盐工行脚便在长长的栈道上留下沉重的脚印和苦涩的汗水。游船抵近门楼的时候,我禁不住要看看沿岸的那些路,想象着运盐民工弯曲的背影。冥冥之中,似乎还看到了另外的一种"弯曲",那是隋炀帝下扬州的时候,这位帝王老子不要青壮男子摇橹,专门征召有姿色的年轻女人背纤,女子在岸上屈腰苦行,皇太爷坐在船头悠闲"赏美"。我的脑际于是浮现巨型龙船抵达码头时牵绳女疲惫凄苦的神情。都知道孟姜女思夫哭长城,可有谁倾听过运河背纤女的辛酸诉说?

　　古渡无言。关区现存的十三条明清老巷无言。以竹石兰桂著称的近关名园"个园"无言。然而人们从运河汩汩的流水声中听到了历史的声响,关里关外各色人等贫富枯荣的前尘往事,都在母亲河的"心眼"里。

航行中看到了绿荫深处的天主教堂，尖尖的屋顶，在蓝天白云的映衬下显得分外清晰。教堂的外观轮廓是哥特式的，但某些细部掺入了中国建筑的"元素"。这座建筑完成于1864年，距今已有一百四十个年头。其实在13世纪的南宋年间，阿拉伯人普哈丁就到扬州来传教，在"运河城"一住就是整十年，河畔一座普哈丁墓园，见证着这段以运河为通道的东西方交流史。

河边一处浙江风格的建筑群，应当是名播远近的吴道台家族所在地了。"九十九间半"中一座堪与宁波"天一阁"相比的"测海"藏书楼在哪里？真的想同人才辈出的吴门传人中的守宅人聊聊天呢！当然也想去看看那条具有五百年历史的康山老街，乾隆皇帝君临康山留下了百年传谈，文坛名流袁枚等人在这里的身影则最能引起人们对于斯时斯地文风雅渊的追怀。

俱往矣！沿河出现了一大批精美的现代居住小区楼群，利用老建筑设立的维扬莱博物馆、水文化博物馆等吸引着各方游人，运河人家的时新话题则是扬州炒饭风行天下，扬力锻压机床产品越洋过海，宣纸线装本《四库全书》在古城扬州印制完成，等等。船行中经过两座桥，都是新中国成立以后筑造的，分别取名"解放"和"跃进"。文友中有人从这两座桥梁说到了新建的具有大功能大气派的长江润扬大桥，进而谈论筹划中的苏中机场建成之后扬州对外沟通的大提速、大效益。这些话题不由得让人从邗沟、大运河、大桥、机场看到一条似隐似现的历史串连线。是的，不论是水上的、陆地的、空中的"通道"，都与国计民生息息相关。"解放"和"跃进"都是我们的民族所需要的，一切非理性的过程业已逝去，今天在政权和民生统一的基础上用科学发展观谋划、实施家国大事，真正的昌盛时代到来了。所以，"风光带"告诉人们的不只是过去的故事，还有现在的故事，同样也可以展望未来的景象。

是的，江淮名都扬州不但有瘦西湖，有小金山、小秦淮，它还有大运河、大码头，有历朝历代的大创业，古今迭出的大英杰。到扬州，只有既看湖，也看河，细细地揣摩它的生命历程和内在性格，才能客观而实在地认识这座古老而现代的城市。

（原载《青岛文学》2006年第10期）

## 总是晴红烟绿
### ——蠡园三题

多次写过蠡园，除了它的美妙，还因为笔者自幼在园子附近的村庄徐祥巷长大，村子前面波动浪涌的蠡湖，以及伴湖的美丽园林，是稚童心目中最初的"世界"。岁月匆匆，村里的孩子长大了离乡远去了，远去的"游子"回来了却慢慢地变老了……故园清风迎归燕，我也就是一只常常要来"故园"里兜兜转转的怀旧的"燕子"。

## 剪 云 裁 月

春日游蠡园，花香处处，"南堤春晓""四季亭"一带密集而有层次的桃花群，更是引人注目。"几亩方塘"由宽敞的堤岸隔开，堤上遍植柳桃，你看三四百棵桃树齐刷刷放艳，"可爱深红间浅红"，是怎样的一种情景啊！

一位青春少女在一棵红白双色桃（嫁接而成）前留影，黛裙粉衫，娇颜笑靥，阳光从花间洒在苗条的身段上，斑斑点点，好一幅活色生香的"人面桃花"撩人画面！"月波平眺亭"边一棵花朵硕大的朱色桃离水很近，面对扑面红英，我的耳旁似乎飘起了"一树红花照碧海"的动人旋律。

蠡园西部的景观设计，在突出滨湖园林特点做好"水"文章的同时，着眼于鱼、竹、花、石，屡有妙思佳构出现在游客面前，"方塘"区除了经典桃景，一个大型荷池的四个方位各置一亭，按季节分别命名，春亭"溢红"，夏亭"滴翠"，秋亭"醉黄"，冬亭"吟白"。池边通道与滨湖长堤相连接，走上几步依栏看湖，但见风推微澜，隔岸青山，西边更有"双虹卧波"（两座宝界长桥）的好景致映入眼帘，倘在堤上漫步，左顾右盼，那便是"路横斜，花雾红迷岸；山远近，烟岚绿到舟"了。

西园"石"景致中的假山群，因其规模宏大结构诡异奇特而名播远近，石景布局中阴阳虚实等的对应糅合，可以隐约觉得设计者是借鉴了"计成园艺"的某些理念的。笔者游扬州瘦西湖时，对"五亭桥"十五个桥门洞"每洞衔一轮皎月"的美妙设计叹为观止，那就是运用了计成以虚就实的"借景术"，蠡园假山对太湖石坚硬的"实"，烘托以虚渺的"云"的遐想，主线用"穿云""归云"串连，游客过"穿云峰"，进"归云洞"，继而登"云窝"，绕"盘云"，经过"朵云""留云"而直抵"云脚"——如此虚虚实实的构思，真是蛮有味道的。当年郭沫若游园后说到了这座假山，有意思的是郭先生几次光顾蠡园有不同的感受，首次游园写下诗词，说"何用垒山丘，蠡园太矫揉"，这自然是对假山景观的批评之辞，但再次游园观感大异，在接下来写的诗词中，出现了"汝言殊不然"等自我批评的文字，还赞美了"宙合壶中天"的园艺美学，结语是："欲说蠡园趣，崖头问少年。"呵呵，郭老一定是在时间充裕的重游中对园境格局和假山个案有了全面的观察和思考，品出个中滋味了。读这两首后来合在一起取题《蠡园唱答》的诗词，真的耐人寻味。

"剪云裁月好花四季，穿林叠石流水一湾"，蠡园竹枝词中的这两句，确乎是对园子西部景观的生动写照。

## 晴 红 烟 绿

既是滨水园林，"湖"是中心所在，窃以为园子东部的湖心亭，是赏看湖景的最佳处。

走过一条长长的水榭，我们来到了湖心亭。站在亭前放眼看，广阔水面清波微澜，目力所及的对岸，树影朦胧，烟水岚气中露出一座桥梁的身影轮廓，那就是著名的石塘桥了。天光云影下，运动着的水面常有闪红耀金射紫跃绿的色彩变幻。一对白色鸥鸟逐水飞翔，又有一只墨燕飞过来，在亭前翱翔兜翻几个弯，唧唧鸣叫着转身而去，消失在茫茫湖空中。在湖心亭看湖，不同季节不同气候的情状是不一样的，我曾经在一个大风天来到这里，但见天上乌云翻滚，湖面激浪涌潮，觉得天空和湖床都在摇动，脑际便闪过几个字——天风海涛。蠡湖作为三万六千顷太湖的一个内湖，水流一体，浩瀚母湖的大气象必定会反映到子湖中来。所以蠡湖之美就有了自己独特的情状。我一直很欣赏本邑先人华淑先生的叙说："西湖之胜，以艳，以秀，以嫩，以园，以堤，以亭，以祠墓，以雉堞，以桃柳，以歌舞，如美人矣！五里湖（蠡园别称）以旷，以老，以逸，以莽荡，以苍凉，侠乎！仙乎！而于雪，于月，于烟雨，于长风淡霭，则目各为快，神各为爽矣！"（《五里湖赋》）说得多好啊！一个"旖旎"，一个"野逸"，两座江南名湖以各自独具个性的美妙傲然面世。也因此缘故，到了文人笔下，那儿是："桃花浪暖柳荫浓"（明代聂大年），这边就是"波连大泽回天镜"（明代孙继皋）了。

笔者是不知多少次来湖心亭了，除了看景，亭中一块"晴红烟绿"匾额也是我所欣赏的，在这里，用不着解释词意，只要你是用眼也用心观看天象湖景，或者再辅之以对湖区历史人文故事的联想，便可深得"晴红烟绿"四字的个中滋味。我曾经在一篇文字中称"晴红烟绿"是蠡湖天趣和湖域文脉融合的"点睛之笔"。

湖心亭从历史中走来，自然是见证了不少人间故事的。——在日本人占领蠡园的岁月里，鬼子兵住在连亭水榭里侧的"湖山草堂""颐安别业"两座华美别墅里，四出祸害远近乡里（我幼年时多次经历"鬼子进村"的惊恐，那些荷枪实弹、行进时脚底铁马刺叮当的日本兵就是从蠡园据点出发沿着小路来到我们村庄里来的），肆意破坏园中设施，但湖心亭倒是得到较好保存的，这自然是因作为军事据点，水上防御太要紧了，而湖心亭正是观察瞭望水面动静的好所在。而后斗转星移，到了1948年春夏之交的某一日，几艘精美的画舫从湖西驶来，过了湖心亭，旋即靠岸停泊，一行神秘人物上岸后鱼贯步入"湖山草堂"，次日复又鱼贯出来登艇游湖，直至第三日方才离园而去。——这就是引人瞩目的蒋介石夫妇的蠡园之旅。两日湖游，或横舟看景，或登山访古，蒋氏夫妇兴致不错，在后来发现的蒋介石当日（5月16日）日记中，有"住节湖山别墅即蠡园也"的记载，后面一句"在月下游览湖滨一匝"，则可证他们当日兴之所至，日游之后还添加了夜游的"节目"，至于接下来的记述："十时即睡，能安眠如常，以未熟睡都一月余矣"，则足可窥见处于军政危局中的蒋大人内心精神状态于一斑。这里顺此一提的是，1948年，笔者作为园边的孩子虽然少不更事，但也曾耳闻蒋介石到了蠡园，乡亲中还有人说他远远地看到了老蒋和他的夫人宋美龄。——蒋氏是在宜兴祭祖后顺道来锡休憩游览的，17日还曾登临雪浪山，探访蒋氏宋代先贤蒋子梅读书处遗址（今蒋子阁）。

湖心亭中谈论前尘往事，我的一位老伙伴便有了感慨：湖心亭，湖山草堂，其间除水榭之外就隔了一条横贯的"千步碑廊"，这边厢煦风碧流好风光，那边厢一些大人物尔来我往神秘莫测每每成为中外媒体聚焦点，这个园子真的是有看头有讲头的了。——中华人民共和国成立之后，中央领导人曾先后在西班牙式小楼"颐安别业"小住休养，笔者胞弟鹏飞在《蠡湖话韵》一书中对此专有所记，还澄清了一些导游词中的不实介绍——"彭德怀将军在此软禁"，因为彭将军入住小楼的时间是1952年而非1959年之后。

湖心亭依旧，历史在它身边悄悄流过。

## 双 璧 归 一

"归燕"寻旧，总会本能地看几眼熟悉的园林大门，门厅建筑格局大体还是原来的模样，但门头之上早年挂的是"渔庄"两字，当年"蠡园"另有门，在如今的湖滨饭店一侧。这样事情就明白了，而今的蠡园东部西部，过去分别属于两个园林——蠡园和渔庄。

20世纪二三十年代，荒漠寂寥的蠡湖北岸有人开工筑园，花木成批栽种，亭台楼阁湖堤池塘水上宝塔次第出现，东侧青祁巷边上的一片先出规模，西面徐祥巷（笔者的祖宅所在）前方一带紧随其上。乡人们于是知道了两位造园人的名字——王禹卿和陈梅芳。

说起来这两位还都是本乡子弟呢！——青祁巷少年王禹卿随兄长尧臣去上海谋生闯荡，机缘巧合中结识了邑人实业家荣宗敬、荣德生昆仲，十里洋场交集创业，博弈经年，成为"面粉王"。而由邻村小陈巷走出去的陈梅芳，则在沪上从学生意到做生意，励精策力，经营有方，终成称雄业界的"呢绒王"。致富后的禹卿和梅芳荣归乡里，便以荣家在故乡建

"梅园""锦园"为镜，依湖择地启动造园工程。王禹卿于1927年在青祁巷边打下第一桩，三年后一期收官，到了1934年，由儿子亢元接棒添地扩建，完成全部工程。陈梅芳相中的地盘更其宽阔，于1930年择日动工，数年后结彩开园。——关于蠡湖，关于蠡园，都与一段"越国大夫范蠡助越灭吴功成身退偕西施归隐五湖"的史籍记载和民间传说联系在一起，表达了后人对范蠡大夫和西施美人的尊崇和怀念。"蠡湖"之名明代（或更早）就有了，如今园林出现，以"蠡"名园便是最好的选择。——王禹卿素仰陶朱公"货殖以起家，散财以治乡"的贤者风范，陈梅芳对范氏"五湖养鱼"而后写成《养鱼经》的业绩也钦佩有加，他结合"种竹养鱼千倍利"的千古乡训，不仅在园景设计中紧扣"鱼竹花石"主题，还特地为园子取名"渔庄"。

同样是临水园林，蠡园和渔庄景观的设计风格有好多不同，蠡园除一些亲水景点外，"草堂""别业"豪楼亮居，以及与之相匹配的露天舞场游泳池等，具有明显的贵族度假休闲色彩，而渔庄诸多景点则体现浓重的农本思想。两园异同，大抵可以从主导者的经历习性中找出缘由，——王禹卿职至高位，与上层甚或高层政商阶层往来密切，身价渐显豪阔，作为无锡城中居家豪宅的延伸版，在园林中追求高品质便是很自然的事情，而具有农耕家族背景的陈梅芳，大体属于传统致富型人物，造园思路中走自然路线注重农渔生态本色，便也自在情理之中。

五里湖精华地段先后出现两座规模不小的花园，即便是在那样的封闭年代，也陆续地吸引了本城和沪宁等地的零星游客，千年沉睡的荒凉湖区渐次"苏醒"，同时"苏醒"的是原乡民众朦胧的风光旅游开发意识。大抵也是在那段时间，青祁巷和小陈巷之间的马路上方挂起了跨路标牌，黑底白字写着"山明水秀之区"几个大字（我少年时还经常见到）。湖境中部园林的出现，使内外湖交界处的风光胜地鼋头渚不再单吊独一，景线串连渐成气候。

两园合并发生于新中国成立之后的接管大潮中，1952年，政府对园林作了一定的整修，用延伸扩容了的长廊将两个园子连接起来，并统一使用一个名字——蠡园。合二为一的园林区域辽阔，佳景处处，成为太湖风景区蠡湖地域的一颗耀眼明珠。当然世间本无完美物,"统一"之中,因受两园合并前的总体设计基础所限,景区格局和景点风格的协调上也有不尽完美处,这就正是笔者在这里以"双璧归一"为题而不用"珠联璧合"的缘由了。

(原载《江南晚报》2016年4月3日)

## 台中的"人文温度"

今年春节是在台中过的。数日逗留,对这座有"人文城市"之称的台湾中部名都,有了一定程度慢行细品的可能,感觉是不一样了。

大街小巷的年庆热闹也吸引人,不过作为外来客,总想不失时机地多看一点,这不,"小年夜"去远郊看了一个高山大峡谷景点(溪头),除夕上午就在东海大学的校园里了。"全台最美校园""台湾国际化程度最高的学府""贝聿铭等名师设计规划的学校建筑",如此等等,都是"磁力"所在。校园很大,我们在家中的年轻人陪伴下走走看看——古朴别致的校舍建筑具有唐宋遗韵,教授宿舍独门独户,布局于花木掩映间,园区还有一座著名的路斯义教堂,形制简约而独特,显示国际级设计大师的早期慧思。校园真的很美丽。自草创始,校方坚持师资力量的优良配置,名师云集,所以1958年胡适先生在这里讲演时盛赞这里的学习好环境,勉励学生珍惜机缘学到真学问。校园咖啡厅前有休憩长椅,我坐下来歇息,近看远眺前方的大道小径,见一位衣着素雅宽舒的女子款款走来,冥冥之中便想起了这里的一位昔日名师——齐邦媛。曾看到相关的文字记述,不论在东大还是尔后供职的中兴大学,齐教授常常穿着宽宽绰绰的旗袍在校园里奔忙。在台中住了二十年(其中三年双城往返)的齐邦媛,把自己最好的年华奉献给了这座美丽城市。在东海大学,她是外文系唯一的中国教师,用"老牛劲"编写教材,坚持教书是工作也是"一种传递"的教学理念,期望学生们"都是我的心灵后裔"。这位钟爱文学的英语教师,常在教案和讲演中注入一些文学知识。此前她在台北故宫博物院(当时院址在台中,后迁台北)担任英文翻译时,结识了博物院常客胡适先生,齐邦媛由衷接受胡先生的一些文学认知,坚信"文学上最重要的是格局、情趣和深度",这些观点,自然也影响着她的"心灵后裔"。笔者是读了齐邦媛先生的晚年名著《巨流河》而走向她的文字世界的。《巨流河》,"一部用生命书写壮阔幽微的天籁诗篇,一部台湾文学走入西方世界的大事记",感动了多少人!她所崇尚的文学理念——格局、情趣和深度,《巨流河》里都有了。而这位东北才女在教育、翻译等方面的卓绝业绩,正是在这座台岛名城起步和发展的。

回程中路过一些街道,左顾右盼,想象着这座城市的前尘往事——城中老巷"存德弄"在哪里?那可是文史大家钱穆先生住过的巷子啊!——1952年,自香港来台讲学的钱先生意外受伤,在台中存德弄养病数月,由此机缘巧合地演绎了与昔日学生胡美琦的美好情缘,结缡之后相依相靠到终老。车过市立第一中学,便有了关于李敖先生的话题了。钱穆在存德弄养病时,李敖正在近处的第一中学念书,1953年,这位文学少年的一篇作文在比赛中获得银奖,金奖得主是一位罗姓女同学,于是演绎了一段银奖男追求金奖女的校园恋情,文坛怪才李敖的罗曼蒂克史也由此开端。只可惜李同学没有钱先生那样的好运气,"金银"之恋最终"夭折",缘于罗姑娘父母的极力反对。几乎是同一时间同一城区出现的一条"幸福弄",一处"伤心地",皆在冥冥渊薮中。

逛了馆前路边的诚品书店,下楼走到一个街角,被一阵歌的旋律吸引,一男一女两位街头艺人正在弹琴唱歌呢,一曲方罢,听歌人群中有位中年人向艺人提议唱一首老歌《童年》,获得积极的回应。我想这位点歌者一定是想起那位当年在台中读书的罗大佑了(学制七年的医药学院),怀着音乐梦想的少年大佑正是在台中的校园里写出《童年》等歌曲的,他大胆地将西方摇滚乐精神与中国传统文人的批判精神结合,带入流行音乐,留下了艺术创造的早期辉煌。听街头艺人唱《童年》,我倒是想起了早上在宾馆里看电视时的一幕:大陆歌手汪峰情感投入地唱了一首《儿时》,他说第一次听到这首歌的时候就很感动,儿时的记忆太温暖。我想歌者的心情是完全可以理解的,艺术家心灵相通,孩童的好奇心探知欲和想象力,是艺术创造美最早最真诚的血脉源头。

陪同我们的当地朋友述说着这座"人文"城市频繁举行的音乐活动,其中一则是几年前的一场蔡琴露天歌唱会,歌会那天,本市和从各地赶来的歌迷竟有近五万之众。身穿青色衣衫的蔡琴在广场上动情放歌,从《被遗忘的时光》到《恰似你的温柔》……坐在歌迷中的龙应台难抑激动的心情,除了被"大河般深沉,黄昏的惆怅"音符魅力感染,还联想到歌唱者曲折的情感经历（曾经深爱过的那个人——杨德昌走了），便再也忍不住眼中的泪水。

听歌说歌，来到了一片空旷地段，眼前连绵的绿地、小广场伴着静街靓舍，呈现城市"面孔"的另一面。这是台中著名的"草悟道"带状都市绿园道。草悟道，"行草悟道"，是怎样的一个好意涵啊！园区连接科学博物馆、台湾美术馆、市民广场……这一带常常举办各类艺文活动，从广场舞到国际爵士音乐节，丰富而多彩。我们迈入绿地边的一条长路，街沿一溜设立数十个小摊，节日里顾客是更多了，这里所有的工艺玩具生活类售品，都由各个摊主自行创意设计，经过相关部门的审核准许，方可制作上摊，也由此而成了一条"创意文化街"。草悟道外的新市政中心旁，有一座岛上最大的歌剧院，是较高品位歌舞演出和交流的首选地。就在春节前的1月27日，这里举行了一场"昆曲新美学经典讲座"，由白先勇先生主持，讲述自己多年来用心思推动中华瑰宝昆曲艺术走上复兴之路的实践经验和心得，举办讲座，旨在将这一古老艺术推向现实生活推向年轻观众。春节之后，白先生就要携苏州昆剧团来台演出三部昆剧经典戏目了。

台中街头的节日装扮，大抵是用色彩和灯光渲染喜气，餐饮店门口的红灯笼上写满了过年吉语，也有"呷（吃）饱、呷巧"等坊间俚语。从历史中走来的台中饮食文化，在秉承海岛型餐饮固有特色的同时，也有一些别具一格的精彩演绎。不说逢甲美食夜市的过去和现在了，就是一些餐饮老字号，也留给我们很深的印象。"沁园春"是台湾大道上的一家名餐馆，经营苏锡沪杭宁（波）特色菜点。我们步入店内，看到厅门两侧一副红漆对联："旨酒佳肴沁入脾胃，金词蒋调春满园林"，书写者是当年的国民党元老吴稚晖（敬恒）。这家餐馆创立于1949年，策划者是当年活跃于锡沪一带的兰艺名家兼收藏家蒋东孚（绿蕙名兰"朵云"创制者），并得到至亲吴稚晖先生的鼎力帮助，店名也是吴老拟定的。"沁园春"店名与著名诗篇《沁园春·雪》"重合"，立即引起了当局的"警惕"，开张第一天，在餐馆实际掌门的蒋家公子被警方拘捕，后来还是吴氏大佬出面干预，蒋家方才逃过一劫，牌号也存留下来。这家餐馆的特色菜点让顾客近悦远来，政要人物频频光顾，自然也是商人文人市民公众喜欢的宴饮地。"沁园春"如今的年轻主事者已经是这家餐馆的第四代传人,这位郭姓老板(蒋家女婿)如数家珍地向我们推荐店号的"看家菜",红烧肚档、雪菜百叶、无锡肉骨头、宁式响油鳝丝、腌笃鲜……看着菜单,真是有点他乡遇故交的感觉了。这家餐业老号从开张的第一天起,便将创始人种兰播艺的文化精神植入经营理念,从开初时期的让内陆来客吃江南菜不忘来时路,渐次将"怀旧""留住记忆"作为本号经营之道中不可或缺的"关键词"。自然不只是让顾客留下美味佳肴的记忆,更是留下餐桌边亲情友情欢快交流的记忆和怀念。我想这大约也就是朋友所说的"生意产生意义"了。吃"沁园春"菜,听"沁园春"故事,我们心里不平静。从城市生活这个极为细小的侧面,我似乎感觉到了一座人文城市的脉息搏动。

  客居数日,有家中年轻人在台中的好朋友吴先生的陪伴,还有两个家庭在一起吃"年夜饭"(当地人称"围炉")等的经历,真的觉得暖心而难忘。两家人的交流中,自然也有对于两岸缓和亲睦的殷切期望。媒体的一则信息也让人高兴:新上任的台中市文化部门张姓负责人,在一次春节谈话中表示同宗同文的两岸人理应密切往来,作为文化城市,打算邀请大陆作家来访并建立互访机制,然后做好准备,争取与文化蕴积深厚的大陆城市结为"姐妹城"。此岸彼岸,此心相同,此情相连,诚哉斯言。

(原载《解放日报》2019 年 4 月 4 日)

## 消失了的"情人墙"

　　流逝的岁月中总有一些人生"风景"是难以忘怀的,比如说上海外滩的"情人墙"——浦江之滨的那一抹"异彩",难道能够在脑海里抹得去吗?

　　时间是20世纪70年代初到80年代后期的一些日子,具体的地点自苏州河边的黄浦公园开始,至金陵东路新开河结束,全长大约一千六七百米。每到夜幕降临时分,大都会腹地临江的这一段是相对平静的,灯光也暗淡。在"左"风炽烈的年代,"霓虹城市"的"霓虹"不见踪影,后来有一些了,也在闹市的远处,与滨江这边厢无涉。于是自发形成的奇观出现了:成双成对的年轻男女,依托长长的防洪堤墙体和护栏,朝向江面,头靠头,手握手,轻声细语,情话绵绵。当然两情相悦,仅有语言交流是不够了,抚摸、拥抱、亲吻等肢体动作,也是通常有的"镜头"。情侣们在这里是较少顾忌和负担的,但都会自觉地把握一定的"度",谁敢无视"风化"两字呢!

　　上海本地人对"情人墙"的成因等是心知肚明的,呈现在眼前的不是纯粹的浪漫风景,或者说浪漫和美丽之中有着太多的无奈和酸楚。——当"情人墙"的出现与"居无屋""居少屋"及公共休闲交谊场所几乎绝迹的市民生态联系在一起的时候,事物的多义内涵就凸显了。那些少男少女在相依相拥的甜蜜之中,可能有着明天婚床放在哪里的深深隐忧。"墙"的背景也缺少诗意,那时候黄浦江水的污染程度仅次于苏州河。江风和煦,却夹带着腐浊之味,浪涛的色彩也就引不起人们的遐想。当然"情人墙"边是有至情至爱的,多少真情男女在这里倾吐衷肠,互托终身!笔者在一篇文字里有如此的记述:爱情是神圣的。徐志摩和林徽因当年在剑桥康河泛舟示爱的时候,作为泰晤士河支流的康河也是污浊的,然而它并不妨碍年轻人心中的醉人火花。浦江"情人墙"和康河小舟上的激情,是精神和爱意的交融,超越了客观环境的困扰,尽管这确实是一种不圆满。

外地来的朋友有时会问我,"情人墙"前除了恋人,难道再无其他人了吗?当然不是的。封闭年代没有"旅游"的概念,然而出差或探亲访友者来到大上海,"逛外滩"还是少不了的日程选择。夏天的晚上,本地居民来这里散步乘凉的也不在少数。外来客对于如此的"奇特风景"常常不明底细,觉得大上海就是不一样,十里洋场的遗风,谈情说爱也要摆出阵势来。本地人的眼光则是平和的、亲善的,有许多理解的含义在里头。按说上海城里适合年轻人幽会的所在还是有一些的,比如鲁迅公园附近的甜爱路(素有情侣路之称),还有绿荫笼罩的思南路、东平路、绍兴路、五原路、愚园路等,但在许多时候,年轻人在这些地方谈爱情也是要冒风险的,因为常会有一些戴红袖套的纠察队员或联防队员前来巡逻,一旦看到热恋中人的亲昵举动,就会干预,客气一点的是喊一声"精神文明!精神文明"!粗野一点的则会大喝一声"干什么"!让你惊得魂飞天外。外滩这边厢的情形要好得多,巡逻队有时也会来,但粗暴干预的情形很少见。是"法不责众"吗?应当是有一点这样的意味的,但不全是,那个时候的"法"是说不清楚的。但就是有一种用不着说出来的内在认同,这种认同是建立在广泛的理解和同情的基础上的。在铁幕、竹幕、纱幕年代,人性深处发出的这种"集体无言认同"非常的耐人寻味,似乎也是一种温暖而强大的无声宣言。其实,诸如那些纠察队员和联防队员,一个人的时候也是不否认自己体内存在七情六欲的,所以到了这个"情感特区",他们的情感也软化了,回到原先应该有的位置上去了。

有记载说美国《纽约时报》的记者曾经前来上海观察外滩"情人墙",并且为此写了专门的报道,这位记者在惊叹"这是我所见到的世界上最壮观的情人墙"的同时,把这一"新闻现象"归结为"曾为西方列强陶醉的外滩,在现代中国仍然具有不可估量的魅力"。这位美国记者其实只说了事物的一面,对于"墙"的内在缘由和全部故事,他的观察力还差一截呢!有关这一段江边男女的人数,《纽约时报》的记者是这样写的,"在一千多米的'墙'边,集中了一万对上海情侣"。可能有点儿夸张,不过也难说的。1978年,一位上海市民做过一个局部统计,自北京东路到南京东路短短两百多米的堤边，就有恋人六百对。"今古奇观"，大抵可见一斑。

听一听"情人墙"参与者的现身说法，是最有意思的。沪上滑稽笑星毛猛达坦言曾经多次去过"情人墙"，"那时候傻乎乎的，吃好夜饭就去抢位子，七点钟前头就赶到了。有一次去晚了，看过去人海茫茫，总算找到一处隙缝，挤进去，没等开口，旁边的情侣便主动让出一角。在这里，没有发生过占位吵架的现象"。也是"理解万岁"啊！作家沈善增在自己的文章中也坦诚记录："我与同时代的上海人都曾做过情人墙的一块砖。"前些年市区有个工厂的工会主席统计过，该厂青工谈爱情，多数人去过"情人墙"。《现代家庭》杂志主编马尚龙则说："没有这道墙，如今的中年人简直就失去了自己的爱情记忆。"有多少人曾经"入驻"这一神秘地带？"两百多米六百对"，是否可以从这里找到佐证？笔者年轻的时候旅居外地，与这一神秘江岸无缘，1984年定居沪上后，有一天傍晚就怀着好奇心理去"探墙"。沿岸一线的情侣仍是可观，但空档还是有的，说来有趣，漫游之中，看到一位中年男子在一处占栏而立，他并无意赏看江景，而是把一双眼睛盯住了身旁情侣的亲密动作，恋人中的女子终于忍不住了，尖声斥责："看什么看！"男子受惊，一溜烟跑了。

许多人是到了"情人墙"式微之后方才发觉这个神秘区域的可爱可念的。赵忠祥先是在《正大综艺》节目中提到了上海外滩的爱情景观，后来还把此事写进了自己的书里。赵先生讲了这件事，但说不细，谁叫他当时只是偶尔闻见而没有深入一下呢！陈丹燕初次来到外滩的时候，眼中的一切也包括父亲服务的银行大楼，都有一种"距离感"。到了80年代初，已经是大学中文系学生的她对外滩的感觉发生了微妙的变化，来到宽阔的江边，心头涌上了一丝"青涩的温暖"。在学校里，她不止一次地听男同学描绘黄浦江畔的这一段，说那儿就是一个"十三频道"。——当时的电视台共有十二个频道，这个第"十三"意味着什么？自然是不言而喻了。那个时候各种媒体反映情爱生活的东西少之又少，这个"十三频道"，至少让情窦初开的大孩子们多了一种神秘、美好的想象和谈资。后来成了作家的陈丹燕，曾经访问当年的"墙"前人，其中一位对她说："这是唯一的可以让别人看不到脸部表情的地方。"呵呵，谈爱中的脸部表情毕竟是最"隐私"的啊！沈善增则如此记述："初到外滩情人墙前占一个位置，大多人心理上还不能习惯，尽管知道左邻右舍都在忙自己的事务，无暇旁顾，但到底有顾忌……经过几次锻炼，才能达到旁若无人的境界……"作为"画面中人"，沈先生的叙述是最贴切也是最真实的。他是文人，除了难以忘怀的自身情感演绎，对这个特殊的"爱情带"有了深入的观察和思考，他珍惜这里相对的安全和温馨，认为是"上海人用心灵搭建起来的生存环境"。他把"墙"前"墙"外形成的理解和默契视之为一种"文化创造"，"深深地感到上海人文化创造能力之伟大"。在陈丹燕"文化外滩"的意识中，独特而奇妙的"十三频道"一定也是归入"文化"思考之中的。陈女士的外滩研究视野显得更开阔，从19世纪80年代一一扫描过来，东方大都会的这个"滩"，有多少传奇故事在里头！不过"情人墙"——这个外滩大故事里的一小段，这一人类精神交流活动中最具魅力最富创意的幕景，印在了女作家的心里里。笔者以为，把"情人墙"现象归入坚定、机智、包容的海派文化精神特质这一层上去考量，真的是意味深长的。

外滩"情人墙"渐次淡出人们的视野，是与这个国家这座城市的发展变化紧密相联的。当一个民族从梦魇中一朝醒来，首先关注的总是自己的生存和赖以安身立命的环境。在经济持续发展的基础上，上海市民住房改善和城市生态环境的治理几乎是同步进行的。比方说，居无屋、居少屋状况逐步得到解决的同时，黄浦江、苏州河的治理也取得了骄人的成绩。英国的泰晤士河比上海的春申江早治理了数十年，而比泰晤士河污染程度严重得多的上海江河整治的速度却超出英国人的想象。这当然是因为醒梦人对于命运和前途的痛切体认。在"中华底气"激励下的上海人不敢再迟疑，不敢再怠惰。就河道而言，继八九年前居民惊喜地发现苏州河中时隔数十年后再现小鱼虾，而后便有人把试养成功的传统松江四鳃鲈鱼放入河中。三十年前牛津、剑桥两所大学的赛艇队在水质改善的泰晤士河里重开赛事，而今复旦、交通的赛艇队也在苏州河里劈浪角逐了。三十年河西，三十年河东，历史教育着人们，避免曲折的最好办法是理性和文明。

外滩在20世纪90年代初有过一次不小的改造，前两年按照国际化大都会的时代要求，进行了规模更大水准更高的拓展改建，以宽敞、舒适、大气的新景象呈现在人们面前。笔者新近偕老友游外滩，看两岸迷人的建筑群，赏鸥鸟追逐江轮的水上风景，讲外滩源和北外滩的建设情景，确实感到很振奋。也说到了昔日的"情人墙"，以为那是物质窘迫年代精神和生命顽强表现自身存在的现代传奇，为这样的"传奇景致"的历史性消失而庆幸。据说海外有一种说法："中华文明五千年，说得近一点，叫作一千年看西安，五百年看北京，一百年看上海，三十年看深圳，十五年看浦东。"上海是两度辉煌了。我想不乏使命意识的上海人在感到欣慰的同时还会加紧赶。

（原载《解放日报》2013年9月14日，并收入《上海，抹不去的记忆》一书，上海人民出版社2015年版）

## 天台隋梅今又见

天台山上有好多古树，挂冠的当是国清寺里的那棵"隋梅"，一千四百多岁了。这三十来年中，我曾三临天台，每次必去佛教名刹国清寺，不进香，不拜佛，只是去看看那棵梅树王。有点遗憾的是三次"访梅"都不是梅树开花时节，曾经向"天台才子"（我的上司）丁锡满先生探问隋梅的花朵是什么颜色，老丁用带着浓重台州乡音的普通话回答："白色，透点红，很美的。"

终于有了第四次天台行，而且就在新近——癸卯元宵过后的正月二十一日，令人高兴的是千年古木正开花。毕竟是老迈之树，除一个中心主干仍挺拔地伸向高处，旁侧的树干倾斜打横然后再努力向上舒展，但或高或矮，众多的分枝条上仍是艳花点点，青春芳菲满冠盖。我便在心底里说，果然没错啊，白色的，透点红（花瓣白色，花蕊浅红），妖娆娟丽，好美啊！老梅树根部以上的躯干呈黑褐色，嶙峋斑驳，多处肌体已然残缺。曾听老丁说，家乡的这棵梅树曾经几次疑似"死亡"，隔年却又传奇般复活，是罕见的再生树。园子里，与老梅树相伴的是一座六角亭子，冠名"梅亭"，显然是因树设亭，梅亭周遭数株高大的红梅也正怒放，隋梅素雅清新的白色花朵，与奔放鲜艳的红梅相映照，"满园春色关不住"。此时来梅园的人不断增多，而古梅新花是众人视线的聚焦点，树上的"精灵"在早春的微风中轻轻颤动，"笑迎"来自远近的赏花人。

老梅树后面的半墙上，有两幅《隋梅》题刻，其中一幅的书写者是著名书法家赖少其。历来也不断有人写诗颂赞这棵千年寿梅，郭沫若1964年来国清寺的时候也留下诗章："塔古钟声寂，山高月上迟，隋梅私自笑，有梦复何痴。"笔者三十多年前初到国清寺，读到郭诗，曾在《访隋梅》一文中写下如此感言："……读'隋梅私自笑'一句，我似乎看到了夜半古刹的宁静中，有一个阅尽万物兴替尘世变幻的人格化的梅的形象，一千四百岁的她，一切都洞察其详，真正能够潇洒地笑看人间的，唯有她了。"……今日来梅亭瞻看梅瑞的人们,刚刚经历了 2022 年"新冠"肆虐的特殊岁月,春日愁云,隆冬惨雾,新春期间还不时有染疫亲友熟人离世的噩耗,撞击着过节人的心,贺岁声中便多了感时叹世的复杂意绪……此刻在展示无与伦比的生命坚韧伟力的长寿树前,看花人是否仍有一点别样的过年余绪在心头?依然"笑看人生"的老梅树,则以一树繁花的青春妆容给予"阳康"者和"未阳"者(世纪新词)春天的祝福和温暖的抚慰。

还记得进入新千年的头年 5 月,上海市作家协会的一批作家十余人到天台采风,萧丁(丁锡满的笔名)是实际上的带队人(如果没记错,那次《解放日报》参与这一活动的还有许寅、朱蕊和敝人)。采风日程中有一天是参访国清寺。那天一行人很有兴致地瞻看了这一东方名刹气势恢宏的殿、院和各类佛像,带队的老丁说来国清寺,两个奇妙的所在也必须看,一个是同这座佛寺同龄的一棵老梅树,一个是殿后墙壁上的书法留迹"一笔鹅"(叫名"一笔",其实这个"鹅"字系两人所写,其中右边半个字的书写者正是书圣王羲之)。在梅亭,我们看到了苍老而仍然焕发生命活力的老梅树,盘根错节的老根残躯支撑着不怎么规整的一树冠盖,绿叶青果满枝丫。老丁说有一年他分别在春节之后和清明之后两次来梅亭,新春那次,树上花开正艳,看着赏心悦目,清明后几天的绿叶幼果也讨人喜欢,当时寺里的方丈邀约他夏天再来,说可以品尝用隋梅果实做成的梅子罐头,可惜他夏天无法回乡,错过了。说话的时候老丁走前一步,指点着,让我们仔细看看梅树根部的上面——躯干主体已是空心,仅凭着周遭坚厚的树皮吸收地下营养。我们自然都为梅树如此的生存状态和生命现象而感叹。为了更好地感受这一超级物象的超级生命力,一行中有人表示明年早春的时候一定再来国清寺,还咏哦起诗词单句:"剪取东风第一支""开花时节更识君"。这个"第一支",可就是当年邓拓先生为国清寺隋梅写的《题梅》诗第一句,该诗末句是"最忆天台相见时",可见邓拓先生回忆偕同友人游天台赏看"东风第一支"时的愉悦心情。

离开梅亭的时候,老丁说看国清寺隋梅,同时了解一下这座隋朝古刹的历史和特点,也是蛮有意思的,他说其实这棵老梅树同这座佛寺关系密切，因为正是这座寺院的创始人灌顶章安法师种下了这棵树（后来笔者翻资料，看到程杰著《中国梅花考》一书为这棵古梅树设立专章记述，陈俊愉等主编的《中国花经》中也有"浙江天台山国清寺主章安大师曾于寺前手植梅树"的记载）。至于这座千年佛寺，萧丁的《隋刹·隋塔·隋梅》一文中有如此记叙："国清寺是佛教天台宗的祖庭。天台宗在佛教的宗派中仅晚于菩提在少林寺所建的禅宗，它的哲学思想，还影响着后起的法相宗、律宗、密宗、净土宗和华严宗，在中国佛教史上占有重要的地位。所以国清寺有'教观总持'之称。"天台宗的主要创始人智𫖮是隋炀帝杨广的老师，智𫖮所著八大部、五小部经论，生前并未形成系统文字，是在他圆寂之后由传人灌顶章安根据大师课宣口授记录整理而成，并在天台山的天台寺（大业元年更名国清寺，取意"寺若成，国即清"）正式成立佛教天台宗。这次在国清寺，老丁也说到了隋炀帝杨广，他说这个皇帝荒淫无度，民怨很深，但他尊重智𫖮的佛学研究和理想，并在老师辞世的第二年派司马王弘到天台山来督造寺院，这一点还是值得肯定和称道的。那天我们在国清寺方丈室小坐的时候，当时的方丈可明法师以香茗、枇杷招待来客。坐定之后，老丁戏言"请可明法师宣法"，宾主皆笑。可明方丈说现在好多事情倒真是逐渐走上正轨了，研学宣法已无障碍，过去一些极端的年代，"我们整天担心佛殿被人砸了，佛像被人砸了，也担心那棵老梅树被人连根刨了"。那些日子他被"勒令"当生产队长，带领一众僧人开荒种菜。谈话间也说到了隋梅，座中人说这棵老梅树创造了生命奇迹，对于她长寿的缘由，可明方丈有何见解。可明缓缓地回答说，还是"适者生存"的道理吧，天台山气候良好，冬少寒冻，夏无酷热，尤其是水土状况，国清寺周遭有八桂、灵禽、祥云、灵芝、映霞五峰环抱，青涧赤涧双溪拥围，得天独厚啊！你们在寺院门口看到的东西两条沟渠，看起来不起眼，但溪中清流却是千年不断（后来笔者读到诗仙李白游天台的诗章，内中称国清寺为天下"四绝"之一，"槛外一条溪，几回流岁月"，那"一条溪"，就是可明方丈所说我们进出山门时也看到的那条"槛外"清流了）。

当年从天台山的山沟沟里走出来的穷孩子丁锡满，长大学成之后入职上海新闻业，官至市级宣传部门和传媒大报掌门人，志业竭诚，布衣情怀，写诗作文则秉持寒山诗风，刺贪刺虐，呼号民生（中唐白话诗人寒山子在天台山隐居七十年，与国清寺诗僧拾得、丰干交谊甚深），少年阿满自幼受寒山平民诗熏陶。可惜这位爱国爱乡的"天台之子"八年前因病辞世，业内同仁天台乡人和文朋诗友为之同悲。当年天台行一众文人中，许寅前辈和杂文家林帆先于萧丁先生离世仙去。

从匆匆的记忆中回过神来，我依然伫立在古梅树前。看花念人（过去的，现在的），心里难以平静。此时有一位年轻女子手持一支点燃着的香，面对老梅树肃立良久。梅亭前的赏花人用手机拍摄这棵"生命之树"，也有人拍了老梅转过身去拍新梅。

走出梅亭，很想再去看看离此数百米的隋梅同龄"伙伴"隋塔，却因年高脚力不济，只得在一处空地立定，向着天光云影映照下的巍巍古塔行注目礼。

（原载《解放日报》2023年4月16日，刊出时稍有删节，收入本书时有修订）

## 管社山诗魂

家乡蠡湖风景区的历史人文留迹中,"诗冢"也是引人注意的一个所在——"诗冢"在管社山上,墓中人是一对杨姓兄妹。

一个秋日的下午,笔者由滨湖"老土地"鹏飞小弟引领,前来瞻谒杨氏诗墓。管社山不高,原来就在鼋头渚主景区南犊山的对面,所以也叫北犊山,之间有两条水流,正是浩瀚太湖和支流蠡湖(五里湖)的交汇处,"太湖西去有双门"(戏剧宗师汤显祖《梁溪河》诗语),说的就是这个山明水秀视野开阔的风水宝地。鼋头主景区风光佳绝,"双门"另一侧的万顷堂胜迹也很精彩,"诗冢"就在万顷堂相邻高地的隐蔽处。

登山入园,先行映入眼帘的是石砌墓墙上的大字"水流双松"(刘海粟书写),墓地上,几座白色箱形墓墩依序排列,内中两座便是"诗冢"。兄长杨味云墓的碑石上有章士钊先生题字"平生贯华阁,大隐钓璜溪",妹子杨令茀墓碑大字"爱国女侓",是刘海粟手迹。云兄碑文中记述"祠堂后墓园有北洋政府财政部次长、实业家杨味云(1868—1948)诗冢……",茀妹碑刻中则有"致力于中国诗画创作和研究,著有诗集《山远水长集》和回忆录《翠微嶂》"等简介。读完碑文,我们在诗墓前默立良久,向才俊先人致意。

杨味云写第一首诗《咏风筝》的时候,还是管社山下的一个孩子,这位早慧少年六岁起读经书,光绪十七年(1891)应试中举,但三应会试未中,便无意科举,转攻史学、财政,依凭自己的才智能力,营商入仕都有不俗的业绩。他的京官生涯是从入京出任内阁中书开始的(1901),也曾一度出国当外交官,接下来便是段祺瑞内阁财政次长的高职位了(1917年始)……退出官场之后的杨味云步张謇之道施行实业救国,在天津等地开办华新纺织公司,是北方华新实业的创始人。官场商场的驰骋应酬,并不妨碍杨先生的笔墨兴致,公务之余常常咏诗作赋。1931年九一八事变后作"秋草诗",感时忧国,指斥辱我山河之"虎狼",笔意沉郁酣畅,引得海内诗人争相传诵，和者百余家，当年出版《秋草唱和集》，时人称他为"杨秋草"。1935年杨氏淡出江湖，在天津做寓公，于是终日与诗文作伴，偕京津名流结社唱酬，佳作迭出。天津有个景致雅逸的荣园，是文人们喜欢的地方，杨公牵头组织荣园修禊雅集，呼朋引类，诗文唱和，盛极一时。荣园有座荷池，每到清荷满池蝶逐花影的好季节，杨秋草的咏荷诗总是让人很喜欢，"银塘瑟瑟秋，凉意满汀洲。松翠沾吟笠，荷香入钓舟"，真是有一点孟浩然"荷风送香气，竹露滴清响"五言佳构余韵呢！荣园十年，文风雅渊，多少醉人时刻，杨味云难以忘怀，怎奈外侮日甚，国运维艰，荷花诗是作不下去了，加之时局动荡中人员星散，诗翁无奈写下终集感言："感旧况当衰白后，伤春更在落花先。听鹂亭馆行咏惯，记种桃花已十年。"杨味云先生有《云迈漫录》《云在山房类稿》等诗文集存世。

出生于东管社山的杨令茀（1887年，字清如）是味云最小的妹子（八妹），自幼诵诗习文，师从江南名家吴观岱学画。这个无锡女孩除了聪颖，更有识旧抗顽特立独行的鲜明个性和勇气，这里引录《滨湖人物》（南京出版社）书中的一段记述：十五岁的杨姑娘"母命难违，与常州富家子弟结亲，却自作主张，成婚前缝牢贴身衣裤，花烛夜坐以达旦，次日遁归无锡，去信向李家公子说明本人独身宗旨，嘱其另择佳偶"。这位勇敢的无锡姑娘而后有在上海务本女中读书的经历，然后随兄北上。在京城，大哥杨味云广博的社交圈让进取心极强的小阿妹如鱼得水，令茀先是拜在京华书画名家樊樊山门下，继而转益多师，受陈师曾、林琴南等师长亲切指点。画艺精进的杨小姐曾经与齐白石先生联合举办画展，齐还为杨的一幅画题诗："开图足可乱师真，夺得安阳石室神。地下有知应一笑，倾心俗世有传人。"这里的"师真"，指的便是他们共同的老师陈师曾（题诗时陈已故世）。这位江南才女诗画兼修，其诗风受兄长影响，凝练曼妙，又有女性特有的细腻清逸。杨家兄妹的诗文中常有对江南山水风物的精妙书写。"春回江草青，花发春江曲。日暮打桨回，明月遥相对。村童隔渚呼，掷花每盈束。"这是令茀给一位英籍教师的赠诗，描绘心中的故乡，是诗，是画，更有江南水乡的人物故事在里头。令茀还曾涉足小说，《瓦解银行》是其小说代表作，20世纪头20年中国女性小说群初露端倪，内中便有杨令茀。

　　才艺过人，人也俊俏，情感世界有续篇就难以避免，比如当过北洋政府总理的潘复曾给杨小姐写情诗求婚，杨回诗拒绝，措辞果决，潘复又来诗，杨不再答复。关于杨姑不婚事，江南尊长张謇先生（暮年与杨令茀忘年交）的一则日记（1922年农历八月十一日）也有记载："见（朱）简文寄来杨清如女士书自诗之扇，女士亦以不嫁为自立者也。"（杨荫榆也终身未婚）

　　20世纪进入20年代那些年，故宫午门三大殿和邻近各殿，常有一位女子或坐或立，身前一块画板，一幅又一幅宫中珍藏和历代帝王临摹像在她手中完成。内宫贵人欣赏这位慧思妙手的女画师，（同治年代的）瑜太妃对她更是青眼有加，邀她进宫居住作伴聊天，参加溥仪婚礼后，女画师又与帝后婉容结为好友。此等情形，一直延续到1924年清室成员被当局驱逐出宫。这位可以自由出入内宫的神秘女子，就是杨令茀——北洋政府管辖的文物陈列所特聘杨才女做画师，溥仪的老师陈宝琛等是举荐人。

　　人们常常从杨令茀女士的诗画作品中欣赏其诗一样的温婉情感，也惊异于这位民国名媛品性中火一样的"另一面"，早期抗婚的事不说了，她在供职沈阳故宫博物院和担任东北美术专科学校校长期间，有人向她许官诺禄，要她为日本人做事，而且缠扰不断，她于是写下"关东轻弃千种禄，义不降日气节坚"的诗语后决然离开东北出国，行前去各地旅行，将一路画作出售，所得款项悉数捐献给上海救国总会作抗日经费。在国外，杨令茀女士也有"惊人之举"，且看回忆录中的一段记述：旅德期间，希特勒来看杨令茀画展，临行时提出要买其中绘有鹌鹑图像等的一幅画。令茀利用交画过程中的一些时间"做手脚"，在画角题诗一首，内有"互相残杀"等语，题目则是"致战争贩子"。希特勒收画后发现题诗勃然大怒，下令立即抓捕画家驱逐出境，此时的杨小姐已然坐在前往美国的列车上。

　　杨令茀女士最后在美国定居四十年，去国前曾回乡省亲，欣赏魂牵梦系的家乡翠峰碧湖，深情地写下"翠微嶂"三字（与此后的回忆录书名相同），献给山水故乡，后来乡人把这几个字镌刻在鼋头渚景区的一块巨石上,留作永久的纪念。定居美国的杨家八妹悉心研究和传授中国艺术和文化,先后供职加州大学丹佛大学华盛顿大学,并开办个人画室,成为侨界文化名人。女史身在异域,心怀故国,新中国成立后,曾先后写信给章士钊宋庆龄李德全等人,关心国家,关心中美关系。晚境中,曾经有人邀请这位独居英才去台湾养老,老人以诗回复:"我在海外作隐沦,每见落叶思归根。小箕山下先茔在,归去长依父母灵。"1978年的一个秋日,九十二岁的杨令茀女士倒亡于自己画室,身边空无一人。1982年,在邓颖超先生的关心下,令茀女士的侄子杨通谊和夫人荣漱仁(民族实业家荣德生之女)两度赴美,运回骨灰和遗物,遵其生前所嘱,骨灰入葬管社山,一生所藏贵重文物和著作珍品,分别捐献给北京故宫博物院和无锡博物院。

终老归故里,是秋草诗人和翠微女神同胞兄妹的共同心愿。故园清风迎归雁,他们回来了。

瞻看诗墓,我的心里不能平静,尤其是一位刚柔兼具才华卓绝的传奇女子的形象隐现于眼前。转身向山前眺望,但见绿岭秀嶂伴亮湖,远处烟波浩渺,近前荡漾山影,岭下湿地公园的秋草秋花在湖风中摇曳,空旷处则有孩童呼叫着放风筝,秋阳明艳,南北犊山和大小箕山上方的云,还有内外太湖温暖的风,与管社山的诗魂永相伴。

(原载《解放日报》2019年11月21日)

# 寻访老榕树

时隔数十个寒暑后，我在岛屿的近海地域找到了这棵树——一棵有着几百年树龄的南国老榕。站在树前，就像面对一位阔别已久的朋友，仔细打量对方被时光蚀磨了的容颜，心底里反复说着的一句话是：您好吗？

眼前的榕树是有点老态了，不过躯干依然高大挺拔，冠盖不如过去繁密饱满，粗细枝干和翠绿叶片交织的生命体则仍然葳蕤有神。从树上垂直挂下来的无数条树须落地生根（气根），烘托着老树长久旺盛的生命力。树基周遭有人用砖石砌了护栏，树腰上系着鲜红的绸布带，这些个大体说明人们对于这棵大树还是那样的爱护和尊崇。树前的空地不如过去宽敞了，原有的穿村道路也有了变化，树后的老旧村屋不复存在，代之以一片好看的现代居住小区楼房，牌牌上写着"嘉盛豪园"字样。

这里所说的岛屿是绿城厦门，笔者年轻时曾在这个滨海城市生活了十四个年头（后来去了省城福州，再后来回归江南定居上海），至于在一次旧地重游的旅行中缘何要来寻访一棵老榕树，这里边多少总是有一点故事了。

那是20世纪中叶的事情，具体年份是1958年。斯时台海风骤浪急，此岸彼岸两军对垒，"厦门前线"除了市区和郊区的集美杏林，滨海地域都是军事区，从厦门城里出来往前沿方向走，过了金鸡亭，便开始进入神秘的敏感地段。军事意义上的1958年是载入史册的，因为这一年在厦门和金门之间发生了一场奇特的战争——8·23炮击金门之战（关于这场战争的种种，多少年来已有大量的报道和记载，不在本篇叙写范围，这里只是顺着笔者个人追忆的思绪，记下一点与老榕树有关的片断）。"8·23"前后的一些日子，我作为前线部队的一名战士，被分派在村子中央有着一棵大榕树的洪山柄执勤。战前村民尚未疏散的日子，树前路边一家杂货小店的店主——一位肤色偏黑国字脸的老年汉子，不止一次地向我述说这棵老榕的好处。先说树龄,他祖父年幼的时候就有了这棵树,可见"高龄寿树"绝对不虚。还有呢,就是它的"神力"了,老人绘声绘色地说:"洪山柄村十年没有一个人短命去世,十年没有发生一起火灾,还有,前面村庄落了多少从金门岛飞过来的炮弹,云顶岩下那片开阔地离这里不远吧,有多少宣传弹(弹内装宣传品,爆炸后飞散落地)在那儿开花?可洪山柄就少有嘛。"店主老汉断定凡此一切都与榕树有关系,他加重语气说:"真的,这棵树有灵性,能消灾弭祸,你不相信也得相信。"

店主和村民很快因战备需要疏散去了后方(留下基干民兵),炮战也很快打响了。店主老人没有想到的是,他铁定相信的事情很快被事实推翻。8月23日炮击金门之战开始之后的某一日,金门岛飞过来的一发炮弹落在了洪山柄村,而且不偏不倚,就落在了大榕树身下的空地上,弹坑很大,可以料定是一发155口径的大炮弹。这个飞来之物落地爆炸的时候树下有人吗?有的——在场的有三人,正在这里站岗执勤的我,一位比我还年轻的联防女民兵(我们都全副武装),略远一些的场旁道路边,还有营部一位路过这里的李参谋。一阵弧线弹道音持续到十分急促的"嗖嗖"声的时候,炮弹已近在眼前,三人凭着防弹经验迅速卧倒于地——我们是在一声巨大的爆炸声过后几乎同时爬起来的,当然首先是抖拍掉盖在身上的断残树枝、叶片和沙土,弹坑用不着找,一眼就看到它就在离我们卧倒处七八步的所在(靠近树身),抬眼往上看,老榕的树形明显变化,好多个大枝丫断残,有的整枝不见,原先繁密的树冠稀拉了许多。

这情景,从个人来说确实是经历了与死神擦肩而过的惊险一瞬,而从常常是密集型群炮齐轰的整个炮战来说,那只是对岸还击"零炮"活动中的一个小细节。劫后余生的我自然是想到了一些事情的,其间就有老店主说过的那些话,心里念着战后店主回来的情形。

这次我是在厦门老友吴伟程(美术家,过去的报社同事)的陪同下,费了一点周折,找到这棵暌隔四十余年的老榕树的。我从各个角度瞻看古榕,并将其今日容姿一一摄入相机。想当年,我们多少次从老榕树的边侧看望不远处高耸险峻的云顶岩,这个岩岭不但是厦门岛上最高的山峰,还是"炮击金门前线指挥部"所在地,山顶上一座军事雷达昼夜不停地转动。此刻我又见到云顶岩了(雷达已不复存在)。作为老厦门的伟程自然是熟悉这座闽南名山的,明白当年炮战时那是个非常神秘的所在。"好多年里都是军事禁区啊,直到90年代我们才敢到那里登山看海",伟程说。他还告诉我一直想在山顶上居高瞭望画一幅厦金海峡水景图。话题回到八月炮战的时候,我说起了1995年在北京与军旅作家刘白羽先生的一次叙谈(相关内容已有另文记述,这里不展开了。——作者注)。

伟程认真地听着我的述说,在适当的时候插话说,特殊年代特殊环境中的那一刻,你和刘白羽前辈离得那么近,过了几十年后有机会坐在一起回忆往事,还真是有点戏剧性的意味呢!我说白羽先生自己的"戏剧性"故事还有延续,那就是1998年的六七月间,年逾八旬的他又有一次厦门之行,而且再次登上云顶岩,隔了整整四十个年头的两次登峰,厦金海峡的境况已大不同,相关的情形,白羽老人写在了事后寄给我的《白鹭女神》散文里(刊于1998年8月3日《朝花》)。四十年台海风云变幻,让老作家对两岸关系对国家未来有了更为深入更具历史感时代感的体察和思考。其实对于经历和阅历有限的笔者来说,在这方面也是可以找到自己的体味和思考角度的,比如非常微观地从一棵老榕树的昨日和今日——隔海交战中炮弹伤及老榕是一种偶然,而必然的是在历史进程中这里发生了的现实变化。我总是想,当年洪山柄小店的老店主战后回到村里,看到受伤的榕树自然会伤心,但他无须为"榕树灵性说"自检,战争与和平的课题及其历史实验太过复杂诡异,完全不在一位平头老者的人生经验和涉世预想之中,善良的意愿是天然合理的。事实上,我们从一个小小的视点如榕树下的变化,到大一点的角度如云顶岩前海峡风云的变化,大体都能感受到历史行进脚步中传递的时代信息。当年炮击主导方着眼的不只是单纯的军事意义上的对岸营垒,而是错综复杂的内外因素交织缠绕,正如笔者在《八月炮声》一文中所说,炮弹落在金门诸岛,而白宫和五角大楼的震感不会比蒋介石差多少,中东战火,台海风浪,正是这些互有牵涉的"奥妙",孕育了这一出其不意又合乎逻辑的隔海战争史实。

寻访老榕树之后过了几年,笔者再一次去绿岛厦门的时候,长我几岁的老友、闽地著名画家吴伟程因病辞世，散文名家白羽老人也已驾鹤西去，我再也无缘同他们谈论厦门以及与它有关的种种故事了，但我看到了这个游人如潮生机盎然的南国岛城里更多的苍翠榕树，还有随处可见的三角梅，灿烂可人的凤凰花，白羽老人笔下的白鹭女神银色雕像，在白鹭洲午日的阳光下显得分外明亮和美丽。当然了，海峡风是仍然会传递各种信息的，世道人心未必都是碧流无尘清水可照，对于彼岸政治生态中不时游弋的分离主义污浊之浪邪杂之声等，善良的人们万万不能等闲视之——和平海峡的长久存续，是建立在坚如磐石的统一意志和聚善祛顽凝集合力的民族智慧的基点上的。

（原载《文艺报》2017年9月20日）

# 厦门，飘落在老街的梦

  2018年的一个夏日，笔者和老伴梅剑芳在厦门中山路漫步，或左右张望，或停步凝视旧物。与老街交叉的小街有好多条，霞溪路、局口街、水仙路、海后街……从鹭江道那边兜过来，经过卖花生汤的百年老店"黄则和"，便是泰山路了，这条小街的路口仍有几家餐饮店，其中一家的店名就叫"泰山"。我在这个小餐馆的门口站定，细看餐目板上的食品名字：蚝煎、油葱粿、沙茶面、炒米粉……多熟悉啊！当年因供职的报社就在近处，这家餐店是常来的，偶尔三两位同事也会在这里喝点小酒，用炸五香、土笋冻、卤豆干佐食。此刻睹物忆往，竟有他乡遇故交的感觉。老伴的心情也是一样的，过去家里待客，她的一只"蚝煎"点心是"保留节目"，而这道以新鲜海蛎、鸡蛋和蒜末为食材的闽南点心，她当年正是在这家小店学会的。此刻店家的一位男子迎出来，问我们想吃点什么，我说半世纪前我是这里的常客，现在来看看觉得很亲切。男子说进来坐坐吧！我说要赶时间去看老房子呢！

  老屋是一座五层楼宇，顶层有个钟座，我们过街时一眼就看到了这个标志物。钢筋水泥结构的建筑经过粉刷装饰不见"老态"，底层是一个洋气的商厦，"海澜之家"几个大字映入眼帘。我留意门牌号码，当看到"中山路67号"几个字的时候，又是一阵浅浅的激动。将近一个甲子前的1960年，刚刚离开军营的笔者第一次踏进67号门堂的时候，内心里有一点兴奋也有一点惆怅，兴奋的是对新环境新职位的好奇和期待，惆怅的是从此要做远离故园亲人的异乡人。好在年轻人对新鲜事物有一种天然的适应性，何况这个城市有我钟爱的凤凰树、三角梅……一直记得那天进门后，我看到厅堂深处的墙壁上有"永安堂"几个大字的痕迹，便觉得大楼本身的故事应当也不少。后来很快便知道，这座楼宇与闽西永定籍实业家胡文虎、胡文豹兄弟的早期创业有关系，老辈人都知道的民间小药"虎标万金油"，就是胡氏永安堂药业的招牌商品，虎、豹之父胡子钦在缅甸开药店，将一款中成药"玉树神散"改良成为"万金油"，获得成功，便先后在新加坡和香港开设永安堂总部，各地的分支机构也陆续成立，其中厦门店就开在闹市中山路。这对虎、豹兄弟非等闲之人，从"小民生"开步的万金油系列产品大获利市，便向"大民生"的新闻业进军，后来在海内外做得风生水起的星系报业，厦门的《星光日报》便是早期创办的"星报"第三家（继新加坡《星洲日报》香港《星岛日报》之后）。当年的这座楼宇，底层永安堂卖万金油，楼上就是《星光日报》的编辑部。曾听报馆老人说，"星光"之后这里也办过《江声报》等媒体，1949 年新中国成立后《厦门日报》在这里创刊时，吸收了《江声报》的一些老人员。

上班的感觉是不错的。那几年我在这家报纸的《海燕》副刊陆续发表作品，如今身份转换，由作者而成为编者了。这是一座不大的城市，却是闽南地区的文化重镇，稿源是不愁的。火红年代，副刊版面表现新人新事新时代的文字不可少，本土文人的作品也受重视，比如，高云览的长篇小说《小城春秋》（以 1930 年厦门大劫狱为背景）在读者中热传，副刊也作介绍。主流文化中"跟中心"的作品相对来说"硬"一些，所以闽籍作家郭风以自然风物日常生活为题材且文辞优美的抒情散文，就给人以新鲜感。偶尔也有蔡其矫的情感诗传播，读写空间渐次丰富起来。那个时候的笔者也是十分喜欢郭风散文的，从中感受那种山涧小溪细水长流的美和力量。作为散文编辑，情感抒发类的文稿入选率也明显多起来（有意思的是过了二三十年，笔者在上海编副刊，与郭风先生有了更多的文稿书信联系）。

两岸对垒年代厦门港以远的大片海洋是绝无任何船只踪影的"死海"，而离港不远的闹市中心则依然保持了都市生活的忙碌和平静。20 世纪 60 年代前期，厦门广播电台早晨的开始曲是古老的南音名曲《梅花操》，当舒缓悠扬的旋律从窗外飘来（我住在中山路 55 号报社宿舍），便要准备起床了。到了夜晚，老街上空除了飘荡红色音乐、民歌、戏曲的旋律，有时也会出现"异类"。总记得有一天深夜与一位厦门籍朋友丁君在老街漫步，晚风中飘来一阵轻盈悦耳的乐声，在风的作用下时远时近，时断时续，侧耳辨听，竟是《何日君再来》。乐声是从金门岛国民党驻军的广播喇叭中发出来的。那个年代一切都是"泾渭分明",《何日君再来》是不受待见的"前朝曲"!不过好奇的年轻人每每能够把握个人的"自由空间",作为不设防的好友,我们不但听了乐曲,还我一句你一句地轻声哼起来,把歌词唱全了。若干年后两人回忆此事,都说"我们那时真大胆"(我军对金门广播的故事也很多,我曾在《海峡声波》等拙文中叙记)。

"文革"年代的老街可"热闹"了,各派游行队伍,高音喇叭,你方唱罢我登场。"永安堂"不再平安,"星光"故乡战云密布。在那个"很革命"的年代,个人要做到独善其身"不跌跟斗"并非易事,比如上面说到的报社"反党小集团",三个人中,鄙人因一篇咏赞南国白兰树的稚拙散文被批忝列末座,连篇累牍的批判文章就刊登在自己曾经辛勤耕耘的《海燕》版面上,"园地"变"坟场",我为此沮丧不已(具体情形已有文稿述说,这里不记)……从旋涡里跳出来的当事者的感受自然最深切,整个社会都被"左"风裹挟,"此心安处"只是善类们的一种奢求。鹭岛清晨《梅花操》的音律是不复有的了,我的心里则念叨着老街那一头中山公园里的三角梅是否仍灿烂!

我在这家报馆工作十年,其间也做过军事记者,主持过另一副刊《前线》,由此认识军中作者刘希涛石瀛潮赵竹鸣等人,编发他们最早的作品,二十几年后在上海报社大楼与这些昔日朋友再相逢,他们已是沪上活跃的诗人或画家,真是有点"戏剧性"的了。《厦门日报》于60年代末迁址离开中山路,我则于1970年调赴榕城《福建日报》任职。

始建于1925年的厦门中山路,如今是一条集购物休闲观光于一体的步行街,也是这座美丽特区城市的名片街、窗口街,闽商、台商店肆林立,有闽台风情第一街的誉称。街头行人神态安闲,几位外来游客被具有南洋风格的骑楼景观吸引,不停地拍着照,然后转入小街,街角那片三角梅也红得诱人啊!我们从67号往前走,经过55号时,决定上楼看看。熟悉的日式建筑格局未变但已十分陈旧。爬上四楼,看了当年居住的斗室,在楼面遇到一位老太太,竟是如今楼中仅存的报馆老人,互通姓名后都认出来了。我们在这位许姓老人家中小坐,一番叙旧,感慨良多。说话间,老人从桌上玻璃板下找出一张有点发黄的照片,竟是半个世纪前我在这里结婚时拍的两人照(当时我妻子送她的)。自然很是感动啊!

本书作者年轻时与妻子梅剑芳在厦门合影

老街的尽头连着滨海横街鹭江道,视线越过旧轮渡码头,便是一水之隔的鼓浪屿了。站在街角的鹭江大厦前,觉得这里绝对是一个可以驰骋回忆和想象的所在,——1926年鲁迅先生的鼓浪屿之行,1930至1933年巴金先生的三次游览鼓岛,都是经过老街中山路,从这个街角走向轮渡前往小岛的。日光岩下的"万国旗","公共地界"洋人傲慢的目光,败了鲁迅的游兴,他回到执教的厦门大学,在致友人的信中写下了"鼓浪屿也毫不鼓浪"的忧愤之语。巴金与友人是登上了日光岩顶的,"听着海水击岸的轻微声音,我们畅谈着南国的梦"(引自巴金《南国的梦》)。比起"愤怒者"鲁迅,青年巴金的南国梦似乎多了些希望的色彩(那些年巴金关心着闽粤两地的平民教育,在泉州、新会的民办学校观察调查,结交多位民办教师),当然这也是个并不轻松的话题,多难之邦,即便在这条中山老街上,各色人等的"梦"是做得何等的曲折迷离啊!是的,只有到了改革开放的新时代,"梦想照亮现实"机缘频现,这座南国都会才有了真正属于自己的生命活力,老街展新颜,鼓浪屿"复又鼓浪"了。

(原载《解放日报》2018年11月15日)

## 寂寞寒山路

总喜欢在林深谷寂的山间小路上体味"山意",当然"山意"之后是要加上"朦胧"两字的。这"朦胧",不只是对于山岭树木等的视野直觉,更有由"山意"引起的种种联想遐想和幻想。

如今我与几个同伴正走在林木深处的山路上,"朦胧"之感又来了。

这里是天台山的一条支脉,叫作寒山,它由寒岩、明岩两峡组成,也叫寒石山。

有意思的是,一个与"寒山"同名的诗人,一千一百年前就居住在这里。于是"山意朦胧"之中,便有了一种寻故觅踪的神秘感。

有人称寒山(也叫寒山子)是华夏第一位白话诗人,此说可能有点儿绝对,因为隋末唐初的王梵志,其诗作也曾被人称为白话诗,不过寒山诗自成一体,且流传广泛,所以寒山子作为华夏白话诗的开山祖之一,其地位是不可低估的。

行进途中,凡见岩石,我总要留心察看,下意识里似乎是想从中发现什么痕迹。归隐诗人寒山子当年的诗歌,大多写在树木上、山石上、屋墙上。因此,这一带的岩石,可能正是当年寒山持笔疾书尽情抒发的所在。同岩石相伴的是许多树木,其中几棵榧树,干挺枝繁,特别引人注目。听说邻近山上有一棵一千六百岁的晋榧,比天台城南国清寺中一千四百岁的隋梅还多了二百岁。中唐时期的传奇诗人寒山,与迄今依然存世的两棵寿树在同一个地域相邻生存了七十年(寒山三十多岁定居天台,百岁之后方才终老仙去),所以天台人在谈到寿树的时候,常常念起那位长寿诗人。

寒山祖籍陕西咸阳。安史大乱前夕,由于文名不成,武名不勋,他随着逃难的人流,辗转多年,到了兵乱没有波及的浙江天台,在山清水秀的寒石山结庐而居。为稻粱谋,他免不了也要种田,也要打柴。身在凡世,免不了也要娶妻,也要生子。乱世逃民,对世道是看多了,看透了。之所以择山而居，为的是尽可能地与尘世离得远一些，与功名利禄离得远一些。保留原来的姓氏已无意义，遂别出心裁，以山名为己名，北方咸阳的某某人，一夜之间变成了南方天台的"寒山子"。

历来的归隐人士，每每是隐身难隐心，这大约是因为他们先前不是宦官便是文人，曾经沧海，见多识广，殊难彻底消除胸中块垒。比如离寒石山仅数里之遥的九遮山，相传为楚相范增的隐居地。在当年项羽和刘邦的权力之争中，范增因项羽中了反间计而失重权，愤而远行当了隐士。即便如此，归隐山林的范氏仍然常为楚汉之争而唏嘘。当得知项羽自刎乌江的消息，竟在山洞中大哭，痛惜项羽不听忠言终遭身亡军败。这便是隐人难隐心的例证。关于寒山子，其具体的身世史籍少有记载，所谓"联翩骑白马，喝兔放苍鹰"也只是后人的推测，不过此人胸有文墨，通经史子集，大抵是不会错的。范增为项羽之死浩汉，是一种"情不自禁"，寒山子林石留诗同样是一种"情不自禁"。"一住寒山万事休，更无杂念在心头"，这是寒山初入山林时的心绪写照。"万事休""无杂念"似乎彰示寒山与世俗功利决裂，愿以山水洗涤自己灵魂的意志，但这并不说明他面对山林之外的世态万象心如止水，波澜不掀，而是仍然爱憎分明，"情不自禁"地要把心中所思所感表露出来。寒山早期诗作多对不平世态的批判和讽喻，对黎民百姓寄于深深的同情。中期以后有变化，这是同他生存状态的动荡变异密切相关的。妻丧子亡之后，他同国清寺中的僧人丰干、拾得交往，由于三人都爱作诗，情谊日深。丰干属年长的苦行僧，拾得年纪最小。严格地说，寒山不是僧人，只因经常出入国清寺，与丰干、拾得一道作诗论诗，所以也就被人称为"诗僧"。事实上寒山对佛教确实也是产生了一定程度的兴趣的，因而诗词中常常寄寓禅意，劝世醒世诗日渐增多。天台山同时也是道教圣地，寒山不免涉足其间，对道教颇多探研，所以他实际上成了儒释道三位一体的隐逸诗人。

对于寒山的诗，同时也包括丰干、拾得的诗，国清寺的上层僧人有点儿不屑一顾。寒山的山水诗写得很美，如："卜择幽居地，天台更莫言。猿啼溪雾冷，岳色草门边，折枝覆松室，开池引润泉。""重岩中，足清风。扇不摇，凉风通。明月照，白云笼。独自坐，一老翁。"但存留下来的山水诗很少。据后人分析，这就与当时上层文僧的偏见有关，他们把一些"不入流"的山水诗抽去了。

我国自南北朝以来,绮丽诗风流行,比如,沈约等人的"永明体",除文、韵严格相对,四句中还得包含四个典故,这就大大束缚了文人的手脚。到了唐朝,诗风有了改观,但骈体文之类的影响依然存在,在如此的大背景下,寒山的平民白话被视为异端是很自然的。但寒山自从以山为名,归隐自然,便决计与寒门结缘,心向平民,诗写平民,背离主流诗风,成了他义无反顾的不归路。事物的发展常常出乎主流社会所料,"不入流"的寒山诗由于其通俗晓畅而受到了乡民群众的广泛欢迎。诗歌本来来自民众,寒山白话诗昭示了一种文化回归,这又正是文学艺术"人民性"的生动体现。

据说在唐代,寒山诗经人手抄口传,约有六百多首流行。目前在海内外存传的寒山诗剩下三百余首。寒山诗的内容广泛,综览所存诗作,大抵可以辨察其由儒入道入佛然后又在一定程度上超越出来的精神轨迹。有人从细读寒山诗中发现了这位传奇诗人的"心史",那应当说是一种有价值的发现了。寒山诗的特点有一些是比较明显的,例如佛道隐逸诗睿思飘逸,山水诗清和自然,讽喻诗率直幽默,劝世诗言俗意深,等等。寒山的"心史",正是寓寄于这些独具风韵的诗行中的。

山深路长。阳光从山石树丛的空隙中透射进来,便有斑驳的亮点洒落路面。"朦胧"之中,令人生出一些"入世""出世"的遐想。寒山诗文中的"重岩我卜居""欲向东岩去",写的就是我们现在走着的这些所在。从方向看,明岩在寒岩之东,"欲向东岩去",是指诗人想从寒岩走向明岩,而我们此刻走的则是反方向。值得一提的是,我们一行之中的诗人、作家箫丁,是天台山人,他对先人的敬仰怀念之中,更其蕴含了乡情乡亲的特殊情愫,就在行进的路上,他拟就了一首即兴诗:"寻诗问道上寒山,石径斜铺彩云间,到处圣僧真行迹,文心禅意印明台。"

真正是寻诗问道啊!不过"圣僧"已无踪影,只留下诗魂。"朦胧"之中,我觉得从岩树中透过来的阳光中,山间汩汩的清泉中,远处山峦的叠影中,都有诗的生命在律动,都有诗的音符在跳跃。一千多年的历史在片刻之间向我们贴近,寂静的山路上,寒山与我们同行。

"不入流"的寒山诗,在诗人生前只能在非主流社会悄然流行,诗人故去之后五十年,有人开始推介寒山诗,到了宋代,有识之士把寒山与陶渊明、李白、杜甫、白居易、苏轼、黄庭坚、陈无己同列为"八老诗"。此后,寒山诗流传江南,走俏长安。作为佛教天台宗发祥地的国清寺,在向日本、韩国传佛的过程中,也把寒山、拾得的诗作一并传了过去,东瀛日本至今还保存着一座拾得寺呢!自从20世纪初叶西方某些国家掀起"敦煌热",洋人们对华夏文化的关注与日俱增,寒山文化在此后的某个时期甚至成为西方国家的一个文化"热点"。如果说"敦煌热"中因为有英籍匈牙利人斯坦因、法国人伯希和等文化劫夺的因素,而在西方文人中蕴含某种畸异情感的话,那么,"寒山热"作为西方人对东方文化的一种"朝圣",其含义则要单纯一些。在美国,除了寒山诗的流传,还有一部名为《寒山》的小说,成为1997年的全美畅销书。读这部小说,可以明白"彼"寒山非"此"寒山,不过同时也可明白"彼"寒山中确实游动着"此"寒山的精魂。巧合的是美国南部也有一座山岭叫寒山,山影重重,叠翠飞绿,想来与中国江南的寒山有颇多相似处。小说中展开的情节,其人其事当然都是美国的。两座寒山,可以用"巧合"两字来解释,然而耐人寻味的是这部小说的扉页上有两条引文,其中一条就是中国寒山子的诗句:"人问寒山道,寒山路不通。"引文一般暗喻作品的主题和灵魂。在这里,中国的寒山,中国的寒山诗,成为一种精神象征,一种文化象征。"寒山"是一种美,一种自然,一种真诚,一种智慧,一种激情,一种平和而理想的追求。寒山美,然而通向寒山的路并不畅达。中国的寒山子写在山石林木上的"心史",都是在探求一种平等和自由的生存境界,然而山高路险,诗人只能在自娱自叹的宣泄中终其一生。作为孤单的个体,他无法改变通向"寒山"的艰难道路。这种自娱自叹的"产物",积淀并升腾为一种精神,留传下来,这是寒山本人始料未及的。从西方的"寒山热"中,我们似乎可以体味到一种文化精神的自然"通道",不论东方西方,南方北方,这种文化精神的"通道"都是存在的。

走在寒山路上,心头有一点寂寞感,不只因为一路行来未见其他游人,还因为一个大诗人居住了七十个年头的故地,迄今依然"藏在深山人未识"。

与寂寞寒山形成鲜明对比的是人流如潮的苏州寒山寺,那个寺院因寒山子曾经到过而得名。其实，关于寒山子同寒山寺的关系，史籍上仅有"寒山、拾得尝止此故名"的简单记载，除此之外并无太多的依据。寒山六十多岁时曾偕拾得离开天台回陕西探亲，因早先的故旧亲人"大多入黄泉"而返南归山，其间途经苏州，曾在枫桥寺逗留（寒山寺前名枫桥寺）。寒山到过枫桥当无疑问，至于在该枫桥寺当过住持和尚之说则有可能是一种猜想。如前所述，寒山、拾得在天台国清寺不为主流僧侣所重，又因穿戴邋遢、行踪无定而更有"疯僧"之称，到了苏州却当上了住持和尚，似乎于情不合。此其一。寒山既然隐身埋名，可见其"隐"心之坚，到苏州出山当住持同样有悖于情。此其二……当然苏州人是完全可以不理会这些的。一句"尝止此故名"，再加上张继的一首《枫桥夜泊》诗，已经够了，何况尔后更有一诗九碑之盛事，姑苏城外寒山寺于是名满天下。

苏州人的文化开发意识，自古而今均令人称羡。相比之下，天台人在这方面的封闭滞后，不免令人惋惜。我站在简陋孤寂的明岩寺前，那种"寂寞"感再次袭上心头。南通籍的悟贤师太自到寒山主持明岩寺后，不食稻粱，饮水为生（专饮寺旁一眼古井的泉水，兼吃少量水果），因而具有传奇色彩。未及探问悟贤独特的生存方式与寒山精神是否也有一个什么"通道"，倒觉得小寺的清寂中蕴含着一种文化神圣，毕竟一位千古诗人的诗迹也曾经出现在这里的寺壁上。

对于这个独特的文化故地，说不清是由它继续清寂下去，还是"开发"得如姑苏寒山寺那样游人如织？不过让天下人了解一位平民诗人的文化遗存及其淡泊人生的足迹，总是有意义的。幸而寒山所在的天台县业已有了一个"寒山文化研究会"，几年来通过同各地寒山文化研究者的联系交流，积累了数十万字的资料。研究会成员与苏州佛教界、文化界人士也加强了友好交往。苏州方面认同寒山隐居地的历史事实，寒山寺方丈性空法师特地作联相赠："明岩寒山两钟应，天台姑苏一脉承。"

开放风促使天台县的领导人认识了寒山文化的价值，一个开发寒山旅游区的规划已经制订，局部的开发行动业已开始。陪同我们的寒山文化研究会会长陈兵香说，将天台山建成一个既有以佛教文化为中心的国清寺，又有以寒山文化为中心的寒石山这样的旅游胜地，除了具有经济开发意义,更有文化发展的重要价值,游客们游了姑苏寒山寺,再到寒山隐居地看看,如此这般,其内容就厚实而圆满了。

  离开寒石山的时候,听到山的深处传来阵阵涛声——是松涛声,还是瀑布声?难以识别。下意识里仍想从中听到什么——寒山子的诵诗声,抑或寒山诗魂的游弋声?

(原载《江南》2001年第1期)

## 老正兴的前尘琐闻

若干年前听历史学家、《大公报》老人唐振常先生谈"吃经"（他同时也是一位美食家），说到了曾经驰誉沪上好多年的老正兴饭店。当时他在《朝花》副刊连续刊登数篇有关"吃"的文章，便说老正兴的青鱼秃肺可是名菜啊，荷叶底清蒸草鱼也好吃，那个油爆虾不但烧得鲜脆入味而且只只饱满。老先生说他的吃食文章如果顺利做下去，说不定会专门写一篇老正兴。

我是在南苏州路唐振常老先生的寓所听他说这番话的，取名"半拙斋"的书房里茗香言酣，之所以对老正兴有较多的议论，是因为唐先生获知我是无锡人，父兄叔叔当年都是沪上饭店业的老职工，同村（徐祥巷）族人沈金宝当过正兴老号掌门人多年，便有了话语互动的兴奋点了。四川籍的唐振常熟悉川菜自不必说，而作为沪渎老住民对本滩饮食也一向钟情，他说苏州味的老松盛和无锡味的老正兴他都是喜欢的，不过要说名气，自然还是老正兴更大一点，"最兴盛的时候，上海滩上同时用正兴做牌号的大小餐馆少说也有一百家"，唐先生说（后来我在周三金著《上海老菜馆》一书中，看到了沪上曾有一百二十家老正兴饭店的记载）。唐老还说苏州无锡都在太湖境内，提取湖鲜水产便利，就在菜品中把鱼虾蟹鳖文章做得很出色。

唐振常所说的几样正兴菜，笔者也是常有所闻的，自幼年到成人，我身边的"饭店人"可多了（沈金宝不但曾经执掌老正兴，本人参资或独资开设聚字号饭店茶楼十几家，发迹后带出来的乡党门生真不少），他们对正兴菜肴自然不陌生，金宝儿子瑞云晚年忆记父亲创业家史的文字中，就说到了"青鱼秃肺"这道菜：一年冬天，杨庆和银楼的"小开"杨宝宝对正兴馆的厨师说，青鱼的肝是很好的滋补品，质地软润，把它做成一道菜，一定受欢迎，而且可卖好价钱。厨师便选了几条大乌青鱼，取出鱼肝，洗净后加些嫩笋，用油、糖、醋、酒及葱姜酱油配置调料，一道实验新菜便出来了,杨宝宝试尝后觉得满意,便呼朋唤友前来吃了几次,"青鱼秃肺"于是传扬开来。笔者幼时常听父兄说,青鱼是锡帮店的看家菜,肉质厚实,全身各部位都可做成一道菜,面孔做鱼扒,腹肉做肚档,尾巴就是红烧划水了。至于鱼的舌头也能做成一道菜,听起来有点儿玄乎,却也是真的。瑞云记录了这样一则故事:沪上富家子弟祝伊才(祝二)兄弟,对真正老正兴的红烧青鱼舌头很欣赏,每次约友来吃午饭,必点这道主菜(业内称此为富贵菜)。饭店接受预约后,当天便得准备二三十条大青鱼,小心地取出鱼舌,由最好的厨师精心烹制。富豪家的公子吃饭也讲派头,近午时先来一辆车,载来两位老妈子,在大包房里安排好碗筷碟子;十一点三刻第二辆车到了,由仆人送来白米饭;十二点的时候,祝二等三五人鱼贯而来,入座后随意再点几样菜,然后上菜吃饭,吃完就走。回忆录中对杜月笙等上海滩大佬请客吃饭也有记载:杜家的尊贵客人是不来饭店的,由近十家名菜馆各派师傅上门烧菜,真正老正兴每次派两人去杜公馆,烧两荤一素三只菜:青鱼秃肺、烧圈子(猪大肠)、生煸草头。我曾听晚境中的大哥说起草头圈子这道菜,他说开初的时候圈子和草头是一荤一素两样菜,后来有人提议说特别油腻的猪大肠用碧绿生青的金花菜(草头)垫底,浓淡相配,一定色味俱佳,后来经过实验,就合二为一了。大哥说炒草头必须用猪油,急火快炒,方能保持色彩的青翠鲜亮。正兴馆还有好多拿手菜,诸如清蒸白鱼、红烧鳗鱼、油酱毛蟹、正兴酱方、冰糖甲鱼、脆鳝、炒蟹黄、虾子大乌参、母油船鸭、"一品锅"(内含全鸡全鸭全鸽的大蒸锅),等。当时一些军政要人时常光顾老正兴,仅有记录的就有白崇禧朱家骅蒋经国吴国桢等人。

  沈金宝出生于1876年,十四岁到上海鸿运楼做学徒,刚成年便当上了"把作"(厨房负责人),20世纪初开始投资参股办饭店,我大哥和叔叔长期供职的聚昌酒菜馆,是金宝与人合作开店的第一家[店址在四马路(福州路)石路(福建路)转角处今吴宫饭店边上,1951年我曾跟随大哥在此店住过两三天,晚上睡在二楼地板上,满室乡音,翌日清早被楼下石路上有轨电车的当当声扰醒]。聚字号菜肴的特色与老正兴一脉相承,可谓正兴支系。沈金宝妻弟朱清裕也是餐饮能人,主持聚字号中的聚商老正兴等多家餐馆。

　　以正兴冠名的饭店，最早是由浙江人蔡正仁卓仁兴（一说祝本正蔡仁兴）于清同治年间创办的，两人名字中各取一字做店名。那是接近世纪之交的时间段，开埠不久的这个东方都会成了五行八作大获利市的好所在，南北菜系纷纷"登陆"，苏锡帮餐饮占地理之便独占先机自在情理之中。早年的南京路（山东中路口）有座大陆商场，场间一条小街叫佛陀街，正兴饭店就开在这条小街上。老板雇用的无锡籍掌勺师傅范炳顺烧的几样无锡菜浓油赤酱带点甜味，很为上海住民所喜爱，所以一开始就生意兴隆。正兴馆后来的衍变，也与这位无锡师傅有关系，——范炳顺不久就离开蔡老板自立门户，在附近的二马路（九江路）上开饭店，也以正兴做店名，此后的情形是商场原址盖起了慈淑大楼（后改为东海大楼），蔡范两家的"招牌战"也连续打下去。老正兴，真老正兴，真正老正兴，同治老正兴，真的是你方唱罢我登场。沈金宝是在蔡氏以真正老正兴冠名的时段加盟该店的，当时蔡老板（是蔡正仁本人或已传给儿子，不详）资金周转不灵，求助于他，金宝于是出资一千元，出任经理，他走马上任后改革店务，厨师都用无锡人，司务、堂倌基本用无锡人，菜品烹调在锡帮菜的基础上进行适度的改良调整，以适应上海滩主流居民的需求。沈金宝主持老正兴的时候是其事业的顶峰期，不幸的是这位餐饮红人突患中风离职并于1940年谢世，其子瑞云继承父业，曾投资、供职多家餐馆。

　　笔者1984年进入汉口路上的《解放日报》工作，出大门不到百米就是山东中路上的老正兴菜馆，据有关图书记载，此店由九江路迁来，原是创建于1916年由夏姓无锡人经营的正源馆，20年代改名源记老正兴，后因曾易名同治老正兴而与沈金宝当过经理的那家老号同名店发生"盗名"诉讼纠纷（此时的蔡氏老店已转入异姓人手里）。1955年，陈毅市长曾经陪同周恩来总理在此用膳（点了青鱼划水、虾子海参等）。进入新世纪后，这家菜馆搬到了福州路现址，聚字号老店聚昌馆于60年代歇业，聚商老正兴则搬迁到市郊闵行经营。

　　对于曾经很风光的锡帮菜的淡出江湖，笔者曾听多人议论，并在一次与文史专家蒋星煜先生晤叙时提及此事，蒋老说苏锡菜与上海本埠菜的特点比较接近，长期互相借鉴，彼此影响，已是我中有你、你中有我，老正兴也就似乎并不太牵强地被归入"本帮"了。蒋先生说本帮菜最早是由浦东三林人在老城厢做起来的，号称"铲刀帮"，这个帮系的特点是善于吸收，比如有这么个说法，一家苏帮饭店烧出来的八宝鸡受人欢迎，本帮老店的人就把它"拿过来"，经过一番改造提升，变鸡为鸭，一只八宝鸭名菜就出来了。老先生笑着说，你如果留意一下，可以在本帮馆的一些菜肴点心中找到人民饭店前身五味斋的影子，当年五味斋的菜点可是地道的苏锡味啊！"江南的江河湖泊水流相通，饮食文化中相互渗透融合是很自然的事情。"老先生做如此归结。是的啊，上海这个"大码头"（经济的、文化的），有的是吐纳消化提升放射等的综合功能，"路径"之中发生一点"化而合"的现象一点也不奇怪。曾经为本帮菜起过铺垫作用的苏锡菜的故事，连同苏锡帮人对大上海餐饮业的贡献，已经留在历史里。

（原载《解放日报》2018年4月1日）

## 溥仪妻子李淑贤自我辩白

笔者过去做编辑工作，存留部分名人信件，内中文艺界的居多，也有界外的，比如，中国末代皇帝溥仪的最后一任妻子李淑贤，曾先后寄来三封信，现均完整保存。与信函内容相关联的，是李淑贤认为她与溥仪的婚姻生活，被美国作家写的《中国末代皇帝》一书做了不合乎事实的扭曲叙写，她为此著文辩白，这篇文章经我之手发表在《解放日报》的《朝花》副刊上。

三封信分别写于1990年11月18日、12月22日和1991年2月9日。

还记得1990年秋天的某一日，有一位叫李喜根的中年男子到报社来找我，说他与溥仪最后一位妻子李淑贤很熟悉，李女士遇到了一些不愉快的事情，就是有人在做末代皇帝溥仪的文章时，用了一些不实之词，歪曲她和溥仪的婚姻生活，对她个人的形象有所抹黑。气愤之余，李女士想写文章，对一些事情进行澄清和辩驳。李喜根此次来访，就是希望《解放日报》能帮助李淑贤了却这一心愿。他还说到李淑贤表示她同溥仪共同生活了六年，经历和了解不少情况，如果报社有兴趣，她还可以陆续写一些回忆性的文字（由于来访者也姓李，所以当时我曾猜测李喜根许是李淑贤的族亲或族人之类）。

对于溥仪与李淑贤的婚姻状况，当时我有一些零星耳闻，其内容褒贬都有。听完李先生的述说，我的想法是，溥仪同李淑贤1962年联姻的时候，业已经过改造，

末代皇帝溥仪与李淑贤夫妇

具有中国公民身份，两人的结合得到了周恩来总理的关心和支持。溥仪当过全国政协委员，李淑贤则曾经是北京市政协委员。有关文章记述他俩婚姻生活的状况，当事人有异议和意见，要申述，他们是有这样的权利和自由的。我当时还想到，婚姻关系常常有许多复杂的情况，何况这一对夫妻的结合有其特殊性，如果写作者不做全面了解，把一些负面的东西集中起来，是很容易发生偏差和不公，从而损害当事人的形象和声誉的。据此，我表示愿意接受李淑贤的文稿，并提出《解放日报》是一张有影响力的报纸，文章一定要写得客观务实，希望李女士做到这一点。

过了不久，就收到李淑贤从北京寄来的邮件，文稿之外，附有简函，全文是：

沈扬同志：您好！

关于这篇文章贵社很支持我，谢谢。

这篇稿子是我写的，文章很杂乱，请李喜根同志帮我整理修改后我已看过，并请他帮助找合适的地方发表，并请您能在文章发表后给我寄报纸。衷心感谢。

此致

敬礼！

李淑贤

1990年11月18日

从来信中可以看出，这篇两千八百字的文章初稿是李淑贤写的，因写作水平的问题，请李喜根做了一些文字上的整理和修改。文稿的题目是《关于溥仪和我的婚后生活》。李淑贤在文章中，首先对美国作家爱德华·贝尔在写《中国末代皇帝》前从未采访过她表示不满，"一心要为溥仪作传，要写溥仪和我共同生活的贝尔先生调查时，却忽视了与溥仪朝夕相处整整6年对这一段历史最为了解的溥仪之妻，这恐怕不仅仅是技术上的疏忽""至少可以说缺少应有的严肃态度"，也正因为如此，在记述溥仪和她共同生活情形时"显得捉襟见肘"。文章接着列举贝尔书稿中有关这方面的不实描写，比如，"李淑贤继续做护士，但她发现照顾溥仪简直让人发疯""各方面的材料都说明,她(指李淑贤)似乎十分泼辣,但溥仪平静地忍受了他新的不幸""溥仪住院后,刚开始,在另一家医院当护士的妻子还来探望,慢慢次数越来越少,最后干脆不来了"。李淑贤觉得这位从未谋面的外国人"秉笔直书"的胆量和随意性"令人吃惊",她认为作者笔下的"新的不幸",实际上"是想唤起一种轰动效应""爱怎么说就怎么说",这就是他们所谓的"新闻自由"。

接下来李淑贤叙述了自己和溥仪的婚姻状况和情感生活。其中写道:"尽管我和溥仪在出身和经历方面有着巨大的差别,可我们同是天涯沦落人,都如饥似渴地追求人人都有的那种极其普通的家庭生活。我们结合后相依为命地度过了5年半令人难忘的美好时光。那时我们几乎寸步不离。北京西城南草坊的街坊邻居看到我们清晨相携而出,日落并肩而回,无不投来美慕的目光。"当过皇帝的溥仪动手能力很差,闹出许多笑话,为此做妻子的也会嫌他笨手笨脚,有时还冲他发火,溥仪此时总是主动认错,并虚心地从一点一滴学起。她对此的感觉是:"生活中每经历这样一次'插曲'……两颗心贴得更近了。"关于溥仪生病住院的情况,李淑贤是这样记述的:溥仪患的是尿毒症,她花了好大力气叫到一辆出租车,送到医院,大夫过来看看就不管了,泌尿科也不接受,不得已之中她找了政协老领导沈德纯,沈向总理办公室报告,在周总理的关心下,才住进了人民医院。"从这时起,直到10月17日溥仪去世,除了给溥仪办事外,我再也没有离开过他的床头。溥仪病危期间,换住小病房,由于屋子太小,连个木椅也摆不开,我就将两只木凳放在门口,一连13天,晚上就趴在小木凳上打瞌睡。"接下来讲了她为溥仪熬中药的情景:怕医院熬不透,每次都把中药带回家里细细熬,当时社会秩序混乱,有时乘不上车,就走到医院,"心里七上八下地惦着溥仪的病情"。李淑贤还写道,丈夫在医院里曾无数次地对她说,"我现在真亏了你了。如果没有你,这种时候谁还会来照顾我,那可就把我苦死了"!

文章的最后,李淑贤把贝尔先生文稿中不合乎事实的描写,归结为西方人对中国的事情常常存在的偏见,他们对中国末代皇帝被改造成了公民过上幸福生活这一基本事实本身就存在疑问,对之后发生的婚姻状况也抱怀疑的态度,又不愿意做负责任的调查研究,在记述上出错就在

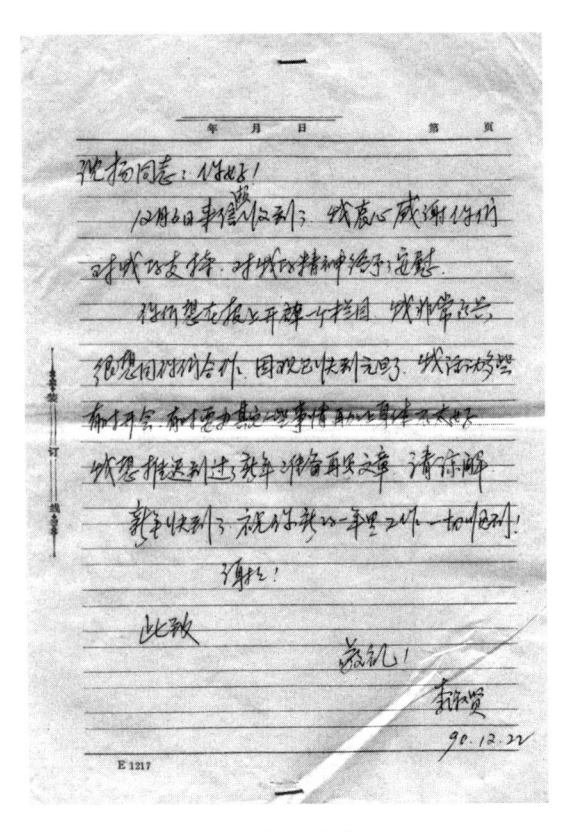

溥仪最后一位妻子李淑贤给编辑信件手迹

所难免。文章的最后几句是:"如果有一天他能抛弃他的先入之见,愿意发现中国末代皇帝婚后的真实生活,我仍然愿意提供真诚的合作。"

这篇文稿的编审过程很顺利,报社领导予以支持,发表在11月29日的《朝花》版面上。

文章见报后,我按北京李淑贤的通信地址寄去两张报纸,并附信表示欢迎她继续来稿,我们可以用栏目的形式予以刊登。过了若干天,我收到了李女士写于12月22日的来信,内容是:"沈扬同志:你好! 12月6日来信(和)报(纸)收到了,我衷心感谢你们对我的支持,对我的精神给予安慰。

你们想在报上开辟一个栏目,我非常高兴,很想同你们合作,因现已快到元旦了,我活动多些,有时开会,有时要办其他一些事情,再加上身体不太好,我想推迟到过了新年准备再写文章,请谅解。

新年到了,祝你新的一年里工作一切顺利!谢谢!

此致敬礼!

李淑贤 1990年12月22日"

此后过了一个多月,也即春节前夕,收到李淑贤的第三封来信(写于1991年2月3日),告诉我已经收到报社汇去的稿费,再次表示感谢报纸对她的支持。接下来为准备续写的文章还未动笔而表示道歉,说原因是里里外外的事情都要自己去做,1月份政协开大会,去参加七八天会,再加上其他一些事情，身体又不好，所以感到时间很紧。过春节后"如能抽出时间尽量去做"（指写文章），最后是"祝您和您的全家新春快乐，万事如意"。

…………

后来随着信息渠道增多，溥仪和李淑贤婚姻和情感生活的情况有了较多的披露，其中多篇文字说到了溥仪因生理上的原因——早在前两段婚姻（婉容、文绣）中就失去了性能力，因此与李淑贤的结合是无性婚姻。李淑贤曾为此苦恼，婚姻过程中一度出现危机，后在各方劝说下情绪安定下来，复归于好。我想，由于存在这样的特殊情况，李淑贤在一段时间里想不通，夫妻感情产生一点波澜，是在情理之中的，因此而责怪、贬抑她未必公平，在这方面她付出了代价，是应当得到同情的（两人于 1962 年 4 月 21 日结婚时，李三十六岁，溥仪五十五岁）。李淑贤出身平民家庭，人生经历中有过曲折，文化程度不高，她在与溥仪相处和溥仪身后有关事宜中如有一些缺失之处，也不是很奇怪的事情，而溥、李婚姻的总体状况，她在《关于溥仪和我的婚后生活》中的叙述还是有相当的可信度的。

（原载《世纪》杂志 2013 年第 6 期）

# 附录

# 老编辑眼中的作家风采
## ——读《朝花怀叙录》
吴欢章

　　沈扬同志是资深的报刊文艺编辑，也是卓有成就的散文家。他在多年主持《解放日报》的《朝花》副刊过程中，曾同许多作家有过文字交往，结下深厚的友谊。作为有心人，沈扬利用长期近距离观察中所积累的丰富材料，以散文随笔的形式，写下《朝花怀叙录》一书。这是一部文情并茂、色彩缤纷的好书。从这部书中，我们可以看到活跃于当今文坛的许多作家的神采风貌，了解他们的创作业绩和趣闻轶事，感受他们与编辑之间的动人友谊。美的人，美的事，美的情，浸润在美的文字氛围里，读这样的书，不仅可以使我们获得审美的愉悦，而且可以陶冶我们的心灵和提升我们的精神境界。

　　沈扬在这本书中，用了不少笔墨描写许多作家严谨的创作态度。他们在创作中，兢兢业业，一丝不苟，务求达到尽可能完美的境地。他写到以严谨为文著称于世的何为时，给我们推出这样一个镜头："过去在很长的时间里，他在墙壁上拉一条绳子，挂上一些写作时可能要参考的素材和资料纸片，他称之为'灵感的闪光'。稿子完工后，也挂在绳子上，随时作些改动，叫做'悬索审读'"。正是这样惜墨如金的推敲，所以他的散文才如沈扬所说："一段淡然悠然的文字，有美的质感，每每还有超体积的蕴涵，而在阅读之中，又随时可以'触摸'到写作者饱满的内在激情。"沈扬在书中还写到周而复晚年在创作《长城万里图》这部长达六卷的长篇小说过程中的一个曲折：周先生写完前三部时曾请楼适夷过目听取意见，楼先生提出了修改意见，不是小改，而是要作大变动，等于三部书稿要推倒重来，但周还是毫不犹豫地接受建议，对全书动了大手术。后来他曾说："适夷几句话'枪毙'了一百万字初稿，我也毫不痛惜，鼓起勇气，从零开始……"谁读到这里，能不为大作家这种从善如流、精益求精的改稿精神所感动呢！沈扬在书里，还写到许多作家高尚的人格和文品相一致的精神。譬如，从柯灵写《怀傅雷》，回顾两人过去的两次争吵，自省当时自己头脑中潜在的政治优越感因而深感愧悔的文字里，我们认识了作家自律自重的坦白襟怀，从萧乾临终前写下的"夕阳也许会在世纪末落山，却是为了托起跨世纪更辉煌的朝阳"的绝笔中，我们看到了文学大家对于下一代不灭的期望。沈扬在本书中所记述的许多作家那种足为楷模的言行，他们对文学事业严肃负责的态度，他们高尚真诚的文化人格，对于当下众声喧哗的文坛不啻是一副清醒剂和净化剂。

  沈扬在书中还描写了许多作家在创作之外的日常生活细节，这些兴味盎然的细节描写，揭示了作家们少为人知的个人爱好和生活兴趣。你来看看这段描绘陆文夫"嗜酒如命"的文字："最有意思的是一次医生问他要命还是要酒，他回答：都要。酒少喝点，命少要点。如果八十岁的寿限，那么活七十五岁就可以了，把五年拿来换酒喝。"在写鲁彦周时那个"爱花成癖"的细节也颇为令人神往：他的院子里有一盆"勒杜鹃"，"是特地从深圳带回来的，'带'的过程不容易，——上下飞机的麻烦无需说，离开深圳后，他们不是直接回来，而是要在海口和广州分别逗留十来天，在如此的情况下，只好每到一地，就把它栽入土中，临时'定居'，离开时再挖出来包装上路，直至最后在合肥自家的院子里'落户'"。一个个简练的细节，把作家们那幽默潇洒的个性，可亲可近的神采，勾勒得活灵活现，栩栩如生。沈扬还常常通过一些意味悠长的生活细节，不露声色的表现作家内心深处流淌出来的美丽。我们来看一看这段描写萧乾夫人翻译家文洁若的文字：萧乾年轻时在汕头曾有过一段恋情，后来他把这个初恋故事写成小说《梦之谷》。六十年后。文洁若在汕头遇见小说中的女主人公（一位老教师），此时这位女主人公正处于生活困顿之中，文洁若不但主动"向当地政府反映因小说《梦之谷》而在极左年代吃过好多苦头的老教师的实际困难"，而且"用自己一本书的稿酬，援助她改变住房窘境"。多么宽广的胸襟，何等磊落的情怀，一个平实道来的细节，胜过了千言万语。在这部书中，一个个洗练的细节，犹如点点星光，把文学天空装扮得格外美丽。

散文随笔是一种带有抒情性的叙事文体。我们当然不排斥穿插于叙事之中的抒情文字，不过最好是两者融合在一起。沈扬这些表现作家的散文随笔，看来是努力把叙事和抒情交融起来的。他的不少文字，既是叙事又是抒情，于朴实晓畅中别有一番余音绕梁的韵味。我特别欣赏他某些篇章的结尾，内蕴深厚而成为"一篇之警策"。在这方面，他一般有两种表达方式。一种是偏于抒情的，譬如写刘白羽那篇的结尾："斯人已去，但一位文坛长者贤者的慈祥面容犹在，他对文化事业和后人的热忱关心犹在，他笔下那些激情而智慧的文字犹在。先生魂归大海，留下的是灿烂的心灵阳光。"这既是对刘白羽高风亮节的热情赞美，也是对他的创作风格的理性概括。另一种表现方式则是偏重于叙事的，譬如那篇写程乃珊的结尾："不知程乃珊自身是否也曾思考过与张爱玲女士的某种联系。我想在文字的一些方面倘然真有某种'继承'，应当不是坏事。然而毕竟今非昔比，一个'冷色调'的年代，与一个多姿多彩的世界，已经不能同日而语，还是各走各的道路吧！"这既是对于同具"双城之恋"的两位女作家的某种精神联系的客观评价，又是对不同时代作家应各走各路的语重心长的勉励，在冷静的叙事中又不乏内在的热情。沈扬将叙事与抒情融为一体的文字风格，使他这部书可读又耐读。

这部书中也有不少议论性的文字，散文随笔这种活泼的文体，并不排除议论，但这必须与叙述描写结合在一起，而且应具有感性与理性相融合的特征。有丰富的散文创作经验的沈扬，在评论其他作家的散文杂文时，常能"心有灵犀一点通"，以形象化的文字切中肯綮地揭示某一作家独具的创作特色。请看他对邵燕祥的观察："他的杂文中不缺少'用最简单的文字阐述深刻道理'的洗练和精当，而'文阡字陌'之间有时也会有诗意的闪光，诗词的字里行间则可能寓寄了大情至理，让你在诗情的感受中也有思辨的空间。"这就准确地点评了邵燕祥熔诗人和杂文家于一体的独特风采。邓云乡写了不少诸如《皇城根寻梦》之类的怀旧文字，你看沈扬是怎样评论他的："他的怀乡情愫，或者说他写的怀旧文字，其间有着两个'距离'，一个是时间上的距离，毕竟是隔了几十年的前尘旧事，另一个是地理意义上的距离，在上海说京城是身在他乡说故乡。这两个距离，使他心中的旧日情事有了更多悠远漫长的沧桑感。加之他有丰富的旧学功底和娴熟的文字技艺，便真的能把'事如春梦了无痕'的情景写得既如梦如幻又似乎触目可见触手可及。"真的是把邓云乡的京华旧梦解剖得入木三分。沈扬评论作家并不溢美，常常在肯定其艺术成就的同时指出不足之处，譬如刘心武的散文，就指出他常会把写小说的习性沿用到散文中来，因而出现与散文体性不够和谐的状况；又譬如对陈祖芬的某些散文，也指出她由于写得多，发表频率高，有过于随意之处，因而谋篇布局等给人以松弛感。沈扬这些见解，既切合作家创作的实际，而且他选择的这些"个案"，又抓住当今创作界某些通病因而具有普泛的意义。沈扬这些议论性的文字，显示了一种创造性的思维，因而闪耀着睿智的光彩，这样在散文随笔中就把审美和审智较好地结合起来。

作家和报刊编辑之间的诚挚友谊，在这部书中留下了真实的记录。他们互相尊重，以诚相待的精神是令人十分感动的。从沈扬多年保存的信函里，我们看到作家对编辑的尊重和信任。在许多作家来函中，这样的字句是频繁出现的："如不合用，尽管退我。""如不适用，勿为难，退我即可。""倘不能，盼即退我，千万不要客气。"他们从来不以大家、名家自居，绝无盛气凌人之概，多有虚怀若谷之心，处处为编辑着想。而编辑呢，也是谦虚谨慎，尊重作家，珍视来稿，表现出认真负责的精神。书中记述了两件事情：一是沈扬曾将萧乾一篇来稿的标题作了变动，引起了萧乾的意见，后来沈扬曾就自己的粗疏一再道歉；另一件事是某次秦瘦鸥来稿时间较长未得回复，虽然事出有因，但沈扬还是诚恳表示歉意并尽快将稿件刊出。事虽细小，却表现了编辑对作家的一片赤诚。值得注意的是，这本书还表现了编辑与作家之间的精神互动和心灵交流。20世纪八九十年代，过于私我化的倾向渗入散文领域，柯灵为此写了一篇《散文的新走向》，呼吁"散文必须打破自我封闭的心理，走向十字街头，和广大读者共忧乐、共休戚、共呼吸，努力开阔一条宽阔的心灵通道"。沈扬立即借题发挥，写了一篇《走向十字街头》与之相呼应。20世纪90年代，秦瘦鸥在谢世前不久曾在《朝花》发表文章对自己的旧作《秋海棠》作了否定性的评价，但沈扬由此发表了不同的意见："从总体上说，《秋海棠》描写的是旧社会京剧艺人遭受社会恶势力摧残和迫害，其间有弱势群体的内心呼喊，有对社会阴暗面及其权力支撑的揭露，也有和罪恶势力的周旋和抗争。所以,并不是如瘦鸥先生所说只有消极作用的。"不论是正面的呼应或是不同看法的商榷,莫不表现了编辑和作家那种同声相应、同气相求的执着于真理的精神。就拿我和沈扬同志之间的关系来说,我们由文字之交进而保持持久的友情,也从一个侧面印证了我国报刊编辑工作的优良传统。我们希望编辑与作家之间这种相待以诚,相濡以沫的好作风、好传统能随着时代的前进而发扬光大。

(原载《上海作家》2008年第2期)

## 开卷有益：老报人的旧梦和晚餐

黄亚明

在报纸副刊史上，先后有萧乾和杨刚主编的《大公报》的副刊《文艺》，以文化品位高、作者多著名，版面丰富，典雅大方，而广为读者称道，可谓开文学副刊之先河。20世纪30年代后期至40年代初期，柯灵主编《文汇报》的《世纪风》、《大美报》的《浅草》和《草原》，或多或少留下《文艺》的余韵。昔年，王任叔（巴人）主编《译报》的《大家谈》，王元化编辑《时代日报》的《热风》周刊，冯亦代主编的《联合晚报》的《夕拾》，孙犁主编的《天津日报》副刊，其良正的编德、编风，嘉美的人品、文品，均映之于副刊版面，颇令人击节赞赏。诸君大多已逝，时人偶尔追述感怀之作，读来心底里已是山河苍老、传奇凋零之叹。

而当下，"郁郁乎文哉"的老报人是愈来愈少了。新报人走马灯似的换地盘，且自身文字多半乾不湿，加上主动迎合低俗之时尚，少有特立独行之傲骨，编出来的文章难免软瘫如泥，鲜有朝气，遑论高品。编辑与作者之间，亦沟通日稀，常见的情状乃是编辑大有老爷威势，可随意生杀予夺，更甚者，借编辑之名行换稿之实，或强行向作者推销"大作"，不古之心久矣。

今见上海老报人沈扬先生的《朝花怀叙录》，顿有"知交半零落""一壶浊酒尽余欢"（弘一法师）的"最后的风景"之感。沈先生左手编辑，琴台啸聚，招文纳友，凡几十年；右手著述，安静冲和，默默耕耘，计有《晴红烟绿》《花繁七色》《长风淡霭》《曲楼文拾》问世。《朝花怀叙录》书名含"朝花"，即《解放日报》副刊，另层意思大致来自鲁迅散文集《朝花夕拾》，是谓书中皆录旧事，所录诸人，皆曾与《朝花》副刊结缘。所以此书既是一本《朝花》副刊的编外记、画外音，亦是对作家的印象集。沈扬先生徇约稿之便，与刘白羽、萧乾、周而复、柯灵、高晓声、陆文夫、鲁彦周、郭风、秦瘦鸥、徐中玉、何满子、冯英子、刘心武、邓云乡、徐城北、陈丹燕、程乃珊等文坛名家，于文字交往之外，更有心灵神交，笑语情怀都系翰墨文林，赏心乐事缀于激荡"文心"，在文化粗粝、人心沉沦之际，当浮一大白。

《朝花怀叙录》未分辑，封皮上"文稿赏读，人物访记，辞林逸闻，作家剪影"十六字正可做主题概括，如《"红楼"怀想》之记刘白羽，激情充沛，大美，大境界，有"永在征途"的奋进精神。1997年，白羽老年届八旬，在参加张海迪《生命的追问》作品研讨会时，发言依然激情难抑，开头的一句便是："海迪，我现在捧着你的书，就像捧着一颗太阳。"端的人如其文。像写《小巷深处》的陆文夫，办古风刊物《苏州杂志》，喝酒曾论斤，当医生问他要酒还是要命，他回答："都要。酒少喝点，命少要点。如果是八十岁的寿限，那么活到七十五岁即可，把五年拿来换酒喝。"另像世家子弟唐振常先生，书礼传承，攻读勤勉，常写"适销对路"的作品，类似于当今专研报刊风格、以便对号入座的"写手"。女作家秦文君，写作的时候异常投入，一旦进入关键阶段，便会关闭电话，拉上窗帘，不看钟表，没日没夜地处于创造美意的"独舞"中。凡此等等，沈先生均以平实清丽的文字娓娓道来，有旨趣，饱含亲历性，也传递出文学的、文化的、思想的、学术的，以及作家自身的信息，是一个时代的鲜活见证，其中蕴含的精神历久而弥新。

在这册怀叙录中，沈先生所记无甚重大或显要事件，至为平凡，许多交游往来十分详细，大略取之于个人日记。里面尤为珍贵的是各名家手札、简函，虽大多寥寥数语，基本是文稿"业务"往来，却能窥见一些真性情。像翻译家萧乾先生，在给沈扬的一封信中这样写道："如不合用，尽管退我，我也绝不再投。"有点孩子气的，天真，素朴，可见一斑。如《写了农村写"阿炳"》之记高晓声寄稿，附有简函，云："……今日江南农村，概括也难，光有经济上好，也未见得一定就好。"似可以看出，高对当时农村的发展，肯定之中有所隐忧，所以往后他向《朝花》提供稿子，写农村的篇什不多。不可言，不能言，于是干脆不言，起码做到了不完全歌功颂德，也能独善其身罢。

惜与沈扬先生从未晤面，亦无片纸之交。他的旧梦与晚餐，于我甚为快慰，只能心慕手追了。书中录有柯灵先生散文创作的"座右铭"，"以天地为心，造化为师，以真为骨，美为神，以宇宙万物为支，人间哀乐为怀，崇高宏远为理想"，我以为是人生和创作的至理，亦当以此自勉之！

（原载香港《文汇报》2008年4月1日）

# 后　记

离职退休之后，如果身体状况大体还好，会有十几年或者二十年的好光景。远离职场，不再赶着上下班，成为了"时间富翁"，便可以从容地安排自己的生活，读书，赏艺，旅游，会友，等等，随心所欲。笔者年轻时在福建工作、生活二十余年，视闽地为"第二故乡"，退休后的好多年里，每隔两三年便去"旧地重游"，看望老友，很是欢快。偶尔出境出国旅游，也不是难事了。鄙人素有"笔耕"习好，常常把外出游历视为如有人所说的"地理阅读"，有了不一般的感触和认知，"灵感来敲门"，便常常会动手写一篇，成为这种特殊"阅读"的副产品，这个集子中诸如《南国花影》《圭峰闲话》《敦煌杂记》《扬州话片》《台中的人文"温度"》等散文，就是在外出游历后写出来的（《南国花影》《厦门，飘落在老街的梦》诸文，有自身在这座南国城市生活多年的经历渊源，所以别有一番沧桑意涵在里头）。养老生活中还有一点是在职年代一些想写未写的文稿题材，退休之后可以一一"补课"，形成文字，本书第一部分所写数十位文坛名家其文其人其事，是笔者供职《解放日报》期间最难得的经历和见闻，退休之后，依据记忆和留存的资料，陆续写出数十篇，在各报刊发表，了却多年的心愿。这些文坛名人成就卓著，社会影响大，文稿所记内容厚重而有意义，便自然地成为了这本书稿的"主打"部分。

岁月匆匆，当年的老编辑如今已在夕阳残照里。敝帚自珍，同时也防日后老迈难记事，顺此记下多少年来结集出版的若干本著作的书名：《花繁七色》《晴红烟绿》《长风淡霭》《曲楼文拾》《朝花怀叙录》（用随笔形式写的编辑手记）、《蓝窗漫草》《心旅散叶》《览世心影录》《曲楼文拾新集》（由上海市作家协会主编的"老作家文丛"中的一本）、《文风雅渊》。

最后要说一句的是，这本《文风雅渊》出版过程中，得到韦泱、陆萍等好友的热忱关心和切实帮助，在此表示真诚地感谢。

沈扬

2024年5月14日

图书在版编目（CIP）数据

文风雅渊 : 文坛名家其文其人漫记 / 沈扬著.
上海 : 文汇出版社, 2024. 8. -- ISBN 978-7-5496
-4272-4

I. I267

中国国家版本馆CIP数据核字第20248AK324号

## 文风雅渊——文坛名家其文其人漫记

著　　者 / 沈　扬
责任编辑 / 鲍广丽
封面装帧 / 王　峥

出 版 人 / 周伯军

出版发行 / 文汇出版社
　　　　　上海市威海路755号
　　　　　（邮政编码200041）
经　　销 / 全国新华书店
排　　版 / 南京展望文化发展有限公司
印刷装订 / 上海新文印刷厂有限公司
版　　次 / 2024年8月第1版
印　　次 / 2024年8月第1次印刷
开　　本 / 640×960　1/16
字　　数 / 310千字
彩　　插 / 2页
印　　张 / 20.25

ISBN 978－7－5496－4272－4
定　　价 / 88.00元